일러두기

1. 번역에 쓰인 원전은 2013년 중국 장강문예출판사에서 출간한 '이월하 문집' 제1판을 사용했다.
2. 맞춤법과 띄어쓰기는 한글맞춤법과 외래어표기법에 따랐다.
3. 한자는 우리말로 표기하고, 꼭 필요한 경우에만 괄호 속에 원음을 병기해 이해하기 쉽도록 했다.
   예 : 다이곤多爾滾(도르곤)
4. 인명과 지명은 우리말로 표기했다. 단, 이미 굳어진 표현은 원지음을 존중했다.
   예 : 나찰국羅刹國(러시아). 이후에는 '러시아'로 표기
5. 본문 중의 괄호 안에 뜻을 풀이한 것은 모두 옮긴이의 설명이다.

【제왕삼부곡 제2작】

시진핑 주석이 반부패개혁의 모델로 삼은 황제

옹정황제

9

雍正皇帝

얼웨허 역사소설

홍순도 옮김

더봄

옹정황제 9권

개정판 1판 1쇄 인쇄　2015년 11월 10일
개정판 1판 1쇄 발행　2015년 11월 13일

지은이　　얼웨허(二月河)
옮긴이　　홍순도
펴낸이　　김덕문

펴낸곳　　더봄
등록번호　제2015-000072호
주소　　　서울특별시 중구 을지로 12길 28, 207호(저동2가, 저동빌딩)
대표전화　02-2264-0148　　**팩스**　02-2264-0149
전자우편　thebom21@naver.com
블로그　　blog.naver.com/thebom21

ISBN 979-11-86589-35-9 04820
ISBN 979-11-86589-26-7 04820(전12권)

책값은 뒤표지에 있습니다.

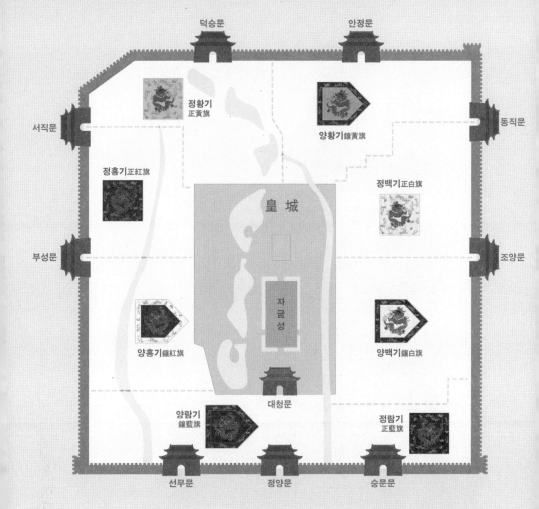

북경성 팔기八旗 배치도

팔기八旗는 청나라를 건국한 누르하치가 건주 여진을 통일하는 과정에서 조직한 군대로,
군기軍旗의 색깔과 모양에 따라 여덟 부대로 나누어 편제하였기 때문에 팔기라 하였다.
초기에는 만주족의 전통적인 군역과 봉토의 관할권을 나누는 등 주로 행정적 편의에 의해 나눴지만
중원을 통일한 후 군사와 행정의 중심 조직으로 발전해 청나라가 지배하는 기간 동안 팔기군은
정예군으로 강력한 영향력을 행사했다. 팔기군 중 정황기, 양황기, 정백기는 황제의 직속부대이고,
나머지 5기는 여러 제후들이 관할했다. 나중에는 만주족, 몽고족, 한족을 포함시켜 각각 '만주양황기',
'몽고양황기', '한인양황기' 등으로 불리는 여덟 부대씩을 두어 모두 24기로 조직되었다.

장친왕莊親王 윤록允祿

1695~1767. 강희제의 열여섯째 아들이다. 본명은 애신각라愛新覺羅 윤록胤祿이나,
윤진胤禛이 옹정제로 즉위한 후에 피휘避諱(황제나 왕을 공경하고 삼가는 뜻을 표시하기 위해
이름자나 연호 등을 그대로 쓰지 않고 획의 일부를 생략하거나 뜻이 통하는 다른 글자로 대체함)
하여 윤胤자를 윤允자로 고쳤다. 호는 애월주인愛月主人이다. 1722년 강희제의 붕어와
옹정제의 즉위를 모두 목도하면서 정쟁에는 크게 참여하지 않았다.
건륭제 치세 시기에 총리사무대신을 지내는 등 황실의 원로로서 예우를 받았다.

의친왕毅親王 윤례允禮
1697~1738. 성은 애신각라愛新覺羅, 본명은 윤례胤禮,
강희제의 열일곱째 아들이다. 어렸을 때 심덕잠沈德潛에게 학문을
익혔고, 황권皇權 다툼에서 옹정의 편에 서서 옹정제가 이친왕
윤상 다음으로 아꼈다. 서법書法과 시사詩詞에 능했다. 저서로
《춘화당집》春和堂集,《봉사기행시집》奉使紀行詩集 등이 있다.

3부 한수동서恨水東逝

1장
북경으로 압송되는 중죄인들

처량한 바람과 쓸쓸한 비가 연일 지겹게도 이어지는 가을의 끝자락이었다. 북경의 관문인 평곡平谷과 이어지는 구하泃河의 질척이는 황톳길에는 긴 마차 행렬이 맑은 날에도 쉽지 않은 길을 힘겹게 오르고 있었다. 날씨 탓인지 연산燕山을 따라 동서로 수백 리 뻗어나간 장성長城은 안개 같은 우무雨霧 속에서 우중충하게 엎드려 있었다. 또 빗물에 흠뻑 젖어 시커멓게 변해 버린 지 오랜 성벽과 그 위의 톱니모양 갈퀴는 우뚝 솟은 채 세월의 무게를 말해주는 역사의 증인 같은 모습을 하고 있었다. 그래서일까, 산을 가득 메운 가시나무를 비롯해 오동나무, 자작나무 등은 다양한 색깔의 옷으로 갈아입은 채 좀체 그칠 줄 모르는 음산한 가을비를 마치 숙명처럼 받아들이고 있는 듯했다. 이따금씩 협곡에서 소름 끼치는 바람이 불어오면 숨넘어갈 듯한 흐느낌도 토해냈다. 더불어 자연의 윤회 속으로 떠날 때가 됐음을 직감

하고는 무거운 가지를 펄럭이면서 낙엽도 우수수 떨어뜨리고는 했다.

마차를 호위하는 병사들은 모두 겹으로 된 윗도리에 노란 우비를 입고 있었다. 빗물에 흠뻑 젖은 그들의 쇠가죽 장화는 악천후 속에 오히려 무기력하기만 했다. 질척질척한 흙모래 길에서 소가 되새김질하는 것 같은 소리를 내가며 발걸음을 붙잡기도 했다. 그러나 묵묵히 행군하는 병사들은 척 봐도 혹독한 훈련을 받은 듯했다. 악천후 속에서 가파른 산길을 오르는데도 누구 하나 힘들어 하는 사람 없이 구령에 맞춘 듯 행보가 일사불란했다. 앞뒤로 흔들어 대는 팔의 움직임 역시 시종일관 일정하게 유지하고 있었다. 앞뒤로 다섯 걸음 간격으로 한 사람씩 마차를 호위하는 모습이 웬만한 정예병들은 저리 가라고 할 정도였다.

그 마차 행렬의 맨 끝에는 마란욕馬蘭峪의 총병 범시역範時繹이 뒤따르면서 지휘하고 있었다. 사십대 중반쯤 되어 보이는 그는 네모난 얼굴이 무척이나 희었다. 붓으로 먹을 듬뿍 찍어 그린 듯한 일자형 눈썹은 누에 두 마리가 찰싹 붙어 있는 것 같았다. 가끔씩 그 눈썹 끝이 살짝 치켜 올라갈 때면 감히 범접할 수 없는 위엄과 오기가 느껴지곤 했다. 허리춤까지 땋아 내린 그의 굵은 머리채에서는 빗물이 뚝뚝 떨어지고 있었다. 조정의 3품 관리인 그는 큰 가마를 타고 편하게 갈 수도 있었을 텐데 말에 올라탄 채 직접 행렬을 지휘하고 있었다. 그만큼 마차 안의 누군가를 호위하고 가는 그의 임무는 막중한 것 같았다. 또 부하들에게도 경각심을 일깨워주려고 한 듯했다. 그는 시종 심각한 얼굴로 미간을 좁히면서 말 등에 앉아 먼 곳을 살피고, 오른손으로는 차가운 장검을 꽉 움켜잡고 있었다. 뭔가 고민한다기보다는 고도의 집중력을 발휘하고 있다고 보는 편이 더 어울렸다.

바로 그때였다. 저 멀리서 누군가 정신없이 말을 타고 달려오는 모습이 보였다. 흙탕물에 범벅이 된 말에서 장교 복장의 친병 한 명이 미끄러져 내리더니 범시역을 향해 군례를 올리면서 아뢰었다.

"범 군문, 구하와 고산진靠山鎭 근처에 있는 삼차하三岔河가 빗물에 강물이 불어나 다리가 무너졌다고 합니다. 마차가 통과할 수 없다고 하니 군문께서 지시를 내려주십시오!"

"이봐, 산이 가로막으면 길을 내고 물을 만나면 다리를 만들어야지. 그렇게 뚫고 나가면 되지 그걸 꼭 물어야 하나? 지금 열셋째마마께서는 이미 고산진에 도착해 계실 거야. 즉각 그쪽과 연락을 취해! 이번 호송 임무는 마마께서 특별히 지시한 사안이야. 그런 만큼 조금이라도 차질을 빚어서는 안 돼. 그랬다가는 큰일 날 줄 알라고!"

말고삐를 움켜잡은 범시역이 친병을 노려보면서 느릿느릿 입을 열었다. 그 말에 친병은 적지 않게 놀랐다. 열셋째마마라면 옹정 황제의 최측근 아우인 이친왕이었다. 그런데 지금 호송해 가는 열 몇 대의 평범한 마차를 친왕이 직접 200리 길을 달려와 마중을 나온다고 하니 이게 무슨 일인가 싶었다. 친병이 바짝 긴장한 표정을 지으며 대답했다.

"알겠습니다, 군문! 중대한 임무를 수행하고 있다는 것은 알고 있습니다. 그러나 상황이 심상치 않습니다. 방금 제가 직접 가봤는데 물살이 워낙 거센 탓에 도무지 다리를 놓을 수가 없었습니다. 그래서 말씀을 드리는데요, 북쪽의 사하점沙河店으로 돌아가는 것이 어떻겠습니까? 그쪽은 다리도 튼튼하고……."

범시역은 친병의 말에 아무 말 없이 오른손을 들었다. 마차 대열을 멈추라는 명령이었다. 이어 그가 친병에게 지시했다.

"앞장 서! 내가 직접 가봐야겠군."

"예!"

범시역과 친병 두 사람은 정신없이 말을 달렸다. 과연 5리쯤 가자 멀리서 격노한 구하의 강물이 거세게 울부짖으며 흘러가는 소리가 들려왔다. 둘은 다시 2리쯤 더 나아갔다. 그러자 눈앞에 마치 사자가 갈기를 똑바로 세우고 달려들 듯 포효하는 구하의 모습이 나타났다. 원래 범시역의 군대는 군기처와 직예 총독의 관할 아래 있었다. 청나라 황실의 황릉皇陵을 전문적으로 지키는 것이 주된 임무였다. 말하자면 명실상부한 '어림군'御林軍이었다. 또 선박영 산하에 있는 마란욕 대영의 병력이기도 했다. 때문에 범시역은 준화遵化에 상주할 수밖에 없었다. 하지만 거의 매달 북경으로 술직을 하러 가곤 했기에 길은 무척이나 익숙했다. 그동안 셀 수도 없을 만큼 많이 다녔던 곳이었다. 그는 평소 숫처녀처럼 수줍게 살랑거리며 잔잔히 흘러가던 구하가 이토록 날뛸 줄은 생각지도 못했다.

눈앞의 구하는 마냥 온순하고 그 존재마저 잊고 있던 과거의 그 모습이 아니었다. 길길이 날뛰며 혀를 날름대는 모습이 그야말로 무엇이라도 금세 집어삼킬 것 같았다. 좌충우돌이라는 말로는 부족했다. 여러 지류에서 흘러든 물줄기들이 합세하여 구하 다리가 있는 삼각지대에서 돌파구를 찾느라 아우성치면서 소용돌이쳐 돌아가고 있었다. 그뿐만이 아니었다. 강물의 광기 어린 포효는 보는 이로 하여금 황혼처럼 어두운 하늘 밑에서 더할 나위없는 공포에 사로잡히도록 만들었다. 100여 명의 병사들이 물살의 진동에 덜덜 떠는 바위 옆에서 도끼와 망치 등을 들고 기진맥진한 채 서 있었다. 저 멀리 언덕 위에 보이는 모래포대 역시 완전히 무용지물이 된 채 군데군데 널브러지듯 쌓여 있었다. 20여 개도 넘는 통나무들이 그 사이를 마치 지푸라기처럼 떠다니고 있었다. 범시역은 다시 한 번 주변을 둘러봤다. 아무래도 다리를 놓는 것은 무리인 것 같았다. 그는 맞은 편 언덕을 바라봤다. 화살을 쏘면 십중팔구 명중시킬 수 있을 정도의 가까운 거리였으나 물안개가 워낙 짙어서 그런지 희미하게 보였다. 그쪽에서도 누군가가 범시역 일행을 바라보고 있는 것도 같았다. 그가 혹시나 하는 생각에 옆에 있는 친병에게 물었다.

"저기 저쪽 사람들은 혹시 열셋째마마 일행 아닌가?"

그러나 친병은 무슨 생각에 잠겼는지 범시역이 묻고 있는데도 멍하니 대답이 없었다. 범시역은 급기야 채찍 끝으로 친병을 툭툭 건드렸다. 그리고는 말없이 맞은편 언덕을 가리켰다.

"아, 예!"

친병이 그제야 제정신이 돌아온 듯 화들짝 놀라면서 큰소리로 대답했다. 이어 서둘러 덧붙였다.

"군문, 저기 보이는 저 사람들은 직예 총독아문에서 나온 사람들입니다. 온 지 두 시간은 됐습니다. 저쪽에서도 다리를 놓으려고 열심히 노력을 하는 것 같습니다……."

친병의 말이 이어지고 있을 때였다. 갑자기 맞은편에서 붉은 빛이 반짝반짝 안개를 뚫고 날아왔다. 불을 붙여 쏜 화살이었다. 그러나 불화살의 대부분은 강물에 떨어지거나 그도 아니면 비바람에 어디론가 사라져 종적을 감췄다. 그러다 다행스럽게도 그중 하나가 범시역의 발밑에 떨어졌다. 화살촉에 종이쪽지가 매여 있었다. 친병이 재빨리 종이쪽지를 주위들고는 두 손으로 범시역에게 받쳐 올렸다.

"건너편에서 보낸 전서篘書입니다."

범시역은 친병이 건넨 종이쪽지를 처다봤다. 빗물이 새어들지 못하게 기름종이로 감싼 것이었다. 게다가 노란 실로 꽁꽁 묶여져 있었다. 범시역은 틀림없이 이친왕 윤상이 보낸 쪽지라고 생각하고 서둘러 펼쳤다. 내용은 간단했다.

칙령勅令: 범시역, 자네는 다리를 놓느라 수고할 필요가 없다. 바로 사하점으로 돌아가라. 그리고 내일 저녁에는 반드시 태평진太平鎭 역참에 도착하도록 하라.

-이친왕 윤상, 옹정 4년 10월 3일.

쪽지 하단의 서명은 과연 그 편지가 윤상이 보낸 것이라는 사실을 말해주고 있었다. 전서체篆書體로 새겨진 윤상이라는 이름이 주사朱砂를 듬뿍 묻혀 선명하게 찍혀 있었다.

범시역은 칙령을 소매 속에 접어 넣고는 고개를 젖혀 점점 더 어두워지는 하늘을 바라봤다. 이어 길게 한숨을 내쉬고는 명령했다.

"불화살을 쏴라. 범시역이 이친왕마마의 명령을 받들어 오늘 저녁 사하점에 묵을 것이니 안심하시라고 답장을 보내도록 하라."

이어 범시역은 바로 말을 돌렸다. 이어 일행이 기다리고 있는 곳으로 돌아갔다. 범시역 일행은 곧 옛 역도驛道를 통해 장성 기슭에 바짝 붙어 북으로 향했다. 차가운 비바람을 무릅쓰고 다시 험난한 행군을 시작하여 날이 완전히 어두워질 무렵에야 겨우 사하점에 도착할 수 있었다.

사하점은 연산의 산봉우리들 속에 안겨 있는 작은 진鎭이었다. 동쪽으로는 태자봉太子峰, 서쪽으로는 맥타산麥垜山에 인접해 있었다. 또 가운데로는 평천平川이 펼쳐져 있었다. 구하는 바로 그곳의 옆구리를 돌아 흘러가고 있었다. 강폭도 그곳에서 절정에 달했다. 깊이는 허리 정도밖에 되지 않았지만 물살은 그곳에서도 무섭기는 별반 다를 바가 없었다.

범시역은 사하점에 도착하자마자 바로 척후병에게 진 북쪽에 있는 다리로 가보도록 했다. 척후병은 돌아오자마자 다행히 그곳 대교大

橋는 마차 행렬이 통과하기에 별 무리가 없다고 전했다. 그제야 그는 안도의 한숨을 내쉬었다. 겨우 일정에 맞출 수가 있겠다는 생각이 든 것이다. 긴장이 풀린 그는 갑자기 시장기를 느꼈다. 그러나 잠시 배고픔을 참은 채 비의 장막 속에 잠긴 사하점 진내를 바라보면서 생각에 잠겼다.

범시역 일행이 호송하고 있는 마차는 평범한 마차가 아니었다. 그 안에는 무려 43명의 태감과 궁녀들이 타고 있었다. 그들은 실각당해 경릉景陵으로 보내진 대장군왕 윤제를 시봉하고 있다가 졸지에 북경으로 압송되는 중이었다. 그런데 그들은 도대체 자신들이 무슨 죄를 지었다는 것인지도 알 수가 없었다. 거기다 죄인의 몸으로 비 한 방울 스며들지 않는 유벽거油壁車에 타고 편안하게 가는 것이 이상하다는 생각도 들었다. 더군다나 정작 압송에 나선 장군은 말을 타고 비에 후줄근하게 젖은 채 자신들을 호송하고 있지 않은가! 한편 범시역 역시 상황을 완전하게 파악하고 있지는 못했다. 하지만 황제의 제일가는 측근 윤상이 "북경으로 곱게 압송해 나에게 넘기도록 하라. 절대로 괴롭혀서는 안 된다"고 은밀하게 명령을 내렸기 때문에 그들을 고이 모시는 수밖에 없었다.

그러나 사하점에는 공교롭게도 역참이 없었다. 또 일반 민가는 안전을 보장한다는 것이 불가능했다.

'도대체 열 몇 명에 달하는 궁녀들을 어떻게 아무도 모르게 격리해 하룻밤을 재운다는 말인가?'

범시역은 말에서 내린 다음 물방울이 뚝뚝 떨어지는 채찍을 손에 든 채 계속 생각에 잠겼다. 그러자 그의 고민을 헤아린 듯 일행을 인솔하던 친병이 물웅덩이도 아랑곳하지 않고 첨벙거리면서 걸어왔다.

"걱정하지 마십시오, 군문! 진내 서쪽에 낡은 관제묘關帝廟가 있습니다. 향을 사르지 않은 지 오래된 곳입니다. 우리 일행 팔십 명이 하룻밤 정도 묵어가기에는 괜찮습니다. 더 이상 안전할 곳도 없을 겁니다."

"그래? 그거 잘됐군. 삼십 명의 남자 죄수들은 채회새와 전온두만 빼고 모두 관제묘에 묵도록 해. 또 교인제를 비롯한 여자 죄수 열두 명은 널찍한 객잔客棧 하나를 아예 통째로 빌려 들여보내도록 하자고. 나는 군관들과 함께 채, 전 두 남자와 여자 죄수들을 감시하겠어. 그러니 병사들에게는 남자 죄인들을 지키도록 하면 되겠어. 다 태감들이야. 감히 도망갈 생각 같은 건 못할 거야. 더구나 도망갈 곳도 없어. 걱정하지 말라고!"

범시역이 친병의 말을 듣더니 비로소 얼굴에 웃음기를 보였다. 진내의 북쪽 방향으로 천천히 걸어가 둘러보는 여유도 보였다. 과연 수년 동안 방치해 둔 것 같은 피폐한 관제묘가 엉거주춤한 모습을 한 채 밤하늘 아래에 엎드려 있었다. 그런데 열 칸도 넘는 방들은 빗물이 새어 바닥이 온통 물웅덩이였다. 하룻밤 정도 자리 깔고 누울 만한 곳도 별로 없어 보였다. 고작 두어 칸만 그럭저럭 사용할 만했다.

범시역은 불탑을 둘러싸고 있던 울타리를 헐어 장작불을 지피도록 했다. 이어 온종일 빗물에 젖어 눅눅해진 관복과 장화를 벗어던지고 가벼운 장포로 갈아입었다. 그는 그제야 개운하니 날아갈 것만 같은 기분이 되었다. 곧 진내로 객잔을 빌리러 떠났던 친병이 돌아왔다. 범시역이 그를 보고 물었다.

"알아봤는가?"

"예! 가까운 곳에 오래된 객잔이 한 곳 있었습니다. 사람들을 놀라게 할 것 같아 사복 차림으로 다녀왔습니다. 앞뜰에는 주루酒樓가 딸려 있더군요. 또 뒤에는 객방이 있고요. 꽤나 유명한 객잔인가 봅니다. 아쉬운 것은 이미 열댓 명 정도 되는 손님들이 들어 있는 상태였다는 겁니다. 그래도 주인을 불러놓고 입 아프게 사정 얘기를 했습니다. 그러나 자기는 손님을 가려가면서 받는 짓은 해본 적이 없다고 하더군요. 무슨 일이 있어도 자기 집에 들어온 재신財神을 내쫓을 수는 없다는 겁니다."

친병이 송구하다는 듯 눈치를 살피며 보고를 올렸다. 범시역이 웃으면서 말했다.

"주인 입장에서는 그럴 수도 있지. 다들 군복은 벗고 마차 네 대만 끌고 가보자고. 스무 명 정도는 거기 남아서 지키고 있도록 해야 하는데 절대로 다른 사람들은 눈치 못 채게 해야 해. 까불고 으스대고 다니다가 우리 신분이 밖으로 드러나는 날에는 혼날 줄 알아."

범시역은 말을 마치자마자 바로 우비를 걸치고 밖으로 나왔다. 비는 거의 멎은 상태였다. 그저 가랑비만 보슬보슬 흩날리고 있었다. 얼굴에 닿는 느낌이 부드러웠다.

객잔 주인은 이미 문 앞에 나와 기다리고 서 있었다. 그는 범시역 일행이 도착하자 입이 함지박만 해졌다. 이어 실눈을 한 채 웃으며 부랴부랴 달려 나왔다. 그리고는 수선을 떨면서 안으로 안내했다.

"이처럼 궂은 날씨에 얼마나 고생이 많으십니까? 어서 안으로 들어가십시오. 방도 깨끗하게 청소하고 물도 데워놓았습니다. 피로가 싹 가시게 씻으십시오. 주루에는 기막힌 술안주도 준비돼 있으니 따끈한 술 한잔 걸치십시오. 그리고 주무시면 천국이 따로 없을 겁니다. 보아하니 우리 집이 처음이신 것 같군요. 이번에는 소인이 술을 대접하는 것으로 하겠습니다. 옷깃만 스쳐도 인연이라고 하지 않습니까?"

범시역은 하루 종일 추위에 떨었던 터라 객잔 주인의 사탕발림 소리가 싫지 않았다. 웃으면서 농담조로 입을 열었다.

"뱃가죽이 등에 붙었으니 잔말 말고 어서 요기할 거나 좀 내오게. 자네, 장사 수완 정말 기가 막히는군."

객잔 주인은 범시역의 칭찬에 기분이 좋은지 연신 굽실거렸다. 마차에서 두 남자와 10여 명의 여자들이 초췌한 행색으로 내려서는 모습을 보고는 황급히 손짓을 하면서 안내도 했다.

"날씨도 험한데 먼 길 오시느라 고생이 많으십니다. 어서 들어오십시오. 얘들아, 어르신들 인원수가 많으니 술 좀 더 데워라. 헤헤, 아래층에는 사람이 많아 시끄러우니 위층으로 가시죠. 거기에는 손님 몇 분만 계셔서 아주 조용합니다."

범시역은 사람들이 모두 내리기를 기다렸다. 이어 두 번째 마차 앞으로 다가가더니 고개를 숙이고 있는 여자 한 명을 향해 말했다.

"교 아가씨, 오늘 저녁은 여기에서 묵어야겠습니다. 다른 사람들은……."

범시역이 잠시 말을 끊었다. 그러더니 곧 첫 번째 마차에서 내린 두 중년 사내를 돌아보면서 다시 말을 이었다.

"채 대인! 전 대인! 모두 알 만큼 아시는 분들이라 우리 아랫것들의 처지를 헤아려 주실 줄로 믿습니다. 억울할 수도 있겠으나 따라 주셨으면 합니다. 오늘 저녁 푹 쉬고 내일 아침 여유 있게 떠나는 것이 안전할 것 같습니다. 조금 늦는다고 폐하께서 나무라시지는 않으실 테니까요."

객잔 주인은 범시역의 말에 깜짝 놀라며 눈이 휘둥그레졌다. 척 보기에도 지체가 높아 보이는 위엄 어린 중년 사내가 마차 안에서 내린 사람들에게 자신을 '아랫것'이라고 했으니 그럴 만도 했다. 객잔 주인은 고개를 갸웃거린 채 마차를 바라봤다. 역시 호화로움과는 거리가 멀었다. 당연히 마차 안에 앉아 있는 '인물'들도 '높은 지체'와는 거리가 멀었다. 그는 오리무중에 빠질 수밖에 없었다. 때문에 멋쩍게 뒤통수만 긁적였다.

객잔 주인은 다시 정신을 차렸다. 그리고는 범시역이 '교 아가씨'라고 존댓말을 써가면서 깍듯이 예우하는 그 여자, 교인제를 살폈다. 금술이 달린 꽃무늬 치마에 자주색 털조끼를 받쳐 입은 그녀는 전족纏足이 아니었음에도 주먹만 한 발을 하고 있었다. 갸름한 얼굴은 핏기 없이 창백했다. 감히 쳐다볼 수가 없을 정도였다. 또 버들가지처럼 가늘게 휘어진 눈썹은 끝이 시름에 겨운 듯 처져 있었다. 크지도 작지도 않은 입술은 굳게 닫혀 있었다. 그러나 입 끝은 약간 치켜 올라가 있었다. 줏대가 있고 약간 고집스러워 보이는 인상이었다.

객잔 주인이 다시 여자의 등 뒤에 있는 두 남자에게 눈길을 줬다. 한 명은 체구가 작고 말랐다. 다른 한 명은 키는 작았지만 뚱뚱했다. 그들은 하루 종일 마차를 타고 오느라 지쳤는지 몸이 무거운 듯 느릿느릿 발걸음을 옮겼다. 그 뒤로는 12명의 시녀 차림을 한 소녀들이 초췌한 모습으로 따라 들어갔다. 주루에 있던 식객들의 시선은 일제히 그들에게 쏠렸다.

"채 대인! 우리 자리는 위층에 있으니 올라가시죠. 전 대인도 어서……. 나머지는 편한 대로 하시오."

범시역이 사복 차림으로 호위를 맡고 나선 친병에게 눈짓을 보낸 다음 앞에서 걷고 있는 왜소한 남자를 향해 말했다. 그리고는 바로 서너 명의 수행원을 거느리고 계단을 올라갔다.

위층에는 병풍으로 칸막이를 한 방 세 칸이 있었다. 아무래도 임시로 터놓은 것 같았다. 창 쪽에서는 대여섯 명의 손님이 술이 거나하게 취한 채 주령酒令을 외치면서 권커니 잣거니 술잔을 돌리고 있었다. 그들은 범시역 일행이 들어섰음에도 그다지 신경을 쓰지 않는 눈치였다. 범시역 역시 그에 개의치 않고 교인제만을 데리고 그들과 마주한 북쪽 창가에 자리를 잡았다. 몇몇 친병들과 나머지 시녀들은 먼저 와 있는 손님들과 가까운 자리에 앉았다. 그들은 곧 푸짐한 음식상을 마주했지만 다들 그렇게 신나는 표정이 아니었다. 아무도 말이 없었다. 마치 생판 모르는 사람들끼리 만난 것 같았다. 그렇게 어색한 분위기가 이어지며 지겹다고 느껴질 무렵 채회새가 먼저 무거운 침묵을 깼다. 그는 범시역을 향해 웃으면서 입을 열었다.

"기왕 떡을 주려거든 김칫국물도 같이 주면 좋을 텐데. 그래야 선심을 제대로 쓰는 게 되지. 범 대인, 어떻게 술 한잔 안 되겠소?"

채회새의 말이 끝나기 무섭게 일꾼이 들어섰다. 범시역이 기다렸다는 듯 부탁을 했다.

"밑에서 밥 먹는 사람들, 또 저 처녀들, 우리까지 해서 도합 술 세 병 가져오게. 내일 아침 일찍 길을 떠나야 하니 밑에서 더 달라고 해도 절대 줘서는 안 되네. 알겠는가?"

"예, 알겠습니다!"

일꾼이 소리 높여 길게 대답을 했다. 그리고는 종종걸음으로 계단을 내려갔다. 곧이어 데운 술이 놓이고 안주가 마련됐다. 그러나 범시역은 술은 권할 생각도 하지 않은 채 밥만 먹기 시작했다. 하지만 채회새와 전온두 두 사람은 그러거나 말거나 물 만난 고기처럼 신이 나서 연신 술잔을 비워댔다. 반면 교인제는 아예 수저를 들 생각조차 하지 않은 채 꿰다 놓은 보릿자루처럼 멍하니 한편에 물러나 있었다. 범시역은 감히 먹으라고 권할 엄두도 내지 못하고 수저를 들었다 놓았다 하면서 교인제의 눈치만 살폈다. 그래서인지 풍성한 상차림에 비해 분위기는 대단히 썰렁했다. 대신에 서남쪽 창가에서 거나하게 취한 채 주령을 하는 손님들의 목소리만이 허공을 가득 채웠다.

"수수께끼 알아맞히는 것은 머리에 쥐가 나서 못하겠어."

서른 살 가량 되어 보이는 뚱보가 거칠게 내뱉고는 다시 덧붙였다.

"번번이 가賈 선생이 다 맞혀버리니 안 되겠어. 가 선생이 술을 마시는 게 아니라 우리만 실컷 마시고 취해 버리네. 그러니 주령을 바꾸는 것이 좋겠어. 이렇게 하는 것이 어떨까? 일단 글자 하나를 말하는 거야. 그리고 그 글자에 또 한 글자를 붙이는 거지. 그래도 둘이 합쳐 한 글자가 돼야 해. 원래 있던 부수를 빼버리고 다른 부수를 달아도 여전히 읽힐 수 있는 글자도 돼야 한다고. 더 중요한 것은 그 글자가 들어가도록 속어俗語를 만들되 주제는 변함이 없어야 해!"

그러자 뚱보보다는 더 젊어 보이는 남자가 팔자 콧수염을 만지작거리면서 말을 받았다.

"석강石江, 이건 술을 마시는 게 아니라 사람 몸살 나게 만드는 거요. 머리에 쥐가 나기는 이것도 만만찮은데, 이 글자에 저 부수에……. 하기야 어떻게 해서든 가賈 선장仙長을 한 번 이길 수만 있다면 머리를 쥐어짜볼 수도 있지."

범시역은 뚱보와 팔자 콧수염의 말에 귀를 기울이다 말고 힐끗 곁눈질을 했다. 과연 석강이라고 불린 사람 옆에 도사道士 한 명이 자리를 잡고 있었다. 팔괘八卦 옷은 입지 않았으나 머리를 틀어 올린 데다 뇌양건雷陽巾이라고 불리는 두건을 쓰고 있었다. 나이는 스무 살이 될까 말까 한 젊은이였다.

'저들이 '가 선장'이라고 부르면서 대접하는 사람이 바로 저 친구라는 말인가? 도사라고 부르기에는 너무 젊은데?'

범시역은 속으로 그렇게 생각했다. 바로 그때 가 도사가 말했다.

"어떻게 해서든 술을 먹여 운세 좀 봐달라는 심산이로구먼. 사실 인간의 조화 수數는 타고나는 거예요. 큰 선을 베풀든가 큰 죄악을 범하는 경우가 아니고서는 거의 타고난 그대로 살게 돼 있어요. 오늘 이 술집에서 권커니 잣거니 하면서 세상을 녹두알만 하게 생각하고 떠들고 있는 사람들을 대충 봐도 그래요. 내가 대충 봐도 별의별 팔자를 타고난 사람이 다 있어요. 하지만 아는 게 병이라고 하잖아요. 괜히 말해봤자 그 사람이나 나나 득이 될 것이 뭐가 있겠어요? 지금 내가 여기에서 한가로이 술잔을 기울이고 있다는 사실이 중요하지, 내일의 시시비비에 미리 신경 쓸 필요는 없지 않을까요?"

"그래도 떡본 김에 제사 지낸다고 하지 않소. 도사를 만났는데, 어떻게 손금 한 번 보지 않고 그냥 헤어질 수가 있겠소. 아무튼 오늘은 무슨 수를 써서라도 가 도사에게 술을 한 잔 마시게 해야 하니, 내가 먼저 하나 말해보겠소."

석강이 웃음 띤 어조로 말했다. 이어 노래하듯 길게 끌면서 읊었다.

양良자에 쌀 미米자를 붙여도 역시 양糧이 되네.
양糧자의 부수를 떼어내고 계집 여女자를 붙이면 낭娘이 되고,
논을 사면 쌀 사먹지 않아도 되지만
딸한테 장가들어 장모 탐내는 것은 그림의 떡을 먹으려고 하는 것이 아닌가.

좌중의 사람들이 와! 하고 박수를 치면서 뒤로 넘어갔다. 그러자 팔자수염을 기른 사내가 웃음을 머금은 채 말했다.

"좋았어! 나 감봉지甘鳳池 역시 질 수는 없지. 다들 귀를 세우고 들어보라고!"

감봉지가 자신의 말대로 자신감 넘치는 어조로 크게 읊었다.

청靑자 앞에 삼 수水 변을 붙여도 역시 청淸이라.

다시 삼 수 변을 떼어내고 마음 심心을 붙여주면 바로 정情자가 되지 않
는가.

붉은 지마포紙馬鋪(향이나 초, 제사에 쓰는 종이로 접은 말을 파는 가게)를 다
태우고서도

인정人情을 얻네.

좌중의 사람들은 감봉지가 읊은 시에 처음처럼 열렬하게 호응을 하
지 않았다. 그럼에도 그는 스스로 대단히 만족한 듯했다. 술잔을 들
어 홀짝이면서 옆자리에 있는 까무잡잡한 수재를 향해 말을 건넸다.

"증정曾靜, 자네는 그 유명한 동해부자東海夫子 여呂 선생의 문생이지
않은가. 한번 본때 좀 보여주지 그래!"

증정이 웃으면서 대답했다.

"그거야 식은 죽 먹기 아니겠습니까?"

증정이라고 불린 사내가 마른기침을 하더니 목청을 가다듬고는 입
을 열었다.

기其 앞에 삼 수 변을 달아도 역시 기淇라.

그러나 뒤에 결함 흠欠자를 붙이면 기만의 기欺자 되네.

용이 얕은 물에 들어가니 새우의 공격에 몸서리치고,

호랑이가 평양平陽에 떨어지니 개들의 성화에 기만을 당하는구나!

범시역은 교인제와 함께 식탁에 마주앉아 있다 마지막 구절을 듣
는 순간 흠칫했다. 갑자기 자신이 병사들을 거느리고 중양절에 경릉
의 배전拜殿으로 들이닥친 사건이 떠올랐던 것이다. 그날 혁혁한 대

장군왕이자 황제의 아우인 윤제는 자신이 그토록 사랑하고 아끼는 여인 하나 보호할 수 없는 무기력한 신세가 되지 않았던가? 꽁지 빠진 봉황새는 닭보다 못하다는 말은 아마도 그래서 나온 것 같았다.

'윤제가 용이고 호랑이라면 나는 곧 그 용을 괴롭히는 새우요, 호랑이를 못 살게 구는 개라는 말인가?'

범시역은 그런 생각이 들자 갑자기 정신이 아찔해지는 것 같았다. 자신도 모르게 진저리를 친 다음 바로 죽 그릇을 들어 입에 대고 후루룩거리면서 들이켜 버린 것은 그 때문이었다. 아무려나 주령 시합은 한참 무르익어가고 있었다. 어느덧 아직 젖살도 빠지지 않은 '가신선' 차례가 되었다. 그가 좌중 사람들의 시선을 의식한 듯 자리에서 일어섰다.

"이런 주령 따위로 나에게 술을 먹이려 드는 것은 어쩐지 너무 유치한 것 같네요. 이렇게 하는 건 어때요? 석강께서 뭔가를 하나 더 생각하고 있는데 말입니다. 그것이 과연 무엇인지는 그 속에 들어갔다 나온 나 외에는 아는 사람이 없거든요! 내가 알아맞혀 볼게요. 틀리면 술을 한 항아리라도 마시죠."

"좋지!"

좌중의 사람들이 제법 볼거리가 생겼다면서 좋다고 환호성을 질렀다. 말 한 마디 없이 무거운 분위기 속에서 수저를 들었다 놓았다 하던 범시역과 친병, 궁녀 등은 그저 멍하니 그들을 바라봤다. 그때 가도사라고 불린 가사방賈士芳이 천천히 자리에서 일어섰다. 그리고는 방 안에 있는 사람들을 획 쓸어봤다. 그때 비로소 그의 눈에 범시역이 들어왔다. 순간 그의 눈이 심지를 돋운 등잔불처럼 반짝거렸다. 그러나 그는 이내 눈길을 다른 곳으로 돌리면서 문어귀에 걸려 있는 분패粉牌(손님들이 시를 쓰고 의견을 나눌 수 있게끔 가게 한 편에 걸어 놓는 흰 목판. 사용 후에는 물로 씻어 지워버릴 수 있음)로 다가갔다. 이어 단숨에 뭔가를 적었다. 그리고는 바로 분패를 뒤로 젖히면서 석강을 향해 웃는 얼굴로 말했다.

"일단 말해봐요. 내가 쓴 것과 맞춰 보게요."

석강은 어리둥절한 표정을 지었다. '세상에 과연 이런 신기神技를 가진 사람이 있다는 말인가?' 하고 생각하는 듯했다. 그가 부지런히 눈꺼풀을 위로 치켜 올리면서 배를 긁더니 한참 후에야 입을 열었다.

상相자 앞에 삼 수 변을 달아도 역시 상湘이 아닌가.
삼 수 변을 떼어내고 비 내리는 처마 밑에 서 있게 하면 서리 상霜자가 되니,
자고로 각자 자기 집 대문 앞 눈만 쓸면 되지,
다른 사람의 기와 위에 쌓인 서리를 신경 쓸 것이 뭐가 있나!

석강이 입을 닫자마자 가사방이 기다렸다는 듯 희미하게 웃으면서 분패를 높이 들어 보여줬다. 놀랍게도 토씨 하나 틀린 게 없었다. 다들 얼마나 놀랐는지 여기저기에서 눈이 휘둥그레진 채 연신 숨을 들이마시는 소리만 들려왔다. 찬탄을 금할 수 없기는 범시역 일행도 마찬가지였다. 가사방이 얼빠진 사람처럼 꼿꼿한 눈길을 자신에게 붙박고 있는 석강을 향해 말했다.

"이것 봐요! 나에게 술을 먹이는 게 그렇게 쉽지는 않을 거요. 꿈 깨시라고요! 그렇다고 너무 충격 받지는 말고요. 대신 내가 그대가 그렇게도 소원하는 점을 봐줄 테니 글자를 하나 말해봐요."

점을 봐준다는 말에 석강이 눈을 반짝이면서 바짝 다가앉았다.

"전부터 생각해둔 글자가 있긴 한데……."

"혹시 '내'乃자 아닌가요?"

"그렇소. 이 글자는 풀이하기가 그렇게 쉽지는 않을 거요."

석강이 또다시 눈이 휘둥그레진 사람들을 둘러보면서 말했다.

"그렇지도 않아요. 그대는 일단 공명부터 묻고 싶을 겁니다. '내' 乃자는 한 획이 부족한 '급'及자 아니겠어요? 그러니 그대는 평생 과거급제와는 인연이 없는 사람이에요."

옆에서 가사방의 말을 들은 증정이 한마디 했다.

"순 세 살짜리 코흘리개 속이듯 하는구먼. 나는 성인聖人의 문생이라 그런 것 따위는 애초부터 믿지를 않았소. 심심하면 '야'也자 가지고 한번 놀아보지 그러오."

"이 글자는 평생 헛발질이나 할 사람의 팔자예요. 우선 말 '마'馬자가 없으면 질주할 '치'馳자가 안 돼요. 삼 수水 변이 없으면 연못 '지'池자도 되지 않고요. 게다가 글자의 구조상 힘力은 있으나 제대로 걸음조차 못 떼는 그런 무기력한 모습을 하고 있어서, 그대는 가는 곳마다 머리 위에 그물이 드리워져 있게 돼요. 그리고 언제라도 꼼짝달싹 못하게 묶여버리는 수도 있다고요."

가사방의 그럴듯한 고담준론에 증정이 갑자기 푸우! 하고 입안의 술을 내뿜고 말았다. 이어 험악한 어조로 다그쳤다.

"못된 송아지 엉덩이에 뿔난다더니, 이마에 피도 안 마른 것이 악담은……. 그러지 말고 어디 우리 집안 내력이나 한번 말해봐. 맞히면 내가 '사부님' 하면서 엎드릴 테니!"

"그대는 세 살에 아버지를 잃었어요. 또 일곱 살에는 어머니를 잃었죠."

가사방이 증정의 얼굴을 찬찬히 뜯어보면서 다시 입을 열었다.

"그대의 외숙모는 졸지에 고아가 돼버린 그대를 데려다 장사를 하라고 등을 떠밀었어요. 그래서 그대는 외숙모집에서 탈출해 다시 집으로 돌아왔죠. 그런데 큰아버지라는 사람은 그대 부모가 남긴 재산을 노리고 그대를 죽이려고 했어요. 물론 수포로 돌아가기는 했지만 말이에요. 그러다 평소 그대의 모친과 친자매 이상으로 지내던 숙모가 증曾씨 집안의 대가 끊기게 될지도 모른다는 생각에 안타까워한 나머지 결국 허리띠를 졸라매 모은 돈으로 그대가 산동성으로 도망가도록 노자를 마련해줬죠. 산동성에서 그대는 여유량呂留良을 찾아갔어요. 열심히 공부해서 수재가 됐죠. 그러나 믿고 따르던 여유량이 죽자 그대는 다시 호남성으로 돌아가 가업을 챙겼죠. 내 말에 틀린 내용이 있나요?"

웃음을 머금고 있던 증정의 얼굴이 차츰 굳어져 갔다. 가사방의 말이 끝났을 때는 털썩 제자리에 주저앉고 말았다. 이어 하얗게 질린 얼굴을 한 채 중얼거렸다.

"당신은 사람이 아니오. 귀신이오. 성인聖人은 육합六合(천지와 사방을 의미함. 천하 또는 우주를 뜻함) 밖의 일은 운운하지 않는다고 했소. 나는 그대가 자랑하는 이른바 그 신기神技를 믿을 수 없어요. 당신은 분명 누군가에게서 우리 가문의 참사慘史에 대해 미리 듣고 알고 있었던 것이 분명해요."

가사방이 증정의 말에 껄껄 웃음을 터트렸다.

"두고 보면 알겠지만 나는 그렇게 우스운 인간은 아니에요. 그리고 온 천하의 억만 묘당廟堂에는 향화香火가 극성極盛하고 세상 사람들도 엄청나게 찾아오고 있어요. 그대처럼 못 믿겠다는 사람도 있으나 경건한 믿음을 갖고 있는 사람들이 더 많아요. 그렇기 때문에 신기가 가능한 것 아니겠어요?"

가사방이 말을 마치자마자 고개를 돌렸다. 그리고는 옆자리에서 입을 헤벌린 채 넋 나간 듯 듣고 있는 범시역 휘하의 군관에게 말했다.

"이것 보세요, 형제! 외람되나 한마디 하겠소이다. 그쪽 역시 일곱 살에 어머니를 잃고 못된 계모 슬하에서 갖은 고생을 다하면서 살아왔죠? 그러다 계모에게 완전히 푹 빠진 아버지에게 쫓겨나 호광, 강남 일대를 유랑하면서 걸식했어요. 나중에는 전전하다 하남, 섬서에까지 흘러들었어요. 급기야 어느 부잣집 담 모퉁이에서 초주검 상태로 발견됐어요. 그래도 운 좋게 귀인을 만났어요. 그 덕분에 군대에 들어가 적들을 무찌르는 공로를 세웠어요. 결국 오늘날의 오품 관리까지 됐죠. 내 말에 틀린 데가 있어요?"

"틀림없소!"

군관은 가사방의 말을 듣더니 바로 눈물범벅이 된 얼굴을 한 채 벌떡 일어났다. 그리고는 자신의 신분도 잊은 채 큰소리로 답했다.

"그대는 정말 살아있는 신선이오! 나는 곽영霍英이라고 해요. 사천四川 사람이에요. 나는 정말 그대의 신기에 탄복했소. 한 가지만 여쭤보겠어요. 혹시 우리 아버지가 아직 살아 계시나요?"

가사방이 아무렇지도 않게 즉각 대답했다.

"그대가 집을 떠난 지 삼 년 만에 돌아가셨어요. 계모는 재가했죠. 울지 마세요. 어차피 전생에서 맺어진 악연이니까. 못되게 굴었던 계모를 찾아 복수하겠다는 생각도 하지 말아요. 그 여자는 지금 새로 시집간 집에서 매일 얻어터지면서 죽지 못해 살고 있는 신세니까요."

가사방이 말을 마치고는 바로 고개를 돌려 증정을 향해 물었다.

"이래도 날 못 믿겠어요? 악담을 하는 건 아니오. 그대는 이제 고생문이 훤히 열렸소. 그러나 내 밑으로 들어와 제자가 되기를 원한다면 내가 오행五行을 뒤집는 방법으로 그대의 앞날을 덮고 있는 먹구름을 몰아내겠소. 고난의 행군 길에서도 그대를 지켜줄 거요. 그러나 그렇지 않을 경우 언젠가는 후회막급할 일에 부딪힐 거요."

가사방의 말이 끝나자마자 증정의 눈빛이 불타듯 이글거렸다. 이어 가사방을 똑바로 쳐다보면서 쏘아붙였다.

"당신 그릇이 얼마나 커서 나를 수용할 수 있는지 모르겠으나 그 밑으로 들어갈 바에는 아예 접시 물에 코를 박고 죽는 게 낫겠소. 군자는 자신의 팔자를 알아야 한다고 했소. 나는 내가 살아온 방식 그대로 남을 해치지 않고 정도를 걸어갈 거요. 그리고 때가 되면 죽을 거요. 그렇게 하면 백번 죽어도 여한은 없을 것 같소."

범시역은 가사방의 말이 끝나자마자 바로 서둘러 일어서려고 했다. 자신의 부하들이 눈앞의 이 신비스런 도사에게 매료된 나머지 저마다 엉덩이를 들썩이면서 다가서려고 하는 것이 부담스러웠던 것이다. 그런데 옆에 있던 채회새가 먼저 나서며 큰소리로 말했다.

"이것 봐요, 도사! 오라 가라 해서 미안하오만 어디 우리 일행의 관상도 좀 봐줄 수는 없겠소?"

그러자 가사방이 술대접을 들어 고개를 젖히더니 꿀꺽꿀꺽 냉수 마시듯 들이부었다. 그리고는 입을 쓱 닦으면서 식탁 쪽으로 다가갔다. 이어 미소를 띤 채 걸어가면서 손가락으로 군교들을 일일이 가리키며 말했다.

"조심해요. 벌써 아들을 둘씩이나 잃고도 아직 정신을 못 차려요?"

"그쪽은 집이 잘못 들어앉았어요. 서남쪽으로 너무 나갔어요. 정남쪽으로 틀어줘야죠. 그렇게만 하면 어머니의 병은 저절로 나을 거요."

"이쪽은 착하고도 착한 사람이로구먼. 본인은 박복하게 자랐으나 자손은 용문龍門에 들어갈 것이오."

"그대는 워낙 조상 덕이 없어요. 더구나 본인도 자칫하면 몇몇 아랫것들에 의해 목숨을 잃을 수도 있어요."

가사방은 군교들을 일일이 가리키면서 떡 조각 던져주듯 한마디씩 툭툭 내뱉었다. 그러다가 전온두의 등 뒤에서 멈춰 서더니 잠시 말을 멈추었다. 그저 감개무량한 듯 사람들을 바라보면서 장탄식을 토해낼 뿐이었다. 범시역이 그런 가사방을 차갑게 흘겨보더니 한참 후에야 입을 열었다.

"원래 소문난 잔치에 먹을 것이 없는 법이오. 설사 도교의 경전인 《도장》道藏을 만 권 읽었다고 해도 한 치 혓바닥으로 그 정수精髓를 다 논할 수 있는 것은 아니오. 당신은 별로 신통할 것도 없는 재주로 사람들의 귀를 어지럽혔소. 이미 천위天威를 범했소. 더 이상 은인자중하지 않고 떠들고 다녔다가는 멸문지화를 당할 것이오."

"나는 도가의 삼매三昧를 두루 배웠어요. 세상을 구제하고 돌아오라는 스승님의 명을 받고 용호산龍虎山을 나선 사람이오. 세상을 구제하는 것도 수도修道의 일환이니까요."

가사방은 범시역의 말에 대수롭지 않다는 듯 웃었다. 이어 천천히 다시 입을 열었다.

"지금 이곳 객잔에 있는 일행은 모두 서른 한 명인 걸로 알고 있어요. 그대들끼리는 서로 깊이 아는 사이가 아니나 나는 모두를 속속들이 알고 있어요. 내가 천리天理에 위배되는 짓을 하고 돌아다니지 않는 이상 하늘도 나를 어떻게 하지는 않을 거요. 그건 그렇고 눈요기 좀 시켜줄까요?"

가사방이 그와 동시에 엄지와 식지를 동그랗게 하고 퉁겼다. 그러자 신나게 타오르던 대여섯 개의 촛불이 일제히 꺼졌다. 주루 안은 삽시간에 암흑천지가 돼버렸다. 좌중의 사람들은 경악을 금치 못했다. 숨만 들이마실 뿐 누구 하나 입을 여는 이가 없었다. 곧 칠흑 같은 어둠 속에서 가사방의 굵은 목소리가 우렛소리처럼 들려왔다.

"너무 어둡죠? 오늘은 시월 이십육 일이라 달도 뜨지 않을 거요. 그러나 내가 푸른빛 한 줌을 빌려와 여러분들이 술을 계속 마시도록 해드리죠."

좌중의 사람들은 가사방의 말이 끝나기 무섭게 어둠 속에서 서로를 번갈아봤다. 그때 갑자기 창밖이 동트는 새벽녘처럼 푸르스름해졌다. 이어 하늘의 먹구름이 연꽃이 피어나듯 걷히기 시작했다. 그 투명하고 상큼한 분홍색 꽃잎 사이로 우물쭈물 수줍음 많은 새색시 같은 명월明月도 고개를 살포시 내밀었다. 곧 눈부신 은색 빛 한 줄기가 창문 틈새를 비집고 들어왔다. 그리고는 잔뜩 어리둥절해 있는 사람들의 얼굴을 비췄다.

"이 정도면 적어도 내가 구제불능의 허풍쟁이로 보이지는 않겠죠?"

가사방이 대단히 흡족스러운 듯 눈이 휘둥그레져 있는 범시역을 향해 껄껄 웃었다. 이어 덧붙였다.

"이 주루는 나를 위해 만들어졌어요. 또 이번 비는 내 부름을 받고 온 것이고요. 그뿐이 아니에요. 저 강물은 나 때문에 불었고, 그 다리는 나를 위해 무너져 내렸어요. 천의天意는 천의이고, 나는 인사人事를 다할 뿐이오."

범시역이 가사방의 안하무인에 마음속의 불안을 애써 잠재우면서 몰래 장검으로 손을 가져갔다. 그리고는 코웃음을 쳤다.

"당신은 백련교白蓮教 소속이지? 나는 비록 무장이기는 하나 사적史籍이라면 오금을 못 펴는 사람이오. 글을 읽은 진사 출신이라고. 지금 누구 앞에서 무게를 잡는 거요? 여기저기 얼쩡대면서 기웃거리지 말고 어서 산으로 돌아가 수행이나 더 하시오. 내 말을 등한시 했다가는 삼척 왕법의 호된 맛을 보게 될 테니까!"

가사방은 범시역의 추상같은 호령에는 전혀 아랑곳하지 않은 채 획 손짓을 했다. 그러자 다시 촛불이 타올랐다. 창밖은 어둠 속에 잠겼다. 좌중의 사람들은 가사방이 어떤 반응을 보일지 몰라 잔뜩 숨을 죽이고 있었다. 그러나 가사방은 의외로 범시역을 향해 허리를 깊숙하게 숙였다.

"그대는 지금 우리 사부님과 똑같은 경고를 나에게 하고 있어요. 그 뜻에 공감하기에 반박하지는 않겠어요. 그러나 나는 결코 백련교 소속은 아니에요. 나는 강서성 용호산 진인眞人의 마지막 제자, 즉 관문關門 제자요. 이번에 산을 내려온 것은 속세와의 인연을 깨끗이 끊어버리기 위함이었어요. 나는 이치에 어긋나는 일을 하지 않고 선행만 베풀면서 중생을 구제하는 일에 발 벗고 나설 거예요. 그러니 그대의 칼날이 아무리 예리하다 할지라도 나같이 죄 없는 사람을 칠 수는 없지 않겠어요? 방금 어떤 선생이 나에게 관상을 봐달라고 했어요. 정말로 알고 싶소?"

가사방의 시선이 채회새에게 향했다. 그제서야 채회새는 자기가 가사방의 환술幻術에 정신이 팔려 자신의 신분도 망각한 채 도사를 불렀다는 생각이 드는 모양이었다. 순간적으로 자신의 실수를 깨닫는 듯했다. 곧 그가 어쩔 수 없이 고개를 끄덕이면서 말했다.

"진인眞人 앞에서는 거짓말을 하지 않는 법이니 솔직히 말하겠소. 우리 일행의 대부분은 흠범欽犯(황제의 어명을 받고 불려가는 범인)들이오. 이번 북경행의 길흉을 점쳐줄 수는 없겠소?"

채회새의 말이 끝나기 무섭게 감봉지를 비롯한 증정, 석강 등 세 사람은 적이 놀라는 눈치였다. 채회새의 일행이 아래층에까지 그득했을 뿐 아니라 모두 북경으로 연행돼 가는 흠범들이었으니 말이다.

2장
도사와 무림호걸

가사방은 채회새의 질문이 끝나자마자 좌중을 둘러보면서 씁쓸한 웃음을 지어보였다. 이어 머리를 끄덕이고는 한숨을 내쉬었다.

"죽고 사는 일만큼 중대한 것이 어디 있겠어요. 그 이치도 분명히 밝히기 어려운 것이 생사라고 할 수 있죠."

가사방이 다시 옆자리에 앉은 교인제와 채회새를 손으로 가리켰다.

"살아 있다고 즐거운 것이 아니듯 죽는다고 상심할 것도 없어요. 군자는 자신의 운명을 알고 현실에 순응해야 하니까요."

범시역은 가사방이 흘리듯 대수롭지 않게 내뱉는 말을 듣는 순간 흠칫 놀라며 몸을 떨었다. 이유는 누구보다 그가 잘 알고 있었다. 군기처에서 전해온 정유廷諭에 따르면 조정에서는 열넷째 황자 주변의 간사한 사람들을 연행하라는 명령을 내렸다. 그 명단의 맨 위에 올라와 있는 사람이 바로 다름 아닌 채회새였다. 그리고 북경으로 압송할 궁녀, 태감들을 거론하면서도 '교인제 등 43명의 남녀 궁인들'이라고 교인제의 이름을 맨 앞에다 올린 바 있었다. 분명히 둘은 다른 사람들보다 먼저 도마 위에 오르는 횡액을 당할 사람이었다. 그런데 도인임을 자처하는 저 작자가 이 많은 사람들 중에서 두 사람을 용케도 집어내는 것이 아닌가! 범시역은 갑자기 가사방의 정체가 궁금해지기 시작했다. 더불어 이름 모를 두려움도 느껴졌다. 이제 서쪽 자리에 앉은 감봉지 등은 범시역 쪽에 대해서는 더 이상 관심을 기울이지 않았다. 그저 먹고 마시는 데만 열중해 있었다. 그때 허리춤에 비스듬히 걸려 있는 장검이 난데없이 섬뜩하게 다가왔다. 범시역이 보기에 가사방의 일거수일투족에는 감히 범접할 수 없는 힘이 느껴졌으나 아무리 봐도 착한 사람은 아닌 듯했다. 범시역은 술잔을 들어 한 모금 마시면서 내심 앞으로 어떻게 해야 하나 하는 궁리를 하기 시작했다.

"이것 봐요, 신선! 결정적인 대목에 가서 입 안에 대추 물듯 우물우물하면서 넘어가면 어떻게 하오. 똑 부러지게 말해줘야지."

범시역이 골똘하게 생각을 하고 있을 때 다그치는 듯한 채회새의 목소리가 크게 들려왔다.

"더 이상 어떻게 똑 부러지게 말하라는 거예요."

가사방이 헤헤 마른 웃음을 지었다. 그리고는 술을 따라 채회새 앞으로 밀어주면서 덧붙였다.

"필사적으로 살고자 하는 사람은 목숨이 쉽게 끊어지지 않는 법이에요. 그런데 그대는 별로 살고자 하는 의욕이 없으니 난들 무슨 방법이 있겠어요."

채회새는 여전히 오리무중에 빠져 있는 듯했다. 그리고는 그게 멋쩍었는지 술잔을 들어 단숨에 비워버렸다. 그때 아래층에서 군교 한 명이 황급히 달려 들어와 범시역에게 뭔가 귀엣말을 몇 마디 건넸다.

이어 뒤로 물러나 명령을 기다렸다. 범시역은 군교의 말을 듣고는 흠 칫 놀라더니 곧 가사방을 향해 말했다.

"도장道長, 오늘 만나서 반가웠소. 공무에 매인 몸이라 그만 일어 나야겠소."

범시역이 다시 고개를 돌려 휘하의 군교들을 향해 지시했다.

"배불리 먹었으면 일어나게. 지금은 마음 놓고 농담을 할 때가 아 니니 일찌감치 들어가 잠이나 자자고. 내일 아침 일찍 떠나야지!"

군교들은 범시역의 말에 일제히 일어났다. 그리고는 채회새와 전온 두, 교인제등을 앞세우고 계단을 내려섰다. 곧이어 한바탕 요란한 발 소리가 울려 퍼졌다. 그러자 주루는 갑자기 텅텅 빈 것처럼 침묵이 흘 렀다. 범시역이 그 불편한 침묵을 깨려는 듯 서쪽 창가의 식탁에 앉 은 채 자신을 향해 웃고 있는 가사방을 향해 말했다.

"귀하가 거처라도 알려준다면 언제라도 한 번쯤 찾아보고 자문을 구할 일이 있소. 괜찮겠소?"

"출가인들은 사해四海가 집이에요. 어디 마땅한 거처가 있겠어요? 인연이 닿는다면 다시 만날 것이고, 그렇지 않다면 거처를 남겨도 아 무 소용없는 것 아니겠어요? 그게 만남이라는 거예요."

가사방이 웃음 띤 얼굴로 대답했다. 그리고는 바로 범시역을 향해 읍을 했다.

"다시 만났으면 좋겠소."

범시역 역시 좀체 그 내력을 알 수 없는 의문투성이의 도사를 향 해 인사를 했다. 이어 천천히 계단을 내려갔다.

범시역은 아래층으로 내려오자마자 또다시 크게 놀라고 말았다. 방 금 올라왔던 군교는 그에게 "강남순무 이위가 밑에서 기다리고 있다" 고 아뢰었을 뿐이었다. 그런데 이위의 옆에 또 한 사람이 있었으니 그가 놀란 것도 무리는 아니었다.

그는 40세 정도 되는 나이에 네 개의 맹수발톱 무늬가 있는 관포官
袍를 입고 있었다. 또 미세한 떨림으로 인해 더욱 반짝이는 열 개의
동주東珠가 박힌 금룡金龍 조관朝冠을 쓰고 있었다. 그는 다름 아닌 옹
정의 제일가는 충신이자 아우인 이친왕 윤상이었다!

그는 조금 전 기침을 심하게 한 듯 시뻘게진 얼굴을 한 채 피곤이
역력한 눈빛으로 범시역을 똑바로 바라봤다. 이어 질책하듯 말했다.

"뭘 그렇게 멍청히 서 있는 거야? 열셋째마마인 나도 몰라보는 거
야?"

"소인 범시역이 열셋째마마께 문안을 올립니다."

범시역이 그제야 제정신이 돌아온 듯 화들짝 놀라면서 예의를 갖
춰 인사를 올렸다. 그리고는 변명 비슷한 말을 다시 늘어놓았다.

"신은 고북구에서 잔뼈가 굵은 사람입니다. 어찌 감히 주인을 몰라
볼 수가 있겠습니까? 너무 의외여서 놀랐을 따름입니다. 고산진은 여
기에서 적어도 오십 리 길은 더 되는 곳입니다. 그런데 이 밤길을 어
떻게 오셨습니까?"

윤상이 웃음을 머금은 채 이위를 향해 말했다.

"이 친구 이거 혼이 좀 나야 되겠어. 명색이 병사를 거느린다고 하
는 사람이 고양이 암내 내는 소리나 하고……. 일이 급한데 오십 리
칠흑 길이 대수인가? 아무려나 여기에서 이위하고 인수, 인계를 하도
록 하게. 이위가 자네 대신 교인제 등을 북경으로 압송할 거야. 자네
의 병사들은 그대로 호송을 하도록 하고, 자네는 나를 따라 마란욕
으로 돌아가자고. 내가 열넷째 아우를 좀 만나봐야 할 일이 있어서
그래. 전달할 지의도 있고."

범시역은 그제야 이위와 인사를 나눌 수 있었다.

"우개又玠(이위의 호), 자네는 북경에 언제 도착했는가? 안색이 별로 좋아 보이지 않는군. 감기라도 든 것 아닌가?"

이위는 옹정이 옹친왕 시절부터 서재에서 필묵을 시중드는 역할을 했다. 그러던 중 특유의 명민함과 재치를 높이 산 옹정에 의해 지방 관으로 내려갔다. 사천성 성도의 현령으로 있을 때는 성문령城門領으로 일하던 범시역과 끈끈한 우정을 나누기도 했다. 물론 이위가 범시역을 통제하는 수직 관계는 아니었다. 이후 이위는 실력을 인정받아 나중에 봉강대리에까지 올랐다. 그렇게 된 데에는 호탕하고 맺고 끊는 자세가 분명해 과감한 일처리로 연결되는 그의 성격이 단단히 한 몫을 했다고 볼 수 있었다. 옹정이 바라볼 때마다 "정말 괄목상대했구나!" 하고 경이로운 눈길을 보낸 데는 다 이유가 있었다. 범시역은 그 이위가 아무런 사전연락도 없이 이렇게 외진 장소로 자신을 찾아 왔다는 사실에 놀랐다. 그러나 범시역이 놀라든 말든 아랑곳하지 않고 이위는 여유있게 웃으며 반갑게 인사를 했다.

"우리 아마 몇 년은 얼굴도 못 보고 살았지? 어디에 있든 살아 있기만 하면 만날 수 있다는 말이 사실인 것 같군! 나하고 열셋째마마는 둘 다 기침 때문에 고생을 하고 있어. 그놈의 기침이 좀 나을 기미를 보여야 기름기 자르르한 낯빛을 보여주든가 하지. 내가 희소식 하나 전해주지. 자네 형 범시첩이 내가 데워 놓은 의자에 들어앉게 됐다는 것 아닌가! 얼마 전에 관인官印을 넘겨줬다고. 이제부터는 사천성 순무로 동에 번쩍 서에 번쩍 할 거야. 그러고 보니 자네 형제는 각각 문관과 무관으로 가문을 빛내고 있는 격이라고 할 수 있지 않을까? 이제 조상들 무덤에 청기靑氣가 모락모락 피어오르겠어."

이위는 특유의 익살을 부렸다. 윤상 역시 그게 웃기는지 자신도 모르게 파안대소하고 말았다. 아무려나 윤상의 지시대로 범시역은 이위에게 곧장 인수, 인계를 했다. 이어 윤제를 앞세워 모반을 꾀한 왕경기 일당의 책동을 미리 간파한 사실에 대해서도 자세한 내막을 들려줬다. 또 선수를 쳐서 한방에 때려눕히게 된 경위와 지의를 받고 경릉으로 가서 채회새와 전온두, 교인제 등 흠범들을 연행하게 된 사실까지 다 털어놓았다. 마지막에는 북경에 도착해 범인들을 넘기는 수순에 대해서도 설명해줬다. 그리고는 자신의 말을 마무리했다.

"비 때문에 일정이 좀 늦어졌어. 앞으로 이백 리 좀 넘게 남았어. 비록 경기京畿 지역에 들어서기는 했으나 각별히 조심해야 할 거야. 요즘 들어 민간이고 관가이고 간에 열넷째마마에 대한 요언이 무성하잖아. 게다가 강호를 떠도는 일부 세력들이 대장군왕을 납치해 모역을 꾀한다는 소문도 나돌고 있어. 조금 전 우리 옆에서 술 마시고 있던 사람들도 왠지 느낌이 이상하더라고."

범시역은 내친김에 가사방을 비롯해 증정, 감봉지에 대해서도 이런저런 얘기를 늘어놓았다. 그의 얼굴에 그제야 안도하는 표정이 스쳐 지나갔다.

"이위! 방심은 절대 금물이네. 내가 했던 말 잊지는 않았겠지? 그 가사방은 바람과 비를 부리는 괴력을 가진 인물이야. 흑심을 품은 도둑이지. 우리와 대적하게 되면 어떻게 응수하겠어? 또 폐하께서는 누누이 지시하셨잖아. 반드시 교인제 등의 안전에 만전을 기하라고 말이야. 만에 하나 죽거나 도망가거나 어디 다치거나 하면 그 책임을 피하지는 못할 것이네. 여기에서 사람을 인계받은 이상 북경에 무사히 도착할 때까지 자네 어깨가 무겁네."

윤상이 옆에서 범시역의 말에 귀를 기울이고 있다가 숨을 길게 내쉬면서 말했다. 이위가 바로 웃음 띤 얼굴로 대답했다.

"걱정하지 마십시오, 열셋째마마. 강호에 떠도는 소문은 다른 이유가 있는 것이 아닙니다. 무소불위의 연갱요가 하루아침에 땅바닥에 내동댕이쳐진 것이 가장 큰 이유입니다. 나아가 그 막료였던 청해성의 왕경기가 열넷째마마를 앞세워 모반을 일으켜 북경을 들이치려던 음모가 백일하에 드러난 것도 이유가 되겠습니다. 그로 인해 민심이 잠시 흔들린 것입니다. 하지만 이제는 조정에서 더욱 경계할 것이 뻔합니다. 더구나 음모 자체가 원천적으로 박살이 난 마당에 누가 감히 다시 그런 전철을 밟으려 하겠습니까? 게다가 열넷째마마도 없이 여자 하나를 납치해 어디에 쓰겠다고 그런 무모한 짓을 저지르겠습니까? 마마께서는 그저 두 다리 쭉 뻗고 편히 주무십시오. 모든 것은 신에게 맡기시고요."

이위가 말을 마치자마자 바로 범시역에게서 넘겨받은 군교들을 불러 일일이 호송 범위를 나눠 맡겼다. 그리고는 이번 호송의 중요성을 다시 한 번 강조했다. 이어 윤상과 범시역을 상방上房으로 안내했다. 때는 술시戌時가 막 지난 시각이었다. 뽀얀 우무雨霧가 사방을 뒤덮은 가운데 비가 보슬보슬 싸라기처럼 뿌려지고 있었다. 위층의 주루에서는 술에 취한 손님들의 노랫소리가 시끌벅적하게 들려오고 있었다.

이위는 갑자기 그 사람들의 정체가 궁금해지면서 만나보고 싶은 충동을 느꼈다. 그가 자신도 모르게 막 계단을 오르려 할 때였다. 갑자기 객잔 밖에서 누군가의 흐느낌 소리가 끊어졌다 이어졌다 하면서 가냘프게 들려왔다. 여자의 흐느낌인 것 같았다. 그는 순간 발걸음을 뚝 멈추고 일꾼 한 명을 불러 물었다.

"이곳에는 평소에도 투숙객들이 이렇게 많은가?"

일꾼은 범시역 등이 비운 자리를 청소하느라 완전히 땀범벅이 돼 있었다. 그래도 이위가 질문을 하자 곧바로 조심스럽게 대답했다.

"오늘 같은 경우는 드뭅니다. 항상 오늘만 같으면 먹고 살 걱정이 없을 텐데 말입니다. 과거에는 그렇기도 했죠. 역도驛道가 이곳을 통과할 때는 늘 초만원이었죠. 하지만 강희 황제께서 마란욕에서 고산진으로 빠지는 역도를 뚫고 구하에 다리를 놓은 다음부터는 밥줄이 끊기고 말았습니다. 누가 가까운 길을 놔두고 일부러 몇 십 리 길을 돌아 이곳 사하점을 경유하겠습니까?"

"그런데 오늘 저녁은 어떻게 된 일이지? 손님이 꽤 많은 것 같은데?"

"하늘도 굽어보니 저희들이 불쌍해 보인 모양이죠, 뭐. 구하 다리가 떠내려가니 북경을 오가는 사람들이 갈 길은 급하고 하니 여기를 돌아가는 수밖에는 없었던 것이죠."

일꾼은 입담이 좋았다.

"음! 이 가게는 백년 전통을 자랑하는 곳이니 이곳을 통과하는 사람이라면 다들 무조건 들렀다 갈 테지. 그런데 자네가 보기에 위층에서 고성방가를 하는 저 사람들은 뭐 하는 사람들인 것 같은가?"

이위가 알겠다는 듯 고개를 끄덕이고는 재차 질문을 던졌다.

"그것은 잘 모르겠습니다. 아무튼 이 문턱을 들어서는 사람이면 누가 됐든 저희는 그저 고맙기만 하답니다."

이위가 일꾼의 대답에 웃는 얼굴로 물었다.

"밖에서 울음소리가 들리는 것 같던데?"

일꾼은 난데없이 툭툭 내던지는 이위의 물음에 갈피를 잡을 수 없는지 잠시 멍한 표정을 지었다. 이어 눈을 가늘게 좁힌 채 대답했다.

"비렁뱅이 노파와 열댓 살 되는 청년입니다. 병이 들어 다 죽어 가고 있습니다. 돈도 없는 모양이더군요. 아마 그 때문인지 노파가 매일 저렇게 청년을 끌어안고 울고 있습니다. 시끄러우시면 제가 가서 쫓아내겠습니다."

일꾼은 말을 마치기 무섭게 바로 밖으로 뛰쳐나가려 했다. 이위가 황급히 말렸다.

"잠깐만! 그러면 안 되지. 무슨 영문인지 내가 가보겠네."

이위는 바로 객잔 문을 나섰다. 때는 자시子時가 가까운 시각이었다. 하늘은 잔뜩 흐려 있고 밖은 칠흑같이 어두웠다. 이위는 안개처럼 흩날리는 가랑비에 흠칫 몸을 떨면서 소리 나는 쪽을 향해 다가갔다. 과연 가게 맞은편 길가에 웅크리고 있는 두 개의 그림자가 보였다. 그는 조금 더 가까이 가서 눈여겨 살펴봤다. 대략 60세쯤 되어 보이는 노파가 젊은 청년을 품에 안은 채 땅에 퍼질러 앉아 기진맥진한 목소리로 넋두리하며 울고 있었다.

"얘야, 제발 정신 좀 차려 보거라. 이렇게 가버리면 이 어미는 어떻게 하니……!"

"노인장! 도대체…… 어찌 된 일이오?"

이위는 사람이 가까이 다가가는 것도 모른 채 상심에 잠겨 있는 노파에게 물었다. 노파는 그제야 절망에 가득 찬 얼굴을 들더니 이위를 바라보면서 하소연하듯 말했다.

"글쎄, 어제 미친개에게 한 입 물렸다는데, 이 지경이 돼버리고 말았지 뭡니까. 아이 병 하나 고치지 못할 정도로 가진 것이 없는 것은 아닌데, 아비라는 작자가 어디 가서 뒈졌는지 찾을 수가 있어야죠. 애는 다 죽어 가는데 이걸 어쩌나. 아이고 이걸 어쩌면 좋아……."

노파의 울음소리에는 가슴이 찢어지는 듯한 처절함이 배어 있었다. 이위는 그 모습이 너무 안 됐는지 잠시 미간을 찌푸리더니 부드러운 목소리로 위로했다.

"그렇다고 마냥 이렇게 울고만 있을 수는 없잖아요. 일단 저를 따라 들어가시죠. 따뜻하게 몸부터 녹이고 물이라도 마시세요. 그런 다음 의원을 불러오면 되니까요.”

이위의 말이 채 끝나기도 전이었다. 갑자기 노파의 품에 죽은 듯 엎드려 있던 젊은 청년이 무섭게 꿈틀대면서 고함을 질렀다.

“물! 나는 물 싫어. 싫어…… . 너무 아파. 이 미친개를 어서 몽둥이로 때려 눕혀요.”

청년은 공수병恐水病으로도 불리는 광견병에 걸린 것이 틀림없었다. 이위는 순간 흠칫 놀라면서 서둘러 말했다.

“더 이상 지체했다가는 아주 위험해져요. 어서 안으로 들어가요. 아직은 어떻게든 손을 써볼 여지가 있어요.”

노파가 놀란 듯 어둠 속에서 눈물범벅이 된 얼굴을 반짝이면서 이위를 바라봤다. 이어 고개를 갸웃거렸다.

“나리께서는……?”

“이것저것 묻고 자시고 할 여유가 없어요. 저도 비렁뱅이로 살았던 시절이 있는 사람이라는 것만 알고 있으면 돼요.”

“아이고 젊은 분이 착하기도 하시네요.”

“일각이 금쪽같다니까요! 어서, 어서 일어나세요.”

이위가 다급히 노파의 품에서 청년을 빼앗다시피 건네받아 안고는 안으로 들어와 황급히 일꾼을 불러 물었다.

“가까운 곳에 생약生藥 가게 없는가? 내가 처방을 해줄 테니 가서 약을 좀 지어 와.”

노파는 뒤에서 이위를 따라 들어가면서 연신 염불을 중얼거렸다.

“나무아미타불, 나무지장보살, 나무약왕보살…….”

일꾼은 이위가 시키는데도 잠시 어찌 할 바를 모르고 머뭇거렸다. 그러자 밖에서 곽영이 그 소리를 듣고 들어오더니 버럭 고함을 질렀다.

"야, 이놈아! 빨리 달려갔다 오지 못해? 죽고 싶어?"

이위가 일꾼으로는 안 되겠다고 생각했는지 혼수상태에 빠져 있는 환자를 내려놓은 다음 말했다.

"곽영이라고 했지? 내가 말할 테니, 어서 적어. 그리고 얼른 가서 처방전대로 약을 지어오도록 해."

곽영이 황급히 대답을 했다. 이어 글씨를 적을 만한 종이를 찾았다. 궁하면 통한다고, 그는 땅바닥에서 겨우 구겨진 종이 한 장을 발견했다. 이어 종이를 경황없이 손바닥으로 쫙쫙 펴면서 이위의 입만 쳐다봤다. 이위는 약재를 줄줄 읊어주었다.

방풍防風, 백지白芷, 울금鬱金, 목별자木鱉子, 천산갑穿山甲 천산두근川山豆根 이상 각 1전, 금은화金銀花, 산자여山慈黃, 생유향生乳香 천패川貝, 살구씨 이상 각 1전 5푼, 소박하蘇薄荷 3푼.

곽영이 처방전을 들고 달려 나갔다. 그제야 이위는 겨우 한숨을 돌릴 수가 있었다. 눈물범벅으로 크게 놀라 자신을 바라보고 있는 노파에게 말을 건넸다.

"이제 안심하셔도 돼요. 제가 처방한 약만 먹으면 일단 위험한 고비는 넘길 수 있을 테니까요. 그다음 천천히 몸조리를 하면 제까짓 게 낫지 않고 배기겠어요?"

"이제 보니 대인은 낭중郎中(의원)이셨군요? 아이고, 우리 아들이 귀인을 만났네!"

노파가 눈물이 그렁그렁한 두 눈으로 이위를 바라보았다. 이어 털썩 무릎을 꿇더니 다시 입을 열었다.

"이 노인네는 가진 것이 없습니다. 달리 이 은혜를 갚을 방법이 정말 없습니다. 그저 돌아가서 선생의 장생을 기원하는 명패를 모시고 매일 부처님께 향을 사르면서 기도하는 수밖에 없습니다. 그럴 수 있도록 은인의 존함이라도 가르쳐 주십시오."

이위가 노파를 부축해 일으켜 세우면서 말했다.

"제가 그랬죠? 비렁뱅이 출신이라고요. 저 같은 왕거지들은 기본적으로 미친개 후리는 방법을 한두 가지씩은 익히고 있거든요. 방금 그 처방도 바로 그런 응급용이에요. 문제는 이런 병은 호전됐다가도 재발한다는 거예요. 적어도 이삼 년은 걸려야 완치가 될 겁니다."

노파가 다시 막 입을 열려고 할 때였다. 갑자기 계단 밟는 소리가 요란하게 들려왔다. 이위의 눈에 감봉지가 앞장을 서고 증정과 일꾼 차림을 한 대여섯 명의 사내가 그 뒤를 따르는 모습이 들어왔다. 감봉지만 제외하고는 모두 청포青布 적삼과 발목에 잘록하게 고무줄을 댄 통이 넓은 검은 바지를 입고 있었다. 이위는 그들을 힐끔 쳐다봤다. 그런데 아무리 눈을 씻고 봐도 가 도사는 보이지 않았다. 아무려나 그는 등불 밑에서 미친개에게 물린 청년의 상처를 살피는 척하면서 감봉지를 힐끔힐끔 훔쳐봤다.

대략 서른 살 정도 돼 보이는 감봉지는 척 보기에도 심사가 무척이나 불편한 것 같았다. 그래서일까, 다소 창백해 보이는 얼굴에 누에고치 모양의 짙은 눈썹이 한데 뭉쳐져 있었다. 그는 푸른색 비단 장포 차림을 하고는 있었으나 허리띠도 매지 않고 모자 역시 쓰지 않고 있었다. 굵고도 검은 긴 머리채가 허리춤에 묵직하게 드리워져 있었으며 검은 비단을 댄 사슴가죽 장화는 간편하고 가벼워 보였다. 아무리 박하게 보려 해도 사내답게 영무英武한 모습이 넘쳐흘렀다. 하지만 그의 얼굴은 웃음기 하나 찾아볼 수 없을 만큼 굳어 있었다. 일꾼 한 명이 그 뒤를 바짝 쫓아가면서 뭔가를 말리듯 말했다.

"대인, 가씨 저 사람은 어깨 너머로 몇 수 배운 재주 외에는 없습니다. 진짜 재주는 얼마 안 됩니다. 대인 같은 분들이 굳이 상대할 사람이 못 되지 않겠습니까? 그래도 정 이대로 넘어가기가 찜찜하시면 남경南京으로 돌아가 생철불生鐵佛 사백師伯에게 승부를 가릴 수 있도록 해달라고 하면 되지 않겠습니까? 그리고 용호산龍虎山 누사원婁師垣(도교 사원 이름)의 장張 진인眞人은 가씨 저 사람의 스승이자 대인의 절친한 친구이지 않습니까. 그분께 얘기하면 크게 혼을 내줄 겁니다."

감봉지가 일꾼의 말에 길게 한숨을 내쉬었다.

"됐네. 길게 얘기해봤자 입만 아프지. 그래도 어쩌겠나, 그 사람도 상春 장군의 편지를 가지고 있으니 동지라고 봐야지. 나는 저 친구가 진지하지 않은 것이 마음에 들지 않아. 아무리 사소한 일이라도 우습게보면 안 되는데 말이야. 또 큰일에도 협동심이 없는 것 역시 마찬가지야. 어쨌든 마음에 들지 않아!"

감봉지의 말이 막 끝나갈 때였다. 약을 제조하러 갔던 곽영이 약봉지 몇 개를 들고 돌아왔다. 잠시 후 약탕관에서 김이 모락모락 피어오르며 약 냄새가 실내에 가득 퍼졌다. 감봉지가 이위와 의식을 잃고 땅바닥에 쓰러져 있는 젊은 청년을 번갈아보면서 심드렁한 어조로 물었다.

"그쪽은 낭중인가 보네요? 이 친구, 무슨 병인데 이러고 있습니까?"

"미친개에게 물렸어요. 내가 알고 있던 처방으로 고쳐보려고 시도를 해볼 뿐이지 낭중은 아닙니다."

이위가 하얀 이를 드러낸 채 웃으면서 말했다. 사실 그는 감봉지와 악연이 있었다. 원래 감봉지는 강소성과 절강성 일대의 강호에서는 알아주는 유명한 대협大俠이었다. 나쁘게 말하면 건달이라고 할 수 있었다. 반면 이위는 해당 지역의 얼사臬司(법사法司라고도 함)아문에서

일한 바 있었다. 자연스럽게 감봉지의 문생들을 수없이 잡아들일 수밖에 없었다. 자연히 이위는 의리의 사나이라는 평판과 건달두목이라는 악명을 동시에 얻고 있는 애매모호한 정체의 감봉지를 줄곧 염두에 둬야 했다. 그러던 차에 바로 이곳 연산 자락의 자그마한 진에서 우연히 마주친 것이다. 이위는 감봉지에게 다가가 얘기를 주고받으면서 그 실체를 캐내고 싶은 마음이 그야말로 굴뚝같았다. 하지만 자신의 임무가 막중했던 터라 그런 욕망을 꾹꾹 눌러 참고 더 이상 아무런 말도 하지 않았다.

그럼에도 감봉지는 물러갈 기미를 보이지 않았다. 오히려 이위를 뚫어지게 쳐다봤다. 그러기를 얼마나 했을까……, 감봉지가 껄껄 웃으면서 말했다.

"이제 보니 우리의 대단하신 이 대인께서는 죽은 사람을 살려내는 묘수까지 지녔군요. 실로 탄복을 금할 길이 없소이다. 사실 우리는 원수지간도 아닌데, 어쩌다 이렇게 외나무다리에서 만났을까요?"

이위는 감봉지의 도발적인 말을 듣자 등골이 서늘해지는 기분을 느꼈다. '이자가 그 옛날의 빚을 갚기 위해 북경까지 찾아온 것일까. 정말 그렇다면 이번의 중차대한 호송 임무가 바로 코앞에서 낭패를 보는 것은 아닐까?' 하는 생각이 든 것이다. 순간 그는 혼란스러워지는 정신을 다잡아야 했다. 곧 감봉지의 뒤에 떡하니 버티고 서 있는 수행원들도 살펴봤다. 하나같이 험상궂고 무쇠팔뚝을 한 섬뜩한 자들이었다. 양순하고 착한 사람들과는 거리가 한참이나 멀어 보였다.

그때 어디선가 인기척이 들려왔다. 그는 본능적으로 뒤를 돌아봤다. 자신 휘하의 군교들이 객잔의 뒤편에서 나오고 있었다. 그제야 그는 다소 안심을 할 수 있었다. 결코 호의적이지 않은 눈빛으로 자신을 뚫어지게 쳐다보는 감봉지의 시선도 정면으로 받을 수 있었다. 순간 양자간에 잠깐 동안이나마 불이 번쩍했다. 그러나 이위는 바로 익살스런 웃음을 지어 보이면서 천천히 말했다.

"시어머니 꾸지람에 개의 배를 걷어찬다고 하는 말이 있죠. 보아하니 가사방한테 한 방 얻어먹고 울화통이 터져 아무한테나 화풀이하려는 것 같군요. 그대는 누구요? 나는 누군지 모르겠는데요?"

"어쩌죠? 나는 그쪽을 알고 있는데! 내 제자 호세웅胡世雄을 함부로 붙잡아 조정에 보고하지도 않고 바로 죽여 버렸잖아요. 그것뿐만이 아니죠. 나송羅松이라는 제자도 붙잡아 가서 개 패듯 팼죠. 어떻게든 내 뿌리를 파내버리지 못해 안달이었죠! 물론 그쪽이 청백리라는 데는 나도 이의를 제기할 수가 없어요. 하지만 나는 왕법을 위반하지도 않았을 뿐만 아니라 그쪽 조상들의 무덤을 파헤친 것도 아닙니다. 그런데 무슨 억하심정이 있어서 툭 하면 나한테 시비를 걸어오는 겁니까? 우리 '소굴'을 엎어버리겠다고 여러 번 선언한 것도 알고 있어요. 마침 오늘 만났으니 그 이유나 들어봅시다."

감봉지가 코가 떨어지도록 냉소를 흘리면서 말했다. 이위가 그런 감봉지를 오래도록 노려보더니 "푸우!" 하고 웃음을 터트렸다.

"당신이 말한 모든 것은 다 사실이오. 그러나 그것은 내 본분을 지킨 것일 뿐이오. 그저 맡은 바 일에 충실하느라 그런 것이었소. 그걸 어떻게 하겠소? 나는 오히려 그쪽이 천리 길도 마다하지 않고 여기까지 나를 쫓아온 것이 궁금하오. 뭘 어떻게 하겠다는 거요?"

"걱정하지 마세요. 나는 그쪽을 비명에 가도록 만들 생각은 없는 사람이에요. 나는 이래뵈도 법을 완전히 무시하는 사람은 아니에요. 솔직히 왕경기 대인의 소식이 궁금해서 왔어요. 그분은 우리 아버지와 의형제를 맺은 사이에요. 그런데 조정에 체포됐다는 소문이 들리더군요. 이번에 압송하는 범인들 중에 포함돼 있다면 만나서 송별주라도 한잔 하고 싶을 뿐이에요. 그리고 도대체 무슨 죄를 지었는지 알아야 북경에 쫓아가 구명운동이라도 벌이죠. 미운 정도 정이라는데, 이런 편의 정도는 봐줄 수 있지 않을까요?"

감봉지가 굳은 표정을 한 채 음울한 어조로 말했다. 바로 그때 약이 다 달여진 듯했다. 이위는 노파가 두 사람을 번갈아보면서 멍하니 생각에 잠겨 있는 모습을 보고는 손수 약을 사발에 담고는 젊은 청년의 몸을 일으켜 안았다. 이어 흰 거품이 말라붙어 있는 청년의 꼬들꼬들한 입술을 숟가락으로 조심스럽게 벌리고는 약을 후후 불어 조금씩 떠 넣어줬다. 그러면서도 감봉지의 말에 대답하는 것은 잊지 않았다.

"물론 경우에 따라서는 편의를 봐드릴 수도 있죠. 그쪽이 아끼는 형제들 중에서도 나를 도와 일을 잘 해준 친구들도 꽤나 있어요. 나 역시 그 사람들을 형제처럼 대해줬고. 그러고 보면 우리는 원수가 아니라 가까운 형제 사이로 봐도 무방할 것 같네요. 형제라면 당연히 서로의 고충을 헤아려줘야 하겠죠."

이위는 환자인 젊은 청년의 입에 약을 떠 넣는 것에만 골몰한 채 건성건성 말했다. 감봉지에게는 그야말로 눈길 한 번 주지 않았다. 감봉지로서는 화가 치밀어 오르는 일이었다. 그러나 그는 애써 감정을 가라앉히고는 이위의 말허리를 툭 잘라버렸다.

"내 일찍이 귀신이 이 대인을 괴롭히는 것이 아니라 이 대인이 귀신을 찾아가 겁을 준다는 소문은 들었어요. 그 정도로 그쪽이 대단한 사람인 것은 모르지 않소. 그러나 오늘은 말장난할 시간이 없어요. 그래서 단도직입적으로 물어야겠네요. 나는 왕경기 대인을 보려고 왔어요. 어떻게 체면을 좀 살려줄 수 없을까요?"

이위는 감봉지가 말을 하는 사이에 젊은 청년에게 약을 다 먹였다.

그리고는 다시 그의 이마와 뒷골을 눌렀다. 그리고는 만족스런 표정을 지으면서 일어섰다. 그가 갑자기 등불 밑에서 근엄한 태도로 자세를 바꾸더니 노파를 향해 말했다.

"이제는 위험한 고비를 무사히 넘겼어요. 걱정하지 않아도 됩니다."

이어 감봉지를 향해 돌아서면서 입을 열었다.

"물론 체면은 살려줘야겠죠. 그러나 안됐지만 왕경기는 지금 여기에 없어요. 이미 북경에 압송된 상태에요. 나 이위는 맡은 바 일은 끝까지 책임을 지는 사람이에요. 그래서 한 가지 짚고 넘어가고 싶은 것이 있소. 그것은 바로 설사 왕경기가 다른 범인들과 함께 여기에 있다고 해도 법을 어겨가면서까지 두 사람을 만나게 해줄 수는 없다는 것이오. 나중에 서시西市(통칭 사형장의 의미)에서 저승길을 위로하는 따뜻한 술 한 잔을 건네는 일 정도는 내가 도와줄 수 있을지도 모르겠지만."

"사람 잡는 데만 귀신같은 줄 알았더니 말도 잘하는군요!"

감봉지가 목젖이 훤히 들여다보이도록 고개를 젖힌 채 크게 웃었다. 그러더니 갑자기 웃음을 뚝 멈추고는 덧붙였다.

"본데없고 막 돼먹은 봉강대리라고 소문이 자자하더니, 과연 그렇구먼. 왕경기 그 어른이 범인들 속에 있나 없나 내가 직접 확인해보면 안 되겠소?"

"그건 아무래도 곤란할 것 같네요. 손바닥만 한 이곳 사하점도 왕법으로부터 자유로울 수 없는 곳이에요. 더구나 우리 병사들 역시 밖에 나오면 조정의 얼굴이라고 할 수 있어요. 백번 양보해서 설사 내가 묵인을 한다고 해도 병사들이 허락하지 않을 거예요. 그때 가서는 당신 체면이 더욱 형편없이 구겨질 것이 아니겠소? 당신은 법을 알고 예를 지킬 줄 아는 사람이라고 스스로 얘기하지 않았소? 그렇다면 경우가 옳게 처신해 줬으면 하오. 앞으로 서로 마주칠 일도 많을 텐데, 이런 일로 개 닭 보듯 하는 원수지간이 되지는 말아야 하지 않을까요?"

이위가 얼굴에 개구쟁이 같은 웃음을 흘렸다. 그러자 감봉지가 인상을 흉흉하게 구기면서 이를 악물었다. 이어 성큼 한 발을 앞으로 내디뎠다. 동시에 추호도 빈틈을 보이지 않는 이위를 매섭게 노려보면서 도발을 했다.

"내가 그래도 확인해보고 싶다면요?"

"아까보다 훨씬 좋아졌어요. 따끈한 찻물을 조금 떠먹여보세요. 나는 이 감 대협과 장기전을 벌여야 할 것 같으니 더 이상 돌봐주지 못할 것 같네요."

이위가 노파를 향해 말했다. 그리고는 감봉지를 힐책하듯 다시 입을 열었다.

"그래도 명색이 대협이 아니오. 그런데 의리도 없이 목숨이 경각에 달린 환자를 구해주려고 팔 걷어붙인 사람을 해치려든다는 말입니까? 사람은 스스로 싸구려 취급을 하면 안 돼요. 그렇게 하기 시작하면 미친개한테 물린 것보다 더 손쓰기 어려운 상황에 봉착한다고 했어요!"

이위가 말을 마치고는 곽영의 옆에서 장검에 손을 올렸다 내렸다 하는 한 무리의 부하들에게 고개를 돌렸다. 이어 감봉지를 비꼬듯 말했다.

"자네들은 이 감 대협을 잘 모르지? 대단한 분이지. 황하만 건너가면 그곳 총독과 순무에서부터 좀도둑들에 이르기까지 모르는 사람들이 없지. 우러러 받들지 않는 사람이 없을 정도라고. 감 영웅이 발을 한번 굴렀다 하면 진짜 강남과 강북이 통째로 흔들려. 앞으로 나도 강남으로 다시 돌아갈지 몰라. 그렇기 때문에 감 영웅을 화나

게 하면 안 되지. 득이 될 게 하나도 없으니 말이야. 그러니 내 명령
이 떨어지기 전에는 너무 무례하게 굴어서는 안 되겠어, 알겠는가?"

"예, 알겠습니다!"

병사들이 이구동성으로 우렁차게 대답했다. 그러나 대답과는 달리
그들은 조금도 물러서지 않았다. 오히려 감봉지에게서 시선을 뗄 줄
몰랐다. 팽팽한 긴장을 감지한 모양이었다. 바로 그때 내내 감봉지의
일거수일투족을 노려보고 있던 곽영이 어둠을 틈타 슬며시 엎드렸
다. 그리고는 장화 속에서 비수를 꺼내 방심하고 있던 감봉지를 향
해 냅다 던졌다. 그는 어둠에 목표가 빗나가 목숨을 빼앗지는 못해도
어느 정도 치명타는 입힐 수 있다고 생각했다. 그러나 이내 깜짝 놀
라고 말았다. 전혀 곽영을 의식하지 않고 있던 감봉지가 비수가 날아
오는 순간 날렵하게 손을 뻗더니 비수의 칼날을 식지와 중지로 가볍
게 잡아버린 것이다.

"나하고 놀기에는 너무 유치하지?"

감봉지가 냉소를 흘리면서 비수를 요모조모 살폈다. 좌중의 사람
들이 아직 채 놀라움에서 헤어나지도 못하고 있을 때였다. 갑자기 감
봉지의 손에 있던 비수가 빨갛게 달아오른 부지깽이처럼 변했다. 이
어 눈 깜짝할 사이에 감봉지의 손아귀에서 호두알만 한 쇳덩어리가
돼버리는 것이 아닌가. 감봉지는 사람들의 놀란 표정은 전혀 아랑곳
하지 않고 손아귀에 힘을 주고는 쇳덩어리를 꽉 움켜쥐었다. 곧이어
푸르스름한 연기가 피어오르는가 싶더니 쇳물이 뚝뚝 떨어지기 시작
했다. 바닥에 떨어진 쇳물에서는 "치직, 치직!" 하는 소리가 났다. 감
봉지는 비수가 손에서 완전히 녹아내린 다음에야 비로소 손수건을
꺼내 손을 닦아내더니 홀가분한 웃음을 흘렸다.

"이 대인, 내가 누굴 겁주려고 이러는 것이 아니에요. 나는 석두성石

頭城의 팔의八義라고 일컬어지는 여덟 형제들 중에서도 재주로 따지면 여섯 번째밖에 못 돼요. 그럼에도 내가 이런 모습을 보여주는 것은 이 대인과 피비린내 나는 충돌을 피하기 위해서라고 할 수 있어요. 좋은 게 좋은 것 아니겠습니까? 더도 말고 왕경기를 딱 한 번만 보여주면 나는 순순히 물러가겠어요."

주루 앞에서 벌어지고 있는 예사롭지 않은 풍경은 뒤뜰에 있는 윤상과 범시역에게 그대로 전해졌다. 둘은 깜짝 놀라 뛰쳐나왔다. 곽영이 막 비수를 던질 때였다.

범시역은 당초 사태가 크게 번지는 것을 우려해 감봉지를 생포하라는 명령을 내리려고 했다. 그러나 곧 그 무서운 실력에 놀라 주저하지 않을 수 없었다. 게다가 이위가 옆에 있다는 사실 역시 부담이었다. 자칫 잘못했다가는 쥐를 잡기도 전에 병을 깨버릴지 모르는 위험도 고려해야 했던 것이다.

감봉지의 일거수일투족을 살펴보던 윤상이 천하의 범시역조차 쩔쩔 매는 그 난감한 상황을 보고는 도저히 안 되겠다고 판단했는지 앞으로 나서며 큰소리로 말했다.

"대단한 재주꾼인 것 같군. 그 괴력을 조정을 위해 헌신하면 좀 좋아. 하필이면 도둑떼들과 어울려 다니면서 재주를 썩히는가?"

감봉지가 고개를 돌려 윤상을 힐끗 쳐다봤다. 그리고는 흥! 하고 콧소리를 힘껏 내면서 말을 받았다.

"어디서든 충성과 의리를 다한다면 그것이 바로 대도大道를 걷는 것 아니겠습니까? 나는 그저 왕경기 대인을 보고 싶을 따름이에요. 작심하고 조정에 대항할 생각은 추호도 없네요. 사람이 보고 싶어 한 번만 보자는데 왕법까지 들먹일 것은 없지 않을까요?"

"당신 같은 사람하고 농담이나 하면서 노닥거릴 시간 없어!"

이위가 갑자기 버럭 화를 내면서 소리를 내질렀다. 그리고는 병사들에게 명령을 내렸다.

"손봐줘!"

"예!"

곽영을 비롯한 10여 명의 병사들은 대답과 동시에 감봉지의 등 뒤에서 바로 그를 덮쳤다. 진작부터 손이 근질거려 움찔거리던 사람들다였다. 순간 감봉지의 다섯 제자들 역시 각자의 허리춤에서 독사처럼 생긴 채찍을 뽑아들고 쌩쌩 바람을 일으키면서 스승을 보호하기 위해 나섰다. 삽시간에 일촉즉발의 위험이 감돌기 시작했다.

곽영은 한 번 맞으면 살점이 뭉텅뭉텅 떨어져 나갈 것만 같은 채찍소리에 뒤로 물러나지 않을 수 없었다. 생각처럼 쉽게 감봉지에게 접근할 수 없었던 것이다. 할 수 없이 식탁 한 개를 들어 감봉지의 제자들을 향해 힘껏 던졌다. 순간 폭격 맞은 지붕이 사방으로 날아가는 귀청 찢어지는 채찍소리가 들렸다. 그와 함께 나무 식탁이 젓가락처럼 갈기갈기 찢긴 채 쏟아져 내렸다. 순간 사람들은 일제히 숨을 멈춘 채 얼어붙었다. 감봉지가 헤헤 웃으면서 입을 열었다.

"이 대인, 그렇게 왜 잠자는 사자의 코털은 건드리고 그러는 거요? 대인은 가 도사의 요술도 갖추고 있지 못하기 때문에 아마 내 손아귀를 벗어나기는 어려울 거요. 미안하지만 내가 왕 대인을 만날 때까지는 인질로 잡혀 있어야겠소. 왕 대인에게 몇 마디만 전하고 나면고이 풀어줄 테니 걱정은 하지 말아요. 이 일로 심기가 많이 불편해질 것 같으면 조만간 따로 찾아가 사죄하도록 하겠소."

감봉지가 말을 마치자마자 바로 집게 같은 손을 뻗어 이위를 움켜잡으려 했다. 바로 그때였다. 누군가의 손이 이위에게 향하는 감봉지의 손을 가로막았다. 감봉지는 처음 막을 때의 느낌이 가벼운 듯해

우습게 생각했다. 그러나 그게 아니었다. 감봉지는 젖 먹던 힘까지 다 했지만 철벽처럼 가로막는 그 손은 도무지 밀어 낼 수가 없었다. 순간 그가 흠칫 놀라면서 손의 주인공을 향해 눈길을 돌렸다. 손의 임자는 죽어가는 아들을 안고 대책 없이 울고만 있던 바로 그 노파였다. 감봉지는 대경실색하고는 자신도 모르게 한 걸음 뒤로 물러났다. 이어 떨리는 목소리로 물었다.

"대…… 대체 뭐 하는 사람이오?"

"보다시피 이 애의 엄마요. 우리 아들은 개한테 물려 다 죽어가던 중 천운으로 귀인을 만나 목숨을 부지했어요. 당신들이 그런 우리 은인을 끌고 가면 내 아들은 어떻게 되겠어요? 이 어른은 나에게 소중한 은인이에요. 털끝 하나 건드리는 것도 나는 봐줄 수가 없어요."

노파가 무덤덤하게 걸상에 기대어 있는 아들을 가리키면서 말했다. 초라하고 볼품없는 청삼青衫 차림에 어린아이 주먹처럼 꽁꽁 묶여 있는 전족이 애처로워 보이는 영락없이 힘없는 노파였다.

'이 할망구는 어디로 보나 평범한 노파에 불과해. 그런데 그런 시골 노파가 이토록 무시무시한 괴력을 갖고 있다니!'

감봉지는 그렇게 생각하면서 혀를 내둘렀다. 그 와중에도 여러 번 노파의 손을 떨쳐내려는 시도를 했다. 하지만 노파가 쳐놓은 장벽은 갈수록 뚫고 나갈 엄두도 나지 않을 만큼 대단한 위력을 가지고 있었다. 노파가 낭패감으로 얼룩진 감봉지의 얼굴을 바라보면서 말했다.

"자식을 앞세울 수 없는 이 늙은이의 어미 된 마음을 헤아려서라도 일단 이 어른을 놓아 주시오. 나는 내 아들 병만 나으면 그때 가서 두 사람이 어디에서 어떻게 문제를 해결하든 상관하지 않을 거예요. 어때요?"

윤상과 범시역, 이위 등은 하나같이 노파의 경이로운 괴력에 할 말을 잃고 말았다. 상대를 제대로 만난 감봉지 역시 마찬가지였다. 그는 패배를 인정하면서 꼬리를 내리는 듯했다. 하지만 그것은 속임수였다. 그는 갑자기 '원숭이가 자루에서 사과를 꺼내는' 것 같은 무술 동작으로 노파의 안면을 향해 거세게 주먹을 뻗었다. 울퉁불퉁한 무쇠주먹이 곧바로 노파의 면상을 가격했다. 동시에 "펑!"하는 소리가 요란스럽게 났다. 감봉지는 순간 마치 쇳덩어리를 내리친 것 같은 느낌을 받았다. 그러나 그것도 잠시였다. 곧 뼈가 부서져 가루가 되는 것만 같은 통증이 오른손을 타고 그의 온몸으로 퍼져 나갔다.

감봉지는 원래 강남 석두성의 손꼽히는 여덟 명의 무술 대가 중 여섯째에 속했다. 그러나 강호를 떠돌면서 무예를 통해 사귄 친구들이 엄청나게 많았다. 때문에 명성은 이른바 '생철불'로 불리는 맏형을 능가한다고 해도 좋았다. 실력도 거의 백전백승을 자랑했다. 그런데 그런 그가 전혀 예상치 못한 작은 계곡에서 배가 뒤집히는 수난을 당할 줄을 누가 알았으랴! 그는 중지가 부러진 아픔을 느낄 여유도 없이 뒤로 물러났다. 이어 자신의 제자들에게 명령을 내렸다.

"채찍은 고이 보관했다가 국 끓여먹을 거야? 힘껏 갈겨!"

감봉지의 말이 끝나자마자 바로 다섯 개의 채찍이 독사처럼 꿈틀거리면서 일제히 노파에게 날아들었다.

"천하의 감봉지가 오늘 보니 꽤 치사하군. 늙은 노파 하나 잡으려고 떼로 나서다니! 그래, 덤벼 보라고!"

노파가 냉소를 터트리면서 감봉지를 비꼬았다. 그리고는 요리조리 발걸음을 옮겼다. 수비를 위한 보법步法 같았다. 척 보기에는 별로 신경도 쓰지 않는 듯했다. 하지만 웬일인지 다섯 개의 채찍은 노파의 그림자조차 건드리지 못했다. 또다시 채찍 세례가 이어졌다. 그러자 노파가 한 사람의 키는 족히 될 높이로 공중을 향해 날아올랐다. 이어 허공에서 침착하게 몸을 돌리더니 두 손으로 다섯 개 중 네 개의 채찍을 와락 거머쥐었다. 동시에 사뿐히 내려와 채찍을 낚아채며 흔들었다. 감봉지의 네 제자는 맥없이 뒤로 쓰러지면서 그만 채찍을 놓치고 말았다.

"이래도 감히 내 앞에서 무례하게 굴 텐가?"

노파가 동네 코흘리개들을 혼내듯 위엄 어린 목소리로 고함을 질렀다. 윤상과 범시역을 비롯한 모든 사람들은 마치 꿈을 꾸고 있는 것 같은 착각에 빠져들지 않을 수 없었다.

감봉지의 얼굴은 보기 흉할 만큼 잿빛으로 변했다. 패배를 인정하지 않으려고 해도 방법이 없을 듯했다. 더 이상 악을 써봤자 수치심만 더해갈 것 같았다. 그는 어쩔 수 없이 치솟는 울분을 꾹꾹 눌러 죽이면서 두 손을 맞잡은 채 공수를 했다.

"실로 대단하십니다. 저 감봉지가 졌습니다. 외람되나 존성대명^{尊姓}大名이라도 가르쳐 주신다면 삼 년 동안 실력을 다시 연마해 반드시 찾아뵙도록 하겠습니다."

"구태여 감추고 자시고 할 것도 없겠군."

노파가 허리를 굽혀 의자에 누워 있는 젊은 청년을 들여다봤다. 청년이 눈을 떠보였다. 그러자 노파는 그제야 안심이 된다는 듯 몸을 돌려 감봉지를 향해 말했다.

"나는 단목^{端木} 가문의 여자일세."

"단목 가문요?"

감봉지가 노파의 말에 눈이 휘둥그레지며 깜짝 놀랐다. 그도 그럴 것이 무림에서는 '남황보, 북단목'^{南皇甫, 北端木}이라는 말이 전설처럼 전해져 내려오고 있었으니 그럴 만도 했다. 더구나 그는 단목 가문의 무예가 타의 추종을 불허할 정도로 대단하다는 사실을 익히 알고 있었기에 강호를 누비고 다니면서도 언젠가는 꼭 한 번 만나고 싶다는 열망을 품고 있었다. 그런데 그런 단목 가문의 사람을 이곳 벽촌에서 이런 식으로 만나게 되다니! 감봉지는 그렇게 생각이 미치자 바로 얼굴 가득 웃음을 머금었다.

"이제 보니 단목 부인이셨군요. 오늘은 제가 너무 무례했습니다. 용서해주시기 바랍니다. 하지만 다른 뜻은 전혀 없습니다. 집안의 아버지와 결의형제를 맺은 사이인 왕경기 어른이라는 분이 어려움을 겪고 있다기에 그저 얼굴이나 뵙고 용돈이나 조금 챙겨드리려고 했을 뿐입니다. 이 대인은 '관리 중의 호걸'로 유명하실 정도로 배포가 크신 만큼 아량 역시 넓으실 것으로 믿습니다. 저 감봉지의 충동을 이해해 주지 않을까 싶습니다."

노파가 감봉지의 말에 웃으면서 화답했다.

"사실 이 노파도 감 대협의 대명은 익히 들어왔소. 가슴이 따뜻하고 존경받을 만한 사람으로 알고 있소. 그러나 나는 그 무슨 '부인'夫人은 아니오. 그저 단목 가문의 유모에 불과하오. 얼굴이 거무튀튀한 탓에 '깜장이 어멈'이라는 별명으로 불리기도 했소. 나는 원래 단목 가문에서 삼십 년 동안 주인을 섬겼소. 그러다 따로 나와서는 영감과 자그마한 장사를 하면서 생계를 유지해나가고 있었소. 이 아이는 바로 우리 주인집 도련님이오. 별일도 아닌 것을 가지고 자기 할아버지하고 대판 싸운 다음 집을 뛰쳐나왔다고 하오. 그리고는 나를 엄마라고 부르면서 찾아왔소. 어릴 때부터 내 젖을 먹고 자랐으니까. 나는 아이를 달래서 산동으로 데려다 주려고 했소. 다행히 이 아이도 동의를 해서 함께 길을 나섰는데 길에서 운수 사납게 미친개에게 물리고 말았소. 그 바람에 노자도 다 떨어졌소. 급기야는 이 지경이 되고 말았던 거요. 다행히 이 어른 같이 좋은 분을 만나 목숨을 건졌소.

만약 그렇지 않았다면 무슨 사고라도 났을 거요. 그 경우 이 '깜장이 어멈'이 무슨 면목으로 주인마님을 뵐 수 있겠소?"

노파는 말을 하면서도 연신 이위를 향해 허리를 굽실거렸다. 이어 다시 한 번 감사의 말을 전했다.

"이 은혜는 내가 목숨이 붙어 있는 한 두고두고 갚을 겁니다. 굼벵 이도 구르는 재주는 있다고, 혹시 이 노파가 필요할 때면 주저하지 말고 불러줘요. 이 대인 일이라면 이 노파는 물불을 가리지 않을 테 니까요."

"그저 마음이 가는 대로 했을 뿐인데요, 뭘. 누가 비렁뱅이 출신 아 니랄까봐 불쌍한 사람만 보면 마음이 저절로 약해지는 것을 어쩔 수 가 없군요."

이위가 웃는 얼굴로 노파에게 말했다. 이어 한결 홀가분해진 표정 으로 감봉지를 향해서 입을 열었다.

"감 대협, 나는 절대 거짓말을 하지 않는 사람이오. 왕경기는 진짜 여기 없소. 앞으로 두 번 다시 서로 얼굴을 보지 않는다는 보장도 없 으니 웬만하면 좀 믿고 삽시다."

이위는 말을 마치기 무섭게 땅에 머리가 닿을 정도로 길게 읍을 했 다. 범시역은 감봉지에게 과분하다 싶을 정도로 겸손하고 깍듯이 예 를 갖추는 이위와 흡족한 표정을 지은 채 그 광경을 지켜보는 윤상 을 번갈아보면서 고개를 갸웃거렸다. 뭔가 이해가 가지 않는 듯했다.

감봉지 역시 이위의 태도를 이상하게 생각했다. 심지어 나중에는 자신을 놀리는 것이 아닌가 하고 오해까지 했다. 순간적이나마 화가 치밀어 얼굴이 시뻘겋게 달아올랐던 것은 그래서였다. 그러나 그는 사람들이 지켜보는 속에서도 경건한 몸짓으로 길게 읍을 해보이는 마지막 행동에서 비로소 자신을 향해 뭔가 손짓을 하는 이위의 본심을 읽을 수 있었다. 마지막에는 그 역시 길게 한숨을 내쉬면서 진정을 토로했다.

"이십 년 동안 강남을 종횡무진 누비고 다니면서 혼자 잘난 맛에 활개치고 살았어요. 그러나 오늘에야 비로소 하늘 밖에 하늘 있고, 사람 위에 사람 있다는 사실을 깨달았소. 앞으로 단목 가문의 사람들을 형제, 부모처럼 모시도록 하겠소이다. 이 대인의 의리도 절대 잊지 않을 거요. 재회의 그날을 기다리겠소!"

감봉지는 말을 마치자마자 바로 두 손을 맞잡은 채 높이 올려 인사를 했다. 이어 증정을 비롯한 제자들을 데리고 어둠 속으로 사라졌다.

3장
권력을 노리는 친왕들

감봉지 일행이 떠나자 이위는 비로소 마음이 가라앉으며 안심이 되었다. 언제 명치끝까지 불안한 마음이 치솟았나 싶을 정도였다. 그는 안도의 숨을 내쉬면서 단목공자를 후원에 있는 자신의 방으로 데려가 누였다. 이어 바지를 벗기고 상처를 살펴봤다. 무릎에서 허벅지로 이어지는 안쪽에 살을 깊숙이 파고 들어간 두 줄의 이빨자국이 선명하게 보였다. 상처 입은 다리는 퉁퉁 부어 있었다. 상처 자국에는 피가 시커멓게 말라붙어 있었다. 단목공자는 제정신이 든 듯 부리부리한 눈이 예전의 생기를 회복하여 반짝였다. 하지만 아직도 다리의 통증은 여전한 것 같았다. 이위는 우선 객잔의 일꾼들에게 청염靑鹽을 물에 넣고 데워오게 했다. 이어 깜장이 어멈으로 하여금 흰 광목에 청렴수를 찍어 상처 부위를 닦아주도록 했다. 그리고 자신은 어멈이 닦고 지나간 곳에 부지런히 박하유薄荷油를 발라주면서 물었다.

"그런데 단목 도련님은 존함을 어떻게 쓰나요? 무림의 유명한 집안 자손이 어쩌다 개한테 물려 이 지경이 된 것이오? 다행히 제때에 치료받을 수 있어서 목숨에는 지장이 없을 것 같습니다."

"우리 셋째 도련님의 이름은 양용良庸이라고 합니다."

깜장이 어멈이 조심스럽게 상처 부위를 닦아내면서 눈물이 그렁그렁한 채 입을 열었다. 이어 바로 본론으로 들어갔다.

"오래 살다보니 별일도 다 많네요. 글쎄, 이 도련님은 가법을 어기고 관리의 딸을 좋아했다고 해요. 그것 때문에 우리 주인께서 미친 개를 풀어 아들을 물어버리게 했다는 거예요. 천만다행으로 부처님께서 굽어 살피셔서 목숨이라도 건졌지 뭐예요."

이위는 깜장이 어멈의 말을 듣는 순간 눈이 튀어나올 것처럼 휘둥그레졌다.

'세상에 아무리 독한 아버지라고 해도 그렇지. 어떻게 이렇듯 지독한 가법家法을 실행할 수 있다는 말인가? 그것도 단순히 한 여자를 좋아했다는 사실 때문이라니……'

이위는 기가 막혀서 말이 나오지 않았다. 이위를 도와 단목양용의 상처에 붕대를 감고난 깜장이 어멈 역시 깊은 한숨을 토해내면서 자리로 돌아가 앉더니 천천히 입을 열었다.

"우리 주인은 없는 사람 불쌍하게 여길 줄 알고 오갈 데 없는 노인들 잘 챙겨주는 분이셨죠. 언제 한 번 아랫것들이라고 해서 마구 대하는 적이 없는 인품이 훌륭한 분이기도 했죠. 한 가지 약점이라면 너무 외골수로 빠진다는 거예요. 원래 단목 일가는 명나라 영락 황제 때 반란을 주도했다는 누명을 쓰고 일족이 멸문지화를 당하는 참사를 겪고 말았어요. 다행히도 그중 일부가 살아남았죠. 그때 살아남은 태조공太祖公께서는 하늘에 대고 굳게 맹세를 했다고 하더군요.

굶어죽는 한이 있더라도 자손들을 관리들의 가문에는 시집, 장가보내지 않을 거라고 말입니다. 당시 이를 어기는 자손은 죽음을 면치 못할 것이라고 피눈물까지 흘렸다고 하더군요. 이후 단목 집안은 삼백 년 동안 무려 십일 대를 거쳐 오는 동안 산동성 즉묵^{卽墨}현에 은거하면서 농사를 짓고 살았어요. 그러면서도 몰래몰래 자손들에게는 글과 무술도 가르쳐 왔죠. 당연히 자손들은 지금까지 이 조상의 가르침을 외견적으로는 크게 어기지 않았어요. 정말 평화롭게 살아왔다고 할 수 있죠."

이위가 깜장이 어멈에게 말했다.

"별난 가법도 다 있군요. 세상 사람들이 모두 단목 일가 같으면 우리 딸은 처녀귀신이 되고 말겠네요?"

깜장이 어멈이 그의 말에 안타까운 듯 손바닥을 마주 치면서 탄식했다. 그리고는 다시 조용히 말을 이어갔다.

"그러게 말이에요. 그러나 솔직히 말하면 단목 가문에서는 이런 일 때문에 참 가슴 아픈 일을 많이 겪었어요. 내가 몇 십 년 동안 살아오면서 지켜본 것만도 여러 번이었죠. 멀리 갈 것도 없어요. 양용 도련님의 작은 할아버지 경우만 해도 그랬어요. 우란회^{盂蘭會}(불교에서 음력 7월 7일에 조상을 기리기 위해 행하는 행사)에서 향을 사르러 온 어떤 여자하고 눈이 맞았죠. 그런데 그 여자의 집안이 공교롭게도 염도^{鹽道}(소금 정책을 관장하는 관리나 기관) 가문이었다고 하더라고요. 양용 도련님의 증조할아버지는 당연히 그 여자하고 사귀었다는 죄를 물어 자신의 둘째 아들을 무려 삼 년 동안이나 바깥출입을 못하게 가둬두는 조치를 취했어요. 그러다 여자의 아버지가 다른 곳으로 발령이 나서 떠나고 나서야 비로소 풀어줬죠. 그 작은 할아버지는 얼마나 화가 났는지 풀려나자마자 곧바로 머리를 깎고 산으로 들어가 버리고 말았어요. 그런데 이상한 것은 그렇게 가법을 어기고 밖에서 정분이 난 후손들이 있으면 부모나 큰아버지, 작은아버지 중에서 누군가는 꼭 병들어 죽는다는 거예요. 그래서 단목 일가는 더욱 그런 행실을 용서하지 못하는 것 같아요. 관가에서 집을 방문할 때면 도련님이나 아가씨들이 일제히 꽁꽁 숨어버리기 일쑤인 것은 그런 이유가 있다고 해야죠. 단목 가문의 조상들에게 들었으니 맞는 얘기겠죠."

이위가 깜장이 어멈의 말에 한심하다는 표정을 지었다.

"참 별일이네요. 그런데 그 삼엄한 경계 속에서 양용 이 친구는 어떻게 그 조상들의 가르침을 어길 수가 있었다는 말인가요?"

이위와 깜장이 어멈이 주거니 받거니 단목 가문의 유별난 조상의 가르침에 대해 얘기를 하고 있을 때였다. 갑자기 옆에 누워 깊이 잠들어 있던 양용이 몸을 조금씩 뒤척이기 시작했다. 이어 바싹 마른 입술을 달싹이며 중얼거렸다.

"매영梅英아……. 매영아, 어디 있어……?"

양용이 손까지 뻗어 허우적거리면서 뭔가를 잡으려고 했다. 그러더니 갑자기 눈을 번쩍 떴다. 등불에 비친 그의 눈빛은 솜털처럼 부드러워 보였다. 곧 양용이 천천히 고개를 옆으로 돌렸다. 그리고는 깜장이 어멈을 물끄러미 바라봤다. 이어 다시 이위에게 시선을 돌리면서 물었다.

"지금 여기가 어디예요?"

"귀신들에게 붙잡혀가다가 다시 돌아왔지. 관리 가족들과 왕래를 해서는 안 된다는 단목 가문의 가법을 어기고 하필이면 매영인가 하는 처녀를 좋아해서 이렇게 곤욕을 치르다니! 내가 자네를 구해줬어. 또 자네 어멈이 나를 살려주셨지. 우리는 아무래도 예사 인연이 아닌가 봐. 이래봬도 나는 꽤 높은 사람이라네!"

이위가 익살스런 동작까지 해가면서 웃음 띤 얼굴로 말했다. 그러자 깜장이 어멈이 양용의 이불을 여며주면서 울먹거렸다.

"아이고 내 새끼, 이 노파가 제 명에 못 죽겠어! 얼마나 놀랐던지 지금 생각해도 아찔해. 네가 운이 좋고 착해서 의술이 뛰어난 이 어른을 만났으니 망정이지, 그렇지 않았으면 어쩔 뻔했어?"

깜장이 어멈은 말을 마치고는 연신 눈물을 훔쳤다. 더 이상 말을 잇지 못하는 것 같았다. 이위가 그 순간을 놓치지 않고 허리를 숙이더니 양용의 이마에 손을 얹으면서 말했다.

"가난한 사람들 중에서도 착한 사람이 있고 악한 사람이 있어. 관리들 역시 다르지 않아. 저마다 인간 됨됨이가 다 달라. 관리라고 해서 어떻게 무조건 흡혈귀고 나쁘다고 할 수 있겠어? 자네 집안의 가법은 아주 웃기는군그래. 자네가 죽고 못 산다는 매영은 어떤 집안의 규수인가? 이 일은 나에게 맡기게!"

이위의 말이 끝나기 무섭게 양용이 베개 위에서 머리를 이리저리 흔들었다. 그리고는 씁쓸한 웃음을 지어 보이면서 말했다.

"그건 우리 가문의 삼백 년 전통입니다. 그래서 어느 누구도 감히 그 틀을 깨뜨릴 엄두조차 못 냈겠죠. 외람되오나 이 어른께서는 존함을 어떻게 쓰시는지요?"

이위가 즉각 대답했다.

"나는 이위라고 해. 강남 순무로 있지. 지금은 꽤 높은 관리이나 한때는 비렁뱅이였어. 그건 그렇고, 전에 어떤 친척이 우리 족보를 찾아본 적이 있어. 그랬더니 나도 영락제 때 몰락한 관리 가문의 자손이라고 하더군. 그래서 자字도 '우개又玠(개玠는 황제가 제후를 봉할 때 내리는 옥)라고 지은 것 아니겠나? 자네는 나보다 나이도 한참 어리고 하니 앞으로는 그냥 부르기 좋게 우개 삼촌이라고 불러주면 좋겠어. 그렇다고 해서 단목 가문을 욕되게 하는 것은 아니겠지? 말해봐, 어느 집안의 딸이야? 내가 한번 발 벗고 나서 볼 테니!"

"즉묵 현령 육룡기 대인의 딸입니다. 매영이라고……."

양용이 담담히 입을 열었다. 표정이 한결 편해 보였다. 그가 깜장이 어멈이 떠 넣어 주는 물을 받아 마시고는 다시 천천히 말을 이었다.

"매영이는 올해 사월 초파일 욕불절浴佛節에 대비사大悲寺를 찾아갔어요. 그러다 그곳에서 몇몇 불량배들에게 괴롭힘을 당하게 됐죠. 저는 그때 마침 즉묵현에 가서 도자기를 실어오라는 아버지의 명을 받고 그곳을 지나던 중이었어요. 당연히 그 광경을 보고만 있을 수 없었고 뛰어들어 매영이를 구해주었죠. 그게 매영이와의 첫 번째 만남이었어요. 어떻게 보면 인연의 시작이었네요. 그날 매영이는 아무 말도 없었어요. 저는 매영이를 집으로 데려다주고 나서야 그곳 현령의 딸이라는 사실을 알게 됐어요. 그 뒤로는 오랫동안 만나지 못했어요. 나중에는 점점 기억에서도 멀어져 갔어요. 그런데 인연이 닿으려고 그랬는지 사안천四眼泉으로 물을 뜨러 갔다가 또다시 매영이를 만났어요. 오월 단양절 때인가 그랬어요. 매영이는 여동생하고 뽕잎을 따러 가는 중이라고 했어요. 두 번째 만남에서 몇 마디 주고받은 이후로는 제가 이상해졌어요. 매영이의 모습이 머릿속에 자꾸만 떠오르기 시작하더라고요. 시간이 갈수록 온통 그녀 생각으로 가슴속이 꽉 찼죠. 저는 그러고 나서야 그것이 바로 그리움이라는 사실을 알게 됐어요. 아버지는 제가 심신이 황홀해져서 혼이 나가 있는 이유를 바로 아시게 됐고 그날로 바깥출입을 금지하셨어요. 그러다가 팔월 십오일 추석 때가 됐어요. 그때 소작료를 걷으러 가야 하는데 일손이 부족했어요. 그래서 아버지께서는 내키지 않았지만 저를 잠시 풀어주셨죠. 그런데 기가 막히게도 제가 소작료를 받으러 간 그곳에 매영이의 외할머니가 살고 계셨어요. 우리 집의 소작농이었으니까요. 저는 그곳의 추수가 아직 끝나지 않아 소작료가 걷히지 않는다는 핑계를 만들어 냈어요. 그리고는 무려 열흘 동안이나 죽치고 있으면서 매영이와 시간가는 줄 모르고 함께 있었죠. 그때는 제가 진짜 환장을 했던 것 같아요."

양용은 마치 그때 그 순간으로 되돌아간 듯했다. 맑고 수려한 눈빛으로 천장을 바라보며 그윽한 미소까지 띠었다. 촛불은 많이 지쳤는지 기운 없어 보였으나 양용의 목소리만큼은 낭랑하게 울려 퍼졌다.

"우리 단목 가문은 공자님의 칠십이현七十二賢 제자의 후예죠. 당연히 조상들께서는 열심히 사셨어요. 덕망도 높으셨던 것으로 알고 있어요. 그런데 그렇게 글도 많이 읽고 학식이 깊으신 분들이 언제부터 어떻게 해서 이런 말도 안 되는 불행의 씨앗을 키워오게 됐는지 모르겠어요. 참으로 답답하고 고민스러워요. 저는…… 정말 매영이를 좋아해요. 그런데, 좋아한다면서 정작 상처만 주게 돼서 가슴이 너무 아파요. 그 집도 솔직히 가법이 만만치 않은 가문이에요. 자기 가문의 귀한 딸을 완강하게 거부하는 집안과 상종을 하려고 하겠어요? 저는 이러다 죽어도 괜찮지만 그 애는……."

양용은 서럽게 울먹였다. 청년의 울음소리에 절절한 슬픔이 묻어나고 있었다. 세 사람은 한동안 아무도 입을 열지 않았다. 숨 막히는 침묵이 한없이 이어졌다. 그러는가 싶더니 멀리에서 기경起更(저녁 일곱 시)을 알리는 딱따기 소리가 어느 골목에서 어둠을 타고 단조롭게 들려왔다.

"연극에서나 있을 법한 얘기인 것 같아 실감이 나지를 않는군. 솔직히 육롱기라면 정평이 나 있는 청백리라고 할 수 있지. 단목 가문역시 산동성의 명문이자 성현의 후예들이고. 그러고 보면 두 가문은 더할 나위 없이 잘 어울리지 않은가? 그런데 노인장이 왜 그렇게 완고하신가? 더구나 육롱기가 죽은 지도 한참 됐는데 말이야. 일단 지금은 몸조리나 잘하고 나를 따라가자고. 북경에 가서 일을 마무리하고 산동성으로 가면 되잖아. 자네 일을 해결하기 위해 내 힘껏 노력해보겠네."

이위가 오랜 생각에서 헤어나는가 싶더니 웃음 띤 얼굴로 말했다. 깜장이 어멈이 그제야 몹시도 궁금했다는 듯 물었다.

"이 대인, 감봉지는 주 무대가 강남이에요. 그리고 그곳의 일인자는 이 대인이에요. 그 사람이 그런 줄 뻔히 알면서도 그토록 무례하게 나올 수 있는 것은 뭣 때문인가요? 도대체 뭘 믿고 그러는 걸까요? 또 이 대인께서는 수행원을 그렇게 많이 거느리시고도 어찌해서 그자의 안하무인을 용서하셨나요? 심지어 저자세까지 보이시면서 말이에요. 더구나 여기는 북경 일대의 중요한 지역이 아닙니까?"

이위는 깜장이 어멈의 말에 아무런 대꾸도 하지 않았다. 그저 천천히 자리에서 일어서서는 느릿느릿 발걸음을 옮겼다.

이위가 사실 단목양용을 구해준 것은 다른 뜻이 있어서가 아니었다. 굳이 있다면 죽어가는 생명을 차마 외면할 수 없는 측은지심 때문이었다. 절대로 그 무슨 보답을 바라고 한 일이 아니었다. 출신이 미천하고 어릴 적부터 글공부와는 담을 쌓고 밥 동냥을 해가면서 거칠게 살아온 사람이었으나 그의 천성은 한없이 밝고 사람을 좋아하는 인정스러운 면이 있었다. 옹정은 이런 그의 진가를 제대로 알아봤던 것이리라. 실제로 그의 인생은 사천성 성도의 현령으로 제수되면서부터 획기적인 변화를 가져왔다. 그는 현령 자리에서 마치 물 만난 고기처럼 마음껏 활개를 치면서 기량을 과시했다. 심지어 하룻밤에 '천부십삼태보'天府十三太保(천부天府는 사천성의 다른 이름)라는 이름으로 악명이 높았던 도적의 일당도 일망타진한 바 있었다. 이후 짧은 시간 내에 사천성 일대를 쑥대밭으로 만들면서 들쑤시고 다니는 도적떼들을 완전히 소탕하는 쾌거를 올렸다. 이로 인해 조정의 골칫거리이던 사천성의 치안은 일거에 천하제일이 돼버렸다. 급기야 온 천하에 회자되기도 했다.

이위는 그 이후 호광 총독에 제수됐다. 그곳에서도 불과 한 달 만에 '향당삼성'香堂三聖, '구사이걸'龜蛇二杰 등의 이름으로 악명이 높았던 두 도적떼를 완벽하게 제압했다. 당연히 녹림의 호걸로 자처하는 자들은 바람소리만 들어도 흠칫 뒤돌아볼 정도로 그를 의식하지 않을 수 없었다. 급기야 얼마 지나지 않아 그 많던 도적들은 자취를 감춰버리고 말았다. 이위는 그 이후에도 우레 같은 위엄과 돌풍 같은 기세로 승승장구했다. 옹정이 즉위해 통치한 4년 동안 강남 순무를 거쳐 양강兩江 총독자리까지 올랐다. 더불어 천하의 도적떼를 모조리 소탕하라는 밀조密詔를 지닌 지고무상의 권력가로 자리매김하게 됐다.

이위는 얼마 전 술직차 북경으로 가서도 세 번씩이나 옹정을 배알한 바 있었다. 그때도 옹정은 치안에 역점을 두라는 말을 많이 했다. 특별히 감봉지 등을 거론하면서 빠른 시일 내에 붙잡으라는 엄명도 내렸다. 그러나 감봉지 등에 대한 이위의 견해는 옹정과 달랐다. 감봉지를 비롯해 송경宋京, 두이등竇爾登, 생철불生鐵佛, 여사랑呂四郎, 일지화一枝花, 성수이聖手二, 막복인莫卜仁 등 이른바 '팔의'八義를 단 한 방에 때려눕히기에는 어쩐지 아쉬움이 남았던 것이다. 사실 그들 중에는 무자비한 약탈을 감행하고 무차별적인 공격을 서슴지 않는 구제불능의 도적들도 없지 않았다. 하지만 사회에 큰 악영향을 미치지 않는 생계형 좀도둑도 없지 않았다. 또 백련교와 깊은 관계를 가진 이들도 있을 터였다. 실제로도 감봉지나 두이등은 징악양선懲惡揚善, 부악억

강扶弱抑强을 행동지침으로 삼은 채 움직이는 강호의 호걸 두령들로, 가난한 자의 입장을 대변하고 있었다. 제대로 인도하기만 하면 조정을 위해 그 진가를 발휘할 인물이었다. 이위는 진정 그렇게 믿어마지 않았다. 때문에 무차별적으로 그들을 붙잡아 들인다면 오히려 적개심을 키워 조정에 대적할 우려가 더 컸다. 이위가 감봉지에게 깍듯이 예를 갖춘 것도 바로 그 때문이라고 할 수 있었다. 이위는 감봉지를 자신의 편으로 품어 안으려는 생각을 하고 있었던 것이다.

이위는 아무려나 감봉지와 일촉즉발의 순간에 아슬아슬한 고비를 넘겼다. 그 와중에 한낱 평범한 노파에 불과한 깜장이 어멈의 경이로운 실력을 보고 적잖게 놀라기도 했다. 그 장면은 정말 인간의 한계가 도대체 어디까지인가를 생각하게 하는 그런 대단한 광경이었다. 그가 이런저런 생각을 하면서 한참 방 안을 거닐더니 말했다.

"양용, 나는 자네 모자가 질문한 것에 대해서 만족할 만한 답변을 해줄 자신이 없네. 그러나 감봉지나 나나 둘 다 진정한 사내라는 사실만은 말하고 싶네. 나는 강남에서 군정軍政을 관할하는 책임이 있기 때문에 도적떼들의 움직임에도 촉각을 곤두세웠어. 감봉지의 부하들을 수도 없이 붙잡아 들였지. 심지어 죄질이 무거운 자는 과감하게 처단하기도 했어. 직책상 그럴 수밖에 없었다고. 하지만 나는 감봉지 개인의 인간 됨됨이에 대해서는 존경하는 점도 있어. 죄를 지어 압송돼 가는 지인 얼굴 한 번 보겠다는 것이 죄는 아니잖은가."

이위가 말을 마치고 나더니 회중시계를 꺼내보고는 말을 이었다.

"벌써 이렇게 됐나? 자시子時가 다 됐군. 나는 후원으로 가서 상의할 일이 좀 있으니 가봐야겠어. 미친개에게 물린 독은 의가醫家에서는 불치병이라고 하지. 자주 물려본 거지들만이 그 치료 비법을 알고 있다네. 단목 가문의 부잣집 아들이 개에게 물렸다는 사실이 놀랍기도 하지만 우연인지 필연인지 나를 만난 것도 기이한 인연이 아닐 수 없어. 아직 먼 길을 떠나기에는 버거울 테니 일단 나를 따라 북경으로 들어가 조금 더 치료를 받는 게 좋겠어. 적어도 석 달 정도는 지나야 완전히 나을 테니까!"

이위가 말을 마치자마자 바로 부하 한 명을 불러 물었다.

"글을 쓸 줄 아는가?"

"사숙私塾을 몇 년 다닌 적이 있습니다."

"그러면 내가 말하는 걸 적어봐."

"예!"

이위가 미소를 머금은 채 처방을 말하기 시작했다.

진호박眞琥珀 8푼, 녹두분綠豆粉 8푼, 황납제黃蠟制와 유향乳香 각 1전, 수비주사水飛朱砂 6푼, 상웅황정上雄黃精 6푼, 생백반生白礬 6푼, 생감초生甘草 5푼.

"이런 약재는 쉽게 구할 수 있어. 그러나 달이는 방법에 따라 약효가 차이를 보이기 때문에 달일 때는 내가 직접 달일 거야. 어서 가서 약을 사 와!"

이위가 약재의 이름을 다 읊은 다음 다시 말했다. 이어 얼굴 가득 놀라는 기색이 역력한 깜장이 어멈을 향해 씩 웃어보였다. 그리고는 두루마기 자락을 손가락으로 퉁겨 털면서 밖으로 나갔다.

윤상과 범시역은 늦은 시각임에도 잠자리에 들지 않고 상방上房에서 차를 마시면서 이위를 기다리고 있었다. 그가 들어서자 범시역이 황급히 자리에서 일어나며 맞았다.

"태의太醫 어른, 다 죽어가는 사람을 치료하느라 수고가 많았네! 아까는 감봉지가 그대에게 마수를 뻗치는 줄 알고 얼마나 놀랐는지 몰

라. 무슨 사고라도 났더라면 나는 입이 백 개라도 폐하께 상주할 말이 없었을 거네."

이위가 우선 윤상을 향해 문안인사를 하고 나서 범시역에게 웃는 얼굴로 말했다.

"내가 전에 도적떼들과 맞닥뜨렸을 때를 못 봐서 그렇게 말하는 것이지. 이번 일은 솔직히 아무것도 아니야."

윤상 역시 미소를 지어보였다.

"다른 사람은 몰라도 이위라면 인정을 해야지. 그렇지 않으면 왜 폐하께서 이위에게 천하의 녹림 인물들을 일망타진하라는 특지를 내리셨겠어?"

윤상이 말을 마치고는 이위와 범시역에게 앉으라는 손시늉을 했다.

"감봉지 같은 사람은 웬만해서는 관청의 사람들과 얼굴을 붉히려고 하지 않습니다. 어마어마한 재산이 있는 데다 삼백 명이 넘는 일가붙이가 모두 남경에 집성촌을 이루고 살지 않습니까. 더구나 강남의 내로라하는 호걸들을 통솔하는 인물이잖아요. 그런 사람이 자기 목숨 귀한 줄 모르고 길길이 날뛸 수는 없죠."

이위가 그렇게 말하면서 자리에 앉았다. 이어 하인이 건네는 유차油茶 한 모금을 마시고는 다시 입을 열었다.

"향이 너무 좋군! 온몸이 사르르 녹아버리는 것 같네. 저기 앞에 있는 단목 도령과 유모에게도 갖다 줘. 그런데 감봉지는 위층 주루에서 누군가와 다투고 뿔이 나서 뛰쳐나왔던 것 같습니다. 신선으로 자처하던 그 가짜 도사도 보이지 않고 말입니다."

윤상이 이위의 말에 몸을 뒤로 젖히고는 목청을 가다듬은 채 말했다.

"그 얘기는 이제 그만하고 우리 일 얘기나 해보자고. 내가 북경을 떠날 때 폐하께서는 경릉으로 가서 열넷째 아우를 보고 오라는 지의를 내리셨어. 염친왕을 대신해 기무旗務를 정돈하게 할 생각이신가 봐. 이제는 연갱요도 저 세상 사람이 됐어. 융과다는 오랫동안 양봉협도養蜂夾道에 감금돼 있었으나 폐하께서는 이제 풀어준 다음 저 멀리 아이태阿爾泰(알타이, Altai)로 보내시려고 하는 것 같아. 러시아와의 국경 협약 체결에 나서게 하실 것 같아. 가서 임무를 제대로 완수하고 오면 다시 중용할 수도 있겠지. 북경을 떠나 멀리 있으면 팔황자당과 엉겨 붙으려고 해도 그럴 수가 없어. 아마도 폐하께서는 여러 가지 효과를 염두에 두신 것 같아. 하지만 열넷째는 폐하와는 이 세상에서 가장 가까운 혈육 사이가 아닌가. 폐하께서는 요즘 들어 용체가 부쩍 여의치 않으신지 눈만 감으면 황태후마마가 꿈에 보인다면서 열넷째 아우가 그립다고 하셨어."

"이친왕마마께서는 열넷째마마의 성격을 잘 알고 계실 겁니다."

윤제를 옆에서 감시하는 임무를 맡았던 범시역이 윤상의 말에 마냥 침묵을 지키고 있을 수만은 없다는 듯 나섰다. 그리고는 자신의 주장에 대한 설명을 자세하게 덧붙였다.

"신이 보기에 얼마 전까지만 해도 열넷째마마께서는 여유로운 모습이었습니다. 그러나 요즘 들어서는 달라졌습니다. 왕경기 사건이 벌어진 데 이어 채회새, 전온두, 교인제 등 가까운 사람들까지 연행되자 변한 것 같습니다. 세수도 하지 않고 머리도 빗지 않습니다. 심지어 종일 밖에 나가 멍하니 앉아계시는 경우도 있습니다. 먹는 것도 그렇습니다. 주면 주는 대로 아무 말 없이 드시고, 주지 않아도 달라는 말도 하지 않으십니다. 혀가 잘릴 소리일지 모르나 마치 바보처럼 보였습니다. 귀하디귀하신 용자봉손인데, 어쩌다 이 지경에까지 이르렀는지 실로 가슴이 아픕니다."

윤상은 묵묵히 범시역의 말을 듣고 나서 한참 후에야 천천히 입을 열었다.

"열넷째는 나름대로 한이 맺힌 것이 많겠지. 채회새와 전온두는 열넷째마마를 시중들라고 조정에서 특별히 파견해 보냈어. 그런데 자신들의 본분을 망각하고 왕경기와 짜고 연갱요의 모역에 가담했어. 비싼 밥 처먹고 고작 했다는 짓이 자기 주인을 불의에 빠져 허우적거리게 만든 것이라니! 그런 빌어먹을 놈들을 가만히 놔둬서는 안 되지."

범시역이 즉각 윤제를 변호하고 나섰다.

"열넷째마마께서는 채회새와 전온두의 이상한 움직임을 전혀 몰랐던 것 같습니다. 신이 보기에는 열넷째마마께서 넋을 놓고 계신 것은 바로 교인제 때문인 것 같습니다."

범시역의 말에 이위가 반문을 했다.

"그럴 리가요? 진짜 그게 사실이라면 열넷째마마도 참 너무 정이 많으신 것 같습니다. 교인제라……, 출신도 미천하고 생김새 역시 아무리 뜯어봐도 열넷째마마의 복진福晉(정실부인을 의미함)보다 못해 보이던데요? 정말 알고도 모를 일입니다. 모두들 열넷째마마를 인정에 얽매이지 않는 영웅인 줄 알고 있는데, 그렇지도 않나 봅니다."

"남의 말이라고 그렇게 쉽게 말하지 말게. 이위 자네 역시 찬란한 과거가 있지 않은가? 가법이 지엄하기로 유명한 옹친왕부에서 취아하고 정분이 나 겁도 없이 밖에다 살림까지 차린 것은 자네가 아니고 다른 누구였던가? 오사도 선생이 아니었더라면 자네는 아마 지금까지도 황실의 농장에서 힘든 일이나 하는 막노동꾼으로 있을 거야!"

윤상이 얼굴에 가벼운 미소를 띠운 채 이위에게 핀잔을 주었다. 그러다 문득 7년이나 연금 당해 있던 동안 자신을 보살폈던 두 여자를 떠올렸다. 사랑을 지키기 위해 자살을 선택한 교 언니와 아란. 그는 순간 마음이 저려오는 것을 어쩌지 못했다. 서둘러 말머리를 돌린 것도 바로 그 때문이었다.

"자네는 죄인들을 북경에 압송한 다음 남경으로 서둘러 돌아갈 필요 없네. 일단 보친왕寶親王 홍력弘曆과 과패륵果貝勒 홍시弘時를 배알하도록 하게. 두 사람이 자네한테 임무를 내릴 거네. 지금 조인曹寅의 아들이 국채 환수에 협조하지 않아 북경으로 압송돼 왔네. 폐하께서는 혹시 있을지도 모르는 조씨 가문의 은닉재산을 찾아내라는 임무를 자네에게 맡겼어. 또 요즘 도적떼 여자 두목인 일지화가 강서성에서 백련교라는 사교邪敎를 만들어 문제가 되고 있는 모양이야. 이에 관한 구체적인 소탕 작전 역시 홍력과 잘 상의하도록 하게."

윤상이 다시 입을 열어 뭔가를 말하려고 할 때였다. 밖에서 군교 한 명이 두 손에 밀봉한 편지를 받쳐 든 채 들어와 아뢰었다

"열셋째마마, 군기처에서 전해온 육백리 긴급서찰입니다."

윤상은 황급히 편지를 받아 등불 밑에서 뜯었다. 편지는 군기처와 상서방 대신이자 영시위내대신인 장정옥의 친필 서찰이었다.

노신 장정옥이 이친왕께 삼가 올리는 글: 봉천장군 이장아伊章阿의 비밀 편지에 따르면, 성경盛京에 주둔하고 있는 간친왕簡親王 륵포탁勒布托, 과친왕果親王 성낙誠諾, 동친왕東親王 영신永信, 예친왕睿親王 도라都羅가 내무부의 자문咨文을 받고는 기무旗務를 돕는다는 명목으로 북경에 들어올 것이라고 합니다. 이들 네 왕은 모두 팔기八旗의 기주旗主로, 친왕을 세습 받은 이들입니다. 봉천에 오랜 연고를 두고 있었던 이들이기도 합니다. 때문에 폐하의 지의가 없을 경우 함부로 입경入京할 수가 없는 것이 아닌가 생각합니다. 이상한 생각이 들어서 신이 내무부 당관인 유홍도兪鴻圖 등에게 물으니 이 사실을 전혀 모르고 있었습니다. 폐하께 상주를 하니 신에게 이

친왕께 아뢰라고 하셨습니다. 이친왕께서는 이 사실에 대해 알고 계신지의 여부를 급박한 심정으로 기다리고 있사오니 부디 빨리 연락을 해주시기를 바랍니다. 이 모든 것은 비밀에 붙여 주시고 서찰은 보시자마자 태워주시기를 바랍니다.

윤상은 편지를 다 읽고는 곧바로 봉투째 촛불에 가져다 댔다. 편지는 즉각 활활 타오르더니 한줌의 재로 변했다. 윤상이 그 모습을 멍하니 바라보다 자신을 뚫어지게 바라보는 범시역과 이위의 시선을 의식하고는 웃음 띤 얼굴로 말했다.

"걱정하지 말게. 자네들과는 무관한 내용이니까."

윤상은 둘을 안심시킨 다음 촛불을 들어 다른 책상 위에 올려놓았다. 이어 붓에 먹물을 듬뿍 찍어 곧바로 답장을 쓰기 시작했다.

형신에게 보내는 밀함密函: 편지를 받아보고 이유를 알 수 없는 불안감을 느끼네. 그들 친왕은 선제의 조서를 받고 봉천으로 가 조상들을 섬긴 이후 정치에 간여한 선례가 없네. 그럼에도 사사로이 그들을 북경으로 불러들이는 자는 과연 누구인가? 기무를 정돈하는 일은 염친왕의 임무에 해당하네. 외부 사람이 과연 뭘 안다고 불러들인다는 말인가? 자네는 급히 이 사실을 폐하게 명명백백하게 상주하게. 그들 친왕에게는 북경으로 올 필요가 없다고 하게. 그리고 그 일을 지시한 자가 누구인지 반드시 알아내도록 하게.

윤상은 다 쓴 편지를 직접 밀랍蜜蠟으로 밀봉하고는 대기하고 있던 군교에게 넘겨주면서 지시했다.

"몇 사람을 데리고 밤새도록 달려가서 날이 밝기 전에 장상張相(장정옥)의 손에 직접 전달하도록 하게. 사경四更 이후로는 장상이 창춘원에 있을 거야. 그러니 북경에 조금 늦게 도착하면 바로 창춘원으로 달려가 쌍갑문雙閘門 쪽에 서 있으라고. 그러면 장상을 만나볼 수 있을 테니까. 만약 장상이 이미 대내로 들어가고 없으면 장오가에게 전해주라고 하면 돼. 그 외의 다른 사람에게는 절대로 보여서는 안 되네, 알겠는가?"

"예! 알겠습니다!"

"알았으면 즉시 출발하게!"

범시역과 이위는 군교가 물러가는 뒷모습을 바라본 다음 약속이나 한 듯 눈길을 마주쳤다. 둘 다 어리둥절한 표정이었다.

"너무 늦은 것 같습니다……."

이위가 말끝을 흐리면서 자리에서 일어섰다. 그러자 윤상이 그의 어깨를 다독였다.

"조금만 더 앉아 있다 가게. 오늘 저녁에는 어쩐지 마음이 심란해서 그러네."

범시역이 조금 전의 편지 때문에 윤상이 불안해한다고 생각한 듯 조심스럽게 입을 열었다.

"열셋째마마, 괜찮으시다면 신은 먼저 물러가겠습니다. 내일 마란욕으로 돌아가실 텐데 그쪽에서는 아직 구체적인 일정을 잘 모르고 있습니다. 먼저 사람을 보내 내일 들어간다는 소식을 전하도록 하겠습니다. 마마께서 머무르실 방도 미리 준비해 두도록 해야 할 것 같고, 지금 경릉에 있을 고기탁에게도 마마께서 보자고 하신다고 전해야겠습니다. 태릉泰陵으로 떠난다고 했는데 떠나기 전에 말입니다."

"고기탁을 만나야 할 급한 용무는 없네."

윤상이 등불 밑에서 눈에 띄지 않게 찰랑거리는 수면처럼 은근한 눈빛을 한 채 말했다. 이어 다소 엉뚱한 내용의 말을 입에 올렸다.

"그 친구가 풍수지리에 능하다고 하더군. 폐하의 지궁地宮(묘를 뜻함) 자리를 알아본다고 하기에 좋은 데 있으면 내 자리도 봐달라고 부탁하려던 참이야. 이미 서신을 보냈으니 알고 있을 거네."

윤상이 말을 마치고 잠시 침묵을 지키더니 갑자기 다시 물었다.

"범시역, 자네의 마란욕 대영에 있는 병력은 얼마나 되는가?"

"열셋째마마께 아룁니다. 등록돼 있는 인원은 총 삼만 이천칠십삼 명입니다. 임무 수행차 밖에 나가 있는 병사들과 병에 걸린 병사들을 빼면……, 즉각 투입할 수 있는 병력은 삼만 일천 명 정도입니다."

"자네는 공액空額(인원을 부풀려 그 수당을 타먹는 행위)을 얼마나 먹나?"

범시역이 전혀 예상치 못한 윤상의 단도직입적인 질문에 당황했다. 하기야 당장 마땅한 대답을 찾지 못했으니 그럴 수밖에 없었다. 윤상은 그가 계속 자신을 훔쳐보자 웃음 띤 어조로 덧붙였다.

"내 얼굴에 정답이 적혀 있나? 나는 녹봉은 턱없이 부족하고 돈쓸 구석은 많은 자네 같은 일선 장군들의 고충을 잘 알고 있어. 걱정하지 말고 말해보게. 조정에서도 대책을 강구하고 있는 중이니 창피하다 생각하지 말고. 연갱요는 공액을 먹지 않았어. 그러나 그것은 그가 군비에서 나오는 화모은火耗銀으로도 충분히 배가 불렀기 때문이야. 결코 날고 기는 재주가 있어서가 아니었지. 병부와 호부에서는 연갱요가 죽고 나서 그의 사재를 조사해봤어. 그랬더니 고작 십몇 만 냥밖에 나오지 않았다고 해. 하지만 내가 알고 있기로는 탑이사塔爾寺 한 곳에서만 그자는 칠십만 냥의 황금을 빼앗아 챙겼어. 또 '도둑'을 잡는다는 미명하에 몇몇 마을을 핏물에 씻어버리고 약탈한 재물만 해도 어림잡아 은 천만 냥은 넘을 거야. 이 모든 걸 어디 감

취놓았는지 찾아내야 할 텐데. 솔직히 말해보게. 자네는 공액을 얼마나 먹나?"

범시역은 윤상의 말에서 분명한 사실 하나를 깨달았다. 윤상이 일선 장군들의 생리에 대해 손금 보듯 훤히 알고 있다는 것을 말이다. 당연히 그런 윤상에게 거짓말을 한다는 것은 자기 뺨을 때리는 것과 같다는 생각도 했다. 급기야 그가 얼굴을 붉힌 채 어색하게 웃어보이고는 조심스럽게 대답했다.

"진인眞人 앞에서는 거짓을 말하지 않는다고 했습니다. 저희 대영에는 찾아오는 조정의 높은 관리들이 무척 많습니다. 이 사람들을 다 접대하려면 녹봉만으로는 엄두도 내지 못합니다. 신은 약 삼백에서 오백 명 정도의 공액을 먹고 있습니다."

윤상이 범시역의 말에 잠깐 웃어보였다. 그러나 곧 웃음기를 거둬들이고는 진지하게 말했다.

"책임을 추구하지 않겠다는 약속은 지킬 테니 걱정하지 말게. 마란욕이 요충지인 것은 그저 이곳이 열조열종列祖列宗들을 모신 경릉이 있는 곳이기 때문만은 아니네. 희봉구喜峰口를 제어하는 동시에 북경, 열하, 봉천 등 이 나라의 근본중지根本重地와 서로 호응하고 있기 때문이라고 해야 하네. 그래서 유사시에는 자네 휘하의 병력이 큰 몫을 해야 하네. 당연히 자네는 대장 노릇을 제대로 해야 해. 어깨에 중임을 지고 있지. 그런 만큼 사명의식을 가지고 임무를 더욱 충실히 수행해야 하네. 유명무실해진 강남 대영의 악폐를 답습하면 절대로 안되네. 그쪽 대영은 과반수가 넘는 병사들이 가족을 데리고 다니는가 하면 군기가 아주 문란하지. 이제 자네가 얼마나 중요한 임무를 수행하고 있는지 알겠는가?"

"잘 알겠습니다. 이번에 열셋째마마를 모시고 대영으로 돌아가면

마마의 감독을 받으면서 병력을 제대로 충원하도록 하겠습니다."

윤상이 범시역의 말에 흡족해졌는지 바로 머리를 끄덕였다.

"그래야지! 그게 제대로 된 장군의 자세라고 할 수 있지. 그러나 돈이 너무 없어도 곤란해. 내가 병부에서 군비 명목으로 월 삼천 냥을 지원해주겠네. 또 찾아와 얼쩡거리는 사람마다 모두 챙기느라고 그러지 말게. 그건 밑 빠진 항아리에 물 붓는 격일 테니까. 폐하 아닌 다른 사람에게는 소신이 뚜렷한 자네 사촌형 범시첩을 따라 배우도록 하게. 아무쪼록 우림군 총병이라는 자네 어깨가 실로 무겁다는 것만 명심하기를 바랄뿐이네."

"가슴 깊이 새기겠습니다. 열셋째마마의 관대하심에 정말 깊이 감사를 드립니다."

범시역과 이위는 솔직히 다독이듯 으르듯 하는 윤상의 말이 조금 전 장정옥이 보내온 비밀 편지와 관련이 있다고 생각했다. 그러나 윤상이 먼저 얘기하지 않는 이상 감히 물을 수는 없는 일이었다. 이위가 잠시 뭔가를 생각하더니 길게 숨을 내쉬면서 말했다.

"사실 지금 조정의 재정 상황은 성조 때보다 훨씬 좋아졌습니다. 폐하께서는 청렴清廉, 개원開源(재원의 개척), 절류節流(지출의 절약) 이 세 가지의 기본 원칙에 입각해 이치의 쇄신을 시도하시는 것 같습니다."

"그거야 늘 하는 얘기 아닌가!"

윤상의 말에 이위가 웃으면서 다시 말을 이었다.

"그렇습니다. 하지만 폐하께서는 늘 하는 평범한 얘기도 모두 성현의 말씀이라고 하셨습니다. 개원과 절류는 제쳐두고라도 청렴의 '염' 廉자 하나만 실천하려고 해도 얼마나 큰 수양이 필요한지 모릅니다. 개도 약을 올리면 담을 뛰어넘는다고 합니다. 아무리 청렴을 외쳐도 배를 곯는 마당에 어떻게 청렴해질 수가 있겠습니까? 범 장군도 공액을 먹지 않으면 연봉이 고작 백육십 냥입니다. 육롱기는 성조 때 가장 청렴한 관리의 본보기였습니다. 그러나 죽고 나서 '청헌'淸獻이라는 시호를 받으면 뭘 합니까? 집안 살림이 궁색한 탓에 딸들까지 밖에 내보내 뽕잎을 따와야만 생계를 유지하는데! 제가 생각하기에는 청렴을 주창하기에 앞서 제도적인 장치를 우선 마련해야 합니다. 청렴한 관리를 만들어낼 수 있는 제도적인 장치 말입니다. 이 말은 열셋째마마께서는 폐하의 손발과 마찬가지인 분이시기 때문에 드리는 말씀입니다. 솔직히 재작년에 강남의 국채 환수 작업이 끝났다고 한 보고는 거짓이었습니다. 그것은 제가 진회하秦淮河 주변에 다닥다닥 붙어 있는 술집에 드나드는 표객嫖客(돈으로 여자를 사는 남자)들과 기생들에게 엄청난 과세를 했기 때문에 가능했던 일입니다. 그 돈으로 국고의 부족한 부분을 충당한 것이죠. 하지만 하남성의 국채 환수가 마무리됐다는 말은 사실입니다. 그만큼 전문경이 관리들의 목을 옥죄었다는 얘기가 되겠습니다. 그러나 어디에서 뺨 맞고 어디에 가서 눈을 흘긴다는 식으로 집과 땅을 팔아 빚을 갚느라 먹고 살길이 막막해진 관리들은 백성들에게 그 화풀이를 할 수밖에 없었습니다. 지금 산동, 안휘, 강남 길바닥에서 동냥에 나선 사람들에게 물어 보십시오. 십중팔구는 하남 사람일 겁니다. 그런 식으로 부정부패를 척결한다는 것은 생살을 도려내 상처 난 곳에 밀어 넣는 격이 아니고 뭐겠습니까?"

이위의 말에 윤상의 눈빛이 갑자기 형형해졌다. 조용히 듣고만 있는 것이 이상할 정도였다. 한참 후 그가 무릎을 쓸어내리고는 한숨을 내쉬면서 말했다.

"맞는 말이기는 해. 그러나 자네라고 평생 강남 같은 부자 동네에서 총독을 하란 법은 없을 것이 아닌가? 자네를 전문경이 있는 하남성으로 보낸다면 어떻게 할 것인가? 그곳에는 낭만을 즐길 수 있는 진회하도 없어. 허구한 날 잡아먹을 듯이 으르렁대는 황하가 있을 뿐이지. 자네는 무슨 수로 관리와 백성들을 먹여 살릴 것인가?"

윤상의 반문에 이위가 즉각 자신감 넘치는 어조로 대답했다.

"저에게는 방법이 있습니다. 저는 작년부터 화모귀공火耗歸公 시책을 실행하기 시작했습니다. 성省에서 화모를 거둬들여 그 돈으로 가난한 관리들에게 양렴은養廉銀을 지원해주고 있습니다. 상황에 따라 각각 삼천, 이천오백, 이천 냥씩 주고 있습니다. 한마디로 가진 자의 주머니를 털어 없는 자를 살리겠다는 취지입니다. 또 올봄에 저는 왕명기패王命旗牌를 요청해 사양射陽 현령의 목을 쳐버렸습니다. 그 자식이 뒤통수를 쳐도 유만부동이었거든요. 양렴은을 꼬박꼬박 지원해주는데도 흡혈귀처럼 백성들에게 달라붙어 피를 빨아먹는 것이 아니겠습니까? 저희 강남에는 청백리도 없기는 하지만 이제 탐관오리도 거의 없습니다. 저는 이것으로 만족합니다. 사실 저는 화모귀공 시책의 장점을 이 년 전에 폐하께 상주한 적이 있었습니다. 그러나 연갱요가 끼어들어 '이위가 공로를 노린 나머지 성급하게 일을 저지르려 한다'면서 판을 깨버리는 바람에 흐지부지되고 말았습니다. 이제는 연갱요도 죽고 없으니 마마께서 폐하께 한번 말씀을 올려 주시면 좋겠습니다."

윤상이 즉각 머리를 끄덕였다. 그리고는 얼굴 가득 미소를 지으며 입을 열었다.

"화모귀공에 관해 올렸던 상주문은 나도 읽어 봤네. 폐하께서 틀린 글자에 동그라미를 쳐놓으셨더라고. 그 짤막한 상주문에 오자誤字만 무려 삼백일흔다섯 글자나 있었어. 무슨 말인지 통 알아볼 수가 있어야 말이지. 그러나 방금 들어보니 바람직한 방법인 것 같군. 폐하께 상주해야겠어. 그러면 바로 명조明詔를 내려 온 천하에 시행하시겠지. 역시 그게 좋겠어!"

윤상이 말을 마치고는 다소 흥분한 듯 자리에서 일어섰다. 그러나 또다시 봉천에 있는 네 친왕이 북경으로 들어오려 한다는 사실을 떠올렸는지 금세 얼굴 표정이 흐려졌다. 급기야 잠잠하던 기침까지 쏟아냈다. 이어 황급히 손수건을 꺼내 입을 막았다. 그러나 소용이 없었다. 그의 입안에는 피비린내가 가득 퍼졌다. 윤상은 손수건에 피가 묻었을 것이라고 짐작하고는 누가 볼세라 손수건을 움켜쥐더니 즉시 화롯불 속으로 던져버렸다.

4장
눈물을 흘리는 냉면황제冷面皇帝

　그날 저녁은 다행히 아무 일도 일어나지 않았다. 이위는 그래서 이튿날 기분 좋게 범시역이 넘겨준 죄수들을 압송해 북경으로 향할 수 있었다. 그가 고산진의 사하점에서 하룻밤 머무는 동안에는 비가 내리다 그치다 하기를 종일 반복했다. 그러다 보니 그로서는 온 천하가 이런 궂은 날씨일 것 같은 착각에 빠져 있을 수밖에 없었다. 하지만 북경 근교인 순의順義현에 이르자 모든 것이 완전히 달라져 있었다. 하늘은 구름 한 점 없이 청명했을 뿐만 아니라 땅은 먼지가 펄펄 날릴 정도로 메말라 있었다. 그는 그런 풍경을 보고 적이 놀랐다. 고산진과 지척의 거리였음에도 이곳에는 비가 전혀 내리지 않았던 것이다. 그는 가사방의 호풍환우의 괴력이 사하점에 비를 뿌렸다고 생각하면서 속으로 내심 감탄을 금치 못했다.

　이위 일행은 고산진을 떠나 사흘을 꼬박 행군한 후에야 드디어 우뚝 솟은 동직문東直門이 멀리 바라보이는 북경에 도착할 수 있었다. 이위는 잠시 말을 세우고 생각에 잠겼다.

'염친왕부가 바로 동직문 밖에 있는 조양부두 근처에 있어. 그런데 이렇게 '민감'한 인물들을 데리고 버젓이 왕부의 대문 앞을 지나간다는 것은 문제가 있어. 다분히 불경스러워 보일 뿐 아니라 말 많은 북경 백성들의 의혹을 불러일으킬 수도 있어. 나중에는 온갖 괴소문이 퍼지게 될 거야.'

이위는 그런 생각이 들자 즉각 곽영에게 명령을 내렸다.

"창춘원으로 사람을 파견해. 우리가 북경에 도착해 북직문으로 입성한다고 장상께 보고하도록 하라는 말이야. 이 사십여 명의 죄수들은 모두 형부에 넘길 것인지 아니면 달리 조치할 것인지도 여쭤보고. 신무문神武門 북쪽에서 장상의 명령을 기다릴 것이라고 전하게."

이위는 말을 마치기 무섭게 바로 인마를 이끌고 계속 앞으로 나아갔다. 북직문 방향이었다.

때는 초겨울이었다. 북경의 북쪽 거리에는 인적이 드물었다. 호성하에는 벌써 얇은 얼음이 얼어붙어 있었다. 바람이 한차례 불어올 때마다 자줏빛을 비롯해 붉은색, 노란색, 갈색을 띤 나뭇잎들이 우수수 진저리를 치면서 차가운 물위에 떨어져 내리기도 했다. 또 서산에 기운 없이 걸터앉은 석양은 누렇게 뜬 얼굴을 한 채 긴긴 장정 끝에 마침내 신무문 북쪽 경산景山 밑에 도착해 잠시 휴식을 취하고 있는 일행을 물끄러미 바라보고 있었다. 순간 적막감과 스산함이 밀려왔다.

이위는 자신도 모르게 10여 대의 유벽거 안에 있는 죄수들의 운명을 생각했다. 그들의 점칠 수 없는 미래를 생각하면 새삼 마음이 복잡해지기도 했다. 그때였다. 저 앞에서 말을 달려오는 두 사람이 보였다. 가까이 다가와 말에서 내린 두 사람을 보니, 한 명은 장정옥과 연락을 취하라고 보낸 그 군교였다. 또 다른 한 사람도 안면이 있었다. 장정옥을 수행하는 서무관 장록張祿이었다. 이위가 말에서 내리자 장록이 황급히 인사를 올리며 아뢰었다.

"이 대인, 장상께서 지시하셨습니다. 채회새와 전온두는 대리시大理寺로 보내고 태감들은 전 대장군왕의 왕부로 보내 명령을 대기하게 하라고요. 또 그들은 선별해 부를 것이기 때문에 따로 감시병을 붙일 필요는 없다고 했습니다. 교인제는 이 대인께서 직접 압송하라고 하셨습니다. 지금 창춘원으로 가셔서 패찰을 건네라는 말씀입니다."

이위가 즉각 대답했다.

"알겠소. 돌아가서 장상께 아뢰시오. 이위가 바로 명령대로 움직일 것이라고 말이오."

이위가 말을 마치고는 곽영에게 장정옥이 지시한 대로 죄수들을 옮기라는 명령을 내렸다. 그렇게 해서 그 자리에는 순식간에 마차 한 대만 덩그러니 남게 됐다. 그가 다시 채회새, 전온두 두 사람을 대리시로 압송하도록 지시하고는 말했다.

"그 사람들을 넘기고 대리시의 확인증을 받아와야 한다는 것을 잊지 말게. 거기만 다녀오면 자네 일은 끝. 아, 그리고 단목양용과 깜장이 어멈은 오늘 저녁 기반가棋盤街에 있는 내 거처로 데려다 놓게. 폐하를 배알하고 나서 할 말이 있어서 그러네."

이위는 말을 마치자마자 바로 말 위로 훌쩍 솟구쳐 올라탔다. 그리고는 열 몇 명의 친병들과 함께 교인제의 유벽거를 호송해 창춘원으로 향했다.

때는 초겨울이라 그런지 해가 짧았다. 이위 일행이 신무문에서 20여 리 떨어져 있는 창춘원에 도착했을 때는 이미 어둠의 장막이 슬슬 짙어지고 있었다. 새들이 지친 날개를 퍼덕이면서 둥지를 찾아 숲속으로 날아들고 있었다. 저녁노을은 서산으로 넘어가고 있었으나 아직 어둠이 대지를 완전히 삼키지는 않았다. 그 모습이 무척이나 아늑하고 평화로워 보였다. 게다가 세월의 무게를 가늠할 수 있게 해주는 아름드리나무들이 수십 리 길에 이어진 붉은 성벽을 낀 채 어원御苑의 신비를 더해주고 있었다. 이위가 쌍갑문 입구에서 말에서 내리자 마흔쯤 돼 보이는 시위가 성큼성큼 다가왔다.

"장 군문이시오? 지금 패찰을 건네도 되겠소?"

이위가 말을 끌고 다가가면서 물었다.

"지금은 곤란할 것 같습니다, 이 대인. 지금 폐하께서는 대신들을 접견 중이십니다. 고성이 들리는 것을 보니 뭔가 심기가 대단히 불편하신 것 같습니다."

장오가가 준수한 얼굴에 웃음을 띤 채 이위의 말고삐를 받아 쥐면서 말했다. 그리고는 덧붙였다.

"교인제하고 시위방에서 간식을 드시면서 잠깐 기다려 보세요. 심심하면 내가 말동무를 해드릴 테니. 폐하께서 부르시면 유철성이 데리러 올 겁니다."

장오가가 말을 마치고는 마차로 다가갔다. 이어 문을 열더니 조심스럽게 말했다.

"이것 봐요. 이제 도착했으니 내려요. 내가 부축하기도 그렇고 하니 조심해서 알아서 내려요."

그러나 마차 안에서는 아무 대답도 들려오지 않았다. 그러자 장오가가 다시 한 번 말했다. 그제야 비로소 옷자락 스치는 소리와 함께 옷이 다 구겨진 볼품없는 젊은 여자가 치맛자락을 약간 잡아 올린 채 조심조심 마차에서 내렸다. 헝클어진 머리가 부스스한 느낌을 주는 여자였다.

이위는 그 신비스런 여인을 이틀 전에 범시역으로부터 넘겨받아 압송해 왔으나 한 번도 제대로 눈길을 준 적이 없었다. 괜한 의심을 살까 두려웠던 것이다. 그러나 이번에는 달랐다. 날이 어둑어둑했으니 슬쩍 가까이에서 볼 수 있었다. 그의 눈에 뚜렷하게 들어온 그녀의 용모는 그다지 뛰어난 것은 아니었다. 오히려 그 반대라고 해도 좋았다. 무엇보다 얼굴이 갸름하기는 했으나 왼쪽 뺨에 결정적 약점인 주근깨가 있었다. 이마 역시 너무 튀어나온 듯했다. 게다가 외꺼풀 눈도 작은 편이었다. 반달눈썹 역시 가운데로 몰려 있는 것이 왠지 불편한 속내를 가진 것처럼 보였다. 약간 치켜 올라간 꼭 다문 입 끝도 고집이 세 보이며 예사 성격이 아닐 것 같았다. 다만 입가의 보조개는 크게 예쁘지는 않았으나 단정한 얼굴에 적지 않은 보탬이 되는 것 같았다. 그럼에도 핏기 하나 없는 창백한 얼굴은 오래 쳐다보기가 안쓰러울 정도였다. 이 여인이 바로 전문경으로 하여금 낙민의 비리를 캐내도록 동기를 부여한 당사자였다. 나중에는 열넷째 윤제와 인연이 닿아 노첩奴妾으로 짧은 세월을 같이 보내기도 했다. 급기야는 영문도 모른 채 옹정에게 보쌈을 당해오기까지 했다. 그녀가 바로 교인제였다.

이위는 교인제에게서 시선을 거둬들였다. 이어 말없이 손짓을 하면서 안으로 안내했다. 교인제는 쌍갑문 돌사자상 북쪽에 위치한 시위 방을 힐끔 쳐다보고는 천천히 발걸음을 옮겼다. 그녀가 안으로 들어가자 이위와 장오가도 뒤를 따라 들어갔다. 자그마한 방 안에는 예닐곱 개의 촛불이 밝혀져 있었다. 완전히 대낮 같았다.

곧 참으로 난감하고 어색하기 이를 데 없는 침묵이 찾아왔다. 이위와 장오가는 숨이 막힐 것만 같은 답답함을 느꼈다. 장오가는 교인제가 십사패륵부에 있을 때 지의를 전달하러 몇 번 갔다가 만난 적이 있었다. 교인제와는 안면이 있는 사이였던 것이다. 따라서 세 사람 모두 서로 낯선 상대는 아니었다. 그러나 이 시각 어느 누구도 감히 속에 있는 말을 편하게 할 수가 없었다. 마땅히 할 말이 있을 턱도 없었다. 얼마 후 장오가가 교인제에게 물을 따라주면서 조용히 의례적인 말을 건넸다.

"물 좀 마셔요. 내가 화장대를 빌려놨으니 조금 있다 저녁 먹고 옷도 갈아입어요. 머리도 빗고요. 폐하께서는 절대 그대를 괴롭히는 일은 없을 것이라고 하셨어요."

교인제가 여전히 무표정한 얼굴을 한 채 대답했다.

"고마워요. 물도 마시고 밥도 먹겠으나 옷을 갈아입고 머리를 빗을 생각은 없네요."

장오가가 교인제의 말에 막 대꾸를 하려고 할 때였다. 밖에서 열두 살쯤 돼 보이는 꼬마 태감이 식합食盒을 들고 들어왔다. 이어 재빠르게 쌀죽과 장아찌 등 밑반찬을 꺼내 식탁 위에 올려놓았다. 식합에는 그밖에도 고급스럽고 맛깔스럽게 생긴 다과도 몇 가지 들어 있었다. 꼬마 태감은 곧 깔끔하게 상차림을 마쳤다. 첫눈에도 대단히 영악해 보이는 그는 교인제의 눈치를 살피더니 바로 익살스런 웃음을 지은 채 다가서면서 말했다.

"교 큰누님, 만나서 반가워요. 저는 진미미陳媚媚라고 합니다. 이제부터 예쁜 큰누님을 시중들게 돼 얼마나 좋은지 몰라요. 언제든지 불러만 주시면 총알같이 달려올게요. 지금은 제가 차린 음식을 많이 드셔 주시는 것이 저를 위해주시는 거예요."

"내 말 잘 들을 거야?"

교인제가 어린 태감의 익살스럽고 살가운 태도에 잠시 웃음을 머금더니 입을 열었다. 이어 다시 굳은 얼굴을 하고는 식탁에 마주앉

왔다. 그녀는 죽그릇을 들어 조금씩 마시면서 차갑게 지시를 내렸다.

"가서 폐하께 아뢰어라. 나는 여기에서 기둥에 머리 처박고 죽는 것이 소원이라고! 다만 죽기 전에 어떤 사람인지 한 번만 뵙고 싶어 한다고 말이야."

이위와 장오가는 전혀 뜻밖인 교인제의 말에 깜짝 놀라 흠칫 했다. 얌전하게 생긴 여자가 감히 그런 식으로 무례하게 말했으니 말이다. 확실히 그녀는 더 이상 세상을 살고 싶지 않은 것이 분명한 듯했다. 그렇지 않고서야 이토록 안하무인일 수가 있는가 말이다. 두 사람이 저 여자를 어떻게 따끔하게 혼내줄 것인가 하고 고민하고 있을 때였다. 꼬마 태감이 생글거리며 말했다.

"죽을 때 죽더라도 먹을 건 먹어야죠. 더구나 죄 없는 저까지 저승길에 데려갈 것까지야 없지 않겠어요? 어쨌거나 폐하께서는 꼭 한 번 부르실 거예요. 드릴 말씀이 있으면 폐하를 배알한 자리에서 직접 하시는 것이 낫지 않을까요? 제 생각에는 누나가 지금은 당장 속이 상해 죽을 생각까지 하지만 고민이 풀리면 죽으라고 등을 떠밀어도 살기 위해 필사적으로 발버둥을 치지 않을까 싶네요?"

이위와 장오가는 재치 넘치는 어린 태감의 말에 그만 참지를 못하고 웃음을 터트렸다. 그러나 교인제의 새초롬한 얼굴에서는 웃음기를 전혀 찾아볼 수가 없었다. 그녀는 후룩후룩 소리까지 내가면서 죽 한 그릇을 뚝딱 비우더니 다시 과자 하나를 집어 들었다. 그리고는 접시를 가볍게 밀어냈다. 이어 과자를 한입에 먹고 다리를 포개고 앉은 채 두 눈을 지그시 감았다. 명상에 잠기는 것 같았다. 또 온몸의 기를 한데 모으는 것 같기도 했다. 꼬마 태감이 서둘러 그릇을 챙기는가 싶더니 곧 익살스럽게 말했다.

"예쁜 교 큰누님, 제가 보기에 아무래도 누님은 폐하와 무슨 인연이 있는 것 같네요!"

"……"

교인제가 순간 눈을 번쩍 뜬 채 말없이 어린 태감을 노려봤다. 두 눈에는 분노가 가득했다.

"그런 눈으로 보지 마세요. 무서워서 오줌을 지리려고 해요. 저는 아직 어리잖아요."

진미미는 확실히 옹정이 심혈을 기울여 엄선한 인간 원숭이가 분명한 듯했다. 밉다면 업어달라고 하고 가만히 있으면 기어오를 그런 아이였다. 아무려나 어린 태감은 교인제의 표독스런 눈빛을 읽어냈는지 얼굴 가득 못 말리는 장난기를 보이면서 말했다

"다른 뜻은 없어요. 방금 교 큰누님이 드신 음식은 폐하께서 하사하신 어선御膳이에요. 폐하의 저녁 어선도 이 몇 가지뿐이에요. 평소에 폐하의 어선을 시중들면서 관찰한 바로는 폐하께서도 먼저 죽을 드시고 과자 한 조각만을 더 드세요. 그리고는 방금 누나가 그랬듯 다리를 포개고 앉아 눈을 감고 명상에 잠기세요. 어린 제가 봤을 때 누나의 행동이 폐하의 일거수일투족하고 하도 닮았기에 두 분 사이에 무슨 연분이 있는 것 같다고 말씀드린 것뿐이에요."

교인제가 진미미의 말에 미간을 잔뜩 찌푸렸다. 그리고는 신경질적으로 꼬마 태감을 노려봤다. 이렇게 무서운 애늙은이는 처음 본다는 표정이 얼굴에 어려 있었다. 그러기를 얼마나 했을까, 교인제가 어처구니없다는 듯 실소를 터트렸다.

"됐어, 가봐!"

진미미가 교인제의 말에 즉각 그 자리에서 한쪽 무릎을 꿇었다. 이어 곧장 일어서면서 말했다.

"알겠습니다. 폐하께서는 오늘 저녁에 제가 교 큰누님을 한 번이라

도 웃기면 황금 오십 냥을 상으로 내리겠다고 하셨어요. 앞으로 시중
들 날이 많을 테니 많이많이 웃어주세요. 저도 부자 한번 돼 보게요.”

꼬마 태감은 말을 마치자마자 곧바로 휑하니 사라졌다. 방 안에는
또다시 세 사람만 남게 됐다. 그러나 꼬마 태감의 익살로 인해 분위
기는 조금 전보다 한결 가벼워졌다. 교인제 역시 기분이 별로 나쁘지
않은지 신발을 끌고 방 안을 천천히 거닐었다. 그리고 때로는 합장을
한 채 중얼중얼 염불을 외우는 모습을 보였다. 때로는 누군가를 저
주하는 것 같기도 했다. 이위와 장오가의 존재는 까마득히 잊은 듯했
다. 두 사람은 사실 그것이 더 편했다. 둘 역시 가끔씩 눈길을 주고받
을 뿐 아무 말도 하지 않았다.

얼마 지나지 않아 꼬마 태감이 다시 나타났다. 그리고는 문어귀에
선 채 입을 열었다.

“지의를 전달하러 왔습니다. 이위와 교인제는 풍화루風華樓로 와서
패찰을 건네라. 장정옥은 늦었으니 귀가하지 않고 청범사淸梵寺에 머
물 것이다. 장오가는 장정옥을 청범사로 호위하라.”

“예, 폐하!”

이위와 장오가는 마치 오랜 감옥 생활에서 풀려난 것처럼 홀가분
해하면서 벌떡 일어나 대답했다. 곧이어 교인제가 문을 나섰다. 둘은
순간 동시에 후유! 하고 긴 한숨을 토해냈다. 얼마 후 장오가는 두
개의 궁등이 장정옥을 안내해 나오는 모습을 보고는 황급히 그쪽으
로 다가갔다.

진미미는 이위와 교인제를 데리고 곧 창춘원 쌍갑문 입구에 도착
했다. 그곳에는 궁등을 든 두 명의 궁녀가 대기하고 있었다. 그녀들
은 말없이 앞서 걸으면서 이위와 교인제를 안내했다. 얼마 후 옹정이
대신들을 접견하고 일을 보는 담녕거澹寧居 순약헌純約軒을 지났다. 이

어 바로 북으로 향했다. 노화루露華樓와 나란히 어둠 속에서 우뚝 솟아 있는 풍화루가 곧바로 그들의 시야에 들어왔다. 그 누각의 위에는 8개의 황사 궁등이 나란히 걸려 있었다. 또 밑에는 안팎으로 촛불이 훤히 밝혀져 있었다. 누각 주변에는 두 명의 태감만이 계단 앞에 조용히 시립해 있었다.

이위는 옹정이 혼자 있는 줄 알고 인기척을 내기에 앞서 관포冠袍를 단정히 했다. 그러다 문득 안에서 들려오는 말소리에 주춤했다.

"그렇게 알고 물러가게. 곧 자네의 친구인 이위가 들어올 거야. 그런데 그 친구는 자네하고 정견政見이 한참 다르더군! 운귀雲貴(운남과 귀주) 지역에서 실행하기 힘들다면 일단 자네 생각대로 추진해 보게. 하지만 짐의 뜻은 늘 염두에 두게. 어쨌거나 개토귀류改土歸流는 국책인 만큼 언제가 되든 밀고나가야 하는 것은 당연한 일이야. 당장 받아들이기가 힘들더라도 천천히 생각한 다음 짐의 뜻에 공감할 수 있을 때 상주문을 올리도록 하게. 내일 떠날 때는 패찰을 건넬 필요 없이 그냥 가도록 하게. 짐이 이위와 사이직을 보내 전송하도록 할 테니까. 자, 그 산삼은 잊지 말고 가져가게!"

옹정이 말을 마치자 운귀 총독인 듯한 대신이 감사를 표하는 말이 들려왔다. 이어 옹정의 만수무강을 비는 인사말도 조용히 울려 퍼졌다. 이위는 안에 있는 사람이 운귀 총독 양명시라는 사실을 알 수 있었다. 그는 순간 한쪽으로 몸을 숨겼다. 양명시와는 대단히 친숙한 사이기는 하나 지금은 서로 알은체할 자리가 못 된다고 생각한 것이다. 그는 양명시의 장화 소리가 저만치 멀어져서야 비로소 이름을 말하고 뵙기를 청했다.

"들어오게!"

안에서 짤막한 기침소리와 함께 옹정의 말소리가 들려왔다. 이위는 교인제를 데리고 즉각 안으로 들어갔다. 방 안의 서쪽에는 넓은 온돌방이 있었다. 가운데는 병풍으로 칸막이가 쳐져 있었다. 또 동쪽 방에는 방금 상을 물린 듯 치우지 못한 어선 차림이 보였다.

방 안은 황제가 왕림한 곳다웠다. 우선 촛불이 휘황찬란하게 타오르고 있었다. 눈이 부실 정도였다. 다른 한쪽 구석에는 경태람景泰藍(도자기의 일종)으로 만든 커다란 화로도 훨훨 타오르고 있었다. 방 안이 후끈후끈하지 않으면 오히려 이상할 정도였다.

옹정은 온돌마루에 가부좌를 틀고 앉은 채 입가심을 하고 있었다. 이위는 그런 옹정을 향해 힘차게 소매를 휘저어 내리꽂으면서 무릎을 꿇었다. 그리고는 정중하게 인사를 올렸다.

"신 이위가 폐하께 문안을 올리옵니다!"

그러나 교인제는 이위와는 달랐다. 그의 등 뒤에 서 있으면서 미동도 하지 않은 채 호기심 어린 눈빛으로 옹정을 뚫어지게 바라만 볼 뿐이었다. 병풍 앞에 쭉 시립한 각각 여덟 명의 궁녀와 태감들은 그 모습에 저마다 가슴이 오그라들고 긴장감에 사로잡혔다. 앞으로 일어날 일을 생각하니 불안하기 그지없었다. 생전 본 적도 없는 초췌한 모습의 젊은 여자가 황제 앞에서 무례하게 몸을 꼿꼿이 세우고 서 있으니 그럴 수밖에 없었다.

"일어나게."

옹정은 겹으로 된 흰 비단 두루마기만 입고 있었다. 허리에는 노란 띠를 두르고 있었다. 그가 여전히 가부좌를 튼 채 손을 들어 일어서라는 시늉을 하면서 잠시 교인제에게 눈길을 건넸다. 이어 순간적으로 힐끔 쳐다보고는 이위를 향해 말했다.

"짐은 아무리 늦어도 어제는 도착할 수 있을 거라고 생각했었어. 그런데 길에서 많이 힘들었나 보지? 자네의 열셋째마마는 언제 마란욕으로 갔는가?"

이위가 옹정의 질문에 무겁게 머리를 세 번 조아리고는 일어서서 아뢰었다.

"예, 폐하! 길에 비가 많이 내린 탓에 사하점으로 돌아왔사옵니다. 그러다 보니 이틀 늦었사옵니다. 열셋째마마께서는 지금쯤은 이미 마란욕에 도착하셨을 것이옵니다⋯⋯."

이위는 대답을 마치고는 사하점에서 죄인들을 인계받았던 사실을 요약해 들려줬다. 이어 다시 입을 열었다.

"이 처녀가 바로 교인제이옵니다. 지의를 받고 폐하를 배알하러 왔사옵니다."

옹정은 그제야 유심히 교인제를 뜯어봤다. 교인제가 머리를 숙이고 있다 말고 고개를 번쩍 쳐들었다. 두 사람의 눈길이 바로 부딪쳤다. 그러나 둘은 서둘러 약속이나 한 듯 서로의 시선을 피했다. 곧 옹정이 이위를 향해 흡족한 듯 머리를 끄덕이면서 말했다.

"배고프지? 어선을 내오너라!"

옹정이 다시 어선을 가져오라는 명령을 내렸다. 그러자 이위가 황급히 고개를 숙이면서 아뢰었다.

"방금 양명시에게 하사하셨던 어선이 손도 안 대고 그대로 있는 것 같사옵니다. 신은 소탈한 성격이라 아무것이나 잘 먹사옵니다. 남은 음식을 좀 먹으면 요기가 될 것 같사옵니다."

옹정이 무슨 말을 하느냐는 표정을 지었다.

"다 식었네. 더구나 그건 외신外臣들에게 내리는 어선이야. 자네는 짐의 포의가노包衣家奴이니 대접이 조금 더 융숭해야 하지 않겠는가! 짐이 방금 먹었던 대로 똑같이 올리라고 했으니, 그때 그 시절을 떠올리면서 먹어보게."

옹정의 말이 떨어지기 무섭게 역시 꼬마 태감 진미미가 식합을 들고 들어섰다. 교인제는 호기심이 동한 듯 옹정이 자신의 어선과 똑같다는 그 음식에 저도 모르게 눈길을 줬다. 아니나 다를까, 조금 전 자신이 먹었던 것과 똑같은 음식이었다. 심지어 그릇도 같았다. 순간 그녀는 적지 않게 놀랐다. 황제라면 으레 산해진미를 산더미처럼 쌓아놓고 먹을 것이라고 상상하고 있던 그녀로서는 당연한 반응이었다. 진미미가 상차림을 마치고 물러가려 할 때였다. 옹정이 그를 불러 세웠다.

"잠깐 더 있다 가도록 해라. 조금 있다 지시가 있을 테니."

"예, 폐하!"

진미미가 황급히 대답했다. 옹정은 그의 대답은 들을 생각도 하지 않은 채 교인제를 향해 고개를 돌리면서 물었다.

"자네가 교인제인가?"

"예, 제가 바로 교인제이옵니다."

교인제는 꼿꼿하게 선 채 대답했다. 눈빛도 당돌하기 그지없었다. 옹정을 똑바로 바라보고 있었다. 옹정의 불같은 성격을 잘 아는 태감과 궁녀들은 그 상황이 부담스러운지 하나같이 진땀을 흘리고 있었다. 곧 떨어질 날벼락이 걱정스러운 눈치였다. 급기야 양심전 총관태감인 고무용이 버럭 고함을 질렀다.

"네 이년, 폐하께 대답하는 태도가 그게 뭐야? 어서 무릎을 꿇지 못해?"

"내버려두게. 억지로 무릎을 꿇은들 뭐하겠는가. 가슴 속에서 우러나오지 않은 허례虛禮를 받으면 짐이 기분이 좋겠는가?"

옹정이 뜻밖에도 대수롭지 않다는 웃음을 지어보였다. 그리고는 다시 교인제에게 물었다.

"자네, 산서山西 사람이라고 했나?"

"정양定襄 사람이옵니다."

"식구는 어떻게 되나?"

"어머니, 아버지, 그리고 오빠가 있사옵니다."

교인제는 대답은 꼬박꼬박 했으나 어조는 여전히 적의에 불타오르고 있었다. 옹정이 열넷째 윤제의 뒤를 캐내려고 자신을 붙잡아 들인 줄로만 알고 있는 탓이었다. 그러나 옹정은 열넷째에 대해서는 일언반구도 하지 않았다. 교인제를 대하는 태도도 의외로 자상했다. 그녀는 점점 더 혼란스러운 기분을 느끼지 않을 수 없었다. 다소 피곤해 보이는 가운데 뭔가 의혹이 서려 있는 옹정의 눈빛을 마주할 때면 문득 양동이로 퍼붓는 것 같은 빗속에서 윤제와 생이별을 하던 중양절 당시의 장면이 떠오르기도 했다. 그녀는 자신도 모르게 눈을 지그시 감았다. 빗물에 털썩 무릎을 꿇은 채 하늘을 향해 땅을 치면서 울부짖던 윤제의 모습이 가슴 찢어지는 아픔과 함께 다시 다가오고 있었다…….

그러자 다소 누그러들던 그녀의 표정에 다시 살얼음이 끼기 시작했다. 감히 범접하기 두려운 살기도 번뜩였다. 그때 옹정이 머리를 숙이면서 말했다.

"열넷째가 자네한테 무척 잘해줬던 것 같군."

"……"

교인제가 대답이 없자 옹정이 천천히 말을 이었다.

"잘해줬을 것이라고 생각하네. 그러나 그 사람은 국법과 가법 모두를 어겼어. 벌을 받아 마땅한 사람이야."

"열넷째마마께서 도대체 무슨 법을 어떻게 어겼다는 것이옵니까?"

"집안일에 대해서는 말해줄 수 없어. 말해도 자네는 믿지 못할 거네."

옹정이 입가에 냉혹한 웃음을 흘렸다. 그리고는 덧붙였다.

"그러나 국법과 관련해서는 얘기를 해줄 수도 있어. 얼마 전 일이었지. 연갱요가 사람을 파견해 채회새와 전온두를 매수했어. '이칠二七(열넷째를 일컬음)이 천하를 얻으려면 서녕西寧에서 시작해야 한다'라는 쪽지를 건네고는 열넷째에게 반란을 종용한 것이지. 그럼에도 열넷째는 그 모든 것을 숨기고 보고하지 않았어. 구월 구일에는 자신을 내무부 사람이라고 속인 채 경릉의 능구陵區로 잠입했던 왕경기가 잡혔어. 그날 열넷째도 능구로 나갔었어. 그러나 둘이 연락을 하기도 전에 미몽迷夢은 아쉽게 깨지고 말았지. 그건 분명히 대역죄에 해당돼. 백번 양보해서 가법은 그렇다 해도 국법을 어기는 것은 곤란해. 왕법은 친인척이나 친소親疎 관계도 인정하지 않는다는 말은 자네도 들어봤을 거라고 믿네!"

옹정의 말은 단호했다. 그 말을 듣는 순간 교인제의 얼굴은 달빛 어린 창호지처럼 창백해졌다. 그 말을 옹정이 꾸며낸 것이라고 할 수는 없었다. 더구나 그녀는 옹정이 방금 말했던 일들을 자신의 두 눈으로 똑똑히 목격하기도 했다. 그때마다 뭔가 석연찮은 느낌이 들기는 했지만.

'만약 대역죄를 적용한다면 대청률大淸律에 의해 가차 없이 능지처참의 형벌을 받게 돼. 그러면 열넷째마마는 어떻게 되나?'

교인제는 그런 생각이 들자 자신도 모르게 몸을 떨었다. 하지만 곧 애써 담담한 척하면서 옹정에게 날카롭게 쏘아붙였다.

"소녀는 대역죄니 뭐니 하는 것은 모르옵니다. 저는 그저 열넷째마마가 좋은 사람이라는 것 외의 다른 것은 생각하고 싶지도 않사옵니다. 그런데 폐하께서는 형제를 죽이실 것이옵니까?"

"짐에게는 모두 스물네 명의 형제가 있네. 그중에서 나하고 뱃속에서부터 같이 해온 형제는 윤제뿐이야. 짐이 그 사람을 경릉으로 보낸 것은 진정으로 동복同腹형제를 위하는 마음에서였어. 그러면서 천방지축의 야성野性을 거둬들이기를 바라기도 했지. 소인배들을 멀리 하게 해서 구제불능의 지경에는 이르지 않게 하려는 생각도 없지 않았고. 짐은 정장공鄭莊公(춘추시대 정나라의 군주)처럼 아우를 무조건 방종하게 내버려 둘 수는 없었어. 결국에는 무법천지의 상황으로 빠질 테니까 말이야. 그렇게 되면 죽여 없앨 수밖에 없는 지경에 이르게 돼. 정말 어리석은 일을 저지르게 되는 것이지. 솔직히 당장 오냐오냐 해주는 것만이 인자한 사람이 할 일은 아니네. 짐은 이번에 연갱요로부터 많은 것을 느꼈네. 배부르고 등 따뜻하게 해줬더니 결국에는 다른 생각을 하더군. 짐을 배신한 대가가 어떤 것인지 똑똑히 보여주기는 했으나 예쁜 자식 매 한 대 더 들라는 옛말을 새삼 떠올리기도 했어. 연갱요의 부하들은 짐도 안중에 없었어. 오로지 연갱요만 알았어. 그럼에도 짐은 한쪽 눈을 질끈 감아줬지. 그 정도였는데……, 짐이 그 작위를 빼앗고 직무를 박탈해 죽음을 하사했을 때 그 부하들 중 어느 누가 감히 나서는 자가 있었던가? 이위, 그렇지 않나?"

옹정이 나지막하게 한숨을 내쉬면서 장광설을 늘어놓았다. 그리고는 이위를 불러 자신의 생각에 대한 의견을 물었다. 이때 이위는 너무 배가 고파 옹정이 감개에 젖어 있는 틈을 타 정신없이 음식을 마구 집어먹고 있었다. 그러다 옹정이 부르자 치밀어 오르는 트림을 애써 눌렀다. 그리고는 옹정을 향해 조심스럽게 웃어보이고는 교인제에게 말했다.

"연갱요의 〈임사걸명문〉臨死乞命文은 나도 읽어봤소. 가슴을 치면서 때늦은 후회를 하는 글이었소. 하지만 말 그대로 때는 이미 늦어버렸지. 폐하께서는 독실한 불교 신자인 탓에 기본적으로 시은施恩을 아끼지 않으시는 편이오. 그런데 친아우인 열넷째마마에게는 오죽하시겠소? 인제 아가씨, '왕자가 법을 어기면 서민과 똑같이 그 죄를 묻는다'라는 말을 들어보지 못했소?"

교인제는 이치를 따져서는 두 사람을 이길 수 없다고 생각한 것 같았다. 바로 억지를 쓰듯 대답했다.

"저는 여자라서 그런 것은 몰라요. 남자들의 시시비비를 저는 모른다고요. 알고 싶지도 않고요. 저는 다만 여자로서 죽을 때까지 정조를 바친 남자만을 따라야 한다는 일부종사一夫從事밖에는 몰라요. 열넷째마마에게 제 모든 것을 바친 이상 저는 그분이 천고의 죄인일지라도 믿고 따를 거예요. 바라옵건대 폐하께서는 우리 두 사람을 같이 황천에 가게만 해주세요. 그런 은혜를 내려주신다면 저는 웃으면서 구천九泉(죽은 뒤에 넋이 돌아간다는 곳. 땅 속) 길에 오를 것이옵니다."

옹정을 바라보는 교인제의 표정에는 결연함이 느껴졌다. 옹정은 묵묵히 그 눈길을 받고 있다 갑자기 고개를 돌리면서 길게 한숨을 내쉬었다. 그리고는 다시 물었다.

"열넷째마마가 자네한테 그렇게 잘해줬나?"

"……"

"짐은 더 잘해줄 텐데?"

"……?"

교인제는 전혀 예기치 못한 옹정의 말에 자신도 모르게 숨을 크게 들이마셨다. 눈도 휘둥그레졌다. 솔직히 옹정의 외모는 동복형제답게 윤제와 닮은 점이 많았다. 특히 미간을 찌푸릴 때의 모습은 완전 판박이라고 해도 좋았다. 굳이 다른 점을 찾는다면 옹정이 윤제보다 키가 좀 더 크고 나이가 열 살이 더 많은 만큼 늙어 보인다는 정도뿐이었다. 교인제는 늘 윤제로부터 옹정의 '포악무도'에 대해 세뇌교육을 받고는 했다. 하지만 지금 그녀의 눈앞에 있는 옹정의 모습은 달랐다. 말과 행동이 자상하기만 했다. 성격이 '지랄' 같고 각박하기가 '쇠꼬챙이' 같은 그런 옹정과는 한참이나 거리가 멀었다. 심지어 연극에 나오는 황제들과 같은 풍류스런 모습이나 예쁜 여자만 보면 침을 질질 흘리는 그런 모습도 전혀 보이지 않았다······.

교인제는 일순 당황하지 않을 수 없었다. 정신이 혼란스러워 잠시 고개를 숙이기도 했다. 그러다 갑자기 머리를 번쩍 들면서 따지듯 물었다.

"말끝마다 형제간의 우애를 생각하신다는 폐하께서 어찌 그분을 그토록 괴롭히시옵니까? 소녀는 열넷째마마의 여자이온데, 어찌해서 저희들을 생이별시키려는 것이옵니까?"

"저희들이라고?"

옹정이 갑자기 입가를 치켜 올리면서 조소 어린 웃음을 지었다. 가슴 속에서 어찌할 수 없는 질투의 감정이 번져 나가는 것 같았다. 하지만 그는 곧 그런 감정을 숨긴 채 말을 이었다.

"자네가 그 사람 복진이나 측복진側福晉이라도 되는 건가? 똑똑히 일러두지. 복진은 짐이 봉하고 측복진 역시 내무부 옥첩에 등록돼야 비로소 인정을 받게 돼 있네. 대청률에 따라 윤제의 죄를 물을 것 같으면 윤제에게 소속돼 있는 모든 가인들은 전부 흑룡강으로 추방하게 돼 있어. 노예로 전락하게 된다고!"

"소녀는 흔쾌히 대청률에 따르겠사옵니다."

교인제의 말은 시원시원했다. 옹정은 그녀의 단도직입적인 대답에 놀라지 않을 수 없었다. 한편으로는 주춤하기도 했다.

"물론 경우에 따라 다른 왕부王府나 궁원宮苑으로 보내지는 수도 있지. 아무튼 자네를 어떻게 처리할지는 짐의 마음에 달렸어. 그러니 그리 알게."

교인제가 아무리 무례하게 굴어도 옹정은 그야말로 꿈쩍도 하지 않았다. 그녀는 그만 맥이 탁 풀리고 말았다. 윤제와 같이 살지 못할 바에는 옹정의 화를 돋우어 빨리 죽어버리는 것이 목적이었던 그녀로서는 당연할 수밖에 없었다.

사실 그녀와 옹정과의 인연은 단 한 번의 짧은 만남이 고작이었다. 때문에 '정'이라는 것이 들 수조차 없는 사이였다. 더구나 미색을 따지자면 궁 안에 있는 시녀들이 전부 그녀를 능가하면 했지 못하지는 않았다. 교인제는 그런 생각이 들자 한사코 자신을 곁에 두고 싶어 하는 옹정의 속내가 자못 궁금해지지 않을 수 없었다. 더구나 옹정은 예상과는 달리 윤제에 대해서 시시콜콜 캐묻지도 않았다. 윤제를 비난하거나 자극하는 말도 하지 않았다. 드디어 그녀가 조금 떨리는 목소리로 물었다.

"폐하, 그러면…… 소녀에게 어떤 벌을 내리실 생각이옵니까?"

"자네는 여기서 궁녀로 남아주면 되네. 달리 벌을 내릴 생각은 없네. 자네를 시중드는 궁녀들이 있을 테니, 자네는 하등下等 궁녀는 아닐 것이네."

옹정이 담담한 표정으로 말했다. 교인제가 다시 물었다.

"그렇게 하신다면 폐하께서는 소녀를 열넷째마마에게서 빼앗아 오시는 격이 되옵니다. 폐하, 과연 이러실 수 있는 것이옵니까? 소녀가 살군죄殺君罪를 저지를 것이라는 생각은 하지 않으셨사옵니까?"

옹정이 교인제의 당돌한 말에 고개를 뒤로 젖히면서 크게 웃었다. 이어 한참 후에야 입을 열었다.

"짐은 갈수록 자네가 마음이 드는군! 짐은 천하의 주인으로서인仁과 효孝로 온 천하를 감화시켰어. 그런데 어찌 자네 한 사람의 마음쯤 녹일 수 없겠는가?"

옹정이 말을 마치고는 바로 진미미에게 지시를 내렸다.

"데리고 가게. 궁중의 법도대로 옷을 갈아입히고 치장시키도록 하게. 고무용에게 태감 셋, 궁녀 넷을 딸려 보내 시중들게끔 하고."

이위는 손에 땀을 쥐고 옹정과 교인제의 대화에 귀를 기울였다. 이어 교인제가 물러가자 비로소 안도의 한숨을 내쉬면서 옹정에게 아뢰었다.

"외람되오나 신은 폐하께 간언을 올리고 싶사옵니다. 저런 사람은 폐하의 주변에 얼씬도 못하게 하는 것이 바람직하옵니다. 냉궁冷宮에 처넣거나 아니면 아예 없애버리든가 양자택일을 해야 하옵니다. 그렇지 않으면 폐하의 안전은 보장할 수 없사옵니다. 또 그렇게 하는 것이 교인제 본인에게도 좋을 것 같사옵니다."

옹정이 이위의 진언에 아쉬움 가득한 한숨을 지으면서 대답했다.

"짐이 그렇게 할 수 있다면 얼마나 좋겠나. 정 궁금하면 나중에 자네의 열셋째마마께 여쭤보게. 그러면 짐을 이해하게 될 것이네."

옹정의 표정은 이상하게 희비로 얼룩지고 있었다. 이위는 아무리 생각해도 그런 옹정을 이해할 수가 없었다.

'폐하께서는 왜 모든 것을 감수하고서라도 교인제를 옆에 두려고 하시는 걸까? 아무리 생각해도 모르겠네. 나처럼 영악한 사람이 모르면 누가 알 수 있을 것인가.'

이위는 한참을 그렇게 생각하고 있다가 뭔가 묘안이 떠오른 듯 입을 열었다.

"폐하, 교인제는 전문경이 자신의 목숨을 구해주었다고 생각하고 있사옵니다. 그래서 전문경을 은인으로 여기는 듯하옵니다. 솔직히 억지로 떼어 낸 참외는 달지 않사옵니다. 아무리 폐하의 시중을 든다고 해도 내키지 않아 하면 폐하께서도 즐거우실 리가 없사옵니다. 그러니 전문경을 북경에 불러 설득을 시도해 보는 것이 어떻겠사옵니까?"

옹정이 즉각 머리를 저었다.

"이건 짐의 사생활이네. 물론 자네는 짐에게 특별한 사람이므로 오늘 자리를 같이 하기는 했지. 하지만 짐도 나름대로 다 생각이 있네. 그건 그렇고, 밖에서는 연갱요에게 죽음을 내린 사실에 대해 어떻게 보고 있는 것 같던가?"

"연갱요가 인심을 많이 잃은 것 같았사옵니다. 연갱요 본인은 말할 것도 없고 부하들까지 발 닿는 곳마다 황제 노릇을 하고 다니지 않았나 싶사옵니다. 그래서 그런지 그들에 대한 민심이 극도로 흉흉해 있었사옵니다. 진작 없애버렸어야 했다면서 하나같이 입을 모으고 있사옵니다. 특히 그 일당인 왕경기가 쓴 〈서정수필〉西征隨筆이 공개되면서부터는 더욱 그렇사옵니다. 그 속에 들어있던 반란 계획이 여지없이 드러났으니까요. 어느 누구도 감히 왈가왈부하지 못하는 것이 현실이옵니다."

이위가 자세를 고치면서 정색을 한 채 아뢰었다

"듣기 좋은 소리는 이미 귀 아프게 들었네. 그러니까 짐이 미처 듣지 못했던 것을 들려달라는 얘기야, 이 친구야."

옹정이 짜증스럽게 이위의 말허리를 자르면서 손사래를 쳤다. 그러자 이위가 목청을 가다듬고 혀로 입술을 적시고는 다시 말을 이었다.

"폐하께오선 뒤에서 하는 얘기에 귀를 기울이라고 누누이 신에게 주비朱批를 내리시어 훈계하셨사옵니다. 그러나 신은 폐하의 가노라는 사실 때문에 도무지 관가의 진언眞言을 들을 수가 없었사옵니다.

다들 신에게는 사탕발림 소리만 하고 속셈은 좀처럼 털어놓으려 들지 않았으니까요. 물론 신은 지의를 받들어 강호에 떠도는 무리들, 이를 테면 조방漕幇(조운을 장악한 폭력조직), 염방鹽幇(소금 무역을 장악한 폭력조직), 청방靑幇(폭력조직의 대표 격에 해당함) 등 부둣가의 우두머리들을 사귀고 있사옵니다. 그들이 가끔씩 거친 소리와 함께 툭툭 내뱉는 말도 듣기는 하옵니다. 그러나 신분을 숨기고 만나는 터라 자칫 언로言路가 끊길까봐 대단히 조심스러운 실정이옵니다."

이위가 한참을 말하다 말고 잠시 숨을 골랐다. 이어 무표정한 옹정의 얼굴을 힐끗 쳐다봤다. 그리고는 다시 말을 이어나갔다.

"그들은 대체적으로 연갱요가 스스로 병권을 내놓았더라면 폐하께서 그토록 위기를 느끼지는 않았을 것이라고 말했사옵니다. 또 그 자신 역시 불나방 신세를 면할 수 있지 않았겠느냐고 말했사옵니다. 더구나 어떤 이들은 선제께서 붕어하신 다음 융과다와 연갱요가 안팎에서 작당해 '전위십사자'傳位十四子라는 유조遺詔를 '전위우사자'傳位于四子라고 고쳤다는 말까지 입에 올리고 있사옵니다. 그 사실을 알고 있는 폐하께서 위기를 느낀 나머지 당사자를 제거해 진실을 영원히 덮어 감추려 든다는 얘기이옵니다."

이위의 말에 옹정의 표정이 갈수록 무겁고 날카로워졌다. 궁등 뒤의 붉은 기둥을 바라보는 시선 역시 칼날처럼 변하고 있었다. 그러자 이위는 분위기가 심상치 않다고 생각한 듯 입을 다물어버렸다. 순간 옹정이 잠시 하던 생각을 멈추고는 그를 다그쳤다.

"계속 말해봐!"

이위는 옹정의 닦달에 침을 꿀걱 삼키면서 천천히 입을 열었다.

"예, 폐하. 심지어 어떤 자들은 별의별 미친 소리까지 하고 다니는 것으로 알고 있사옵니다. 연갱요의 여동생인 연 귀비가 폐하에 대해 모르는 것이 약이 될 것 같은 부분까지 알고 있음에도 폐하께서 손을 쓰지 못하는 것은 후…… 후세의 손가락질이 무서워서라고 했사옵니다…….”

이위는 자신도 모르게 말을 더듬었다. 이마에는 어느새 콩알만 한 땀방울이 맺혔다가 바닥으로 뚝뚝 떨어지고 있었다.

“또 어떤 놈들은 분위장군奮威將軍 악종기가 연갱요와 공로 다툼을 벌이다 연갱요를 죽여 버렸다고 터무니없는 소리도 하고 다니는 것으로 알고 있사옵니다. 그리고 폐하께서는 명망이 현왕賢王으로 회자되고 있는 여덟째마마보다 못하다고 하는 자들도 있사옵니다. 그래서 연갱요가 자신이 믿고 따르는 주군이…… 인자한 군주가 못 된다는 사실에 실망을 하고 여덟째마마와 손을 잡았다는 것이죠. 바로 그 때문에 폐하께서 연갱요를 죽였다는 얘기도 있사옵니다.”

이위는 내친김에 숨김없이 모든 것을 있는 그대로 다 아뢰려고 작정한 듯했다. 그가 다시 말을 이었다

“태후마마께서 돌아가시고 나서도 요언이 난무했었사옵니다. 폐하께서 태후마마에게 기둥에 머리를 박고 자살하도록 강요했다는 것이 바로 그런 요언이옵니다. 그 당시 열넷째마마는 이 소문이 마치 사실인 양 연갱요에게 편지를 띄웠사옵니다. 폐하께서는 극악무도한 진시황 같은 황제이니 믿었다가는 뒤끝이 어떻게 될지 모른다면서 반란을 종용하는 협박을 한 것이옵니다. 이 사실은 왕경기의 입에서 최근에 나온 것이옵니다.”

이위의 말이 길어질수록 옹정의 얼굴빛은 흉흉할 정도로 변해갔다. 극심한 분노를 참는 듯 아랫입술에는 이빨 자국도 선명했다. 얼굴 근육도 경련을 일으키고 있었다. 그는 이위의 말이 끝나자 바로 우유잔을 들었다. 우유는 이미 차갑게 식어 있었다. 그럼에도 그는 마

치 쓰디쓴 약을 넘기듯 미간을 찌푸린 채 억지로 우유를 삼켰다. 그리고는 빈 잔을 바닥에 내팽개치려든 듯 머리 위로 쳐들었다. 그러나 겨우 진정을 하고는 다시 가볍게 탁자 위에 올려놓았다. 이어 신발을 신고 내려서서 다람쥐 쳇바퀴 돌 듯 방 안을 부산스럽게 걸어다녔다. 이위와 궁녀, 태감들의 시선이 옹정을 따라 움직이느라 경황이 없었다. 옹정이 한참을 그러더니 갑자기 뚝 멈춰 섰다. 온돌 뒤편의 편액 앞에서였다.

戒急用忍
조급함을 버리고 인내심을 키워라.

추호의 흔들림도 없어 보이는 편액 속의 '계급용인'戒急用忍 예서체 네 글자는 강희가 그 옛날 옹정에게 하사한 좌우명이었다. 옹정은 그 글 앞에서 깊이 심호흡을 했다. 이어 마음 속 갈피갈피에 배어 있는 울분을 대청소해내듯 크고 길게 토해냈다. 그러고 나니 한결 속이 편해지는 모양이었다. 곧 씁쓸한 웃음을 지어보이면서 이위를 향해 말했다.

"그 옛날 지금은 폐위당한 지 이미 오래인 태자와 산동성에 구제양곡을 보내는 일로 인해 말썽이 생겼을 때 선제께서 상으로 내리신 네 글자네. 아들 성격을 제대로 파악하셨다고 봐야지. 오늘 저녁에도 하마터면 흐트러진 모습을 보일 뻔했어."

"폐하!"

이위는 옹정이 자신을 억제하고 평상심을 회복해가는 모습에 감명을 받은 듯했다. 더욱 용기를 내 직언을 올렸다.

"소인배들이 작정을 하고 요언을 날조해 내려면 무슨 말인들 못하겠사옵니까? 우리 백성들은 현명하고 똑똑하옵니다. 폐하께서는 인덕仁德하시고 근정勤政하신 군주이옵니다. 백성들을 자식처럼 아끼시는 자애로운 군주이기도 하옵니다. 이에 대해서 조야朝野에서는 상하를 막론하고 다 알고 있사옵니다."

옹정은 계속 편액 앞에 선 채 묵묵히 이위의 말을 들었다. 그러다 한참 후에야 손짓을 했다.

"이위, 자네 이리 가까이 와 보게."

이위가 까닭을 몰라 어리둥절해 하면서 옹정에게 다가갔다. 순간 옹정이 낚아채듯 이위의 손을 덥석 잡았다. 그리고는 책상 앞으로 이끌고 가더니 그날의 주비를 펼쳐 보였다. 이위는 땀이 흥건하게 밴 손을 빼내보려고 움찔거렸다. 그러나 옹정은 손을 놓으려 하지 않았다. 심지어 실로 오랜만에 이위의 애칭을 부르면서 떨리는 목소리로 말했다.

"강아지, 지금 짐은 말할 것도 없고 도리침이나 자네를 비롯한 짐의 고굉들에 대해서도 온갖 요언이 난무하고 있어. 짐은 그 사실을 다 알고 있다네!"

옹정은 흥분했는지 가슴이 심하게 벌렁거렸다. 곧이어 이위의 손을 잡은 손에 더욱 힘을 가하면서 덧붙였다.

"이걸 좀 보게. 모두 짐이 오늘 하루 동안 읽어본 주장奏章과 주비朱批들이네. 어제는 만 글자 넘게 썼어. 오늘은 팔천 글자에 달하는 주비를 썼네. 그뿐인가! 대신들을 접견하고 가묘家廟를 찾아 제사를 지내고…… 짐은 매일 사경四更에 일어나 자시子時가 다 되어서야 잠자리에 들고는 하네. 강아지, 자네는 짐의 고단함을 결코 모를 거야. 자네가 밖에서 듣고 온 말에 대해 짐은 분노하지 않네. 그보다는 슬픔과 실망이 더 크네. 짐을 몰라주는 사람들이 야속하기까지 하네……."

옹정이 진짜 가슴이 아픈지 목소리가 심하게 떨렸다. 그래서일까, 자신도 모르게 이위의 손을 슬그머니 놓아버렸다. 이위는 순간 놀랍게도 '냉면황제'冷面皇帝의 두 눈에서 흘러내리는 눈물을 보고 말았다.

5장
물 건너 간 골육 간의 화합

옹정은 순간 오래 전부터 지병을 앓고 있는 사람답게 얼굴이 창백해졌다. 시체를 방불케 하는 모습이었다. 이위가 깜짝 놀라 한 발 뒤로 물러서더니 입술을 실룩거리면서 여쭈었다.

"폐……폐하, 괜찮으시옵니까? 신이 죽일 놈이옵니다. 그런 말은 입에 올리지 말았어야 했는데……."

옹정은 그러나 상심에 젖어 어쩔 줄 몰라 하는 이위의 등을 어루만지면서 애써 감정을 추슬렀다.

"그렇지 않아. 내가 감정을 제어하는데 실패해 보기는 이십 년 만에 처음이네. 짐은 조금이라도 더 나은 대청大淸의 미래를 위해 불철주야 일하고 있어. 숨 쉬는 시간마저 아까울 정도라고. 그런데 밖에서는 짐을 폭군으로만 치부하는 사람들이 있다는 것이……."

이위가 재빨리 말을 받았다.

"다 그러는 것은 아니옵니다. 방금 말씀 올렸듯 일부, 아주 일부에 불과한 소인배들이 그런 미친 소리를 하고 다니는 것이옵니다. 폐하를 진정으로 잘 아는 조정의 대신들 중에 그렇게 생각하는 사람은 없사옵니다. 그건 신이 감히 단언할 수 있사옵니다."

"그들은 결코 '소인'들이 아니네."

옹정이 궁녀가 건넨 더운 물수건으로 얼굴을 닦았다. 얼굴 혈색이 차츰 돌아오고 있었다. 쉽게 범접할 수 없는 평소의 근엄한 표정도 되살아왔다. 그가 경멸에 찬 어조로 말했다.

"자네가 전해준 말들은 백성들이 함부로 지어낼 수 있는 소문이 결코 아니야. 아무것도 모르는 백성들이 그렇게 구체적인 소문을 만들어내기는 어렵다고. 내용이 터무니없지 않잖아. 누군가 비중 있는 인물이 배후에서 조종하고 있을 거야."

옹정이 말을 마치고는 천천히 발걸음을 옮겨놓았다. 이어 옹정이 갑자기 멈춰 서면서 이위를 향해 물었다.

"이위, 만약 지금 누군가가 모반을 일으켜 궁을 위협하려 한다면 자네는 어떻게 할 것인가?"

"어찌 그런 말씀을 하시옵니까, 폐하!"

이위가 깜짝 놀라 펄쩍 뛰었다. 얼마나 놀랐는지 주변의 궁인들의 얼굴을 둘러보는 그의 얼굴에 당황한 기색이 역력했다.

"충분히 그럴 가능성이 있네. 하고 싶은 말이 있으면 주저하지 말고 하게. 이 사람들을 의식할 필요는 없네. 감히 비밀을 누설할 경우에는 기름 가마에 집어넣어 튀겨낼 거니까!"

옹정이 차갑게 굳어진 표정으로 좌중을 쓸어보면서 말했다. 목소리가 마치 깊고 깊은 동굴 속에서 불어오는 찬바람 같았다. 이위는 흠칫 숨을 들이마시고는 고개를 가슴까지 깊이 숙였다. 이어 떨리는 목소리로 아뢰었다.

"신은 저 사람들을 의식하지는 않사옵니다. 작년에 폐하께서는 빨갛게 달군 조롱에 조기趙奇를 넣어 태워 죽인 적이 있사옵니다. 그 이후로 궁중에서는 누구 하나 감히 궁중에서 일어난 일에 대해서 일언반구도 밖에다 하지 못하는 줄로 알고 있사옵니다. 물론 신은 그런 일이 있으리라고는 꿈에도 생각지 않고 있사옵니다. 만에 하나 과연 폐하의 말씀대로 어떤 간덩이 부어터진 놈이 까분다면 신은 남경에서 기병起兵해 근왕勤王을 할 것이옵니다!"

옹정이 말을 받았다.

"짐은 만승지존萬乘之尊이야. 그런데 자네한테 허튼소리나 하고 있겠어? 지금 누군가가 짐을 속이고 팔기의 철모자왕鐵帽子王(영원히 자손들에게 직위를 세습하는 왕)들과 밀모를 하고 있어. 기무를 정돈한다는 미명하에 그들 친왕들을 북경으로 불러 들여 음모를 꾸미려 하고 있다고. 팔기의 왕들을 소집해 팔왕의정제도八王議政制度를 회복하려는 움직임이 있다는 말일세. 방금 자네가 밖에서 들어온 소문들과 그들의 동향을 엮어보면 꽤 재미있네. 그것들이 '의정'議政을 한다고 해봤자 불 보듯 뻔하지 않겠나? 밖에서 나도는 악성 소문들을 어떻게든 기정사실로 둔갑시켜 짐을 궁지에 빠뜨리려고 하는 것 아닌가 말이야. 또 한물가기는 했어도 뿌리는 건재한 친왕들의 힘을 빌려 짐을 폐위시키겠다는 것 아니겠어?"

옹정이 말을 마치고는 소름 끼치는 웃음을 지었다. 그리고는 다시 말을 이어 나갔다.

"어떤 작자들인지 꿈도 대단하지!"

"신은 당분간 남경으로 돌아가지 않겠사옵니다. 신은 '의정' 제도니 뭐니 하는 것에는 관심이 없사옵니다. 이른바 철모자왕들도 한 번도 본 적이 없사옵니다. 어떤 인물들인지 한번 보고 싶사옵니다."

이위가 목을 이리저리 비틀면서 벌겋게 달아오른 얼굴을 한 채 말했다.

"자네는 남경으로 돌아가 총독 노릇이나 열심히 해. 그것이 짐을 도와주는 거야. 짐은 이미 병부에 지의를 내렸어. 호광湖廣 지역의 모든 기영旗營, 한군漢軍 녹영綠營의 병사들을 전부 자네 밑으로 편입시키라고 말이야. 자네의 통제를 받도록 지시한 것이지. 짐의 친필 조서가 없는 한 자네는 누가 뭐래도 병권을 내놓아서는 안 되네."

옹정이 잠시 숨을 고르며 뜸을 들인 다음 말했다. 그의 얼굴에는 언제 폭풍이 휘몰아쳤나 싶게 잔잔한 물결이 찰랑이고 있었다. 평화롭기 그지없었다. 그가 다시 입을 열었다.

"물론 물 한 방울 새지 않게 군기처 살림을 잘하는 장정옥이 있기 때문에 이렇게까지는 안 해도 될지 모르지. 그러나 짐은 나이도 젊지 않은 사람에게 너무 무거운 짐을 지우는 것이 안쓰러워. 그래서 자네한테 부담을 나눠주려는 거야. 또 홍력, 홍시, 홍주 세 아들들에게도 일을 맡길 거야. 우선 홍력은 자네를 따라 금릉으로 가게 할 거야. 홍시는 북경에 남게 하고, 홍주는 마란욕의 범시역 군중으로 보낼 생각이네. 사실 짐은 자네의 열셋째마마 윤상만 있으면 겁나는 구석이 없기는 해."

이위는 그제야 옹정이 염려하는 바가 기우가 아니라 현실로 닥쳐온 위기라는 것을 깨달았다. 더불어 그 현실이 자신이 생각한 것보다 훨씬 더 빠른 속도로 시시각각 다가오고 있다는 것 역시 분명히 느낄 수 있었다. 그가 말했다.

"무슨 말씀인지 알겠사옵니다, 폐하! 신은 돌아가서 미리 군영을 정돈해 놓겠사옵니다."

옹정이 이위의 말에 힘을 얻었는지 얼굴에 차분하게 미소를 흘렸다. 그리고는 다시 한 번 당부를 했다.

"이제 병권을 자네에게 줬으니 죽이든 살리든 자네 마음대로 해. 그건 솔직히 당연한 일이지. 그러나 짐의 강산은 철통장벽을 두르고 있는 만큼 아무리 폭풍우가 몰아닥친다고 해도 하루아침에 폭삭 무너지는 일은 없을 거야. 그러니 지나치게 이쪽에만 신경 쓰느라 촉각 세우지 말고 자네 본래의 임무를 잘 완수하도록 하게. 현재 풍대豊臺 대영은 필력탑의 삼만 병력이 지키고 있어. 또 도리침이 융과다의 보군통령아문을 넘겨받았어. 이불은 호광 순무 자리를 내놓고 직예 총독으로 북경에 와 있고. 정말 든든하지 않은가. 병권도 없는 제까짓 것들이 여덟 명이 아니라 팔십 명의 철모자왕을 데려온다 한들 뭘 어떻게 하겠어?"

옹정의 목소리에는 자신감이 넘치고 있었다. 이위는 그 말을 듣자 흥분으로 뛰던 가슴이 차츰 진정을 찾기 시작했다. 그제야 윤상이 마란욕으로 간 이유를 알 것도 같았다. 한결 마음이 놓였다. 그가 피식 웃으며 중얼거리듯 말했다.

"병력도 없는 것들이 뭘 믿고 저렇게 까부는지 모르겠사옵니다. 폐하께서 지의만 내리시면 봉천을 한 발자국도 떠날 수 없는 주제에……"

"고름은 언제든 짜버려야 하네. 짐은 오히려 저것들이 달팽이처럼 머리를 움츠릴까봐 걱정이야. 스스로 기어 나왔을 때 기회를 놓치지 않고 고름을 짜주면 훨씬 쉬울 텐데 말이야!"

옹정이 음산한 표정을 한 채 말했다. 그때 구석 자리의 자명종이 열한 번 울렸다.

"늦었네. 그만 가서 쉬도록 하게! 성城으로 들어가지 말고 오늘 저녁은 장정옥과 함께 청범사에 머물도록 하게. 피곤해서 곯아떨어졌을 테니 놀라지 않도록 조심하게. 자네는 북경에서 며칠 더 기다렸다가 열셋째마마를 만나고 가게."

"예, 폐하!"

옹정이 그러자 시무룩하게 웃음 띤 얼굴을 한 채 한마디 덧붙였다.

"취아는 이제 일품부인이 됐지? 지난번에 만들어보낸 신발이 너무 편했네. 시간 있으면 두어 켤레 더 만들어보내라고 하게. 비단은 덧대지 않아도 된다고 하게."

"명심하겠사옵니다, 폐하!"

윤상은 사하점을 떠난 다음 날 정오에 범시역과 함께 마란욕 대영에 도착했다. 풍대 대영, 밀운 대영과 더불어 3대 우림군羽林軍 중 하나인 마란욕 대영에는 화포火砲를 비롯해 조총鳥銃 등 무기들이 두루 갖춰져 있을 뿐만 아니라 정예 병사들도 여느 대영 못지않게 많았다. 수군 부대인 수사영水師營도 있었으나 사실 북방에서는 그게 그다지 필요하지 않았다. 그들은 고작 대영을 위해 다리를 놓고 배를 만드는 자질구레한 일만 도맡아 했다. 후세의 '공병'工兵과 비슷한 역할을 했다고 할 수 있었다.

마란욕 대영은 강희제 때의 명장이었던 주배공周培公에 의해 기획되고 만들어진 병영이었다. 그 당시는 오삼계를 비롯한 삼번三藩의 난을 평정하느라 기운이 빠진 국력이 아직 회복되지 못한 때였다. 그럼에도 흑룡강 유역에서 횡포를 부리는 러시아 군의 도발은 날이 갈수록 심해지고 있었다. 말하자면 마란욕 대영과 밀운 대영은 파해 장군과 러시아군 간의 동북에서의 전투가 불리해질 경우를 대비한 '제2의 방어선'이라고 해도 좋았다.

전체 대영은 마란욕을 중심으로 그물처럼 북쪽으로 뻗어나가 있었다. 그중 중군 대영은 기반산棋盤山을 등진 곳에 자리를 잡고 있었는데 산 밑에는 여러 갈래의 길이 종횡으로 뻗어 있었다. 또한 묘하게도 산 위에 냇물이 곳곳에 흐르고 있었다. 그 냇물들 가운데 자리 잡은 경릉의 서쪽에는 식량과 무기, 군수품을 저장해 두는 건물들이 즐비했다. 그래서 기반산에 올라 북쪽을 바라보면 수십 리 길에 별처럼 총총한 영방營房들이 한눈에 들어왔다.

윤상은 대영 시찰을 마치고는 기반산에 올라가 전체를 둘러보고 내려왔다. 그의 입에서는 찬탄이 그치지 않았다.

"다른 대영을 두루 다녀봤어도 이렇게 멋진 곳은 처음이야. 주배공은 역시 뛰어난 인재야. 내가 조금 일찍 태어나거나 그 사람이 조금 더 오래 살았더라면 한 세대를 풍미한 진정한 영웅의 면모를 직접 볼 수 있었을 텐데!"

"신 역시 주배공 군문의 풍채를 직접 뵙지는 못했으나 신의 아버지께서는 주군문과 함께 서정西征에 나섰던 적이 있다고 합니다."

범시역이 한층 허약해진 윤상의 팔을 부축해 돌계단을 조심스럽게 디디고 내려가며 말했다. 그리고는 천천히 말을 이었다.

"제 아버지께서 그러시더군요. 주 군문은 희고 말쑥한 얼굴에 호리호리한 체격만 보면 영락없는 어느 부잣집의 귀공자 모습이라고요. 그러나 전쟁터에 나가면 호랑이에 날개가 돋친 격으로 활약을 했다고 합니다. 또 제갈량이 다시 태어난 것과도 크게 다르지 않았다고 합니다. 문필 역시 뛰어나 문장에도 능하고 입담도 좋아 피 한 방울 흘리지 않고 평량성平涼城을 함락시켰다고 합니다. 그뿐만이 아닙니다. 손가락 하나 까딱하지 않고 세 치 혀를 놀려 오삼계의 부하 한 사람을 피를 토하고 숨이 넘어가게 만들었다고도 합니다. 한마디로 대단한 인물이라고 극찬을 아끼지 않으셨습니다. 이곳에 대영을 만든 지도 오십 년이 훌쩍 지났지만 방금 보셨듯이 배치가 완벽한 것이 천의무봉天衣無縫(선녀의 옷에는 바느질한 자리가 없다는 뜻으로, 인위적인 데가 없이 극히 자연스러움) 아닙니까? 어느 한 곳이 위험에 처하더라도 순식간에 전체 영營이 들고일어나 호응할 수 있도록 되어 있습니다. 또 양도糧道와 수도水道는 얼마나 기가 막히게 만들어놓았습니까? 도저히 끊거나 막아버릴 수가 없게 되어 있습니다!"

윤상 역시 감개무량한 어조로 말했다.

"걸출한 선배들이지. 바람처럼 흘러가고 구름처럼 흩어져 멀리 떠나고 없으나 우리 대청의 기반을 닦아놓으신 초석礎石들이라고 해도 과언이 아니야. 시대가 영웅을 낳고 영웅 또한 시대를 만든다고 했어. 진짜 천금으로도 바꿀 수 없는 분들이네. 여기 와 보니 선제께서 겪었을 창업의 간난신고를 온몸으로 느낄 수 있을 것 같아. 우리가 정신 바짝 차리고 이 강산을 제대로 지켜 나가지 못한다면 무슨 면목으로 선제를 대할 것이며 가문의 효자현손孝子賢孫이라고 할 수 있겠나!"

두 사람은 도란도란 얘기를 주고받으면서 천천히 대영의 병영으로 돌아왔다. 그러나, 계속해서 혈색이 나쁘고 움직임이 불안해 보이던 윤상은 그만 탈이 나고 말았다. 범시역의 서재에 들어오자마자 갑자기 중심을 잃고 의자에서 스르르 미끄러져 내린 것이다. 그리고는 바로 바닥에 쓰러졌다.

범시역과 윤상의 친병들은 화들짝 놀라 그에게 우르르 달려가 조심스럽게 부축을 했다. 이어 온돌방에 눕도록 조치를 취했다. 범시역은 고함을 질러 군의관을 불렀다. 그런 다음 윤상의 이마를 만져봤다. 그러나 경황이 없어 열이 나는지 여부도 알 수 없었다. 호흡은 그나마 고른 것 같았으나 아무리 불러도 정신을 차리지 못했다.

범시역은 급기야 울상이 돼 발을 동동 구르면서 윤상의 주위를 맴돌았다. 곧 대영의 군의軍醫들이 헐레벌떡 달려왔다. 이어 맥을 짚어보고 눈꺼풀을 들어봤다. 인중을 누르면서 상태를 파악하느라 정신을 차리지 못했다. 그러나 윤상은 얼굴이 누렇게 변한 채 죽은 듯 늘어져 있기만 했다.

사실 대영의 군의관들은 군중에서 활약하는 이들답게 부러지고 칼맞고 총상 입은 외상을 치료하는 데는 둘째가라면 서러워할 신의神醫들이었다. 그러나 내과와는 거리가 멀었다. 급기야 군의관들은 정확한 병인病因을 놓고 논쟁을 벌이기 시작했다. 어떤 군의관은 가래가 끓어 숨이 막혔다고 했으나 또 다른 군의관은 혈액순환에 문제가 생겼다면서 입씨름을 벌였다. 또 어떤 군의관은 지독한 감기에 걸렸을지도 모른다고 자신 없는 소리를 했다. 범시역은 땀으로 범벅이 된 채 어찌 할 바를 모르고 가슴을 쥐어뜯기만 했다.

"이걸 어떡하나? 도대체 무슨 일이야!"

윤상을 둘러싸고 군의관들과 범시역이 한바탕 논쟁을 벌이고 있을 때였다. 대영의 문을 지키고 있던 군교가 달려오더니 도사의 부적 한 장을 건넸다.

"보지 않겠어! 눈은 가죽이 모자라 찢어놨어? 열셋째마마께서 인사불성이신데, 내가 무슨 도사를 만날 경황이 있다고 그러는 거야?"

범시역이 손사래를 치면서 화를 냈다. 그러나 군교는 물러갈 생각을 하지 않고 조심스럽게 다가서면서 아뢰었다.

"말로는 용호산의 장 진인眞人 쪽에서 왔다고 합니다. 가사방 이름 석 자를 댔는데도 군문께서 거절하시면 그냥 돌아갈 것이라고 했습니다."

순간 범시역이 흠칫했다. '가사방'이라는 이름을 듣는 순간 사하점에서 만났던 그 기이한 도사의 얼굴이 떠오른 것이다. 그는 혼수상태에 빠져 있는 윤상을 바라보면서 길게 한숨을 내쉬었다.

"들여보내게."

군교가 물러간 지 얼마 되지 않았을 때였다. 가사방이 표연히 들어섰다. 주루에서 봤던 차림 그대로였다. 행색으로 봐서는 속세의 사람인지 도사인지 가늠할 길이 없었다. 그가 호탕하게 웃으면서 서재로 성큼 들어서더니 말했다.

"귀인 한 분이 위태롭다 해서 이 사람이 특별히 인연을 맺기 위해 찾아왔네요."

범시역은 이미 가사방의 실력을 확인했던 터라 기대에 부풀었다. 사막에서 물을 만난 것보다 더 반가웠다고 해도 좋았다. 곧 그가 황급히 군의관들을 내보내고는 사정하듯 가사방을 향해 읍을 했다.

"이거 참, 인사가 늦었소. 선장仙長께서는 아무쪼록 우리 이친왕마마를 살려만 주시오. 그러면 나 범시역은 그 은혜를 결코 잊지 않겠소."

"내가 인연을 맺으러 내 발로 찾아왔다고 하지 않았습니까? 그런 말은 하지 마세요."

가사방이 말을 마치고는 윤상을 힐끗 쳐다봤다. 그리고는 돌아서더니 허리춤에서 누런 종이 한 장과 주사朱砂, 그리고 붓을 꺼내고는 말했다.

"이친왕마마께서는 선제이신 강희 황제가 그리워 다니러 가셨다가 그쪽에 미련을 버리지 못해 돌아오시지 못하는 중인 듯하네요. 내가 부적을 한 장 써서 다시 모셔올 테니 걱정하지 마시오."

가사방이 말을 마치자마자 바로 누구도 알아듣지 못할 주문을 외웠다. 등불 밑에 앉은 채 주필로 누런 종이에 뭔가를 죽죽 그으면서 그림도 그렸다. 가까이에서 본 가사방의 외모는 크게 볼품은 없었다. 키가 오 척 정도밖에 되지 않았을 뿐만 아니라 길고 마른 얼굴은 희다 못해 파리하기까지 했다. 게다가 입은 작고 뾰족했다. 또 나지막한 언덕 같은 콧등 양옆에는 바람개비처럼 팽그르르 돌아가는 콩알만한 두 눈이 박혀 있었다. 하나씩 뜯어보면 너무나 제멋대로 생긴 얼굴이었다. 그러나 전체적으로 보면 그렇게 엉망으로 보이지는 않았다. 얼핏 보기에는 도사라기보다는 평범한 가난한 서생 같았다.

'이렇게 작고 왜소한 체구에서 그런 괴력을 보이다니!'

범시역이 그렇게 생각하고 있을 때였다. 가사방이 씩 웃으면서 자신이 만든 부적을 가볍게 훅! 하고 불었다. 이어 범시역의 속내를 읽은 듯 말했다.

"사람은 결코 외모로만 판단할 수 없다는 것을 느꼈겠죠? 그렇지 않나요, 범 군문?"

범시역은 완전히 정곡을 찔렸다. 그래서 어색하게 웃으면서 대답을 하려고 했다. 그때 자리에서 일어선 가사방이 후후 불던 부적을 촛불에 가져다 댔다. 순식간에 부적이 활활 타오르기 시작했다. 그러자 그가 난데없이 "질!"疾 하는 소리를 크게 내더니 다시 자리에 앉았다. 그리고는 홀가분한 웃음을 지었다.

"이제 됐소. 이친왕마마께서는 곧 돌아오실 거예요."

"가 선장께 차를 대접해라!"

범시역은 내심 가사방의 실력을 믿고 있던 터였다. 더구나 가사방의 태도는 자신감으로 충만해 있었다. 그로서는 안심하는 것이 당연했다. 그가 가사방을 마주하고 앉은 채 웃는 듯 마는 듯한 표정으로 말했다.

"이친왕마마는 폐하께서 가장 아끼시는 충신이자 아우요. 만에 하나 무슨 일이라도 생기는 날에는 여기서 벗어난다는 것이 그리 쉽지 않을 거요."

가사방은 범시역의 엄포도 대수롭지 않게 여기는 듯했다.

"모든 일에는 대수大數(운명적인 수명)라는 것이 미리 결정돼 있는 법이에요. 이친왕마마를 돌아오게 할 수 없었다면 내가 여기까지 찾아오지도 않았겠죠. 내가 감히 큰소리 빵빵 치면서 올 수 있었던 것은 대인이 나를 붙잡아 둘 수 없다는 것을 알기 때문이에요. 감봉지의 경우만 보더라도 그래요. 그는 어떻게든 왕경기를 만나보고자 했어요. 그러나 하늘이 허락하지 않은 만남이었기 때문에 아무리 거품을 물어도 결국에는 못 만났던 거예요. 당시 내가 그렇게 내려가지 말라고 말렸는데도 기를 쓰고 가더니 결국에는 꼴 한번 우습게 되지 않았습니까? 우리가 오늘 저녁 이렇게 마주하고 있는 것도 인연이 닿았기 때문입니다."

범시역이 즉각 그의 말을 받았다.

"나는 그런 말은 들어도 모르오. 나는 오로지 이친왕마마의 안위 외에는 관심이……."

범시역이 말을 채 마치지 못하고 뚝 멈췄다. 가사방과 대화를 나누는 사이에 윤상이 힘겹게 몸을 꿈틀대기 시작하더니 순간적으로 벌떡 일어나 앉았던 것이다.

놀랍게도 윤상은 마치 깊은 잠에서 깨어난 듯 편안해 보였다. 심지어 시무룩하게 웃고 있는 가사방을 힐끗 일별하더니 범시역을 향해 담담히 입을 열었다.

"왜 눈을 그렇게 휘둥그레 뜨고 쳐다보고 있나? 그리고 이 사람은 도사인 것 같은데, 여기는 어쩐 일인가?"

범시역이 미처 대답하기도 전에 이미 자리에서 일어난 가사방이 웃으면서 입을 열었다.

"방금 성조聖祖와 담소를 즐기시던 마마께 급보急報를 건넨 사람이 바로 빈도貧道였습니다. 안심하십시오. 그것은 꿈이었을 뿐입니다. 세상사라는 것은 원래 길고도 긴 꿈같은 것입니다. 북경에 계시는 황제 폐하는 옥체가 조금 불편하실 뿐 크게 걱정은 하지 않아도 될 것입니다. 누군가 철모자왕이라는 사람들을 불러들여 모의를 하는 것 같은데, 그것은 불가능한 일입니다."

윤상은 고개를 들고 방금 꿨던 꿈을 돌이켜 봤다. 그리고는 머리끝부터 발끝까지 가사방을 훑어보더니 한숨을 내쉬었다.

"무슨 말인지 알겠네. 내가 대한大限(수명이 다하는 날)이 다 돼가나 보군. 그대가 나를 도로 데려온 것인가?"

"이친왕마마께서 말씀하시는 대로 대한이 다가왔다면 빈도가 아니라 그 누구라도 마마를 구해낼 수는 없을 것입니다. 그러나 이친왕마마께서는 그저 몸이 허약해서 원기를 잃으셨을 뿐입니다. 대한이 온 것은 아닙니다. 이친왕마마께서는 방금 그 꿈이 사실인지 여부를 알고 싶으실 겁니다. 불가佛家에서는 모든 것은 원래 있지도 없지도 않은 공허함 그 자체라고 했습니다. 더구나 세상사는 원래 꿈같은 허무한 것입니다. 그러니 꿈속의 꿈이야 운운해서 뭘 하겠습니까? 사실 우리 역시 지금 이렇게 이야기를 나누고는 있으나 알고 보면 방금 이친왕마마께서 계셨던 그런 꿈속에 있는 것인지도 모릅니다."

가사방이 냉정하고 차분한 어조로 말했다. 얼굴은 시종일관 윤상을 향하고 있었다. 이어 머리를 땅에 대고 절을 했다. 그리고는 손가락을 모은 한 손을 윤상을 향해 펴 보였다. 윤상은 순간 포근한 이불 속 같은 따스한 기운을 얼굴 가득 느꼈다. 미간을 통해 가슴속까지 배어드는 황홀경에 급속도로 도취되고 있었다. 더불어 오장육부의 때가 시원한 바람에 씻겨 나가는 상쾌함이 밀려오면서 그 무슨 청량제를 마신 듯 온몸이 시원해졌다. 그러자 정신이 맑아지고 눈이 번쩍 뜨였다. 그는 태도를 부드럽게 하면서 가사방을 향해 말했다.

"선장의 실력에 정말 감복해마지 않네. 공空과 색色, 허虛와 실實 사이를 드나들면서 유시조화幽時造化의 도道에 능통한 신선을 만나게 돼 실로 대단한 인연이라 생각하네!"

"무량수불無量壽佛입니다! 그렇게 말씀해주시니 빈도는 좋아서 몸 둘 바를 모르겠습니다. 범 군문에게도 이미 말했듯이 빈도는 이친왕 마마와 좋은 인연을 맺으러 왔습니다."

가사방이 활짝 웃으면서 말했다. 범시역은 두 사람의 대화를 멍하니 듣고 있었다. 그는 원래 무장 집안의 자손이었다. 그러나 책도 적지 않게 읽으려 노력했다. 물론 그것은 유장儒將의 체면을 지키기 위한 수단일 뿐이었다. 실제로 그의 기억에 남는 책은 거의 없었다. 장군이 된 것도 다름 아닌 은음恩蔭 탓이었다. 당연히 그에게 윤상과 가사방의 대화는 먼 나라의 얘기처럼 들릴 수밖에 없었다. 그가 겨우 두 사람의 말 틈새를 비집고 들어갔다.

"이친왕마마와 가 선장은 대단한 인연이신 것 같습니다. 방금은 경황없어 소개하는 것을 잊었습니다. 이 선장이 바로 신이 마마께 잠깐 말씀을 올렸던 가사방이라는 도사입니다. 강서성 용호산의 장 진인 문하에서 왔다고 합니다."

"기왕 인연이 닿았으니 내가 가 선장에게 경화京華(북경을 비롯한 화북 지역) 구경이나 한번 시켜주겠네."

윤상은 지병으로 오랫동안 고생해 왔다. 그러나 정무에, 군무에, 그를 필요로 하는 곳은 끝이 없었고 쉴 새 없이 노심초사 신경을 쓰느라 기력이 바닥난 지도 오래였다. 범시역의 군중에서 쓰러진 것은 그 때문이었다. 그러나 가사방에게서 기를 받고난 이후로는 완전히 달라졌다. 실로 오랜만에 정신이 맑아졌을 뿐 아니라 온몸 가득 기운이 솟구치는 상쾌함을 맛볼 수 있었다. 순간 그는 열병의 발작으로 자주 괴로워하는 옹정을 떠올렸다. 옹정은 그럴 때마다 얼마나 괴로운지 윤상에게 어디 뛰어난 재주를 가진 도사가 없는지 알아보라고 하곤 했었다. 윤상은 그런 생각이 들자 가사방을 다시 한 번 살펴보았다. 아무리 봐도 공부도 제대로 한 사람 같았다. 옹정에게 추천할 만한 적당한 상대라는 생각이 들었다. 그렇게 판단을 내린 그가 웃으면서 말했다.

"폐하께서는 유가儒家에서 강조하는 인효仁孝의 도로 천하를 다스리시고 계시네. 또 가슴 속에는 삼라만상을 품을 수 있는 깊이의 학문도 가지고 계시고. 그럼에도 불교도 배척하지 않고 받아들이시지. 좋은 인연이라면 가 선생같이 유능한 사람은 천하의 사직을 위해 많은 일을 할 수 있을 거야."

가사방은 여전히 웃는 듯 마는 듯한 무덤덤한 표정을 지었다. 하지만 말은 명쾌했다.

"왕명이라면 흔쾌히 따르겠습니다. 이는 우리 도문道門을 빛내게 하는 좋은 인연이 아닐 수 없습니다. 그러나 빈도가 과연 기대에 부응할 정도의 신통력을 가졌는지는 자신 있게 말씀드리기 어렵습니다. 천수天數를 지켜봐야 할 것 같습니다. 열셋째마마, 사실은 많이 피곤하실 겁니다. 지금 오랜 시간 빈도와 담소를 즐길 수 있는 것은 빈도가 선천지기先天之氣로 보호하고 있기 때문입니다. 무리하지 마시고 편히 쉬셔야 할 것 같습니다."

가사방이 말을 마치고는 자리에서 일어나더니 윤상을 향해 읍을 했다. 윤상이 머리를 끄덕였다. 그러자 범시역이 서둘러 윤상을 부축해 자리에 누였다. 이어 윤상이 잠들 때까지 시중을 들고는 가사방에게 말했다.

"가 선장이 머물 방 하나를 깨끗이 치워놓으라고 했소. 가서 쉬시오."

가사방이 범시역의 말에 웃음을 지어보였다.

"나는 좌정坐定만 할 뿐 잠은 자지 않아요. 이친왕마마도 아직은 내가 직접 시중드는 것이 좋을 것이고요."

가사방은 말을 마치자마자 서쪽 벽을 향해 가부좌를 틀었다. 이어 곧바로 좌정에 들어갔다. 범시역은 윤상의 숨소리가 고른 것을 확인하고는 안심이 되는지 밖으로 나갔다. 하지만 곧 뭔지 모를 불안감에 다시 들어왔다. 그리고는 윤상의 침대 앞에 걸상을 놓고 앉은 채 눈을 지그시 감았다.

윤상은 오래간만에 정말 단잠을 잤다. 그래서인지 일찍 자리를 털고 일어날 수 있었다. 저 멀리 마을에서 닭이 세 번째 홰를 칠 때였다. 그는 눈을 비비고 앞을 바라봤다. 가사방이 서쪽 벽을 향해 절간의 불상처럼 좌정하고 있는 모습이 보였다. 또 침대 옆에 기댄 채 끄덕끄덕 졸고 있는 범시역의 모습도 눈에 들어왔다. 그는 순간 우스꽝스럽기도 하고 감격스럽기도 한 기분을 동시에 느꼈다. 범시역이 윤상의 인기척을 들은 듯 벌떡 일어났다. 그리고는 태감을 불러 윤상이 세수를 할 수 있도록 시중을 들게 했다. 이어 윤상에게 말했다.

"아직 이른 시간입니다. 조금 더 주무시는 것이 좋지 않겠습니까?"

윤상이 가사방을 바라보면서 대답했다.

"짧게 잤어도 머리는 맑은 걸? 가 선장은 나 때문에 지친 것 같아. 인기척 조심하도록 하게."

윤상과 범시역은 가사방을 행여나 깨울까 우려한 듯 까치발을 하고는 밖으로 나왔다. 범시역이 곧 넓은 연병장을 바라보면서 아뢰었다.

"이친왕마마! 마마의 휴식에 방해가 될까봐 어젯밤에 병사들에게 명령을 내렸습니다. 오늘은 북쪽에 있는 연병장으로 가서 훈련하도록 말입니다."

윤상이 흡족한 듯 머리를 끄덕였다.

"그렇게나 마음을 써줘서 정말 고맙네. 사실 아침에 일찍 일어나는 것은 몸에 익은 습관이라네. 산책 좀 하다가 아침 먹고 열넷째를 보러 경릉으로 가자고."

윤상과 범시역은 연병장의 월대月臺 옆에 있는 잔디밭에서 천천히 거닐었다. 그리고는 뒷짐을 진 채 해가 떠오르려는 듯 불그스레한 동녘 하늘을 바라봤다. 윤상은 그러는 동안 한 마디의 말도 하지 않았다. 뭔가 마음이 무거운 듯했다. 범시역은 자신이 혹시 방해가 되지 않을까 걱정스러워 감히 말을 붙이지 못하고 윤상의 뒤만 조심스럽게 따라갔다.

담배 한 대는 족히 태웠을 법한 시간이 흘렀다. 윤상이 갑자기 걸음을 멈추면서 물었다.

"범시역, 자네 무슨 생각을 하고 있나?"

범시역이 느닷없는 질문에 어정쩡한 표정을 지었다. 이어 천천히 생각을 정리하면서 대답을 하기 시작했다.

"저……, 솔직히 저 가씨가 한낱 요인妖人에 불과할지도 모른다는 생각을 잠깐 했습니다. 너무 심오하고 미묘한 것은 범인들은 이해할 수 없어 때로는 엉터리처럼 보이기도 하니까요. 심지어 사하점에서부터 여기까지 따라와서는 일부러 이친왕마마께 잘 보이려고 재주를 과시하는 것 같기도 합니다. 폐하께서는 열넷째마마에 대해 단속의 강도를 느슨하게 해서는 안 된다고 하시면서 누누이 밀유密諭를 보내 강조하신 바 있습니다. 그럼에도 저는 군무軍務와 열넷째마마에 대해 반반씩 신경을 써왔습니다. 이친왕마마께서는 이번에 열넷째마마를 대동해 북경으로 가실 겁니다. 그런데 정체불명의 가사방까지 따라가게 되었으니 신으로서는 안심을 할 수가 없습니다."

윤상이 범시역의 말에 바로 고개를 끄덕였다.

"일리가 있는 말이네. 가사방 저 친구는 확실히 뭔가 이상한 점이 있어. 하지만 대수大數에 대해 풀이하는 것을 보니 엉터리는 아닌 것 같았어. 아무튼 나도 경계를 하고 있으니 걱정하지 말게. 폐하께서도 건강이 여의치 않아. 어디 뛰어난 능력을 가진 인물이 없나 찾아보라고 하셨다고. 내가 시험해봐서 괜찮으면 추천하고 그렇지 않으면 없었던 일로 하면 되잖아. 나는 오늘 열넷째를 만나러 갈 때도 저 사람을 데리고 다니지는 않을 거야. 북경으로 다시 돌아갈 때는 더 말할 것이 없지. 지켜봐서 영 아니다 싶으면 자네가 감금시켰다가 내가 시키는 대로 해. 그러면 되지 않겠는가? 뭘 그렇게 걱정을 하는가!"

윤상과 범시역은 월대 주변에 흰 서리가 엷게 덮인 잔디밭을 걸어 다니면서 오랫동안 얘기를 나눴다. 서재로 돌아온 것은 아침 해가 높이 떠오르기 시작할 때였다. 하지만 가사방은 어디에도 보이지 않았다.

"가 선장은 어디 갔는가?"

범시역이 주변의 병사에게 물었다. 병사는 재빨리 무릎을 꿇고는 대답했다.

"이미 떠난 지 한참 됐습니다. 떠나면서 이친왕마마와 군문께 쪽지를 남겼습니다."

윤상은 주위를 살펴봤다. 과연 책상 위의 서류더미 밑에 종이쪽지

하나가 끼워져 있었다. 그는 황급히 종이를 펼쳤다. 종이에는 시 한 수가 적혀 있었다.

> 복숭아와 자두나무가 봄바람을 의심하니,
> 허명虛名을 흠모하지 않는 도사는 먼 길을 떠나네.
> 즐거워하는 마음 없이 꽃이 피면 무엇 하랴,
> 언젠가 인연이 닿으면 다시 만나리니.

윤상은 충격을 받은 듯 종이를 범시역에게 건네주면서 말했다.
"우리가 상처를 줬나 보군. 떠나버린 것을 보니."
범시역은 다소 자책을 하는 윤상과는 입장이 사뭇 달랐다. 오히려 무척 홀가분하게 생각하는 듯했다. 그가 입을 열었다.
"그 사람이 구두선처럼 달고 다니는 말이 있지 않습니까? 이 모든 것이 다 '대수'大數에 의해 결정된 것이라고 말입니다. 인연이 닿으면 다시 만나더라도 오늘은 무거운 등짐을 내려놓은 듯 홀가분합니다."

윤상과 범시역은 아침을 먹은 다음 말을 달려 마란욕을 따라 동쪽으로 달려갔다. 강희 황제가 안장돼 있는 경릉 방향이었다. 당연히 산을 끼고 이어진 십 몇 리 역도驛道에는 군데군데 초소가 많았다. 경계역시 대단히 삼엄했다. 모두 범시역이 전날 저녁 임시로 배치해 놓은 관방關防이었다. 둘이 대략 1시간 정도 달렸을 때였다. 범시역이 채찍으로 먼 곳을 가리키면서 말했다.
"이친왕마마, 저기 보이는 곳이 바로 경릉 능침陵寢입니다. 이곳은 자금성과 규칙이 같습니다. 여기서부터 말을 내려 조금 걸으셔야겠습니다."

윤상은 눈을 가느다랗게 뜨고 범시역이 가리키는 곳을 바라봤다. 과연 마란욕 입구에서 화살이 날아가 박힐 만한 거리의 탁 트인 공간에 조용히 엎드려 있는 경릉 능침이 보였다. 높고 큰 경릉은 산을 뚫어 만든 곳이었다. 산을 따라 가는 남쪽에는 우뚝 솟은 배전拜殿도 있었다. 또 그 주위에는 푸르다 못해 시커멓게 보이는 송백나무들이 울창했다. 침궁 정문 밖에는 커다란 돌도 세 개나 있었다. 자갈을 간 좁은 길이 그 사이를 지나고 있었다. 그 옆으로는 송백나무가 빽빽했다. 나쁜 기운을 막아주는 코끼리, 말, 천록天祿, 옹중翁仲(석인石人), 벽사辟邪(사악한 기운을 물리치는 짐승) 등의 석물石物들 역시 황제의 무덤 앞에서 남쪽의 큰길까지 이어져 있었다.

윤상은 병사의 어깨를 딛고 천천히 말에서 내렸다. 그리고는 고삐를 부하에게 던져줬다. 순간 찬바람이 불어왔다. 그가 추위가 만만치 않다고 생각한 듯 스라소니 가죽외투 깃을 여미면서 말했다.

"경릉은 이번이 세 번째야. 그러나 이 길로 와 본 것은 처음이네. 역도가 종횡으로 교차돼 있군그래. 더구나 모두 암석과 나무들에 가려져 있어 마치 미궁으로 들어온 것만 같네."

범시역이 윤상의 말에 바로 대답했다.

"전에 경릉에 오실 때는 폐하를 대신해 제릉祭陵차 오셨습니다. 때문에 침릉으로 직통하는 정도正道를 택했습니다. 오고 가면서 수행원들이 구름같이 몰려다니다 보니 오늘처럼 여유를 갖고 둘러볼 경황이 있었겠습니까?"

범시역은 말을 마치자마자 바로 장검에 손을 얹고 윤상의 뒤를 따라갔다. 강희의 영구靈柩가 이곳 경릉에 봉안된 지는 2, 3년 정도밖에 되지 않았다. 그러나 능 자체가 만들어진 지는 이미 50년이나 됐다. 그래서일까, 거대한 잿빛의 성벽 위에는 검붉은 이끼가 가득 덮여 있었다. 말라 시들어진 식물의 줄기 역시 성벽에 거미줄처럼 걸려 있었다. 또 정문의 전루箭樓 앞에 둘러쳐져 있는 병풍에는 새똥이 덕지덕지 말라붙어 있었다. 그 주변의 온갖 잡새들이 인기척을 느낀 듯 날개를 퍼덕이면서 하늘로 날아올랐다. 윤상은 그 순간 새 소리가 섬뜩하게 느껴졌다.

능의 정문 어귀에는 열 몇 명의 태감들이 지키고 서 있었다. 그들은 한 무리의 병사들이 왕의 옷차림을 한 사람을 호위한 채 다가오자 얼굴에 당황한 기색이 역력했다. 바로 그때였다. 남색 화령을 단 집사태감이 날듯이 달려 나왔다. 그는 윤상을 알아본 듯 먼발치에서부터 무릎을 꿇고는 머리를 세 번 조아린 다음 인사를 올렸다.

"신 조무신趙無信이 이친왕마마께 문안을 올립니다."

"음! 이곳에 집사태감은 자네밖에 없나?"

윤상이 머리를 끄덕이면서 물었다. 조무신이 또다시 머리를 세 번 조아리고는 대답했다.

"아룁니다, 이친왕마마! 진무의秦無義라고, 열넷째마마를 전문적으로 시중드는 집사태감이 또 한 명 있습니다. 신이 가서 불러오겠습니다."

"그럴 것 없네. 나는 지의를 받고 윤제를 보러 왔네. 들어가 아뢸 것도 없으니 일어나서 안내를 하게."

주위의 황량함에 마음이 서늘해진 윤상이 소리를 죽이더니 한숨을 내쉬었다.

"예, 이친왕마마!"

조무신이 윤상을 안내하기 위해 앞서 나갔다. 이어 범시역이 그 뒤를 따랐다. 윤상이 걸어가면서 물었다.

"열넷째는 어디 있나?"

"이 길을 따라 쭉 가면 저기 저쪽입니다. 북쪽 맨 끝 편전偏殿 앞에서 계시는 저 분입니다."

"건강은 괜찮은가?"

"열넷째마마의 건강은 크게 나빠 보이지는 않습니다. 다만 밤잠을 설치시고 식욕이 떨어지신 것 같습니다."

"지금도 매일 아침 포고布庫(일종의 씨름 비슷한 운동)를 하나?"

"포고는 아니나 간혹 태극권을 하시고는 합니다. 때로는 산책도 하시지만 말씀은 거의 하시지 않는 편입니다."

"가야금은 연주하고? 바둑도 두는가?"

"그런 것은 본 적이 없습니다, 이친왕마마. 붓글씨를 쓰시는 모습은 간혹 봤습니다만 쓰고 나면 곧바로 불에 태워버리고는 했습니다."

윤상은 더 이상 묻지 않고 편전 서쪽의 붉은 계단 쪽으로 시선을 돌렸다. 태감과 궁녀들이 한 줄로 늘어서서 무릎을 꿇고 있는 모습이 들어왔다. 그는 곧 면례免禮하라는 뜻으로 손사래를 치고 계단을 올라 안으로 들어갔다. 안에는 검정색 긴 두루마기에 검은 띠를 맨 사람이 책상 앞에서 붓을 열심히 놀리고 있었다. 윤제였다. 윤상이 방문 앞에서 잠시 멈춰 서더니 가벼운 한숨과 함께 말했다.

"아우, 내가 자네를 보러 왔네."

윤제가 고개를 들었다. 윤상보다 두 살 아래인 그는 팔자를 거꾸로 뒤집어 놓은 숯검정 같은 눈썹을 하고 있었다. 또 미간은 대단히 넓었다. 체구나 생김새가 윤상과 많이 닮았다. 다만 일자 모양으로 기른 콧수염은 윤상의 그것과는 다소 달랐다. 윤상은 한때 자신과 더불어 '협왕'俠王이라고 불리던 윤제를 바라보면서 착잡한 마음을 떨치지 못했다. 다시 윤제를 부르는 목소리에도 별로 기운이 느껴지지 않았다.

"자네를 보러 왔네."

윤제는 윤상이 같은 말을 반복하고서야 비로소 굳었던 얼굴에 미세하게 떨리는 표정 변화가 있었다. 이어 붓을 내려놓고는 다소 어눌하게 물었다.

"지의를 받고 오셨나요?"

"그래."

"어떻게 죽이라고 하던가요? 시원하게 단칼에요? 아니면 술에 극약을 타서 마셔야 하나요?"

"아우, 무슨 그런 소리를……?"

"말해봐요! 단칼에 아니면 극약으로?"

윤제가 다시 한 번 결연한 어조로 물었다. 순간 피골이 상접한 그의 얼굴에 모든 것을 초월한 듯한 묘한 빛이 번쩍였다. 그는 그러면서도 자신의 목숨을 위협하는 낯모르는 사람을 대하듯 윤상을 경계했다. 쳐다보기조차 무서운 창백한 얼굴에 냉소가 떠올랐다. 그가 다시 입을 열었다.

"설마 폐하가 내가 걱정이 돼서 철모자 친왕을 위로사절로 보내지는 않았을 것 아니에요? 그건 가당치도 않은 소리죠. 그 두 가지 방법 중에서 어느 한 가지를 선택해도 다 좋아요. 목을 치든 독주를 마시게 하든 사람들이 보는 앞에서 당당하게 죽여줬으면 좋겠네요. 죽을 때 눈썹 한 올이라도 찌푸리면 나는 애신각라愛新覺羅 가문의 후예가 아닐 거예요!"

"아우, 뭔가 오해가 대단히 깊은 것 같네."

윤상은 성격이 전혀 변하지 않았을 뿐 아니라 말끝마다 시퍼렇게 날을 세우는 윤제를 보자 자신도 모르게 마음이 쓰려왔다. 그러나 곧 대수롭지 않다는 듯 통쾌하게 웃었다. 이어 맞은편 의자에 앉으며 말했다.

"아우, 자네도 앉게. 우리 둘은 같은 아버지를 둔 친형제 아닌가. 더구나 아우와 당금 폐하는 그보다 더 가까운 사이가 아닌가! 그런데 그런 식으로 말하면 안 되지. 누가 열넷째마마를 시중드는 태감인가? 이리 와 보게."

윤상의 말에 진무의가 문턱에 걸려 엎어질 것처럼 비틀거리며 들어와 무릎을 꿇었다. 윤상이 윤제에게 자살을 권유하러 온 것으로 지레짐작했는지 얼굴이 완전히 사색이 돼 있었다. 그가 떨리는 목소리로 말했다.

"신 진무의, 대령했습니다!"

윤상이 진무의의 우스꽝스런 모습에 피식 웃으면서 물었다.

"열넷째마마께서는 하루에 식사를 몇 번 하시는가? 고기는 하루에 얼마나 드시는가?"

"아룁니다! 열넷째마마께서는 아침과 저녁 두 번 정찬正餐을 드십니다. 그러나 고기는 드시지 않습니다."

"열넷째마마가 고기를 싫어해서 드시지 않는 것인가, 아니면 자네들이 주지 않아서 못 먹는 것인가?"

"그런 건 절대 아니옵니다. 열넷째마마께선 작위는 없으시지만 여전히 고산패자固山貝子이십니다. 또 금지옥엽 아니십니까. 소인들이 어찌 감히 그런 짓을 하겠습니까? 열넷째마마께서는 계란을 곁들인 야채 위주의 소식을 하시는 편입니다."

"아침저녁에 전문적으로 시중드는 태감은 있나?"

"예, 열셋째마마! 돌아가면서 시중드는 태감이 네 명 정도 항상 대기하고 있습니다."

"열넷째마마는 능을 지키면서 공부를 하는 것이지 결코 감금 상태에 있는 것이 아니라는 사실을 명심하게. 자네들이 열넷째마마를 모시고 산책도 하고 운동도 자주 해야 할 것이네."

윤상이 목소리를 높였다. 그러자 진무의가 여전히 무표정한 얼굴을 하고 있는 윤제를 힐끗 바라보면서 연신 머리를 조아렸다.

"모시고 산책하는 일은 조금 어려울 것 같습니다. 열넷째마마께서 워낙 침궁에만 계시니 소인들로서는 감히 밖에 나가서 움직이라고 권해드릴 수가 없습니다. 정말 난감합니다……."

"일어나게."

윤상이 담담하게 말하고는 고개를 돌려 윤제를 향해 말했다.

"아우, 얼굴 좀 풀어보게. 지켜보는 이 형 가슴 아프게 하지 말고! 지금껏 내가 자네나 태감에게 물었던 모든 것은 이번에 폐하께서 내리신 지의에 따른 것이네. 자네는 말을 들어보지도 않고 목을 치라느니, 독주를 마시겠다느니 했지만 말이야."

"예?"

윤제가 다소 의외라는 반응을 보였다. 그리고는 윤상을 힐끔 쳐다보더니 곧 시선을 거둬들이면서 코웃음을 쳤다.

"형이 가서 폐하께 전해줘요. 여기서 본 그대로 열넷째는 고분고분 말도 잘 듣고 조용히 살고 있더라고 말이에요! 이렇게 있으니 어떤 생각이 드느냐고 폐하가 물어온다면 나는 불충不忠, 불효不孝, 불우不友, 부제不悌한 구제불능이라 그저 빨리 사라지고 싶은 마음뿐이라고 말하고 싶네요. 군주가 신하에게 죽으라면 신하는 죽는 수밖에 없지 않겠어요? 그러니 폐하께 빨리 나를 죽여 달라고 전해주세요. 나를 없애버리면 어느 왕과 결탁해 누구 꿈자리 사납게 만드는 일도 없을 테니 좀 좋아요? 물론 내가 아무리 애원해도 넷째 형님은 똑똑한 사람이니 결코 내 청을 들어주지는 않을 테죠. 후세에 친동생을 죽였다는 오점을 남기기는 싫을 테니까. 죽여주지 못하겠다면 머리 깎고 산으로 들어가게나 해주면 나는 감지덕지할 거라고 전해주세요!"

윤상은 윤제가 전해달라고 한 말은 절대 옹정에게 전할 수 없다는 것을 모르지 않았다. 더불어 윤제가 진심으로 죽음도 두려워하지 않는다는 사실도 확연하게 느낄 수가 있었다. 급기야 그는 두 동복형제 사이에 가로놓인 거대한 강물 앞에서 깊고 깊은 한숨을 토해내고 말았다.

"알아, 자네 마음 다 알아."

"알기는 뭘 안다는 거예요?"

윤제가 반박할 것 같은 자세를 취한 채 고개를 번쩍 쳐들었다. 그의 얼굴에는 어느새 눈물이 가득 고여 있었다.

6장
옹정의 순애보

　윤상은 천천히 창가로 다가갔다. 유리창 너머 밖에서는 돌풍이 불어 닥치고 있었다. 그 탓인지 사방은 온통 희뿌연 먼지투성이로 변해 있었다. 하늘도 누렇게 떠서 생기가 없어 보였다. 낮게 드리운 구름이 검푸른 송백나무 가지 사이로 가라앉으면서 서서히 풍경을 지우고 있었다. 윤상은 깊은 한숨을 토해내면서 스르르 눈을 감았다.

　윤상은 지의를 받고 여기까지 내려온 이상 어떻게든 고산패자 윤제를 설득해 북경으로 데리고 가야 했다. 주변 정세로 보아 옹정으로서는 윤제를 불러올릴 수밖에 없었다. 그때 책령策零 아랍포탄阿拉布坦은 또다시 신강新疆 알타이 지역에서 몽고의 왕공들과 회동을 했다. 이어 조정의 책봉에 거부반응을 보였다. 그러면서 동진東進에 나서 청해성으로 침입하려는 움직임을 보였다. 때문에 연갱요의 빈자리를 채울 만한 장군이 절실한 시점이었다. 더구나 윤제는 서부에서 군대를 이

끌었던 경험이 풍부했다. 북경에 있기만 하면 옹정이 군사軍事 문제에 대한 자문을 구하는 데도 별로 어려움이 없을 터였다. 그뿐이 아니었다. 옹정으로서는 같은·어머니를 둔 동생인 윤제를 너무 오래 방치했다가는 사람들의 구설수에 오르내릴 수도 있었다. 그러나 윤제는 예상보다 훨씬 더 과격한 반응을 보였다. 흔쾌히 옹정의 지시에 따라줄 것 같지가 않았다. 윤상은 골머리를 앓을 수밖에 없었다.

한 줄기 회오리바람이 흙모래를 휘감아 힘껏 창문을 때렸다. 생각에 잠겨 있던 윤상이 흠칫 놀라면서 뒤를 돌아봤다. 윤제는 아무렇지도 않은 듯 천천히 붓을 놀리고 있었다…….

사실 윤상과 윤제는 누가 뭐래도 숙적 사이라고 할 수 있었다. 정견만 다른 것이 아니었다. 윤제는 몇 번씩이나 윤상을 사지로 몰아넣으려고 했다. 그런 것을 감안하면 둘은 영원히 화합하기 힘들다고 단언해도 무방했다. 윤상은 실제로도 한동안은 그렇게 행동했다. 앙금이 많이 남아 있었던 탓에 좀처럼 동생에게 다가가고 싶지 않았던 것이다.

그러나 지금은 상황이 달라졌다. 누구보다도 윤상의 마음이 변해 너그러운 아량으로 윤제를 품어 안을 준비가 돼 있었다. 윤상은 몇 년 동안 건강이 여의치 않았다. 몸도 극도로 허약해졌다. 불경 공부를 통해 새삼 뺏고 빼앗기고 때리고 맞는 삶의 허무함을 깊이 느꼈다. 급기야 가슴 한구석에 켜켜이 쌓여 있던 그 옛날의 은원이 결국은 생각하기에 따라 한 줄기 연기처럼, 한 줌의 구름처럼 사라질 수도 있다는 것을 느끼게 되었다. 동생에 대한 미움은 눈 녹듯이 아주 자연스럽게 사라져버렸다고 해도 좋았다.

실제로 그는 최근 들어서는 원한이나 보복이라는 단어조차 떠올려본 적이 없었다. 오히려 그동안의 풍상風霜에도 결코 닳아 없어지지 않은 윤제의 모난 풍골風骨마저 대견스럽게 여겼다.

'설사 저 친구를 설득해 북경으로 데리고 간다고 해도 상황이 변하겠는가? 또다시 과거의 전철을 밟으면 이번 북경행이 이승에서의 종지부를 찍는 불행의 길이 될 수도 있어.'

윤상은 그런 생각이 들자 검불이 뒤엉킨 듯 마음이 복잡해졌다. 윤제는 그런 그의 속내를 아는지 모르는지 여전히 글씨 쓰기에만 몰두하고 있었다. 윤상이 그 모습을 오래도록 지켜보다 긴 한숨을 내쉬었다.

"자네는 내가 알기는 뭘 아느냐고 물었지?"

"그런 말은 하지 않았던 것으로 해요. 못 들은 것으로 하세요."

윤제가 이까지 악문 채 힘껏 마지막 획을 눌러 찍으면서 내뱉듯 쏘아붙였다. 여전히 고개조차 들지 않은 채였다. 그러자 윤상이 작심한 듯 입을 열었다.

"내가 무려 십 년 동안 집에 연금돼 있었던 사실을 자네도 잊지는 않았을 거야."

윤상의 그 말에 드디어 윤제가 천천히 붓을 내려놓으면서 털썩 자리에 주저앉았다. 윤상이 씁쓸한 웃음을 지어보이면서 말을 이었다.

"우리 같은 사람들에게는 성노聖怒를 저촉했거나 죄를 지으면 죽음을 제외하고는 연금이 가장 무거운 형벌이지. 십삼패륵부를 자네도 알지? 나는 손바닥만 한 화원과 콧구멍만 한 정원에서 한 발자국도 밖으로 나가지 못한 채 십 년을 살았어. 강산도 변한다는 세월이었지. 나는 그때 방석만 한 하늘을 쳐다보고 바둑판만 한 땅을 내려다보면서 욕심을 없앴어. 망상을 버렸지. 어떨 때는 하루 종일 뜰에 의자를 놓고 앉아 개미가 죽은 파리를 끌고 씩씩대면서 나무 위로 올라가는 모습을 바라보고 있기도 했어. 담벼락을 타고 올라가는 나팔

꽃이 활짝 피었다가 햇볕에 오그라드는 것을 보는 것은 말할 것도 없고. 한마디로 내 자신이 살아있는지조차 모른 채 살아왔어. 내가 그러고 있는데도 때가 되면 꽃은 피더군. 해가 뜨고, 달이 뜨고……. 세상은 별 탈 없이 잘만 돌아가더라고……. 허무했어. 그런 나에 비하면 자네의 불행은 아무것도 아니라는 생각이 들지 않는가?"

"형님이야 타고난 '영웅'이니까 훌륭하게 버티셨겠죠! 나야 신발 벗어들고 뛰어도 못 따라가지 않겠어요?"

윤제가 매몰차게 말하며 비아냥거렸다. 그러나 윤상은 윤제의 반응 따위에는 아랑곳하지 않은 채 말했다.

"영웅인지 영웅이 아닌지는 자기 자신이 제일 잘 알겠지. 나는 지극히 평범한 범부일 뿐이야. 지금은 병들어서 바람에도 날아갈 듯 허약해져 있어. 밤에 잠도 못 자고 신열身熱도 심해. 기침도 멎지 않고 있지. 머리도 백발이 다 되었어. 아무리 정신을 가다듬어도 제대로 일할 수 있는 시간은 하루에 네 시간을 넘기지 못해. 이제 나는 더 이상 그 옛날의 '목숨을 거는 십삼랑'이 아니야!"

윤제는 경악에 찬 눈빛으로 점점 다가오는 윤상을 바라봤다. 윤상의 말이 집채 같은 무게로 다가가 그의 가슴을 무겁게 하고 있었다. 윤상이 계속 말을 이었다.

"물론 지금은 한 명은 친왕, 한 명은 패자 신분으로 마주 하고 있지. 내가 권력은 조금 더 크겠지. 그러나 폐하나 나나 모두 먼지 뒤집어쓰면서 과거의 묵은 장부를 들출 생각은 추호도 없어. 그때는 그때, 지금은 지금이야! 자네는 사내대장부야. 대장부라면 매사에 최선을 다하고, 그 결과에 깨끗이 승복할 수 있어야 해! 고작 한다는 소리가 죽여 달라, 살고 싶지 않다 그거야? 그러면서 무슨 '애신각라 자손'임을 내세울 수가 있겠어?"

"그래요, 다 맞는 말이에요. 그런데 우리 인제는 어떻게 해야 하는 거죠? 형한테는 우리 인제 같은 여자가 없었잖아요? 그 사람이 뭔데 나한테서 인제를 빼앗아 가냐고요?"

윤제가 갑자기 고함을 지르듯 외쳤다. 창백하던 얼굴이 붉으락푸르락해지고 있었다. 순간 윤상은 뭐라고 대답할 말을 찾지 못했다. 그는 북경을 떠나오기 전 옹정과 긴 시간을 같이 하면서 대화를 나눈 바 있었다. 그때 옹정은 모든 것은 다 양보할 수 있으나 교인제 문제만큼은 양보할 수 없다고 분명히 못을 박았었다.

"가서 윤제에게 전해. 교인제를 포기하는 대신 짐의 비빈들을 포함한 창춘원, 열하 행궁의 모든 여자들을 욕심나는 대로 가지라고 말이야!"

옹정은 그렇게 말했다. 그러나 이런 말을 어떻게 윤제에게 그대로 옮길 수가 있다는 말인가? 윤상은 한참 고민을 한 후에 천천히 입을 열었다.

"열 발자국 사이에는 반드시 방초芳草가 있다는 말이 있잖아! 흔하디흔한 것이 여자야. 나에게 '교인제'가 없었으니 자네 고충을 모른다고 말하는데……, 나도 있었어. 그것도 둘씩이나! 그러나 둘 다…… 죽었지!"

윤상의 눈빛이 암담해졌다. 불현듯 그날 점심때의 무서운 장면이 떠오른 것이다. 큰 눈이 펑펑 쏟아지던 바로 그날, 윤진은 강희 황제의 붕어 소식을 가지고 자신의 집을 방문했다. 또 자신을 풀어주라는 명령도 함께 전달했다. 그러나 그때 십 년 동안에 걸친 연금 생활 동안 동고동락해오던 교 언니와 아란 두 시첩은 모두 독주를 마시고 스스로 목숨을 끊어 자신들의 뜻을 분명히 하지 않았던가……. 순간 윤상의 두 눈에 눈물이 가득 고였다. 그는 자신이 윤제를 마주하고 서 있다는 사실도 잊은 채 혼잣말처럼 중얼거렸다.

"교 언니와 아란, 미안해. 너희들을 의심한 내가 원망스럽다……."

"나는 또 누구라고!"

윤제는 말할 것도 없이 교 언니와 아란을 너무나 잘 알고 있었다. 둘 모두 자신과 윤사 두 사람이 윤상의 집으로 쑤셔 넣은 첩자였다. 그러나 그는 지금에서야 새로운 사실을 알게 됐다. 지금껏 윤상에 의해 죽임을 당했다고 생각해온 두 여자가 사실은 자살했다는 사실을 말이다. 윤제가 냉소를 흘리면서 말했다.

"갈보 같은 년들이 뭐가 그렇게 아쉬워서 그래요? 우리 인제를 그런 것들과 비교하다니, 참으로 황당하네요!"

철썩!

윤제의 말이 채 끝나기도 전이었다. 윤상의 손이 어느새 윤제의 뺨을 사정없이 갈겨버렸다. 얼떨결에 얻어맞은 윤제는 머릿속이 벌집 쑤신 듯 윙윙거리는 모양이었다. 왼쪽 뺨이 자줏빛으로 멍든 채 주먹만큼 부어올라 있었다. 그는 용수철처럼 벌떡 뛰어 일어나더니 윤상을 집어삼킬 듯 눈에 시퍼런 불을 켜고 다가갔다. 둘은 마치 볏을 빳빳이 치켜세운 싸움닭처럼 가까이 다가가서는 서로를 노려봤다. 안팎의 태감들은 감히 달려 나와 말리지도 못하고 어쩔 줄 몰라 하면서 사색이 되어가고 있었다.

"상황은 달라도 이치는 같고, 정은 달라도 마음은 같다고."

윤상의 얼굴이 험악하게 구겨졌다. 그가 다시 차가운 어조로 덧붙였다.

"내가 자네의 교인제에 대해 이러쿵저러쿵 하지 않는데 자네는 어찌해서 교 언니와 아란을 무시하는 건가?"

"형님은 어떻게 하지 않았더라도 폐하는 인제를 괴롭히고 있어요."

윤제는 권력에 대해서는 이미 미련을 버린 상태였다. 하지만 옹정이 자신의 애첩을 빼앗아갔다는 사실에 대해서는 참을 수 없는 분노를 느끼는 모양이었다. 그가 그예 이성을 잃은 듯 고래고래 고함을 지르며 한마디를 더 토해냈다.

"치사하게 남의 여자나 빼앗고, 그러고도 명군明君이라고 할 수 있어요?"

윤상은 윤제와는 달리 금세 진정을 했다. 곧이어 다소 상심한 표정으로 말했다.

"폐하께서는 인제를 괴롭히지 않았어. 비빈으로 들이지도 않았고. 이 점은 내가 자신 있게 말할 수 있어."

윤상이 말을 마치고는 다시 조심스럽게 천천히 입을 열었다.

"채회새와 전온두가 왕경기와 결탁했어. 자네를 연갱요 대영으로 납치해 모반을 획책하려고 했지. 그 사실은 이미 조사를 통해 백일하에 드러났어. 자네 주변에는 이런 비적匪賊들이 숨어 있었어. 그런데도 조정에서 아무런 조치도 취하지 않을 것 같아? 교인제는 자네 측복진으로 내무부에 등록돼 있지도 않은 그저 평범한 시녀일 뿐이야. 조정에서 이처럼 아랫것들을 바꿔치기 하는 것도 사실은 자네를 위한 것이야. 자네가 더욱 깊이 개입돼 화를 자초하는 것을 미연에 방지하기 위한 고육책이라고. 이만하면 자네의 입장을 충분히 고려해 준 것이 아닌가?"

"교언영색巧言令色으로 자기 합리화를 하려고 들지 마세요!"

윤제가 윤상의 말에 씨근대면서 자리에 털썩 주저앉았다. 그리고는 다리를 꼰 채 빈정거렸다.

"그런 그럴듯한 말로 나를 꼬드겨 북경에 데려가 부려 먹으려고 하는 걸 모를 줄 알아요? 죽이든 살리든 지져 먹든 볶아 먹든 마음대로 하세요. 이기면 왕후장상이 되고 패하면 도적이 되는 것은 자고自古 이후의 통리通理 아니겠어요? 나는 아무래도 상관없네요."

결국 윤상은 윤제를 북경으로 데려가 조정을 위해 일하게 한다는 것은 불가능하다고 생각했다. 그러자 윤상은 오히려 마음이 홀가분하고 편안해졌다.

'사실 윤제가 조정을 향해 적의에 가득 차 있는 상태에서 북경으로 가봤자 좋을 것이 없어. 다시 염친왕과 한 패가 돼서 폐하께 맞서지 말라는 법이 없지.'

윤상이 그런 생각을 하고는 화제를 돌렸다.

"모처럼 만났는데 칼 뽑고 활 겨누고 이래서야 되겠어? 내가 십 년 동안 갇혀 있는 사이 자네는 서부로 출병을 했지. 내가 풀려 나오니 이제는 자네가 이곳으로 수릉守陵하면서 공부를 하러 왔어. 우리 둘이 단독으로 무릎을 맞댄 지가 십오 년은 됐지? 방금 눈을 부릅뜨고 집어삼킬 듯한 모습을 보인 것은 단순히 그 당시의 감정을 못 이겨 그랬을 뿐이야. 폐하의 지의는 아니었어. 북경에 가기 싫으면 여기에 더 있든지 마음대로 해. 인제는 내가 북경에 돌아가 폐하께 잘 말씀을 올려 볼게. 내 능력이 닿는 데까지 최선을 다해볼 테니 믿어줘. 누가 뭐래도 우리는 용자봉손이기에 앞서 피를 나눈 형제지간이야. 열 손가락 깨물어 안 아픈 손가락 없어. 다른 아우들과 마찬가지로 나는 자네를 생각하고 위해주고 싶어. 나는 내일 다시 귀경길에 오를 거야. 오늘 저녁 범시역 군문의 대영에서 연회를 베풀 거라고 해. 그러니 우리 사이좋게 술잔이나 기울여 보자고, 어떤가?"

"그러죠 뭐!"

윤제가 머리를 끄덕이면서 대답했다.

윤상은 문을 나섰다. 그러자 찬바람이 기다렸다는 듯 얼굴을 강타

했다. 순간 그는 흠칫 몸을 떨면서 태감 조무신과 진무의를 불러 지시를 내렸다.

"열넷째마마를 잘 모시게. 필요한 물건이 있으면 조정에 상주하거나 직접 이친왕부로 사람을 보내도록 해. 조금이라도 열넷째마마에게 소홀히 했다가는 혼날 줄 알아. 그리고 방금 우리 두 형제가 나눈 얘기는 모두 집안 얘기야. 입 간지럽다고 밖으로 발설했다가는……, 내가 껍질을 벗겨 햇볕에 말려 다시 입혀줄 거야!"

윤상이 북경에 돌아온 그날 저녁 북경에는 겨울 들어 첫눈이 내렸다. 처음에는 삭풍에 휩싸여 몰아치던 그저 그런 싸락눈이었다. 하지만 나중에는 점차 커다란 눈꽃이 돼 펑펑 쏟아졌다. 딱딱하게 얼어붙어 있던 길은 눈까지 덮이자 더욱 미끄러웠다. 윤상은 가마에 앉은 채 유리창 너머로 밖을 내다봤다. 길바닥이 설광雪光에 반짝이고 있었다. 길 양옆의 가게들은 이미 거의 문을 닫았다. 그는 회중시계를 꺼내봤다. 술시戌時가 끝나가고 있었다. 얼마 후 수레를 호위하던 친병이 얼굴 가득 눈을 뒤집어쓴 채 유리창 앞에 엎드리더니 흰 입김을 내뿜으면서 아뢰었다.

"이친왕마마, 앞에서 길이 갈립니다. 창춘원으로 가실 겁니까? 아니면 청범사로 가실 겁니까?"

"이미 술시가 끝나가네. 이 시간이면 폐하께서 저녁 선膳을 끝내시고 염불입정(念佛과 입정入定. 참선하기 위해 선방禪房에 들어가는 것)하실 시간이네. 그 뒤로는 상주문도 읽으셔야 하는데 방해를 해서는 안 되지."

윤상이 잠시 생각한 다음 다시 입을 열었다.

"누가 가서 당직 시위에게 아뢰라고 하게. 내가 이미 귀경했다고 폐하게 아뢰라는 말이야. 오늘 저녁은 청범사에 머무를 것이니 폐하께서 찾으시면 당직 시위에게 그리로 부르러 오라고 해."

가마는 북쪽을 향해 움직이기 시작했다. 윤상은 저 멀리 어둠에 잠겨 윤곽만 희미하게 보이는 청범사를 바라보면서 이번 준화행을 떠올렸다. 그러자 감봉지를 비롯해 가사방, 윤제 등의 모습이 눈앞에 겹쳐 떠오르기 시작했다. 동시에 의혹과 불안 그리고 걱정이 교차됐다.

'세상에는 알다가도 모를 일, 뭐라고 꼬집어 말할 수 없는 감정이 너무 많은 것 같구나!'

그가 그렇게 생각하고 있을 때였다. 눈발을 가르고 모고暮鼓와 만종晩鐘 소리가 은은하게 들려왔다. 더불어 스님들의 불경 읽는 소리도 그 속에 섞여 간간이 들려왔다. 가마가 곧 네 개의 노란 등이 내걸려 있는 산문山門 앞에 천천히 멈춰 섰다. 청범사에 도착한 것이다.

대교大轎가 땅에 닿자 미리 나와 대기 중이던 이친왕부의 40여 명의 태감을 비롯해 서무관들이 우르르 달려 나와 순서대로 줄을 지어 섰다. 이어 두 명의 태감이 윤상에게 다가가 부축해 내리고는 눈꽃이 몸에 떨어질세라 서둘러 우비를 입혀줬다.

"눈이 제법 내리네. 이번에 가마를 호위해 온 태감, 친병 그리고 가마꾼들에게 한 사람당 은 열 냥씩 상을 내리도록 하게. 절 동쪽에 주막이 있던데, 이 사람들을 그곳에 데려가 몸 녹이게 술이라도 한잔 사주고. 여기는 불가佛家의 청정지역이니 아무나 들어와서는 안 되네."

윤상이 계단을 올라가면서 태감들에게 지시를 내렸다. 이어 곧바로 청범사 경내로 들어갔다. 경내의 대비전大悲殿에서는 촛불이 별처럼 총총한 가운데 스님들이 북을 치고 징을 울리면서 중얼중얼 경을 읽고 있었다. 대비전 서쪽에 늘어선 방들은 윤상이 직접 지은 정사精

舍로 항상 사람들이 많이 들었다. 그런데 평소에 한산하던 동쪽 정사에도 이날 저녁에는 등이 내걸려 있었다.

"저기에도 사람이 들었나 보군. 누구지?"

윤상이 물었다. 옆에서 수행하고 있던 옹정 원년의 진사인 유통훈劉統勳이 황급히 대답했다.

"뒷방에는 장 중당, 앞에는 이위 대인이 며칠째 묵고 있습니다."

윤상이 자신의 방으로 들어서다 말고 다소 놀란 듯 물었다.

"이위는 여태 남경으로 돌아가지 않았는가?"

"아뢰옵니다, 열셋째마마! 육부六部와 상의할 조정의 일이 남아 있다고 합니다. 열셋째마마께서 돌아오시는 걸 보고 가고 싶다는 뜻을 폐하께 아뢰고 허락을 받았나 봅니다."

검은 얼굴에 오 척 단신의 유통훈이 따라 들어오면서 말했다. 그는 작지만 단단한 체구의 소유자였다. 따끈한 우유까지 마신 윤상이 외투를 벗고 훈훈한 방에 마련된 자리에 앉으면서 다시 입을 열었다.

"우리 방은 그래도 난로가 있어서 따뜻한데 장 중당과 이위가 머무는 방은 냉골일 거야. 이위도 건강이 그리 좋은 편은 아닌데 걱정이군. 이렇게 하지. 태감들에게 따뜻한 방을 치우고 두 사람을 그리로 옮기라고 하게. 오늘은 늦었으니 급한 일이 없으면 나하고는 내일 보도록 하지."

유통훈이 대답과 함께 덧붙였다.

"만약 두 분 모두 잠들었으면 어떻게 하는 것이 좋겠습니까?"

하지만 윤상은 아무런 대답을 하지 않았다. 유통훈은 잠시 머뭇거리더니 돌아서서 물러가려고 했다. 그때 밖에서 느닷없이 이위의 목소리가 들려왔다.

"일등시위, 양강 총독, 태자소보太子少保 이위가 이친왕마마께 문안

올립니다."

윤상이 피식 웃으면서 큰소리로 화답했다.

"들어와, 강아지!"

윤상은 이위가 들어와 인사를 마치기를 기다렸다가 격의 없는 웃음을 지어보였다.

"직함이란 직함은 다 가져다 붙이는구먼. 듣는 사람 정신 사납게. 삼제三齊(산동성의 대부분 지역과 하북성 동남부 일부 지역을 일컬음)의 치안까지 겸해서 책임지고 있으면서 그건 왜 말하지 않는가? 자네는 일, 이, 삼에다 크고 작은 것까지 다 가지고 있으니 관리로서는 완벽하다고 할 수 있겠네!"

"별천지에 온 것 같이 너무 따뜻합니다. 솔직히 삼제뿐만이 아닙니다. 직예, 산서, 하남의 치안도 신이 책임지고 있습니다!"

이위가 특유의 익살스런 웃음을 지으면서 말했다. 그러면서 윤상의 얼굴을 들여다보더니 갑자기 마치 신대륙이라도 발견한 듯 떠들어댔다.

"사하점에서 뵐 때보다 혈색이 몰라보게 좋아졌습니다. 보들보들하고 반질반질한 것이 너무 건강해 보이십니다. 신 역시 열셋째마마와 같은 병을 앓고 있는데 좋은 보약이 있으면 혼자만 드시지 마십시오. 미운 놈 떡 하나 더 준다고 신에게도 하사해주시면 좋겠습니다."

"보약 같은 소리 하고 있네! 추운 데 있다가 방 안에 들어오니 울기鬱氣가 올라와서 그래. 내가 자네와 장정옥에게도 따뜻한 다른 방을 내주라고 했으니 곧 옮겨가게."

윤상이 자상한 얼굴로 이위에게 앉으라는 손짓을 했다.

"벌써 남경으로 돌아간 줄 알았어. 그런데 아직까지 여기 엎드려 뭘 하고 있었나?"

이위가 윤상의 물음에 웃음기를 거둬들이고는 정색을 한 채 대답했다.

"신은 북경에 잠시 남으라는 지의를 받고 있는 중입니다. 설사 지의가 없었더라도 왠지 북경에 며칠 더 묵고 싶었습니다. 건강이 하루가 다르게 악화되는 것 같아 이번에 가면 '장사壯士 한 번 떠남이여, 다시는 돌아오지 못하리'라는 시구처럼 영영 폐하와 이친왕마마를 다시 못 볼 것 같아서 말입니다. 밖에서 나도는 소문도 흉흉하고 이친왕마마께 아뢸 말씀도 있어 기다리고 있었습니다."

이위가 말을 마치고는 유통훈을 힐끗 쳐다봤다. 유통훈은 눈치 빠르게도 바로 윤상을 향해 허리를 굽혀 보이면서 말했다.

"서재에 아직 뜯어보지 못한 문서가 있습니다. 별다른 분부가 계시지 않으면 신은 그만 물러가겠습니다. 두 분께서는 말씀 나누십시오."

윤상이 바로 머리를 끄덕였다.

"나머지 사람들도 모두 물러가도록 하게. 우유가 데워지도록 난로 위에 올려놓고 가고."

그러자 좌중의 사람들도 모두 물러가고 방 안에는 순식간에 두 사람만 남게 됐다. 그제야 윤상이 물었다.

"무슨 말을 하려고 그렇게 뜸을 들이나?"

"봉천에 있는 팔기의 기주旗主들이 북경에 온다고 합니다."

이위가 난로 위에 올려진 우유 주전자를 바로 놓으면서 말했다. 이어 걱정스러운 표정으로 바로 본론에 들어갔다.

"여덟째마마도 너무 물불을 가리지 않는 것 같습니다. 이건 공개적으로 폐하께 선전포고를 하는 것과 마찬가지입니다. 솔직히 신은 조금 걱정이 됩니다. 여덟째마마는 기무旗務만을 관장하고 있는 것처럼 보이나 사실은 그 실력이 막강합니다. 구석구석, 요소요소에 측근이 박혀 있지 않은 곳이 없을 정도라고 해도 과언이 아닙니다. 그리고 그들이 바로 악성 소문의 근원지입니다. 그것들이 입소문을 엉뚱하게 내고 다니는 날에 정국은 수습이 곤란한 마비상태에 빠질지도 모릅니다. 지난번 폐하를 배알하고 나오면서 마음이 다소 안정되기는 했습니다만 생각할수록 자꾸 불안합니다. 팔기 녹영의 장교나 관리들 중에서 기적旗籍에 들어있지 않은 사람이 몇이나 됩니까? 기주旗主들이 조정에서 큰 목소리를 내고 있는 한 군심軍心은 절대 안정을 찾지 못할 것입니다. 신은 죽으나 사나 폐하의 충직한 신하입니다. 이친왕 마마께서 폐하께 간언을 하셔서 되도록 이 위험한 바둑을 두지 않도록 해주셨으면 하는 바람입니다……"

윤상이 이위의 말을 조용히 듣고 난 다음 입술을 빨면서 말했다.

"자네가 우려하는 것에 대해 폐하께서는 자네보다 앞서 생각하셨을 거야. 뿐만 아니라 지금 더욱 면밀하게 검토하고 계시네. 사실 팔기 기주들이 북경에 올 것이라는 소문은 작년부터 나돌았어. 폐하께서는 소문의 진원지를 확인하신 즉시 북경에 주둔하고 있는 팔기 병영의 유격遊擊 이상 장교들에게 수십 개의 밀주함密奏函을 발송하셨네. 그들이 몰래몰래 밀주함에 넣어 보낸 소식을 통해 폐하께서는 이미 팔기 병영의 움직임을 누구보다 잘 파악하고 계신다네."

윤상이 잠시 말을 멈추고는 천천히 방 안을 거닐었다. 이어 입술을 잘근잘근 깨물면서 말을 이었다.

"나는 오히려 여덟째 형님이 이번에 너무 깊이 빠져 그 누구도 구해줄 수 없는 대역죄를 저지를까봐 걱정이야. 열넷째가 이번에 지의에 따르지 않고 북경행을 거부한 것은 차라리 잘 됐다고 생각하네. 물론 여덟째, 아홉째, 열째 형님이 있기는 하지. 친왕 하나에 두 패륵이야. 더구나 그들에게 붙어 있는 기생충들이 얼마나 될지는 아무도 몰라. 심지어는 문화전, 무영전의 몇몇 대학사들마저도 그 속셈이 의심스러울 지경이야! 이위, 자네는 알고 있는지 모르겠으나 성조聖祖 (강희제)의 피를 받은 아들은 모두 스무 명도 넘어. 그중에서 장황자는 오랜 연금생활 중에 미쳐버렸어. 둘째 황자, 다시 말해 그 옛날의 태자는 병이 뼛속 깊이 들어 목숨이 오락가락하고 있고. 열넷째도 사실상 연금 상태에 있지 않은가. 만약 이들 세 황자에게 무슨 일이라도 생기는 날에는……. 후세들이 우리를 어떻게 평가하고, 역사는 이를 어떻게 쓸 것인지 생각해보지 않을 수 있겠는가?"

이위는 겉으로 내색은 하지 못하고 있었으나 며칠 동안 옹정의 황위皇位가 위협에 노출돼 있다는 생각에 초조하기 이를 데 없었다. 그러던 차에 윤상의 말을 듣자 마음이 편안해졌다. 옹정과 윤상은 염친왕과 팔기 기주들의 움직임을 손금 보듯 알고 있었던 것이다. 게다가 거대한 그물을 드리워놓은 채 그들이 걸려들기만을 기다리고 있기까지 했다. 물론 그는 천가天家의 형제들 사이에 무자비하게 진행되고 있는 피비린내 나는 약육강식의 현장에 발을 담가야 하는 윤상의 번뇌도 이해할 수 있었다. 그가 조용히 입을 열었다.

"이친왕마마께서 고민하시는 것을 보니 어떤 면에서는 천가가 초야의 한문소호寒門小戶들보다 못한 것 같습니다. 여덟째마마도 참 너무하십니다. 친왕으로도 만족하지 못하고 끝도 없이 황위에만 집착해 저렇게 소란을 피우고 다니니 말입니다."

"다 자기 팔자지. 무모한 집착이나 위태로운 곡예도 본인이 그렇게 원한다면 어쩔 수 없지."

윤상이 문득 가사방을 떠올렸다. 이위 앞에서 말은 그렇게 했지만 여전히 마음은 불안한 듯했다. 손을 맞잡은 채 부산스럽게 비벼대는 것은 그런 속마음을 말해주고 있었다.

"멍청한 사람도 아닌데 말이야. 그만큼 기회를 줬는데 계속 불구덩이로 날아든다면 우리가 무슨 힘이 있어 막겠어? 폐하의 뜻대로 고름을 짜내는 수밖에! 할 일은 많기만 한데 마냥 집구석에서 싸움질이나 하고 있으니……. 됐어, 더 이상 말하지 마."

윤상은 다소 신경질적인 어조로 내뱉었다. 이위는 연민이 가득한 눈빛으로 옹정이 가장 아끼는 신하이자 아우인 윤상을 바라봤다. 그 옛날의 윤상은 강희의 아들들 중에서도 단연 탁월했다. 강희로부터 '목숨을 거는 십삼랑'이라는 봉호封號를 하사받을 정도였다. 말도 많고 탈도 많고 종횡무진, 천하무적이었다. 그러던 그가 이제는 완전히 변해 버렸다고 해도 크게 틀리지 않았다. 아마도 20년의 당쟁과 10년의 연금 생활이 그를 이해심 많고 세상사에 초탈한 사람으로 만든 듯했다. 이위가 새삼 윤상의 그런 변화에 놀라워하다 문득 교인제를 떠올리면서 물었다.

"이친왕마마, 교인제는 낙민을 심문하면서 증인으로 나왔을 때 몇 번 봤습니다. 그러나 어디로 보나 그다지 빼어난 곳이 없었습니다. 궁궐에서 눈을 감고 골라 집어넣어도 한 수레는 채울 것 같은 평범한 여자입니다. 그런데 열넷째마마께서는 왜 그렇게 못 잊어 하는 겁니까? 또 폐하께서는 어찌 해서 형제간의 우애에 치명타를 입힐 수도 있는 위험까지 감수하시면서 그 여자에게 집착하시는 겁니까? 참으로 알 수 없는 일입니다."

"자네야 죽마고우이자 환난지교인 취아와 지지고 볶고 잘 사니까 모르겠지만……, 남녀 사이의 정이라는 것은 아무도 못 말리는 거네. 정 때문에 강산을 통째로 들어먹는가 하면 목숨을 잃고 패가망신한 사람들도 부지기수지. 오삼계처럼 진원원陳圓圓이라는 여자 때문에 병사를 일으킨 경우도 있지 않은가. 명나라를 배반하고 대군을 산해관으로 입성하게 하지 않았는가! 그게 다 그 정 때문이라고!"

윤상이 한참 동안 사그라진 화롯불을 멍하니 바라보면서 말했다.

"그러나 폐하께서는 과거에 교인제와 그 무슨 옛정 같은 것도 없지 않았습니까. 폐하께 여쭤봤더니 이친왕마마께 물어보라고 하셨습니다. 무슨 사연이 있는지 알려주실 수 없겠습니까?"

이위가 궁금증을 가라앉힐 수 없는지 조르듯 물었다. 윤상이 그러자 끓어 넘치는 우유 주전자를 한쪽으로 밀어놓으면서 실소하듯 웃었다.

"어떤 사람들은 만주족들이 정에 약하다는 말을 하고는 해. 그게 결코 터무니없는 말은 아닌 것 같아. 태종 황제께서 붕어하실 때 세조世祖는 여섯 살밖에 되지 않으셨지. 그때는 예친왕睿親王 다이곤多爾袞(도르곤)이 정무를 거의 관장하다시피 했었지. 그로서는 이 멋진 강산을 한 번쯤 욕심낼 법도 했는데, 결코 손을 내밀지 않았어. 세조 황제는 재위 십칠 년, 스물네 살 되던 해에 떠났지. 어떤 사람은 병으로 붕어하셨다고 하고 혹자는 출가했다고 하지만 아무튼 동악董鄂씨라는 여자 때문에 상심이 컸던 것은 사실이라고 하네. 예친왕 다이곤과 마찬가지로 둘 다 '정' 때문이었던 거지. 현재 폐하께서 저러시는 것은 교인제 때문이 아니야. 다른 여자 때문이라고 해야 해. 알고 보면 폐하께서는 대단한 순정파시라네."

윤상은 가려운 곳을 더 가렵게 만들고 있었다. 그러자 이위가 못 참겠다는 듯 다그치듯 다시 물었다.

"다른 여자 때문이라니요? 교인제를 원해서 빼앗아 오다시피 하지 않았습니까. 그런데 또 다른 여자 때문이라니 그게 무슨 말씀입니까?"

윤상이 대답했다.

"교인제가 폐하께서 젊은 날에 순정을 바쳐 좋아했던 여자하고 판에 박은 듯 닮았거든! 안휘성으로 순시를 나갔을 때였어. 당시 폐하는 홍수에 떠내려가다 목숨을 잃을 뻔하셨는데 그때 폐하의 목숨을 구해준 여자가 있었어. 이후 두 사람은 세속적인 모든 것을 뛰어넘는 기가 막힌 사랑을 했었지……."

"이친왕마마!"

이위가 그 순간 뭔가 떠오른 듯 무릎을 쳤다. 이어 천천히 기억을 더듬었다.

"아! 그렇게 말씀하시니 이제야 알 것 같습니다. 폐하께서는 예전에 양주로 구제양곡 조달을 독촉하러 가신 적이 있었습니다. 그때 인시人市에서 산 저를 데리고 고가언이라는 곳에 갔었습니다. 분명히 기억이 납니다. 그 여자 이름이 소복小福인 것 같았습니다. 낙호樂戶 천민여자였다는데, 그때는 만날 수가 없었습니다. 결국 그런 이유로 폐하께서는 천하의 천민들을 탈적脫籍시키라는 특지를 내리지 않았습니까. 아, 교인제가 그 여자하고 닮았다? 혹시……?"

이위는 순간 "두 사람이 모녀 사이가 아닐까?" 하는 생각을 했다. 정말 무서운 생각이었다. 그러나 그는 이내 머리를 가로저으면서 스스로 강하게 부정을 했다. 소복이 화형을 당해 죽을 때는 두 사람이 헤어진 지 3, 4개월밖에 되지 않았을 때였다. 만약 임신을 했었다면 배가 불러 있었을 터였다. 그랬다면 옹정이 몰랐을 리가 없었다. 그리고 헤어져 있는 동안 낳았을 것이라는 추측도 어쩐지 설득력이 없는 것 같았다.

윤상과 이위 두 사람은 한동안 아무런 말도 나누지 않았다. 방 안은 돌연 정적에 휩싸였다. 두 사람은 마치 약속이나 한 듯 유리창을 통해 밖을 내다봤다. 큼직한 눈꽃이 창문에 붙었다 물이 돼 눈물처럼 흘러내리고 있었다. 저 멀리서는 청범사 주지의《반야바라밀다심경》독경 소리가 들려오고 있었다.

관자재보살이 지혜바라밀을 마음속 깊이 수행할 때, 색수상행식色受想行識 오온五蘊의 모든 것은 비어 있는 것을 비춰보고, 오온을 버림으로써 모든 고통과 괴로움을 벗어나게 됐으니, 사리불舍利佛이여, 물질이 공과 다르지 않고, 공이 물질과 다르지 않으니, 물질이 곧 공이요, 공이 곧 물질이니, 느낌과 생각과 마음의 작용, 의식 역시 그러하니라. 사리자여, 모든 법法은 공과 다르지 않으니 태어남도 멸함도 없고, 더럽지도 깨끗하지도 않을 뿐 아니라 늘어나지도 감소하지도 않는다.

"자네들은 멍하니 앉아 참선을 하고 있는 중인가?"

갑자기 정적을 깨고 말소리가 들려왔다. 윤상과 이위는 본능적으로 고개를 돌렸다. 찬바람과 함께 면렴綿簾이 들썩이더니 누군가 들어섰다. 그 뒤로 장정옥이 따라 들어오고 있었다. 윤상과 이위는 깜짝 놀랐다. 찬바람에 눈까지 몰아치는 이 밤에 찾아온 사람은 다름 아닌 옹정이었던 것이다.

"폐하!"

윤상과 이위가 동시에 통기듯 일어나 대례를 올렸다. 이위가 예를 갖춰 문안을 올리고 나자마자 황급히 사슴 가죽을 씌운 의자를 가져오면서 여쭈었다.

"세상에! 폐하, 이런 날씨에 어쩐 일이시옵니까! 하실 말씀이 있으시면 신을 부르시지 그랬사옵니까? 창춘원에서 여기까지 사오 리 길은 더 되지 않사옵니까? 이런 위험한 걸음을 하시다니 어찌된 일이

시옵니까?"

윤상 역시 놀란 가슴을 쓸어내리기는 마찬가지였다. 그러나 옹정은 윤상과 이위와는 달리 따뜻한 방 안에 들어와 기분이 좋은지 연신 두 손을 비비면서 미소를 지었다. 그리고는 두 사람을 바라봤다. 이어 놀라서 어쩔 줄 몰라 엉거주춤 서 있는 두 사람을 향해 말했다.

"앉게. 왜 시중드는 이 하나 없이 이러고 있나? 비밀스런 얘기가 들리는 것 같아 짐이 귀를 바싹 기울였더니 둘 다 입을 꾹 다물어 버리더군!"

이위가 우유를 따라서 옹정과 장정옥, 그리고 윤상에게 건네주면서 대답했다.

"신은 이친왕마마와 옛날 얘기를 하고 있었사옵니다. 폐하께서 신을 구해주시고 거둬주셨던 이십 년 전의 감개에 젖어 있던 중이었사옵니다. 그야말로 꿈만 같사옵니다……."

이위가 옹정을 힐끔 쳐다보면서 눈물을 글썽거렸다. 감격에 겨운 표정이 역력했다. 옹정 역시 감개무량한 얼굴을 한 채 말했다.

"그래 벌써 강산이 두 번씩이나 바뀌었군. 그 당시 흑풍황수점黑風黃水店이라는 도둑소굴에 들어간 적도 있었지. 그때 자네가 아니었더라면 아마 황천객이 됐을지도 몰라. 자네는 황제의 어가를 지킨 공로가 정말 지대한 사람이네. 그 당시 도화도桃花渡에서 고가언에 이르는 수십 리 길에는 물난리 때문에 인적을 찾아볼 수가 없지 않았나. 짐은 지난번 범시첩의 밀주문에 주비를 달아 특별히 물은 적이 있었네. 그때 물에 잠겼던 전답들을 개간해 농사를 짓고 있는지 알아보라고 말이네. 범시첩의 말로는 그런 땅이 훨씬 비옥하기 때문에 이미 개간해 농사를 짓고 있다고 하더군. 땅의 경계를 놓고 몇 건의 인명 사고도 있었다고 하던데. 이위, 듣자 하니 자네한테도 그런 땅이 몇 만경頃(1경은 약 2만 평)은 있다던데, 개간을 못하게 했다면서? 사실이라면 어떤 생각에서 그렇게 조치했는지 궁금하군."

이위는 어떻게 해서든 옹정의 입에서 교인제에 대한 말을 끌어내려고 말머리를 그쪽으로만 끌고 가던 중이었다. 그런데 옹정은 난데없는 질문을 던졌다. 아쉽더라도 그에 대한 대답을 먼저 해야 했다.

"그건 사실이옵니다, 폐하! 윤계선尹繼善이 그 삼만 경의 옥토를 팔자고 주장하는 것을 신이 제동을 걸었사옵니다. 지금 강소성江蘇省에는 땅을 헐값에 마구잡이로 사놓고 경작을 하지 않는 사례가 많사옵니다. 지주들이 땅을 사재기하는 것이옵니다. 지금 내다 팔아봤자 일 무畝(약 200평)에 은 일곱 냥 이상은 기대할 수 없는 실정이옵니다. 강희 이십 년 때만 해도 일 무에 이백 냥씩 했던 땅들이옵니다. 때문에 신은 조정의 수입을 증대시키기 위한 차원에서 조금 더 기다렸다 파는 것이 좋겠다는 판단하에 움켜쥐고 있었사옵니다. 가격이 오를 때쯤 팔면 적어도 수백 만 냥의 수입은 더 확보할 수 있을 것이라는 계산을 했사옵니다. 그러나 폐하께서 원치 않으신다면 그만 처분하도록 하겠사옵니다."

옹정이 이위의 말에 웃으면서 화답했다.

"자네, 알고 보니 대단한 살림꾼이로군. 조정의 곳간을 걱정하는 진정한 일꾼이야. 짐도 대찬성이네. 다만 일을 결정하기에 앞서 미리 짐에게 아뢰었더라면 이러쿵저러쿵 말이 없었을 텐데 말이야. 그건 정말 유감이네."

그때 옹정의 옆자리에 앉아 있던 윤상이 입을 열었다.

"이 일에 대해서는 이위가 신에게는 언급을 했사옵니다. 돈을 많이 벌어 남경에 폐하의 행궁을 멋있게 지어 올리겠노라고 말이옵니다. 폐하의 남순南巡을 은근히 기대하고 있었거든요!"

"천하의 총독, 순무들이 모두 이위나 전문경만 같으면 조정에서 재정 걱정은 하지 않아도 좋을 것이옵니다."

장정옥이 내심 이위의 판단에 감복한 듯 찬사를 보냈다. 옹정 역시 흐뭇하게 웃으며 입을 열었다.

"짐은 세 가지 큰일을 생각하고 있네. 화모귀공火耗歸公, 관신일체납량官紳一體納糧과 운남雲南의 개토귀류改土歸流가 바로 그것이네. 지금 이위와 전문경은 각각 강소성과 하남성에서 그것들의 시행에 들어갔네. 다른 성들에서는 아직 시행하기 전이지. 연갱요와 융과다가 들쑤시고 다니면서 방해한 탓도 있으나 아직 그 두 성에서도 크게 효과가 나타난 것 같지는 않아. 때문에 짐은 아직 명조明詔를 내려 보급하는 것을 미루고 있네. 그런데 양명시는 그 세 가지 중 단 하나도 탐탁하게 생각하지 않더군. 그러나 귀주성에서 맡은 바 임무에는 전력투구하고 있네. 짐은 그 사람에게 무슨 일이 있더라도 칠 년 동안은 총독 겸 순무 자리를 건드리지 않겠노라고 약속한 바가 있네. 양명시나 이위, 전문경 모두 우리 대청의 유명한 청백리들이지만 각각의 개성이 다르지. 양명시는 인품으로 승부를 거는 사람이고, 이위와 전문경은 제도로써 이치 쇄신에 쾌마가편快馬加鞭(달리는 말에 채찍질함)을 하고 있지. 짐은 일단 정견이 맞지 않으면 맞지 않는 대로 밀고 나가려고 하네. 내지內地의 화모귀공과 관신일체납량이 제대로 이뤄지지 못하면 개토귀류 또한 한낱 탁상공론에 지나지 않을 거야. 그래서 일단 개토귀류는 칠 년 후에 다시 보자고 했네. 묘족苗族과 요족瑤族이 뒤섞여 살고 있는 곳이라 잘못 건드렸다가는 대란이 일어날까 우려되기 때문이네."

장정옥은 옹정의 웅심雄心에 가득 찬 계획을 듣자 흥분을 감추지 못했다. 그러나 곧 30년 동안이나 재임해온 재상답게 냉철하게 그 계획의 이면에 대해 생각하기 시작했다. 그리고는 피우지 않는 담배 대신 1년 내내 몸에 지니고 다니는 상비죽선湘妃竹扇을 만지작거리면서 한참 생각한 다음 입을 열었다.

"화모귀공을 통해 양렴은養廉銀을 제공해줌으로써 관리들의 비리를 원천적으로 방지하겠다는 제도는 역대로 없던 것이옵니다. 관신일체 납량 역시 마찬가지가 아닐까 싶사옵니다. 결국은 가진 자의 주머니를 털어 어려운 사람을 구제해 주겠다는 제도이옵니다. 과연 근본적으로 이치를 쇄신시킬 수 있는 묘안이 아닐 수 없사옵니다. 성공만 하면 폐하께서는 천고일제千古一帝로 널리 칭송받으실 것이옵니다. 그러나 검은 돈이 들어오는 통로를 차단당하게 될 일부 기득권층의 반발 역시 거셀 것이라고 생각되옵니다."

옹정이 장정옥의 말을 듣더니 표정 하나 없는 무뚝뚝한 얼굴을 한 채 툭 내던지듯 말했다.

"그게 손바닥 뒤집듯 쉬웠다면 짐에게까지 차례가 돌아왔겠는가? 팔꿈치를 잡아당기고 발을 거는 자들이 조정에도 많을 것이네. 어디 그뿐인가? 국척國戚 중에도 있을 거야. 짐의 형제들 중에는 더 말할 필요도 없겠지. 그러나 팔을 걷어붙인 이상 밀고 나가는 수밖에는 없네. 정확한 노선임은 분명하니까. 짐은 무능한 군주, 자네들은 얼간이 대신으로 역사에 기록될 수는 없지 않은가. 누구든 짐이 가는 길에 장애물을 가져다 놓는 자는……, 누가 됐든 짐이 높이 쳐든 대의멸친大義滅親의 기치를 피해갈 수 없을 것이네!"

옹정이 말을 마치고는 우유잔을 무겁게 탁자 위에 내려놓았다. 순간 스님들의 불경 읽는 소리도 묘하게 그쳤다. 방 안에는 섬뜩한 침묵이 흘렀다.

"폐하의 큰 뜻에 공감하옵니다."

윤상이 숨 막히는 침묵을 깼다. 그의 목소리는 낮았다. 그러나 정적이 깃든 방 안이라 그런지 유난히 또렷하게 울려 퍼졌다. 그가 다시 차분하게 입을 열었다.

"우리 형제 스물네 명 중에 넷은 요절했사옵니다. 이제 스무 명밖에 남지 않았사옵니다. 형제가 마음을 같이 하면 그 예리함이 쇠도 자를 수 있다고 했사옵니다. 여덟째 형님과 열넷째 아우도 같이 마음을 합칠 수만 있다면 얼마나 좋겠사옵니까! 솔직히 둘 다 별 볼 일 없는 무능한 사람들은 아닌데……."

윤상이 갑자기 열넷째를 입에 올렸다. 눈치 빠른 이위는 즉각 윤상의 의중을 파악했다. 교인제 문제로 형제간에 피를 부르는 비극을 초래해서는 안 된다는 뜻이 감추어져 있는 내용이었다. 옹정에게 간접적으로나마 간언을 하고자 기회를 만들고 있는 윤상이었다.

'그래, 지금 그 얘기를 하셔야지. 열셋째마마는 정말 인물이야!'

이위는 그렇게 생각하면서 속으로 엄지를 내둘렀다. 이어 옹정의 말에 가만히 귀를 기울였다.

7장
저항하는 교인제와 윤사의 음모

옹정 역시 심복 신하들의 속마음을 모르지 않았다. 아니 너무나도 잘 알았다.

그는 윤상과 이위를 만나러 오기 전 아침에도 선膳을 마치자마자 교인제를 불렀다. 그리고는 양치를 한 다음 손을 씻고 책상 앞에 앉아 상주문을 읽었다. 그런데 그의 모습이 웬일인지 불안하고 짜증스러워 보였다. 하기야 하늘은 무겁게 흐려 있는 데다 바람이 기승을 부리면서 불어 닥치는 좋지 않은 날씨였으니 기분도 크게 좋을 턱은 없었다. 하지만 딱히 날씨 때문에 그런 것만은 아니었다. 실제 상황도 여러모로 좋지 않았다. 우선 두이등竇爾登 일당이 조운漕運 중이던 배 몇 척 분량의 식량을 강탈해 갔다. 그런데 조운 총독과 산동 순무는 그 사건과 관련한 책임 소재를 놓고 공방을 벌이고 있었다. 게다가 윤제는 윤사를 통해 주장을 올려 건강상의 이유를 대면서 북경에 돌아와 요양하고 싶다는 뜻을 전해왔다. 그 외에도 어사 손가감은 운귀에서 주장을 보내 작년 가을 운남성의 이해洱海가 수십 군데나 붕괴됐다면서 국고 지원을 요청했다. 이 정도만 해도 옹정의 심기가 좋을 리가 만무했다.

그런데 악종기마저 사천에서 우울한 소식을 전해왔다. 병부 상서인 아이송아가 직무에 태만하다고 탄핵안을 올린 것이다. 악종기의 주장에 따르면 아이송아는 썩고 변질된 식량 10만 석을 군량미로 사천으로 보냈다고 했다. 그 바람에 그것으로 밥을 지어 먹은 천수 녹영天水綠營의 병사들은 거의 모두 배탈이 나고 말았다. 당연히 그들은 가만히 있지 않았다. 바로 들고 일어나 취사담당관을 죽이고 산 속으로 도주해버렸다고 했다. 악종기는 해결책을 제시하는 것도 잊지 않았다. 병사들이 아이송아에 대한 분노가 충천한 만큼 그의 재산을 압수, 군비로 충당하는 것이 어떻겠느냐는 제안이었다. 그는 그렇게 하지 않으면 군심을 달랠 길이 없다고 주장했다…….

정말 하나같이 옹정의 숨을 막히게 하거나 짜증나게 만드는 소식들뿐이었다. 얼마 후 그는 손가감의 상주문을 끄집어내 주비를 달기 시작했다.

자네는 엄연한 어사이고 흠차대신이네. 일이 그 지경이 될 때까지 무엇을 했단 말인가? 자네는 양광兩廣, 복건福建으로 간 이후 도대체 무슨 일을 했는가. 그저 한다는 짓이 주장을 올려 조정에 손을 내미는 것이었네. 이 상주문을 운귀 총독 양명시에게 전할 것이네. 이해가 썩어 문드러질 때까지 자네는 과연 해놓은 일이 무엇이냐고 묻고 싶네! 이해 문제는 자네와 양명시 둘이서 자금을 확보해 손보도록 하게. 씨앗을 살 돈은 짐이 호부에 명령해 귀주로 보내줄 테니 봄 농사에는 차질이 없을 것이네.

옹정은 뭔가를 더 써내려 가려 하더니 갑자기 붓을 내동댕이치듯 저만치 던져버렸다. 이어 이마와 뒷머리를 손으로 감싸 쥐었다. 갑자기 머리가 어지럽고 통증이 몰려왔던 것이다. 더구나 목덜미도 뻣뻣하고 열이 났다. 임파선은 눈에 띌 정도로 불거져 있었다. 그가 한참이나 고통을 참고 견디는 것 같더니 갑자기 고무용을 불러 물었다.

"하 태의는 아직 오지 않았나?"

하 태의는 태의원의 의정醫正이었다. 옹정이 이름 모를 열병에 시달리는 동안 줄곧 맥을 도맡아 봐왔던 의원으로, 어제 오후에 지의를 받고 통주通州로 윤잉의 병을 치료해 주러 갔다. 오늘 아침 궁으로 불렀는데도 소식이 없는 것을 보면 아직 돌아오지 않은 것이 확실했다. 고무용이 눈에 띄게 나빠진 옹정의 안색을 살피면서 조심스럽게 아뢰었다.

"빠른 말을 보냈사오니 곧 도착할 것이옵니다. 조금만 참고 기다리시옵소서……"

옹정은 고무용의 말이 끝나기도 전에 말없이 어좌에서 내려와 밖으로 나갔다. 고무용이 황급히 뒤따라 나서면서 말했다.

"신이 외투를 가져오겠사옵니다. 장오가 군문을 부르는 것이 어떻겠사옵니까?"

"그럴 것 없네."

옹정은 어느새 담녕거를 나섰다. 살을 에는 찬바람이 오히려 시원하게 느껴졌다.

"교인제는 지금 어디 있는가? 불러도 오지 않는군."

옹정이 종종걸음으로 따라 나선 고무용에게 물었다. 고무용이 즉각 서북쪽을 손가락으로 가리키면서 아뢰었다.

"노화루 뒤편의 편전에 있사옵니다. 폐하께서 옥체도 여의치 않으시고 날씨도 추운데 소인이 불러오는 것이 어떻겠……."

옹정은 그러나 들은 척도 하지 않고 발길을 돌렸다. 담녕거에서 나오면 서쪽으로 화살이 날아가 꽂힐 만한 거리에 있는 노화루로 걸음을 옮긴 것이다.

"옷을 갈아입으려고 하지 않는다면서?"

옹정이 걸어가면서 물었다.

"예, 폐하! 열넷째마마께서 상으로 내리신 옷이라면서 다른 것으로 갈아입으려 하지 않사옵니다."

"밥은 먹었는가?"

"예, 폐하! 입에 조금 대는 것 같았사옵니다."

"짐이 하사한 간식은 입에 대던가?"

"예, 폐하! 먹었사옵니다. 폐하께 아뢸 말씀이 있다면서 배알하고 싶다는 뜻을 표했사옵니다."

고무용이 연신 굽실거리면서 대답했다. 옹정은 그의 말이 끝남과 동시에 발걸음을 멈췄다. 그리고는 수심에 가득 찬 눈빛으로 멀리 노화루를 바라봤다. 뭔가 생각하는 것 같으면서 또 달리 보면 아무 생각 없이 심드렁한 표정인 것 같기도 했다. 몇몇 지방에서 올라온 대신들이 운송헌韻松軒에서 홍시弘時를 만나고 나오다 그런 옹정을 발견하고는 황급히 한쪽으로 물러서면서 무릎을 꿇었다. 옹정은 그러나 그들에게는 시선 한 번 주지 않고 가슴 가득 답답하게 쌓여 있는 우울한 기운을 토해내듯 길게 한숨을 내쉬고는 노화루로 향했다.

교인제는 노화루 뒤뜰의 태감들이 주로 머무는 자그마한 방에서 머물고 있었다. 신분이 명확하지 않아 마땅히 방을 배정할 수가 없었던 고무용이 고민 끝에 언제든 불려갈 수 있는 곳으로 자리를 마련해준 것이다. 그곳은 뒤뜰이라고는 하나 노화루의 아래층과 통해 있었다. 때문에 옹정은 옆문으로 들어가지 않고 직접 노화루로 들어가 교인제가 있는 방으로 걸음을 옮겼다.

교인제의 침대는 일반 궁녀들이 사용하는 것과 같았다. 방 안에는 낡은 책상 하나에 나무 의자 두 개가 덩그러니 놓여 있었다. 또 머리맡에는 자그마한 화장대가 있었다. 그 외에는 여자들이 보통 사용하는 사소한 물건 같은 것들이 하나도 없어 방 안은 대단히 휑뎅그렁하고 스산해 보였다.

옹정이 하인들의 방에 들어와 보는 것은 사실 이번이 처음이었다. 그래도 그는 전혀 주저하지 않고 곧장 안으로 들어섰다. 실내는 대단히 어두웠다. 교인제는 궁으로 올 때의 옷차림 그대로 책상 위에 엎드려 뭔가를 열심히 적고 있었다. 반면 한쪽에 앉아 있던 궁녀들은 갑작스런 황제의 왕림에 몸 둘 바를 몰라 하면서 일제히 무릎을 꿇었다. 그러나 교인제는 무아지경에 빠진 듯 글쓰기에 흠뻑 도취돼 있었다. 옹정이 들어온 줄도 모르는 듯했다. 옹정은 놀라게 하지 말라는 손짓을 하면서 조용히 교인제의 등 뒤로 다가갔다.

'어쩌면 앉아있는 모습도 이렇게 쏙 빼닮을 수가 있을까!'

옹정은 속으로 그렇게 생각하면서 교인제의 뒷모습을 멍하니 바라보고 있었다. 그녀의 먹물을 부어놓은 것 같은 새카맣고 윤기 나는 머리는 소복의 그것처럼 숱이 많았다. 가냘픈 허리와 어깨, 몸에서 발산하는 은은한 체향 역시 소복과 너무나 닮았다. 옹정은 희비가 엇갈리는 복잡한 표정을 지은 채 중얼거리듯 말했다.

"틀림없어. 그녀가 환생했어……."

순간 교인제가 흠칫 놀라며 뒤를 돌아봤다. 그녀는 옹정을 발견하고는 마치 길에서 뱀이라도 만난 것처럼 화들짝 놀랐다. 어찌나 놀랐는지 하마터면 의자에서 미끄러져 옆으로 쓰러질 뻔했다. 그녀가 다급히 일어나 뒤로 물러나면서 공포에 질린 두 눈을 크게 뜨고 옹정을 쳐다봤다. 이어 더듬거리면서 입을 열었다.

"왜…… 왜 그러시옵니까?"

"네 이년! 폐하 앞에서 그게 무슨 버릇이냐?"

고무용이 호통을 쳤다.

"아직 뭘 몰라서 그러네."

옹정이 그만 하라는 듯 고무용에게 손시늉을 했다. 이어 책상 위에 놓여 있는 종이를 집어 들었다. 쓰다만 시 한 수였다.

　등불도 없는 어두운 이 긴긴 밤에 귀신불에 소스라치는데,

　눈물에 베갯잇 젖는 이 밤 누가 위로해주나?

　외로운 백양나무 밑에 이내 한이 스며있는 줄 그이는 알까.

깨알같이 단정한 해서체였다. 마치 윤제의 필체를 그대로 옮겨놓은 것 같았다. 옹정은 자신도 모르게 한숨을 내쉬면서 물었다.

"자네가 쓴 시인가?"

교인제는 윤제가 왕의 작위를 박탈당했을 때 그를 따라 임종을 앞둔 열일곱째 황고를 보러 궁으로 들어간 적이 있었다. 옹정과 해후한 것은 그때가 처음이었다. 그 당시 그녀는 백랍 같은 옹정의 얼굴과 천치처럼 멍청해 보이는 표정을 힐끔힐끔 훔쳐보면서 연극에서 늘 보던 탐주호색貪酒好色의 황제 상을 떠올리고는 한심스러워 속으로 비웃었다. 그러나 오늘 다시 본 옹정은 전혀 그런 사람이 아니었다. 얼굴 가득 우울하고 피곤한 기색뿐이었다. 그녀는 경계하는 표정으로 옹정을 바라보면서 머리를 끄덕였다.

"괜찮게 쓴 것 같기는 하네. 그런데 너무 쓸쓸한 느낌이 드는군. 어

린 나이에 무슨 슬픔이 그리 깊어서 이런 시를 썼는가?"

옹정이 애써 미소를 지으며 물었다. 그러자 교인제가 옹정에게 따지듯 되물었다.

"시를 쓸 때도 보는 사람의 감정 따위를 의식하고 써야 한다는 말씀이옵니까? 낭군과 생이별을 하고 온 사람이 무슨 살맛이 나서 '환락의 노래'를 부르겠사옵니까?"

옹정이 희미하게 웃음을 지으며 말했다.

"자네는 지금 작정을 하고 함부로 말하고 행동하는 것 같아. 짐이 자네에게 '환락의 노래'를 부르라는 얘기는 하지 않았잖아? 짐은 자네를 위로하고 싶어 말을 건네는 것뿐이네. 자네는 아직 열넷째를 못 잊고 있는 것 같군."

"예, 그러하옵니다."

"그 사람은 국법을 어긴 사람이네."

"소녀는 그분의 여자이옵니다."

"아니네!"

옹정의 말투가 갑자기 거칠고 무거워졌다. 목청도 갈라졌다. 그가 다시 입을 열었다.

"자네는 조정의 사람이네. 잠시 그 밑으로 들어가 시중을 들었을 뿐이라고. 그 사람은 처첩을 들이는 것도 조정의 제도에 따라야만 해. 그런 의무를 가진 황친이자 귀족이라고!"

"소녀는 그분의 여자이옵니다. 소녀는 그분의 가슴속에 살아 있사옵니다. 그분이 소녀의 마음속에 둥지를 틀고 있듯이 말이옵니다. 폐하께서 아무리 이곳에 소녀를 꼼짝 못하게 붙들어 매신다고 해도 소용이 없사옵니다. 그렇게 되면 마음은 온통 다른 곳에 가 있는 빈껍데기만 데리고 있을 뿐이옵니다. 열넷째마마께 누를 끼치는 것을 우려하지 않았더라면 소녀는 진작 죽어 없어졌을 것이옵니다. 먹지 않고 마시지 않고 자지 않으면 폐하께서도 소녀를 어찌할 도리가 없지 않겠사옵니까?"

교인제는 완강하게 옹정의 말을 반박하고 자신의 주장을 일관되게 고집했다. 그러자 좌중의 태감과 궁녀들은 공포에 질렸는지 약속이나 한 듯 저마다 고개를 돌리며 눈을 휘둥그레 떴다. 하기야 세상에 어느 누가 감히 황제 앞에서 그런 식으로 말할 수 있단 말인가! 그러나 신기한 것은 오히려 옹정이었다. 평소의 그와는 달리 궁녀가 그렇게 버르장머리 없이 막무가내로 나오는데도 옹정은 전혀 화내는 기색이 없었다. 오히려 착잡한 표정으로 그녀를 바라보면서 설득하듯 말했다.

"자네, 정말 그렇게 생각하나? 짐은 자네의 그런 성격이 마음에 드네. 다만 한 가지는 잊지 말게. 자네는 반드시 살아 있어야 한다는 것을 말이야. 만약 자네가 죽으면 짐은 바로 지의를 내려 열넷째도 따라가게 해줄 거네!"

옹정은 말을 마치고는 다시 머리가 어지러운지 한 손으로 이마를 감쌌다. 그리고는 밖으로 나가버렸다.

옹정은 그렇게 아침에 있었던 일을 떠올리면서 생각에 잠겨 있다가 드디어 입을 열었다.

"열셋째, 방금 뭐라고 그랬나? 그러면…… 짐이 형제간에 같은 생각을 가지기를 원치 않는다는 말인가? 그자들은 자네 말처럼 그렇게 호락호락한 인물들이 아니야. 때문에 짐은 얼음 위를 걷듯이 신중을 기하지 않을 수 없는 것이네! 또 우리와 대적하는 그자들은 모두 지능범들이야. 융과다에 이어 연갱요까지 무엇에 홀렸는지 그 사람들의 해적선에 스스로 발을 올려놓을 정도였단 말이야. 그런데 이제는 기무旗務를 정돈한다는 미명하에 그 배반의 수위와 강도를 높여가고 있어. 그런데 짐이 계속 불경만 읽고 있어서야 되겠는가?"

옹정이 말을 마치고는 떨리는 손으로 안주머니에서 약봉지 하나를 꺼냈다. 뭔가를 태우고 남은 재 같았다. 이위가 황급히 더운 물을 따라 받쳐 올렸다. 옹정은 약이 몹시 쓴 듯 미간을 찌푸렸다.

"좋은 약은 입에는 쓰나 병에는 이롭다良藥苦口利於病고 했네. 충언은 귀에 거슬리나 행하는 데는 유리하다忠言逆耳利於行고 했고. 형신! 이위! 꿔다 놓은 보릿자루처럼 그러고 있지 말고 뭐라고 말을 좀 해보게. 언자무죄言者無罪야!"

"폐하의 말씀에 정말 공감하옵니다."

장정옥이 몇 가닥 되지 않는 흰 턱수염을 들썩거리면서 대답했다. 이어 설명을 덧붙였다.

"폐하의 입장에서 생각해보면 충분히 그 양자택일의 어려움을 이해할 수 있사옵니다. 당 태종唐太宗 이세민李世民은 이렇게 말했사옵니다. '군주는 오로지 나라를 번영하게 하려는 일념에 불타고 있다. 그러나 이를 방해해 공격하는 자는 수도 없이 많다. 용력勇力으로 밀어붙이는 자가 있는가 하면 아첨과 간사함으로 빈틈을 비집고 들어오는 자들도 있다. 또 인간의 원초적 욕망을 부채질해 불나방 신세를 자초하게 하는 자도 없지 않다. 실로 훼방꾼의 술수라는 것은 헤아릴 수 없이 많다. 군주가 자칫 그중의 하나에 걸려든다면 위망危亡을 초래하는 것은 시간문제이다'라고 말이옵니다. 폐하께서는 황자마마 시절부터 지금까지 줄곧 다른 무리들의 공격을 받아오지 않으셨사옵니까? 신의 어리석은 생각으로는 군주의 칼자루가 다른 사람에게 넘어가지 않는 한 인신人臣들의 '용력'이라는 것은 제아무리 용을 써도 결국에는 제풀에 꺾이고 말 것이옵니다. 또 군주가 경각심을 높이고 총명하게 관찰하는 능력을 잃지만 않는다면 사악하고 간사한 자들의 술수 역시 무색해지고 말 것이옵니다. 그러나 유독 기욕嗜慾(기호와 욕망)만은 각고의 극기克己가 필요하옵니다. 여기에서 실패하면 군주는 바로 소인배들의 간계에 빠지고 말 것이옵니다. 그래서 감히 아뢰옵니다."

옹정이 장정옥의 말에 귀를 기울이면서 미소를 머금고 머리를 끄덕였다.

"구구절절 맞는 말이네, 형신. 그런데 자네가 보기에 짐은 어떤 기욕이 있는 것 같은가? 충고의 말을 들었으면 하네."

윤상과 이위는 드디어 장정옥이 교인제라는 화두를 끌어낼 것이라고 생각했다. 아니 굳게 믿었다. 그러나 장정옥은 침착하게 우유 한 모금을 마시고는 전혀 엉뚱한 말을 했다.

"폐하의 기욕은 지나치게 강한 승부욕에 있는 것 같사옵니다. 밑에서는 바로 폐하의 그 점을 노리고 있는 듯하옵니다. 무조건 폐하의 환심을 사려고 안간힘을 쓰고 있다는 얘기이옵니다. 지방의 번고藩庫에서 국고를 마구 퍼 쓰고 나랏돈을 함부로 생각하는 악습은 수십 년 동안 고질이 돼 있는 병폐이옵니다. 그런데 폐하께서는 삼 년 이내에 국채를 환수하라는 명령을 내리셨사옵니다. 그러다 보니 군계일학을 노리는 낙민 같은 자들이 거짓보고를 올리고 갖은 수단을 동원해 눈속임을 해왔던 것이옵니다. 폐하께서는 또 누누이 '좋은 말을 하지 말라'는 말을 강조하셨사옵니다. 썩어 구린내 나는 환부는 교묘하게 감추고 버젓이 겉치레만 번드르한 보고를 올려서는 안 된다는 취지에서 그렇게 말씀하신 줄로 알고 있사옵니다. 그러나 '하나를 보면 둘을 아는' 똑똑한 친구들은 폐하께서 내심 '좋은' 소식을 기대한다고 확신했사옵니다. 그래서 한 달 사이에 일곱 번씩이나 '경운'卿雲(상서로운 구름)이 나타났느니 어쩌니 하면서 가당치도 않은 소리를 해댔사옵니다. 그런가 하면 절강 총독 성계性桂 같은 자는 누구의 집에 만 마리의 누에가 동시에 실을 토해내 한 폭의 작품을 만들었는데 길이가 여섯 척尺, 폭이 두 척이라는 등 실로 엉뚱한 거짓보고까지 서슴지 않았사옵니다. 전문경은 또 하남성에서 줄기 하나에 이삭이 열다섯 개 달린 서곡瑞穀이 발견됐다는 상주문을 올린 적이 있사옵니다. 우리 대청이 대길할 상서로움이 아닐 수 없다는 말과 함께 말이옵니다. 그러나 하남성에서는 그해 극심한 흉작으로 조정의 구제 양식에 의존해야 했사옵니다. 그럼에도 폐하께서는 전문경을 치하하셨사옵니다."

장정옥이 장황하게 말하다 말고 잠시 입을 닫았다. 그리고는 잠깐 뭔가 고민하는가 싶더니 용기를 내서 말을 이었다.

"다른 기욕에 대해서는……, 신은 유년 시절 때부터 폐하를 가까이에서 모셨사옵니다. 당연히 폐하께서 술과 여색을 탐하지 않는다는 사실을 잘 알고 있사옵니다. 교인제라는 여자에 대한 여론이 비등하고 있는 것이 사실이오나 신은 절대 믿지 않사옵니다. 믿고 싶지도 않사옵니다. 그러나 신은 이것만은 간언하고 싶사옵니다. 천자에게는 사사로운 일이라는 것은 있을 수 없다는 것을 말이옵니다. 아무리 '개인적인 일'이라고 해도 결국에는 '나라의 일'과 불가분의 관계에 놓여 있게 되옵니다. '언자무죄'라는 폐하의 말씀에 신은 용기를 내어 이렇게 간언을 드리옵니다."

장정옥이 말을 마치더니 소리 죽여 숨을 길게 내쉬었다. 옹정이 가장 민감하게 반응할 수 있는 교인제를 은근하게 이끌어내는 화술이 능수능란하기 짝이 없었다. 이위는 그 말을 듣는 순간 속으로 감탄해마지 않았다. '생강은 오래된 것이 맵다'라는 속담이 낯 놓고 기억자도 모르는 그의 머릿속에 저절로 떠오를 정도였다. 그가 장정옥의 말을 받아 뭐라고 말을 거들려고 할 때였다. 옹정이 다소 고통스런 표정을 지은 채 입을 열었다.

"짐은 자네들의 마음을 알고도 남아. 그러나 윤제는 선제의 영당^靈^堂에서 함부로 소리를 지르고 태후의 가르침에도 따르지 않은 죄가 있는 사람이야. 물론 아우라는 점 때문에 짐도 인간적인 고뇌는 있어. 부리던 아랫것들을 교체한 것은 조정의 제도에 따른 것이네. 윤제가 건강상 이유를 들어 북경에 와서 치료받을 것을 여러 번 주청 올렸는데 짐은 이제 허락할까 하네. 그곳에 계속 있어도 좋고, 북경으로 돌아와 치료받으면서 일해도 좋아. 그렇게 해서 삼 년 내에 환골탈태하는 변화를 보이면 짐은 다시 좋은 아우로 품어 안으려고 하네. 하지만 그렇지 않고 다시금 예전의 전철을 밟는다면 그때는 결코 용서하지 않을 거야. 그야말로 구제불능이라는 사실을 명명백백히 깨우치게 하는 서신을 열셋째에게 전하라고 해야겠어."

옹정이 말을 마치고는 바로 자리에서 일어났다. 밖은 조금 전과는 달리 눈발이 거세게 몰아치고 있었다. 이위는 부랴부랴 화로에서 빨갛게 달아오른 숯불을 꺼내 손난로를 만들어 옹정에게 건넸다. 이어 윤상, 장정옥 등과 함께 옹정을 호위해 청범사 산문 밖까지 따라갔다. 그의 일행은 그곳에서 옹정이 탄 수레가 저만치 멀어져가고 나서야 비로소 자신들의 거처로 발걸음을 옮겼다. 그때 청범사의 종소리가 열두 번 울렸다. 자시^{子時}였다.

옹정이 윤상 등과 함께 청범사에서 국사를 논의하고 있을 때 조양문 밖에 자리 잡은 염친왕부에서도 밀담이 이어지고 있었다. 윤사와 윤당이 서화청에서 화로를 둘러싸고 앉은 채 역모를 논의하고 있었던 것이다. 병부 상서 아이송아阿爾松阿, 예부 상서 갈달혼葛達渾, 패자貝子 소노蘇奴, 그리고 시위 악륜대鄂倫岱와 륵십형勒什亨 등도 자리를 잡고 있었다.

서화청은 염친왕부의 화원 서쪽에 위치한 호수의 동안東岸에 있었다. 반은 언덕 위, 반은 물 위에 드리워져 있었고 삼면이 물이었다. 그래서일까, 이중으로 되어 있는 통유리는 확 트인 느낌을 줬다. 여름에는 밖에 나갈 필요 없이 창문 너머로 낚싯대를 드리울 수 있었다. 겨울에는 바깥 설경을 유감없이 감상하는 것도 가능했다. 그 시각 그들은 술과 음식을 포식한 다음 눈보라가 몰아쳐 온통 은색으로 뒤덮인 대지를 바라보면서 저마다의 생각에 잠겨 있었다.

"다른 말은 다 필요 없다고."

윤사가 사슴 가죽을 댄 안락의자에 드러눕다시피 한 채 침묵을 깼다. 형형한 눈빛으로 분분히 내려앉는 눈꽃을 응시하면서였다. 얼마 후 그가 다시 입을 열었다.

"그 사람이 칼을 뽑을 때가 왔다는 말이야! 이제 도마 위에 올라가 칼날의 세례를 받게 될 거야. 하지만 이렇게 순순히 죽임을 당할 수는 없지 않은가!"

벌써 마흔여섯 살이나 된 윤사는 나이와는 달리 대단히 젊게 보였다. 관옥冠玉처럼 희고 둥근 얼굴에 주름 하나 없어 보였다. 또 올챙이 같은 두 눈에 눈빛이 형형했다. 다만 눈가는 조금 처져 있었다. 그의 일거수일투족에는 부드러운 멋이 넘쳤고, 목소리는 굵고 카랑카랑했지만 목을 옥죄어 오는 것 같은 압박감은 느껴지지 않았다.

반면 윤사보다 두 살 어린 윤당은 척 봐도 윤사보다 훨씬 늙어 보였다. 그가 까무잡잡하고 거칠게 생긴 외모처럼 을씨년스럽게 느껴지는 목소리로 윤사의 말을 받았다.

"넷째(옹정을 뜻함) 형님은 우리가 흙덩이를 던지면 돌멩이로 보복할 사람임에 틀림없어요. 이제 묵은 장부까지 들춰내 빚을 한꺼번에 받아내려고 들겠죠. 내정內廷의 당계아唐桂兒가 윤상이 말하는 소리를 들었다고 하더라고요. 봄이 되면 나를 악종기 대영으로 보낼 거라고 했대요. 우리에게는 이제 시간이 별로 없습니다. 팔기 기주들은 반드시 정월 십오일 전에 북경에 도착해야 합니다. 원단元旦(설날) 명절 뒤 끝이라 아직 어수선할 때 일을 벌여야 합니다. 예부 상서이자 문화전 대학사인 갈달혼이 봉천에서 온 왕공들을 데리고 폐하를 배알하면서 미끼를 던져보는 것이 좋을 것 같습니다."

윤당은 다소 흥분했는지 자리에서 벌떡 일어나 방 안을 서성였다. 유리창을 손가락으로 쓱쓱 문지르기도 했다. 그는 그렇게 한참이나 뭔가 생각에 잠겨 있더니 다시 말을 이었다.

"우리가 그동안 놓친 기회가 한두 번이에요? 성조께서 붕어하시던 날 우리들 중에서 누구라도 창춘원 밖에서 대사를 주지할 수 있는 사람만 있었다면 어떻게 됐겠어요? 윤상이 풍대 대영을 주물럭거린 다음 사람을 죽이고 병권을 빼앗을 수가 있었겠어요? 윤상이 영정 앞에서 죽네 사네 할 때 우리가 물불을 가리지 않고 들고 일어났더라면 융과다가 감히 그 가짜 유조遺詔를 선독宣讀할 수 있었을까요? 윤제가 고분고분하게 북경에 들어오지 않고 서녕에서 둥지를 틀고 있었더라면 또 어땠을까요? 한 번 소리를 지르면 백 명이 호응할 여덟째 형님의 인망人望으로 볼 때 북경에서 거사한 후 서녕과 연계를 가졌다면 과연 옹정이 조정을 좌지우지할 수 있었겠냐고요? 그 당시 융과다가 병사들을 데리고 창춘원을 들이닥쳤을 때도 그래요. 하루만 일찍 움직였더라도 넷째 형님은 오늘날 어디 먼 나라에 망명을 하지 않으면 안 되는 비참한 신세의 황제가 돼 있을 걸요? 저는 누구를 원망해서 이러는 것이 아닙니다. 저에게도 책임이 있으니까요. 하늘이 내린 천재일우의 기회를 우리는 번번이 손가락 사이로 놓치고 말았어요. 우리들의 무능에 실망해서라도 하늘은 더 이상 우리에게 기회를 주지 않을 법한데 반드시 그렇지만도 않네요. 이제는 마지막일 것 같기도 한 기회를 또 한 번 주고 있어요. 그러니 이 기회를 어떻게 놓칠 수 있겠어요?"

윤사는 솔직히 지나간 실패를 돌이키는 것이 죽기보다 싫었다. 하지만 윤당의 말을 듣자 회한과 흥분을 주체하지 못했다. 나중에는 피가 거꾸로 치솟는 듯 얼굴과 목 전체가 벌겋게 달아오르기도 했다. 그가 드디어 입을 열었다.

"모든 것은 다 내가 우유부단했던 탓이야. 우리에게는 용감하게 치고 나갈 수 있는 용맹한 장수가 없었어. 물불 가리지 않고 무조건 저지르고 보는 손오공이 없었다고. 내가 곰곰이 생각해봤는데, 우리가 작심하고 쑥대밭을 만들고 다니면 넷째 형님도 수습불능일 거야!"

"예부는 말할 것도 없고 문화전의 태감들도 다 저의 말 한마디에 따라 움직일 것입니다."

윤사의 말이 끝나자마자 갈달혼이 바로 토끼눈처럼 빨갛게 충혈된 두 눈을 깜빡이면서 말했다. 그 역시 마음이 편치 않은 듯 깊은 한숨을 내쉬었다. 이어 다시 입을 열었다.

"폐하께서는 함부로 선제의 성법聖法을 고치고 생모와 아우들을 괴롭혔습니다. 군신群臣들을 대함에 있어서도 포악하기 그지없습니다. 이건 백 사람에게 물어봐도 모두다 고개를 끄덕일 것입니다. 그렇다고 해서 제가 우려하는 게 없는 것은 아닙니다. 대략 세 가지 정도입니다. 첫째 우리에게는 실질적인 병권이 없습니다. 둘째 우리 사이에는 군신君臣의 명분이 정해져 있습니다. 따라서 폐하께서는 자신의 뜻과 위배되는 우리의 그 어떤 움직임도 '대역'大逆으로 여길 것입니다. 그러면 우리로서는 기병起兵해 근왕勤王하는 자들을 보호해 줄 힘을 가지기 어렵게 됩니다. 더구나 팔기 기주들 중에서 이제 고작 네 명밖에 찾지 못했습니다. 설상가상으로 그들조차도 전혀 정무에 나서본 경험이 없습니다. 뒤에서 이러쿵저러쿵 고담준론을 하라면 잘할까 정작 황제와의 대결에 돌입하면 알아서 설설 기는 웃지 못할 상황이 빚어지지는 않을까 심히 걱정스럽습니다. 아홉째마마께서도 말씀하셨듯이 우리에게는 더 이상의 패배는 있어서는 안 되는 상황입니다."

갈달혼의 우려에 윤당이 웃으면서 대답했다.

"갈달혼, 자네는 이 점을 알아야 하네. 우리는 팔기 기주들을 방패막이로 써먹으려는 것이야. 그들에게 옹정과 대결을 벌이라는 것이 아니네. 바둑으로 따지면 여러 갈래로 협공을 하겠다는 말이지. 또 기무를 정돈하라는 것은 넷째 형님의 지의야. 그런 만큼 팔기 기주들을 불러오는 것도 기무 정돈의 일환이라고 볼 수 있어. 넷째 형님은 결코 그 어떤 꼬투리도 잡을 수 없을 것이네. 기무 정돈에 있어서 넷째 형님의 취지는 크게 두 가지야. 첫째는 기인들에게 땅을 나눠줘 농사를 짓게 함으로써 자립을 촉구하는 것이지. 그것은 해마다 늘어나는 기인들에 대한 지출을 삭감하겠다는 뜻으로 풀이할 수 있어. 둘째는 팔기 중의 하오기下五旗(팔기八旗는 크게 황제 직할인 상삼기上三旗와 나머지 하오기下五旗로 구분함) 사람들을 어떻게든 우리 편으로 만들어보라는 것이지. 그들은 아직 귀속이 불분명해. 그래서 고삐 풀린 망아지처럼 여기저기 떠돌면서 정업正業에 종사할 생각을 하지 않고 있어. 그러니 우리는 두 번째부터 착수하는 것이 좋지 않을까 싶어. 이번 기회에 기주들과 그들 하오기의 관대管帶(우두머리)들을 만나게 해서 결속력을 회복하게 해주는 거지. 또 흩어져 있는 하오기 병사들을 집결시켜 상벌 제도를 분명히 하는 것도 필요해. 어떻게든 하오기의 병권을 손에 넣어야 한다는 말이야. 예컨대 필력탑의 풍대 대영만 봐도 좋아. 필력탑은 한족이기는 하나 그 밑의 세 장령들은 모두 만주족이야. 그들은 자신들의 기주가 손짓하면 그쪽으로 가지 필력탑에게 목을 매려고 하지는 않을 거라는 말이야. 솔직히 평생 놀고먹게 해놓고서 이제 와서 기인들더러 농사를 지으라고 하는 것은 또 뭐야? 벌써 기인들 사이에서는 원성이 들끓고 있어. 이번에 그들 기주들이 넷째 형님과 한바탕 논쟁을 벌일 것은 분명해. 부자는 망해도 삼 년은 간다고 했어. 망가진 배에도 삼천 개의 못이 있다고 하지 않는가! 아무리 실권이 없는 팔기 기주들이기는 하나 기인들만 우르르 몰려와 따라주면 곧 힘이 생긴다고. 그렇게만 되면 '팔왕의정제도'를 회복하려고 들 것은 당연하지. 넷째 형님은 이번에 또 무슨 '관신일체납량'이니 '화모귀공'이니 하면서 천인공노할 짓을 저지르고 있어. 바짝 마른 장작에 불씨만 댕기면 사태는 수습할 수 없게 될 거라고. 그때 가면 여덟째 형님이 어부지리를 얻는 것은 시간문제가 아니겠는가?"

윤사가 윤당의 말에 뭔가 불안한 듯 몸을 움찔거리면서 입을 열었다.

"마지막 말은 가당치도 않아. 나하고 팔기 기주들이 공동으로 조정을 관리하는 국면이 이뤄지겠지. 적어도 우리는 멀쩡한 황제를 밀어내고 찬위纂位를 일삼는 난신적자亂臣賊子들은 아니잖아! 넷째 형님이 살림살이를 못해 이 신성한 종묘사직을 말아먹게 생겼으니 우리가 나서겠다는 것 아닌가? 하오기 기주들은 정람기正藍旗의 륵포탁勒布托, 양백기鑲白旗의 도라都羅, 정백기正白旗의 성낙誠諾, 양람기鑲藍旗의 영신永信, 정홍기正紅旗 기주인 나까지 포함해 다섯이 다 모일 수 있게 됐어. 상삼기上三旗는 모두 넷째 형님의 관할하에 있지. 양황기鑲黃旗의 홍력, 정황기正黃旗의 홍시, 양홍기鑲紅旗의 홍주 등이지. 그중에서도 홍력은 넷째 형님의 그림자라고 할 수 있어. 그러나 이위와 함께 강남에 가기로 돼 있으니 잘 됐어. 또 홍주는 있어도 그만 없어도 그만인 무용지물에 지나지 않고. 그러니 우리가 진정 믿고 따르고 섬겨야할 주인은 홍시 외에는 없다고 해야겠지. 이 사실을 꼭 명심해야 해. 설사 팔왕의정제도를 복구하더라도 우두머리로는 홍시를 앉혀야 해. 물론 우리가 실권을 장악하게 되면 홍시는 한낱 꼭두각시에 불과하겠지만 말이야. 그렇지 않은가?"

"맞는 말씀입니다."

아이송아가 즉각 윤사의 말에 맞장구를 쳤다. 이어 자신의 견해를 피력하기 시작했다.

"저는 양홍기 소속의 둘째 좌령佐領입니다. 내일 홍주 다섯째마마를 찾아뵐까 합니다. 비록 다섯째마마께서는 종일 단약丹藥(도가道家의 불로장생약)이나 만들면서 세상사에는 무관심한 것 같으나 사실은 그렇지도 않습니다. 화를 냈다 하면 홍시 셋째마마께서도 저 멀리 도망을 가실 정도라고 합니다. 지난번 융과다가 창춘원에 쳐들어가 궁궐을 수색할 때였습니다. 다섯째마마께서는 이를 아시고 미리 통보를 하지 않았다는 이유를 들어 셋째마마께 크게 화를 내셨다고 합니다. 또 동화문은 자신이 연단練丹하는 신성한 곳이니 절대 접근해서는 안된다고 쇄기를 단단히 박으셨다 합니다. 결국 자금성은 수색했으나 동화문에는 발도 들여놓지 못했다고 합니다."

윤사가 아이송아의 말을 다 듣고는 천천히 입을 열었다.

"다섯째를 찾아가는 것은 좋아. 그러나 깊은 얘기는 할 것 없네. 괜히 신선이 되는 수련을 방해했다는 욕이나 먹고 혼쭐나지 말고. 나한테《금단정의》金丹正義라는 책이 있는데, 그 도사께 갖다 주든가."

좌중의 무겁고 긴장감 넘치는 분위기는 대화가 오가면서 다소 홀가분해졌다. 윤사 역시 한바탕 어색한 웃음을 터트렸다. 그리고는 문득 아이송아가 잠깐 언급했던 융과다에 대해 생각을 하기 시작했다. 곧 알타이로 가서 러시아와 변경 협상을 벌일 예정인 융과다를.

'이제는 재상 자리에서도 쫓겨났어. 집도 절도 없는 처량한 신세가 됐지. 그러나 날개가 떨어졌어도 봉황은 봉황이야.'

윤사는 그런 생각이 들자 보군통령아문의 옛 부하들이 그대로 있는 한 잘 이용하면 큰 가치가 있을 것이라는 판단을 내렸다. 어떻게든 그를 끌어들여 봐야겠다고 마음먹었다. 윤사가 그렇게 결심을 하고는 막 "융과다……" 하고 입을 떼려고 할 때였다. 갑자기 주렴이 흔들리더니 하인 한 명이 들어왔다. 이어 바로 윤사에게 다가가 뭔가 귀엣말을 하고는 한 발 물러나 명령을 대기했다.

"융과다가 왔다는군. 어지간히 귀가 가려웠나 본데?"

윤사가 빙긋 웃으면서 말했다. 그리고는 즉각 회중시계를 꺼내봤다. 시침은 자시를 가리키고 있었다. 그가 자리에서 일어나면서 덧붙였다.

"아홉째, 자네들은 여기서 세부적인 것을 조금 더 검토하도록 하게. 소노는 내 조카니까 같이 가도 무방할 것이네. 국구國舅를 서재로 모시게!"

8장

동상이몽同床異夢

윤사는 서재 입구에 도착했다. 그의 눈에 유리창 너머에 앉아 있는 새하얀 수염의 50대 후반 노인의 모습이 들어왔다. 노인은 손에 찻잔을 든 채 비스듬히 앉아 책꽂이에 시선을 두고 있었다. 소노가 문을 열자 윤사가 성큼 들어서면서 미소를 지은 채 인사를 했다.

"안녕하셨어요, 외삼촌?"

소노 역시 한쪽 무릎을 꿇은 채 격식을 차려 인사를 올렸다.

"고양이가 부엌에 볼일 없이 들어가지 않듯 저 역시 아무런 일 없이 삼보전三寶殿에 오르지 않습니다. 외삼촌이라는 호칭도 어째 조금 부담스럽습니다!"

융과다가 반쯤 뽑았던 책을 도로 꽂아 넣더니 고개를 돌렸다. 가까이에서 본 융과다는 얼굴이 부은 것처럼 푸석푸석하고 주름도 한결 깊어 보였다. 천천히 몸을 돌려서 앉는 동작 역시 더 이상 날렵

하지 않았다.

"융과다 대인에게 인삼탕 한 그릇 내드려라."

윤사가 하인에게 명령을 내리고는 소노에게 앉으라는 손짓을 했다. 이어 덧붙였다.

"외삼촌께서 저한테 화가 많이 나 있는 줄 압니다. 지난번 폐하께서 외삼촌의 가산을 압수할 때 제게 십만 냥짜리 은표를 보관해 달라고 하셨는데 제가 몰래 되돌려 보냈었죠. 그것 때문에 그러시죠? 외삼촌도 생각해보세요. 폐하께서는 '압수황제'라는 소문이 날 정도로 관리들 집을 눈에 쌍심지를 켜고 수색하셨습니다. 그러니 우리 집이라고 무풍지대는 못 될 것 아니에요? 나는 외삼촌을 위해서 그랬던 거예요."

윤사가 말을 마치고는 책꽂이에서 《좌전》左傳을 꺼냈다. 이어 그 속에서 증명서처럼 보이는 종이 한 장을 꺼내더니 진지하게 말했다.

"내가 북경 근교의 순의에 농장을 매입한 증명서입니다. 십삼만 냥이 들었죠. 내가 십 년 전에 산 것으로 만들어놓았으니 만일을 대비해 이걸 가지고 있으세요. 가산을 압수한다고 해도 조업祖業을 기리기 위한 사당이나 전답은 손을 대지 못할 테니까요. 외삼촌, 겪어보면 알겠지만 나는 결코 강을 건넌 다음 다리를 부숴버리는 그런 의리 없고 치사한 놈이 아니에요. 그러니 안심하세요."

"여덟째마마, 별로 대단한 것은 아닌 것 같으나 마마의 마음은 알 것 같습니다."

융과다가 증명서를 잠깐 들여다보고는 안주머니에 집어넣었다. 그리고는 초췌한 표정으로 윤사를 바라보면서 말을 이었다.

"제가 가장 걱정하는 것은 다름이 아니라 바로 그 옥첩玉牒입니다. 황사성皇史宬(황실의 사적 보관소)에 가서 옥첩을 빌려올 때면 누가 빌려갔는지 등록을 하도록 돼 있습니다. 아시다시피 저는 이제 집도 절도 없습니다. 죽으라면 죽고 갇혀 있으라면 갇히는 수밖에 없는 처지입니다. 밖에 나와 볼일을 보는 시간도 자시를 전후한 이 시간이 아니고서는 도저히 엄두도 못 냅니다. 옥첩은 홍시 패륵께서 빌려 가셨더군요. 그래서 방금 셋째 패륵부로 갔었습니다. 그랬더니 옥첩이 지금은 여덟째마마에게 있다고 하더군요. 때문에 지체 없이 바로 달려왔습니다. 셋째 패륵께서도 자꾸 그걸 내돌리면 사고가 날 위험이 있으니 신에게 도로 황사성에 가져다 놓으라고 했습니다."

융과다는 한때 잘못 건드렸다가는 된통 뜨거운 맛을 보게 될 '천자일호'天字一號(옹정 직속의 특무기관 책임자)의 중신이었다. 그러나 불과 반 년 만에 몰라보게 달라져 있었다. 척 봐도 10년 이상 늙어 보였다. 선이 분명하고 건강해 보이던 구릿빛 각진 얼굴에도 이제는 생기라고는 찾아보기 어려웠다. 목소리에도 힘이 없어 처량하고 참담하게 들렸다. 폭풍우에 넘어간 벼이삭처럼 마구 헝클어진 흰 머리카락이 등불 밑에서 쑥정이처럼 파르르 떨고 있었다. 순간 마음이 무거워진 윤사는 조카 소노를 힐끗 쳐다보고는 아무 말도 하지 않았다.

윤사를 따라 들어온 소노는 사실 가까운 혈육의 조카는 아니었다. 그의 선조와는 태종 황제 때부터 갈라져 나간 사이였다. 게다가 아버지 대代에 와서는 작위까지 점점 강등되어 나중에는 삼등 자작子爵이 고작이었다. 수입도 형편없었다. 해마다 광록시光祿寺에서 주는 은 600냥이 전부였다. 한마디로 명색만 종실宗室 자제일 뿐 입에 풀칠하기도 어려운 형편이었다. 그러나 소노만큼은 어릴 때부터 유난히 영특했다. 말이 많은 편은 아니었으나 사람을 잘 사귀고 계산에도 능했다. 여덟 살에는 종학宗學에 들어가 공부하는 기회도 잡았다. 그는 공부를 할 때도 다른 사람들과는 달랐다. 체면상 겉치레로 다니거나

가끔 왕들을 시중들면서 몇 푼 생기는 은전을 탐내지 않았다. 대신 그 기회를 왕후장상들에게 접근할 수 있는 발판으로 삼았다. 예컨대 그는 강희 황제의 몇몇 어린 아들들이 책을 외우지 못하면 대신 무릎을 꿇고는 벌을 자청했다. 또 글을 대신 써주기도 했다. 필묵을 시중드는 것은 기본이었다. 어떨 때는 패관소설稗官小說(민간설화를 엮은 책)을 몰래 숨기고 들어가 윤아允䄎, 윤호允祜, 윤기允祁 등 '삼촌' 항렬의 어른들이 심심하지 않게 읽어주기도 했다. 가끔씩은 메뚜기 채나 예쁘게 수놓은 공, 대나무 붓통 같은 것도 사다 주면서 귀하디귀한 황손들과 가까워지려고 노력했다. 한마디로 그는 자기 공부도 열심히 하면서 일찌감치 세속적인 것에 눈을 뜬 '철든 아이'였던 것이다.

윤아는 그런 소노가 종학을 졸업하고 나왔을 때 자신의 패자부貝子府로 들어오라고 했다. 또 예부와 형부에 추천해 황자들 중에서 가장 먼저 친왕에 봉해진 총리왕대신 윤사를 돕도록 했다. 급기야 그는 그 막강한 배경을 업고 무호蕪湖의 염도鹽道로 발령이 났다. 나중에는 거듭되는 실세들의 입소문으로 인해 강희까지 소노가 애신각라 황가의 종실 자제들 중에서는 대단히 영특하고 장래가 촉망되는 아이라고 알게 됐다. 그렇게 소노는 승승장구해 호광 순무 자리에까지 올랐다.

그는 윤제가 서부 전선 라싸拉薩로 출병했을 때 크게 공을 세우기도 했다. 당시 호부에서 보낸 군량미들은 모두 썩어서 먹을 수 없게 됐다. 하지만 그가 호광에서 보낸 쌀만은 달랐다. 기름이 자르르 흐르는 햅쌀이었던 것이다. 군사들이 쫄쫄 굶어 하마터면 큰일이 날 뻔했던 윤제는 자신이 전공을 세울 수 있도록 도와준 숨은 공로자로 소노를 강희 황제에게 상신했다. 강희 역시 그의 충성심을 높이 사 소노를 파격적으로 '패자'로 봉했다.

융과다가 입에 올린 '옥첩'은 다른 것이 아니었다. 바로 보친왕 홍

력의 생신팔자가 적혀 있는 절대적인 비밀문서였다. 당시에는 요법^妖
法이나 귀신을 동원하는 갖은 술수로 황제나 황자들을 음해하는 경
우가 종종 발생하고는 했다. 그래서 조정에서는 그런 일을 막기 위해
아무나 드나들 수 없는 황사성에다 그것들을 비치해 두었다. 그런데
그것을 셋째 홍시가 융과다를 협박하다시피 해서 몰래 빼내왔던 것
이다. 또 소노는 그 비밀을 윤사에게 털어놓았다. 옹정의 후계자로 가
장 유력한 홍력의 생신팔자가 궁금했던 윤사는 또다시 거의 협박하
다시피 하여 홍시에게서 그것을 빌려왔다.

"여덟째 숙부님!"

소노가 윤사의 눈길을 받으면서 몸을 앞으로 숙여 보였다. 이어 조
심스럽게 권유조로 말했다.

"그 옥첩은 외워도 골백번은 더 외웠을 것 아닙니까. 융과다 대인의
처지도 처지이니 만큼 그만 돌려주시죠. 다만……."

소노가 말을 하다 말고 잠시 머뭇거렸다. 얼굴에 한 줄기 야릇한 미
소가 번지고 있었다. 그가 다시 입을 열었다.

"우리는 그것을 홍시 패륵에게서 빌려오지 않았습니까? 그런데 융
과다 대인께서 이렇게 가져가시면 나중에 어떻게 하죠? 셋째 패륵께
서 우리한테 옥첩을 도로 내놓으라고 하시면 말입니다."

그러자 융과다가 황급히 말했다.

"나는 분명히 셋째 패륵에게서 오는 길입니다. 셋째 패륵께서는 직
접 걸음을 하실 시간이 없다고 하셨습니다. 여덟째마마께서는 이 물
건을 곁에 두고 있어봤자 득이 될 것이 하나도 없을 거라고 하시면서
저더러 가져가라고 하셨습니다."

윤사가 그제야 웃음을 지어보였다.

"너무 그렇게 조급해 할 것 없어요, 외삼촌. 내 물건도 아닌데 당연

히 돌려줘야죠."

윤사의 말이 끝나자 소노가 일어나 책들 사이에서 노란 비단을 덧씌우고 금술을 단 옥첩을 꺼냈다. 그리고는 천천히 펼쳤다. 단정한 해서체로 몇 글자가 적혀 있었다.

넷째 황자 홍력, 강희 50년 8월 13일 인시寅時에 옹친왕부에서 탄생함. 왕비는 유호록씨와 연씨임, 시녀 취아翠兒, 주아珠兒, 영아迎兒, 보아寶兒가 시중을 들었음, 산파는 유위劉衛씨임.

옥첩은 필요한 사람에게는 가격을 매길 수 없을 만큼 소중한 것이었다. 또 왕공대신들의 목숨과 직결돼 있는 위험한 물건이었다. 하지만 그런 것치고는 너무 작고 간단했다. 소노는 조금 전에 옥첩을 돌려주자고 말했던 것과는 달리 융과다에게 바로 넘겨주지 않았다. 마치 약 올리듯 집어 든 채 흔들어 보이고는 두 손으로 윤사에게 받쳐 올렸다.

윤사는 옥첩을 대충 받아 책상 위에 올려놓았다. 그리고는 고개를 돌려 융과다를 바라보면서 웃는 얼굴로 물었다.

"외삼촌께서는 러시아와 합의를 하러 알타이로 떠나신다고 하던데, 언제 출발하십니까?"

융과다는 숨 쉬는 것조차도 시빗거리가 될 것 같은 윤사의 왕부에서 잠시도 더 머물고 싶지 않았다. 당장 옥첩을 뺏어 들고 뛰쳐나가 버리고 싶다는 생각도 수없이 했다. 그러나 교양 있고 점잖은 겉모습을 하고 있는 '생질'甥姪의 수완을 잘 아는 그로서는 그럴 수가 없었다. 결국 그에 대해서는 전혀 내색도 못하고 대답했다.

"조금 일찍 떠나고자 어제 폐하를 배알했습니다. 폐하께서는 봄이 돼 눈이 녹으면 떠나라고 하셨습니다. 천조국天朝國(천자의 나라)의 사신이 먼저 도착해 기다리면 품위가 손상된다고 하시면서 그렇게 말씀하셨습니다. 실제로 알타이 장군인 포선布善의 주장에 따르면 러시아 사신들은 이제 막 떠났다고 합니다. 당분간은 여기 있을 것 같습니다."

그러자 윤사가 다시 물었다.

"그래서 외삼촌은 뭐라고 대답했습니까?"

융과다가 윤사의 질문에 옹정의 접견을 받던 그 당시를 떠올리면서 천천히 대답했다.

"러시아 놈들은 음험하고 교활합니다. 우리 객이객 몽고를 한 입 떼어 먹으려고 백 년 동안이나 입을 쩝쩝 다시면서 호시탐탐 노려보고 있지 않았습니까? 더구나 이번에는 책령 아랍포탄이 조정에 선전포고를 해왔습니다. 때문에 러시아 사신들이 먼저 도착하면 둘이서 무슨 꿍꿍이를 꾸밀지 모릅니다. 그래서 '신이 먼저 도착해 병력이나 무기 배치를 해놓는 것이 바람직하지 않을까 생각합니다'라고 말씀을 드렸죠. 그러자 폐하께서는 '자네의 그 말은 과연 나라에 도움이 될 전략적인 노련한 말이야. 알타이 장군도 흠차 의변대사議邊大使이니 자네가 방금 얘기한 그런 내용을 골자로 글을 작성하게. 짐이 포선 장군에게 보내 잘 대비하라고 할 테니. 자네는 죄를 지은 신하이기는 해. 그러나 짐은 자네를 다른 신하들과 똑같이 생각하지는 않네. 자네는 누가 뭐라고 해도 공로가 있는 사람이니까! 이번 일을 제대로 성사시키면 짐은 자네의 죄를 없던 것으로 해줄 수도 있네……'라고 말씀하셨습니다. 여덟째마마, 폐하께서 그렇게 말씀하셨으니 이번 고비만 무사히 넘기도록 해주십시오. 그러면 신은 앞으로 마마를 위해 뛸 날이 많을 것이라고 생각합니다."

융과다가 말을 마치고는 갑자기 고개를 숙였다. 눈에 그렁그렁 맺힌 눈물 때문인 듯했다. 그러나 그는 강인한 성격의 사나이답게 꾹 참았다. 그러자 소노가 위로의 말을 건넸다.

"그렇게 말씀하시면 융과다 대인께서는 스스로 죄를 지은 신하라고 인정하는 것과 마찬가지입니다. 그런데 도대체 대인께서 무슨 죄를 지었다는 거죠? 선제를 따라 준갈이에 서정했을 때 세운 혁혁한 전공은 어디로 갔죠? 또 대인께서 연갱요와 결탁하여 대역을 꾀했다고 합니다. 그러나 사실 대인이 북경을 지키지 않았더라면 연갱요는 진작에 쳐들어왔을 거라고요!"

소노는 어떻게든 옹정과 융과다 사이를 이간질시키려는 생각인 듯했다. 계속해서 아무렇게나 떠들어대고 있었다. 그가 덧붙였다.

"대인께서 구문제독 자리를 내놓으려고 했던 것은 다 이유가 있었죠. 권력을 포기함으로써 화를 피하겠다는 궁여지책이었던 거죠. 그러나 폐하께서는 아예 기다렸다는 듯 상서방대신 자리까지 함께 빼앗아버렸죠. 대인께서는 연갱요와 결탁했다고 하나 그것은 확실한 증거가 없는 일이었습니다. 또 사사로이 창춘원을 수색했다고 하나 그역시 대인의 직권 범위 내의 일입니다. 딱히 죄를 물을 수 있는 것도 아니었습니다. 그러나 이미 물은 엎질러졌습니다. 폐하께서는 대인을 연갱요와 엮어 죄신으로 몰아붙였습니다. 그런데 대인의 힘이 필요한 아쉬운 일이 생기니까 러시아 사신들과 변경 문제를 원만하게 해결하고 오면 죄를 면제해준다는 허울 좋은 말을 하는 거죠. 정말 폐하께서는 어쩔 수 없는 월왕越王 구천句踐 같은 사람이에요! 이렇게 죄를 면제해주는 것 같다가도 미운털이 박히면 또다시 여덟째마마와 '결탁'했노라고 없는 죄도 덮어씌우겠죠?"

융과다는 묵묵히 소노가 건네는 위로의 말을 들었다. 그러다 한참 후에야 입을 열었다.

"내 나이가 내일 모레면 환갑이에요. 지금까지 이것저것 안 겪어본 일이 없습니다. 머리가 아찔할 만큼 높은 자리에도 올라가 봤고, 일순간에 바닥으로 굴러 떨어져 보기도 했어요. 이제는 정말 여한도 없어요. 그저 더 이상 별 탈 없이 무사히 여생을 보낼 수 있기만을 바랄 뿐이에요. 솔직히 자손들에게 해를 끼칠 정도로 더 추해지기 전에 스스로 목숨을 끊어버릴까 하는 생각도 해봤어요. 그러니 여덟째 마마께서도 이 늙은이가 이대로 조용히 살 수 있게 해주십시오. 그렇게만 된다면 저로서는 정말이지 더할 나위 없이 좋겠습니다. 그러나 그렇게 못해주시겠다면 나는 준비해 둔 학정홍鶴頂紅(극약)을 마시고 죽어 버리는 수밖에 없어요……."

융과다가 드디어 참고 참았던 눈물을 터트렸다. 순간 주름이 깊게 팬 양 볼을 타고 눈물이 주르르 흘러내렸다. 윤사는 융과다의 눈물 짓는 모습에 마음이 약해지지 않을 수 없었다. 비감한 표정으로 옥첩을 천천히 융과다 앞으로 밀어놓으면서 입을 열었다.

"이러지 마세요, 외삼촌. 사실 물귀신처럼 외삼촌 발목을 붙잡고 같이 넘어진 내가 밉고 원망스러울 수도 있을 거예요. 그러나 옥좌에 앉아 있는 형님 눈치를 보느라 매사에 신경을 곤두세워야만 하는 내 마음도 이해해 줬으면 해요. 저쪽 벽에 내가 적어 놓은 글을 한번 보세요."

융과다는 윤사의 말을 듣고는 천천히 고개를 들었다. 과연 앞에 보이는 액자 속에 몇 줄의 글이 적혀 있었다.

호숫가의 저 버드나무는 격랑에 뿌리가 놀라고 행인들에 의해 가지가 꺾여도 세상과 원수지지 않고 살아가네.

화산華山과 곽산霍山의 단목檀木과 숭산嵩山과 태산泰山의 송백松柏은 머리 위에 흰 눈을 썼어도 발밑은 샘물과 통해 있다네.

머리에 봉황의 둥지를 이고 다리 사이로 맹수가 들락거려도 천추만세千秋萬歲에 도끼, 칼의 위협만 없다면 그 자리 그대로 영원하겠지.

"이 글은 〈귀곡자鬼谷子가 소진蘇秦과 장의張儀에게 보내는 글〉에 나오는 거예요. 나 역시 이 글에서 말하는 것처럼 누구하고 원수지거나 어느 누구든 해치고 싶지 않아요. 그저 형님이라는 사람이 나에게 칼질을 하려고 덤비니 한목숨 부지하고자 피해갈 길을 찾고 있을 뿐이에요! 나라는 사람은 소의 머리를 억지로 눌러 물을 먹이는 그런 횡포를 부리지 않아요. 친구를 팔아먹는 비열한 짓도 하지 않고요. 나는 외삼촌과 우리 '당'黨과의 과거사를 들먹이고 싶지도 않아요. 외삼촌과 홍시와의 관계에 대해서도 나는 아는 것이 없고요. 외삼촌이 오늘 이 지경에 이른 것은 모두 매사에 의심 많고 속이 좁은 폐하 때문이라고 해야 해요! 자기하고 같은 뱃속에서 태어난 동생도 품어 안을 줄 모르는 작은 그릇으로 나나 외삼촌을 어떻게 용인할 수 있겠어요? 외삼촌이 실각하고 나서 대리시와 형부에서는 사람을 대거 풀었죠. 외삼촌과 연갱요, 그리고 나와의 관계를 캐내려고요. 그러나 외삼촌이 재산을 은닉해 놓은 사실 말고 캐낸 것이 뭐가 있어요? 그것만 봐도 내가 절대 친구를 팔아먹는 사람이 아니라는 사실은 알 수 있잖아요."

윤사가 말을 마치고는 바로 손을 뻗어 옥첩을 가리켰다. 이어 천천히 덧붙였다.

"이걸 가지고 가서 급한 것부터 틀어막으세요. 더 이상 귀찮게 굴지 않을 테니 걱정하지 마시고요."

"망극합니다, 여덟째마마!"

융과다가 옥첩을 받쳐 들었다. 이어 조심스럽게 안주머니에 밀어 넣었다. 얼마나 긴장을 했던지 손까지 덜덜 떨고 있었다. 금술의 차가운 느낌이 몸에 닿아서 그런지 흠칫 소스라치기도 했다. 그리고는 고개 숙인 눈 끝으로 윤사를 힐끗 쳐다보면서 말했다.

"무용지물로 전락해버려 실로 여덟째마마께 체면이 서지 않습니다. 하지만 저 융과다 역시 반세영웅半世英雄이었습니다. 절대 친구를 팔아먹는 짓 같은 것은 하지 않을 겁니다."

융과다가 말을 마치더니 소노를 향해 가볍게 머리를 끄덕여 보였다. 그리고 윤사에게는 길게 엎드려 절을 하고는 조용히 물러갔다.

"너무 순순히 놓아주셨습니다, 거지같은 놈을!"

소노가 얼굴에 불만이 가득한 채 투덜거렸다. 그러나 윤사는 소노와는 생각이 다른 모양이었다. 마치 오래 지고 있던 무거운 등짐을 내려놓은 듯 홀가분한 표정으로 자리에서 일어났다.

"이제는 다 꺼져가는 등잔불에 불과한 사람이네. 힘은 부족한데 억지로 코를 꿰서 끌어내면 아예 주저앉아 버리게 돼. 더구나 홍시하고 우리를 한꺼번에 팔아버리는 날에는 더욱 큰일이 날 수도 있어. 또 재상까지 지냈던 사람이라 파면을 당했다고는 하나 도처에 감시꾼들의 눈이 희번덕거리고 있을 거라고. 우리가 오히려 조심을 해야 해. 하주아가 말 한번 잘했지. 돼지 잡는 사람이 없다고 돼지를 통째로 먹는 법은 없지 않느냐고 말이야."

윤사가 말을 마치자마자 소노를 향해 고개를 돌렸다. 두 눈이 등불 밑에서 푸르스름한 빛을 내뿜고 있었다. 그는 다시 목소리를 낮춰 덧붙였다.

"소노, 자네는 내일 셋째 패륵부에 다녀오게. 우리가 논의한 결과를 홍시에게 전해주도록 해. 네 명의 철모자 친왕들은 이미 승덕에 도착했을 거야. 윤상도 골골대는 것이 이제 갈 날이 얼마 남지 않은 것 같아. 그러나 홍력은 이번에 이위와 함께 남경으로 떠나지 않을 수도 있어. 홍력이 북경에 남아 있으면 친왕들은 잠시 승덕에 있어야 해. 셋째 패륵에게 여덟째 삼촌이 무슨 수를 쓰든 태자 자리에 앉혀 줄 테니 진득하게 기다리라고 하게!"

그러나 윤사의 추측은 완벽하게 들어맞지는 않았다. 그로부터 사흘 후에 날아든 관보에 의하면 홍력은 친왕, 흠차대신의 신분으로 곧 강남 순시를 떠날 거라고 했다. 장정옥이 옹정을 대신해 노하역으로 전송을 나가는 일정도 확정돼 있었다. 그 외에 홍주는 지의를 받고 마란욕으로 군무를 시찰하러 떠난다고 했다. 그 와중에 홍시가 윤사에게 전한 소식은 귀를 의심할 만큼 놀라웠다. 윤상이 정무를 보지 못할 정도로 병이 골수에 들었을 뿐만 아니라 옹정 역시 날로 심해지는 열병으로 외신들의 접견마저도 중단했다는 소식이었다. 윤사는 꼬리에 꼬리를 무는 희소식이 영 믿어지지가 않았다.

급기야 그는 태감 하주아를 궁전 안으로 들여보내 사실 여부를 알아보게 했다. 놀랍게도 모든 것이 사실이었다. 그는 그럼에도 마음이 놓이지 않았다. 결국 자신이 직접 옹정에게 찾아가서 허실을 알아내야겠다는 생각을 품고는 창춘원으로 향했다.

담녕거에 있던 옹정은 윤사가 대례를 마치기를 기다렸다가 미소를 머금은 얼굴로 말했다.

"여덟째, 자네 왔는가? 몸이 좋지 않아 문안인사 때문에 들어올 필요는 없다고 짐이 자네에게도 지의를 내렸었는데……. 아무튼 반갑네."

옹정은 대단히 피곤해 보였다. 눈언저리가 시커멓고 안색 역시 파리했다. 광대뼈 쪽에는 약간 병적인 홍조도 보였다. 그래서일까, 옹정은 검푸른 색의 가죽 장포長袍에 허리춤에 노란 허리띠를 두른 차림으로 베개에 반쯤 기댄 채 앉아 있었다. 목소리는 기운이 없는 듯했으나 오히려 그것이 평소보다 자상하게 들렸다.

"거기 의자에 앉게. 자네는 요즘 건강이 어떤가? 안색은 전보다 좋아 보이는군. 지난번 짐이 하사한 천마天麻는 잘 먹고 있나?"

윤사가 황급히 상체를 숙이면서 대답했다.

"폐하의 크나큰 은혜 덕분에 많이 좋아졌사옵니다. 폐하께서 하사하신 천마의 효험을 톡톡히 보는 것 같사옵니다. 다만 제 어지럼증은 하루 이틀에 낫는 것이 아닌 것 같사옵니다. 신은 감히 폐하를 놀라게 해드릴 생각은 없었사옵니다. 그러나 옥체가 여의치 않아 외신들도 접견하시지 못하신다는 관보의 내용을 보고는 그냥 있을 수 없었사옵니다. 폐하의 건강이 걱정돼 견딜 수가 없어 달려 왔사옵니다."

옹정이 두 팔로 몸을 지탱하면서 힘겹게 일어나 기대어 앉았다. 그리고는 한동안 말이 없었다. 두 형제는 강희 46년부터 황제 자리를 놓고 자금성이 들썩거릴 정도로 쟁탈전을 벌인 바 있었다. 형제 사이라고는 해도 거의 20년을 불구대천의 원수로 살았다고 해도 과언이 아니었다. 눈에 띄는 육박전도 벌였다. 그러나 둘이 직접 나서서 싸운 적은 없었다. 옹정 측에서는 윤상이, 윤사 측에서는 윤당과 윤아가 대신 나섰다. 그래서일까, 둘은 평소에 독대하는 일도 거의 없었다. 조회 때도 그저 예를 깍듯이 갖춰 인사를 주고받는 것이 고작이었다.

그러나 이 시각, 두 정적은 실로 오랜만에 한 사람은 군주, 한 사람은 신하로 마주 앉았다. 둘 모두 감개가 무량했으나 딱히 할 말은 없는 듯했다. 어색한 침묵이 한동안 이어졌다. 그러다 윤사가 먼저 입을 열었다.

"얼마 전에 뵐 때보다 용안이 더 수척해지셨사옵니다. 신이 들으니 폐하께서는 하루에 세 시간씩이나 대신들을 접견하신다고 하더군요. 상주문도 한밤중까지 읽으신다고 하고요. 그러니 무쇠가 아닌 이상 없던 병도 생기지 않겠사옵니까? 재위 중에 부지런히 정무를 살피기로는 천고의 제왕들 중에 따를 사람이 없다고 정평이 나 있는 선제先帝보다도 더하시옵니다! 문무文武의 길은 일장일치一張一弛(한 번 당기면 한 번 풀어주는 것)에 있다고 했사옵니다. 학문이 이미 고금을 관통하는 수준에 이르신 폐하께서는 크게 무리를 하시지 않으셔도 될 줄로 아옵니다. 그렇게 옥체를 보존하셔야 천하 신민들이 복을 받사옵니다."

"짐은 스스로를 잘 아네. 천부적인 능력이 선제에 턱없이 못 미쳐. 그러니 시간을 쪼개 부지런히 정무를 돌봐야만 그 부족함을 메울 수 있다네. 정말 어쩔 수가 없네."

옹정은 평소 윤사의 말을 거꾸로 뒤집어 들으면 그것이 바로 그의 진정한 속내라고 생각하고는 했다. 그 때문인지 맘에도 없는 말을 짜내느라 안간힘을 쏟는 그를 바라보자 역겨운 느낌이 들었다. 그는 쓰디쓴 탕약을 삼킨 듯 미간을 찌푸렸다. 그러나 억지로 가다듬은 말투는 대단히 평온해 보였다.

"사람은 모름지기 자기 자신을 알아야 해. 그걸 모른다면 얼마나 무서운 건지 몰라! 자기 자신을 망칠 뿐 아니라 남도 괴롭히게 되지. 그리고 짐은 진작 자네를 불러 기무 정돈이 어찌 돼가나 물어보려고 했었어. 마침 잘 왔군. 그래, 잘 되어가는가?"

윤사가 잠시 생각을 정리하는 듯 침묵하더니 대답했다.

"솔직히 신은 폐하와는 정견상의 일치를 보기가 힘들었사옵니다.

그러나 유독 기무를 정돈하는 것에 있어서만큼은 쌍수를 들어 찬성하고 싶사옵니다. 그러나 방금 폐하께서 말씀하셨듯이 사람은 스스로를 잘 알아야 하옵니다. 지금 우리 대청은 개국한 지 팔십 년도 되지 않았사옵니다. 그런데 그 사이에 우리 만주 팔기의 자제들은 하나같이 무능하기 짝이 없는 인간들로 전락해 버리고 말았사옵니다. 강희 오십육 년 전이단이 청해성에서 패망한 적이 있사옵니다. 그때 우리 군은 육만 명이 전멸당하는 치욕스런 패배를 기록하지 않았사옵니까? 저는 나중에 몇몇 도망쳐온 병사들의 이야기를 들은 적이 있사옵니다. 그때 우리 팔기 병사들은 북소리가 들려오자 오줌을 질질 싸고 있었다고 하옵니다. 반면 한군 녹영병들은 다르옵니다. 윤제가 서장西藏에 진군을 할 때나 연갱요가 청해에서 승전을 이끌어냈을 때 지휘했던 병사들도 모두 그들이었사옵니다. 팔기의 자제들은 수십 년 동안 다달이 조정에서 제공하는 돈과 식량으로 놀고먹기만 했사옵니다. 급기야 국어(청나라 때는 만주어를 국어로 정했음)마저도 제대로 못할 정도가 돼버리고 말았사옵니다. 때문에 신은 기무 정돈을 확실히 해야겠다는 생각으로 유난히 정성을 쏟아왔사옵니다."

옹정은 그저 말없이 듣기만 했다. 고무용이 우유를 받쳐 들고 와서야 겨우 짧막하게 한마디 했을 뿐이었다.

"여덟째마마께 올리게. 자네는 계속 말해보게."

윤사가 우유를 한 모금 마시고는 침착하게 말을 이었다.

"그러나 폐하께서도 아시다시피 우리 팔기 자제들은 썩은 호박처럼 물러 터졌는데도 유아독존으로 오만하기만 합니다. 잘 길들여지지도 않사옵니다. 지난번 지의를 받고 북경 근교의 밀운密雲, 순의順義, 준화遵化의 토지를 나눠줬을 때였사옵니다. 그나마 호응하는 이들은 몇 사람밖에 되지 않았사옵니다. 나머지는 땅을 분배받자마자 다른 사람에게 소작을 줘버렸사옵니다. 심지어 어떤 자는 아예 팔아버리기까지 했사옵니다. 하도 기가 막혀 몇몇 말썽꾼들을 붙잡아 호통을 쳤더니 자기들 기주旗主에게 허락을 받았다는 겁니다. 정말 화가 머리끝까지 났지만 자기들 본주本主의 허락이 있었다는데 뭐라고 하겠사옵니까? 그래서 신은 궁여지책 끝에 셋째 패륵과 상의해 각 기旗의 기주들을 북경으로 불렀사옵니다. 조정의 정책 방향을 전달하고 시행하도록 독촉하기 위해서였사옵니다. 또 앞으로는 정기적으로 이행 여부를 점검하기로 했사옵니다. 상벌 제도 역시 분명히 하기로 했사옵니다. 그들 기주들도 녹봉만 축내지 말고 뭔가 하는 일이 있어야 하지 않겠사옵니까? 물론 이는 홍시와 다른 신하들이 생각해낸 방법이옵니다. 타당성 여부는 폐하의 결단에 따르겠사옵니다."

윤사가 말을 마치고는 고개를 숙인 채 우유를 홀짝거렸다. 옹정이 즉각 대수롭지 않게 말을 받았다.

"그 일이라면 자네하고 홍시가 알아서 하게. 짐은 그밖에도 처리해야 할 정무가 너무 많네. 각 성의 지부 이상 관리들은 이미 접견했으니 원단 명절 이후에는 직예성부터 시작해 모든 주현관州縣官들을 일일이 접견해야겠어. 그들은 백성들의 애환과 고락을 가장 가까이에서 지켜보는 부모관父母官들이야. 조정의 주춧돌 역할을 하는 중요한 사람들이라고 할 수 있지. 조정의 모든 제도는 그들의 손에서 실행돼. 이치의 쇄신 역시 그들의 협조 없이는 불가능하네. 어떤 이는 짐이 자질구레한 것에 지나치게 집착한다면서 비난하고 다니는데, 그렇지가 않아. 지금 가장 문제가 되는 것은 자질구레하고 하찮고 작은 것에 신경 쓰는 관리가 턱없이 부족하다는 데 있어. 자질구레한 것이 없으면 어찌 거대한 것이 있을 수 있겠나? 자네는 짐과 정견이 다르다고 하나 그것 때문에 불안해할 것은 없네. 양명시와 이위도 짐과 다른 주장을 펼 때가 많아. 그러나 그것이 차선이 아닌 최선을 위한 충정에서 비롯된 의견 차이일 경우 짐은 기꺼이 지켜봐 줄 의향이 있어. 기무를 정돈하는 데 있어서도 짐은 한마디만 하고 싶네. 그것은 다른 것이 아니야. 모든 기인들이 열심히 살아주기를 바라는 것이지. 생업에 충실하고 대청이 성세를 이룩하는 데 초석이 되어 주는 것이 조정의 깊고 큰 은덕에 보답하는 길이라고 생각하라는 말이야. 그동안 조정의 무조건적이고 무차별적인 자양분을 듬뿍 먹고 편히 살았다면 그 정도는 해야 하는 것 아닌가? 짐의 취지가 이렇다는 것만 명심하고 그들을 다루는 구체적인 방법에 대해서는 자네들이 알아서 하게."

옹정이 말을 거의 끝마칠 무렵이었다. 운송헌 저쪽에서 장정옥이 종종걸음으로 다가오는 모습이 보였다. 옹정이 장정옥이 가까이 다가오기를 기다렸다가 물었다.

"무슨 급한 일이라도 있는가?"

장정옥이 옹정을 향해 대례를 올리고 일어섰다. 이어 윤사에게 허리를 약간 굽혀 보이면서 대답했다.

"방금 알타이 장군 포선의 군보軍報를 받았사옵니다. 책령 아랍포탄이 삼천 몽고 기병을 거느리고 알타이 대영을 습격했다가 쫓겨 갔다고 하옵니다. 워낙 큰일이라 황급히 달려왔사옵니다. 폐하께 아뢰어야 할 것 같아서 말이옵니다."

"보내온 군보는 가져 왔나? 쌍방의 사상자 수는 어떻게 된다고 하던가?"

옹정이 대뜸 경각심을 높이면서 다그쳤다. 장정옥이 서둘러 대답했다.

"군보는 이친왕마마께도 한 부 드리기 위해 지금 필사를 하고 있는 중이옵니다. 아군은 사상자가 칠십삼 명밖에 안 되는 반면 책령 아랍포탄 측은 이백 명의 시체를 버리고 도망갔다 하옵니다. 야전夜戰이었기 때문에 적들의 더 정확한 피해상황은 알려지지 않고 있으나 우리 군은 적들에게 식량창고를 털렸다고 하옵니다. 군량미 삼천 석을 빼앗기고 칠천 석이 불에 타 재가 됐다고 하옵니다. 사정이 이렇다 보니 알타이 대영에는 군량미가 부족할 것 같사옵니다. 그러니 지금 호부에 명령을 내려 군량미 만 석을 급히 보내주셨으면 하옵니다. 봄에 눈이 녹아 땅이 질척거려 운반에 어려움을 겪기 전에 지금 보내야 할 것 같사옵니다."

장정옥이 잠시 말을 멈췄다가 다소 주저하듯 조심스럽게 한마디를 덧붙였다.

"상주문에는 이번 전투에서 공로를 세운 병사와 장령들의 명단도 함께 첨부돼 있었사옵니다."

"다 말아먹어놓고 무슨 공로를 세웠다고 그러는 거야? 포선은 명색이 삼만 인마를 거느린 건아建牙 장군이 아닌가. 책령 아랍포탄 쪽에서 우리 군량미를 다 빼앗아가고 불 지르고 죽이고 할 때까지 대체 뭘 했다는 말인가! 얼굴에 철판을 깔아도 유분수지. 그래 놓고서 공로를 운운해?"

옹정이 불편한 심기를 숨기지 못하고 냉소를 터트렸다. 얼마나 화가 났는지 숨소리마저 거칠었다. 가슴도 눈에 띄게 오르락내리락 했다. 얼마 후 옹정이 손으로 가슴을 누르고 눈을 감은 채 한참 동안 진정을 취하고 나서 다시 입을 열었다.

"자네, 지금 당장 포선에게 내릴 지의를 작성하게. 짐은 함부로 은전恩典을 남발하는 사람이 아니라고 말이야! 혁직유임革職留任(면직시킨 뒤 계속 자리에 머물게 함)을 시킬 테니 면죄부를 받을 수 있을 만큼의 공로를 세우라고 하게. 보름이라는 시간을 줄 거야. 적군의 군량미창고를 공격해 손해 본 만큼의 군량을 빼앗아 오도록 하라고 그 래. 이백 명 정도의 사상자를 내는 것까지는 봐줄 수 있다고 하고! 지의대로 하지 못하는 날에는 당장 북경에 끌려와 부의部議에 넘겨 질 줄 알라고 하게."

옹정은 몹시 초조한 듯 부산스럽게 방 안을 배회했다. 그리고는 창 가로 다가가 온통 흰 눈으로 뒤덮인 창밖을 내다봤다. 그러다 다시 마음 둘 데 없는 망연자실한 얼굴을 한 채 책상 위에 산더미처럼 쌓 여 있는 상주문을 바라보았다. 그러자 장정옥이 그동안 자기 나름대 로 한참 고민을 한 결론을 아뢰었다.

"아군이 패한 싸움을 한 것은 분명한 사실이옵니다. 그러나 신은 이번 패배가 엄청난 실패라고 생각하지는 않사옵니다. 폐하의 말씀 대로 포선의 죄를 물을 수는 있사옵니다. 그러나 만에 하나 포선이 보름 사이에 공로를 세우지 못하는 날에는 어떻게 하시겠사옵니까? 그를 대신해 알타이를 책임질 장군을 생각해두시기라도 한 것이옵니 까? 부디 폐하의 현명하신 판단을 기다리겠사옵니다."

"짐은 '작은 실패'를 했다고 해서 그 사람의 죄를 묻자고 하는 것 이 아니네. 패했으면 솔직히 패했다고 인정을 하고 명명백백하게 상 주해야 하는 게 당연하지 않은가? 그런데 감히 군주를 기만하려고 들어? 자네는 마땅한 대타가 없다고 걱정하는 것 같은데, 그런 쓸데 없는 걱정은 하지 말게!"

"폐하!"

윤사가 내내 말없이 듣기만 하더니 갑자기 입을 열었다. 그리고는 본격적으로 옹정과 장정옥의 대화에 끼어들었다.

"미사여구로 교묘히 패배를 덮어 감추고 공을 내세우려는 장군들 의 악습은 어제오늘의 일이 아니옵니다. 그러니 이런 일로 지나치게 화를 내지 마시기 바라옵니다. 잘못 하다가는 간이 상할 수 있사옵니다."

"음."

"포선은 성조를 수행해 서정 길에 올랐던 실전 경험이 풍부한 장군이옵니다. 솔직히 그렇게 무능한 사람은 아니옵니다."

윤사가 은근히 포선을 변호하듯 다시 입을 열었다. 그리고는 미소를 지은 채 자신 있게 말을 이어나갔다.

"청해, 서장의 서북쪽, 알타이 이런 지역은 풀 한 포기 나지 않는 사막지대이옵니다. 건조한데다 추위도 이만저만 심한 곳이 아니옵니다. 웬만한 사람은 아예 버티지도 못하는 곳이옵니다. 그런 불모지에서 오랫동안 변방을 지키고 있었다는 것만으로도 포선은 충정과 인내심이 대단한 사람이라고 볼 수 있사옵니다. 한 번의 작은 실수에 그토록 큰 중벌을 내리신다면 이를 지켜보는 나머지 장교들이나 병사들도 마음이 심란해질 것이옵니다. 절대로 가볍게 생각할 일이 아니옵니다. 설사 포선의 대타가 있다고 해도 그렇사옵니다. 다른 사람을 보낸다고 해도 환경에 적응하기가 그렇게 쉽지는 않을 것이옵니다. 또 부하들과 소통하고 상하간의 정을 돈독히 하는 데도 시간이 필요할 것이옵니다. 자칫 잘못해 부하들이 믿고 따르지 않을 경우에는 일이 더욱 심각해지옵니다. 명령이 제대로 먹혀들지 않는 날에는 더욱 심각한 상황을 불러올 수도 있는 것이죠. 더구나 조정은 만 리 밖에 있지 않사옵니까? 그러니 조정이 잡다한 군무를 직접 챙길 수도 없사옵니다. 그뿐만이 아니옵니다. 책령 아랍포탄의 몽고 기병들은 유격전에 능한 장점이 있사옵니다. 소신의 생각에는 그 무슨 군량미창고 같은 것은 가지고 있지도 않을 것 같사옵니다. 때문에 포선이 이 겨울에 죄를 뒤집어쓴 채 공을 세우려고 성급하게 책령 아랍포탄과 맞서게 되면 상황이 더욱 어려워질 수 있사옵니다. 내년 봄으로 예정된 융과다와 러시아 사신과의 변경 협의에도 큰 영향을 미치지 말라는 법이 없사옵니다. 물론 이 일은 신이 왈가왈부할 수 있는 것은 아니옵니다. 신은 저의 분수를 잘 알고 있사옵니다. 다만 신의 어리석은 생각으로는 포선의 작은 승리를 인정하는 것이 좋지 않을까 싶사옵니다. 또 승리의 여세를 몰아 기회를 노리다 대거 공격하라고 하는 것이 좋을 듯하옵니다. 폐하께서는 포선에게 따로 주비를 내리시옵소서. 그리고는 방금 말씀하셨던 폐하의 솔직한 심정을 털어놓으시고 이렇게 할 수밖에 없었던 이유를 명명백백하게 설명하시옵소서. 그러면 포선은 폐하의 은혜에 감읍할 것이옵니다. 정사政事는 잘못되면 다시 고칠 수 있사옵니다. 그러나 수많은 병사들의 목숨이 경각에 달려 있을 뿐만 아니라 조정의 운명과도 직결돼 있는 전사戰事는 결코 되돌릴 수가 없다고 생각하옵니다. 이상은 신의 어리석은 생각이오니 폐하께서 삼사三思하시기 바라옵니다."

옹정은 윤사가 반쯤 말했을 때 이미 그의 주장이 틀리지 않다고 생각하고 듣고 있었다. 얼굴 가득히 온순하고 겸손한 표정으로 속내를 감추고 있는 윤사를 힐끗 일별하면서 속으로 한숨도 지었다. 눈앞의 이 여덟째가 진심으로 회개한 다음 복종하기만 한다면 그 재주와 실력이 결코 윤상에게 뒤지지 않을 것이라는 생각을 했던 것이다. 그는 아쉬움이 가슴속 저 밑에서 용솟음치는 것을 다시 한 번 느꼈다. 그러나 겉으로는 전혀 내색하지 않았다. 얼마 후에는 짐짓 모른 척하면서 장정옥을 향해 말했다.

"여덟째의 말이 일리가 있는 것 같네. 포선은 잠시 내버려두지. 문제는 식량이야! 만 석이나 되는 군량미를 도대체 어디에서 어떻게 충당한다는 말인가?"

옹정의 말에 장정옥은 걱정할 것 없다는 태도를 보였다.

"식량은 얼마든지 있사옵니다. 운송에 어려움이 예상되기는 하오나 하남, 섬서, 사천 등지에 비축해둔 식량은 충분히 여유가 있사옵니다. 그런데 낙타나 말의 사료와 현장 인부들의 인건비와 식비 같은 부대 비용도 최소한 만 석 정도 더 필요할 것이옵니다."

윤사는 장정옥의 말이 끝나자 곧 옹정에게로 눈길을 돌렸다. 그동안 옹정의 눈길은 계속 그를 향하고 있었다. 그는 자신을 바라보는 옹정의 그 눈빛에서 운송비로 들어가는 만 석을 아까워하는 마음을 읽을 수 있었다. 곧 그가 덧붙였다.

"그러지 말고 사천성 북부에 주둔하고 있는 악종기의 병사들을 동원하는 것이 어떻겠사옵니까? 악종기의 군영에 있는 군량미를 군마軍馬에 실어 가까운 알타이에 보내는 것이 좋을 듯하옵니다."

"청해성에는 연갱요가 거느리고 있던 병사들도 아직 육 만 명이나 남아 있네. 그곳은 이제 막 평정돼 변변한 군량미창고도 하나 없어. 악종기가 그들까지 먹여 살리느라 얼마나 힘이 들겠나! 그러니 더 이상 악종기에게 부담을 주어서는 안 되네."

그러자 한참이나 생각에 잠겨 있던 장정옥이 천천히 입을 열었다.

"감숙성 유림榆林에 있는 군량미창고에 묵은 쌀이 십만 석 남아 있사옵니다. 햅쌀이 들어오면 보관할 공간이 비좁게 됩니다. 그러니 자리도 비울 겸 포선에게 그곳 식량을 가져다 굶주린 군사들을 먹이게 하는 것이 어떻겠사옵니까? 감숙성 동부에도 작년에 큰 가뭄이 든 탓에 굶주리는 백성들이 많은 실정이옵니다. 그들에게 미리 쌀을 조금씩 지원해주고 인부로 동원시키면 창고 자리도 날 뿐만 아니라 인건비도 줄일 수 있사옵니다. 백성들이 배를 곯지 않을 수 있는 것은 더 말할 것도 없사옵니다. 이것이야말로 도랑 치고 가재 잡는 격이 아닌가 하옵니다."

옹정은 장정옥과 윤사의 말을 듣고는 문제를 풀어나갈 수 있는 열쇠를 찾은 것 같았다.

"세 사람이 모이면 제갈량을 능가한다고 했지. 진짜 옛말 틀린 것 하나 없군! 짐은 직선적인 성격이라 감정을 꽁꽁 숨기는 사람이 아니야. 오늘 이 자리는 참으로 좋았어. 자네들의 직설적인 간언이 짐에게 큰 도움이 됐네. 군량미는 그렇게 해결하도록 하지. 감숙성에 육백리 긴급 정기廷寄를 보내 낙문수駱文壽의 감독하에 두 달 이내에 반드시 군량미를 포선의 알타이 대영으로 보내주도록 하게. 전문경에게도 조서를 보내게. 올 가을 수확한 곡식 중에서 십만 석을 유림으로 보내야 하니 미리 염두에 두고 있으라고 말이야! 어제 예부에서 올린 상주문에 따르면 직예의 향시鄕試에 아직 주시험관이 정해지지 않았다고 하더군. 장정옥 자네가 정기를 보내 호광 총독 이불에게 가급적 빠른 시일 내에 직예 총독으로 부임하라고 하게. 호광에 몇 건의 사건이 미결 상태라 신경이 쓰이나 본데 그런 일은 이위에게 넘겨주고 가라고 하게. 보친왕과 이위 쌍두마차가 있는데 처리하지 못할 일이 어디 있겠어?"

옹정은 장황하게 입에 올리던 말을 잠시 멈췄다. 이어 홀가분한 듯 기지개를 켜면서 덧붙였다.

"여덟째, 잘해 보게! 더도 말고 덜도 말고 오늘만 같았으면 하는 바람이네. 짐을 위해 주는 길이 바로 자네 자신을 위하는 것이라고 생각하게. 앞으로도 짐이 복잡한 정무에 얽혀 오늘처럼 주도면밀한 사고를 못할 때가 있을 거야. 그럴 때면 자네들이 통쾌하게 직설적인 간언을 해주게. 진실을 말했다고 해서 죄를 묻는 일은 절대 없을 테니."

옹정이 기대에 찬 시선으로 윤사를 바라봤다. 두 눈에서 희열이 반짝이고 있었다. 그러자 윤사가 여전히 겸손하기 이를 데 없는 표정을 지으면서 엉거주춤 일어났다. 그리고는 옹정을 향해 길게 읍을 하면서 대답했다.

"열심히 노력하겠사옵니다, 폐하."

"그럼, 그래야지!"

옹정이 미소를 머금은 채 머리를 끄덕였다. 그러나 잠시 후 다소 굳은 표정으로 말을 이었다.

"어제 저녁 윤제가 올려 보낸 문안 상주문을 받았네. 지의를 받들어 이제 곧 북경으로 돌아오겠노라고 했어. 형제간에 짐은 문안 따위는 크게 신경 쓰고 싶지 않아. 문안은 올리지 않더라도 짐을 나쁘게만 만들지 않으면 그걸로 족하다고. 열넷째 아우는 성격이 지나치게 급해. 그게 늘 문제가 되니 자네가 많이 일깨워주고 다독거려 주도록 하게. 또 자네 건강도 썩 좋지는 못하다고 들었는데, 필요한 것이 있으면 주저하지 말고 짐에게 상주하도록 하게. 됐네, 그만 물러가게."

옹정의 말이 끝나자 윤사가 연신 굽실거리면서 사은을 표했다. 이어 뒷걸음쳐 물러갔다. 옹정이 멀어져 가는 그의 뒷모습에서 오랫동안 눈을 떼지 못하더니 끝내는 길게 한숨을 내쉬면서 탄식을 했다.

"인재는 인재야. 저 머리로 자꾸 못된 짓을 해서 문제긴 하지만!"

장정옥이 상체를 깊이 숙이면서 옹정에게 아뢰었다.

"여덟째마마께서 진실한 마음으로 정무에 임해주신다면 더없는 사직의 복이고 천가의 복일 것이옵니다."

"짐은 저 친구가 앞으로 '팔왕의정제도'니 뭐니 하는 것을 부르짖고 다니지만 않는다면 괴롭힐 생각이 없네. 모든 것은 자기가 하기 나름인 것이지. 두고 볼 거야."

옹정의 말은 결연했다. 얼굴에는 어느새 냉랭한 미소가 다시 퍼지고 있었다. 잠시 후 그가 조금 전과는 달리 부드러운 어조로 입을 열었다.

"열셋째도 지금 골골대고 있어. 짐 역시 건강이 예사롭지 않고. 형신, 자네가 안팎으로 고생이 많아. 나이도 많은 사람이 쉬지도 못하고 말이야. 짐은 자네가 정말 안쓰럽기만 하네!"

장정옥은 옹정의 관심 어린 말에 가슴이 뭉클해졌는지 연신 머리를 조아렸다. 더욱 큰 충정을 다짐하는 것 같았다. 옹정 역시 그 모습에 몹시 흡족한 모양이었다.

"이위와 윤상 둘이 모두 가사방인가 하는 도사를 추천해왔어. 자네가 이위에게 서신을 보내 찾아보라고 하게. 그리고 꼭 가아무개가 아니어도 괜찮다고 하게. 잘못 추천하면 어쩌나 하는 걱정은 하지 말라고도 하고. 짐에게 옥석을 가려낼 방법이 다 있으니까."

장정옥은 조정에서 유학의 대종大宗임을 자부하는 터였다. 당연히 평소에도 도가의 '귀신놀음'을 탐탁지 않게 생각했다. 그가 잠시 머뭇거리는가 싶더니 나지막하게 말했다.

"용서해주시옵소서, 폐하! 신은 폐하의 뜻에 공감할 수가 없사옵니다. 그러니 이것만은 지시에 따르지 못하겠사옵니다."

옹정이 순간 시무룩한 표정을 지어보였다. 이어 한참 후에 포기한 어조로 말했다.

"그렇다면 어쩔 수 없지."

9장
청백리의 명판결

 이불은 직예 총독으로 승진 발령이 났으나 반년이 지나도록 호광 순무의 관인官印을 내놓으려 하지 않았다. 북경으로 부임해 떠나는 것도 시급하기는 했으나 재임 중 미결된 큰 사건이 있었으니 책임감이 강한 그로서는 그 사건을 해결하지 않고서는 발길이 떨어지지 않을 것 같았다. 사건의 내용은 복잡하지 않았다. 한양漢陽의 지주인 정삼程森이 소작농 유이단劉二旦의 부인 유왕劉王씨를 겁탈한 것이 사건의 발단이었다. 더구나 그는 나중에 후환이 두려웠는지 땅을 빼앗고 집까지 불태워 유씨 일가 세 식구를 죽음에까지 몰아넣었다. 문제는 사건이 해결되지 않고 3년째 끌고 있다는 사실이었다.

 당초 한양현에서는 일찌감치 정삼의 죄를 물어 판결까지 내렸다. 그런데 정씨 일가가 무슨 수작을 부렸는지 성의 얼사아문에서는 과감하게 원심을 깨버렸다. 게다가 도리어 억지에 가까운 주장을 했다.

"소작을 줬던 땅을 빼앗은 것은 죄가 아니다. 정삼이 자기 땅을 거 둬들인 것일 뿐이다. 집을 불태운 것은 불인^{不仁}을 저지른 것이기는 하나 마땅히 처벌할 법적 조항이 없다. 또 유씨의 조손^{祖孫} 셋이서 극 약을 품고 정삼의 집으로 가서 마시고 죽었다. 편취와 협잡을 일삼은 과격행위로 봐야 한다."

얼사아문에서는 그런 주장을 폄과 동시에 정삼에게 항쇄를 씌워 3 개월 동안 감옥에 갇혀 있게 하는 것으로 사건을 매듭지으려 했다. 당연히 유왕씨는 얼사아문의 판결에 승복을 할 수가 없었다. 급기야 순무아문의 문을 두드렸다. 그 결과 사건은 또다시 원점으로 돌아왔 다. 이불은 사건을 접수한 다음 안찰사 황륜^{黃倫}에게 물었다. 황륜의 대답은 간단했다.

"정삼도 나쁜 놈이나 유씨 집안도 오십 보 백 보일 것이라고 생각 합니다. 정삼은 땅값이 올랐기 때문에 소작료를 더 받기 위해 땅을 빼앗았을 뿐이라고 핏대를 세우고 있습니다. 반면 유왕씨는 그 문제 로 정삼을 찾아갔다가 시퍼런 백주에 강간당할 뻔했다는 것입니다."

황륜의 말은 아주 묘했다. 강간당했다는 것이 아니고 "당할 뻔했 다"는 것이었다. 하지만 이렇다 할 증거가 없었으니 그 말을 잘못이 라고 할 수도 없었다.

직예 총독으로 승진 발령이 난 이불은 원래 군기처대신 장정옥의 문생이었다. 평판 좋은 대신의 제자답게 호광에서 3년 동안 청렴한 관리로 호평을 받은 바 있었다. 옹정의 성총 역시 전문경에게 향하는 그것에 못지않았다. 당연히 계류 중인 사건을 그대로 방치한 채 떠나 감으로써 앞으로 어사들의 입방아에 오르내리는 것이 부담스러울 수 밖에 없었다. 따라서 이 사건을 자신이 명쾌하게 처리하고 홀가분하게 떠나야 한다는 생각을 계속 하고 있었다. 급기야 그는 자신의 생각을 옹정에게 상주했다. 얼마 후 옹정의 주비가 날아들었다.

> 소작료를 더 받을 목적으로 땅을 빼앗았다는 것이라면 그리 이해하지 못할 일은 아니네. 그러나 남의 집에 방화를 했다는 것은 용서할 수 없는 일이네. 또 유씨 일가를 셋씩이나 많은 사람들 앞에서 자살하게 만든 것 역시 의문점이 생기는 일이네. 그 진상을 캐내야 할 필요도 있을 듯하네. 자네 뜻대로 북경에 오는 것은 며칠 미루도록 하고 일단 그 사건을 제대로 마무리 짓도록 하게. 인명 사고가 발생한 만큼 절대 소홀히 해서는 안 되네.

이불은 옹정의 격려에 힘입어 순무아문의 업무를 얼사아문이 대신 처리하도록 했다. 이어 자신이 직접 한양현으로 잠입해 들어가 보름 동안 조사를 벌였다. 그 결과 사건의 실마리가 될 만한 증거를 별로 어렵지 않게 확보할 수 있었다. 동지冬至가 막 지났을 즈음에는 기분 좋게 다시 순무아문으로 돌아올 수 있었다. 그는 우선 정삼을 체포하도록 한양현으로 사람을 보냈다. 안찰사아문에도 글을 보내 황류에게 사건을 다시 심리하는 회심會審에 참석하라는 지시를 내렸다.

그로부터 사흘 후 호북성 무창武昌의 서쪽에 자리 잡은 순무아문 앞에는 유왕씨 사건에 대한 재판이 있을 예정이라는 고시가 나붙었다. 겨우내 집에서 할 일 없이 뒹굴기만 하던 사람들은 재미있는 볼거리가 생겼다고 생각했는지 일찍부터 삼삼오오 떼를 지어 아문으로 몰려들었다. 어느새 아문 앞은 발 디디기도 어려울 만큼 많은 사람들로 인산인해를 이뤘다. 사람이 많이 모이면 늘 그렇듯이 여기서도 사람들은 각자 알고 있는 것을 이것저것 떠들어대느라 귀가 따가울 지경이었다.

"이 총독께서는 직예로 승진 발령이 났다는 얘기가 관보에까지 실렸잖아. 그런데 왜 아직 떠나지 않는 거지?"

"유왕씨 사건을 제대로 수사하고 오라는 폐하의 지의가 계셨대. 이 총독이 이제는 흠차라고 하는군!"

"참으로 보기 드문 청백리야."

노인 한 명이 아문 앞에 모인 사람들의 말을 듣더니 아쉬움이 역력한 표정으로 말했다.

"어떻게든 이 대인을 붙잡아야 해. 하늘이 굽어 살피셔서 우리 호북 지방에 저런 청백리를 보내주셨는데……."

"그렇기는 하지만 우리가 무슨 수로 이 대인을 붙잡겠어요?"

노인의 말을 들은 다른 젊은 사람이 안타깝다는 듯 맞장구를 쳤다. 그때 갑자기 사람들이 술렁이면서 슬슬 뒷걸음치며 통로를 내기 시작했다. 안찰사 황륜의 가마가 도착한 것이다. 손에 화곤火棍을 든 수십 명의 얼사아문 아역들이 가마의 앞뒤를 빽빽이 둘러싸고 있었다. 또 그 뒤에는 4명이 드는 관교官轎 두 대가 따라오고 있었다. 한양 지부와 현령이 탄 수레였다. 그들이 수레에서 내려서자 순무아문의 아역 한 명이 헐레벌떡 달려가서 말했다.

"세 분 대인께서는 잠시 공문결재처로 가서 기다려주십시오."

황륜을 비롯한 세 명은 말없이 고개를 끄덕이면서 의문儀門으로 걸어 들어갔다. 잠시 후 둥! 하는 소리와 함께 당고堂鼓가 울렸다. 그러자 사람들이 일제히 밀물처럼 밀어닥쳤다. 모두들 유왕씨가 어떻게 생겼는지가 가장 궁금했다.

유왕씨는 목을 빼든 채 술렁이는 그런 사람들의 기대를 저버리지 않았다. 형벌을 담당하는 막료의 안내를 받으면서 들어서는 그녀의 모습은 이제 갓 20세를 갓 넘긴 것 같았다. 머리를 단정하게 틀어 올리고 팔에는 상중喪中이라는 사실을 알리는 검은 완장을 차고 있었으며 옷차림도 수수했으나 수심에 가득 찬 얼굴은 그런 대로 꽤 봐줄 만했다.

이불이 사전에 분부한 대로 아역이 길이가 네 척尺은 될 것 같은 북채를 유왕씨에게 건네주면서 말했다.

"중간에 끊지 말고 힘차게 두드리시오. 포砲가 울리고 승당昇堂을 외칠 때까지 말이오!"

둥, 둥, 둥, 둥……

곧 멀리서 들려오는 우렛소리처럼 크고 우렁찬 북소리가 사람들의 가슴속을 진동시키며 훑어나가 후당 옆의 공문결재처까지 뻗어나갔다. 북소리의 울림 따라 장내의 소란스런 분위기도 급속도로 얼어붙었다. 그래서일까, 워낙 말이 없고 차가워 보이는 이불은 이날따라 더욱 굳은 표정을 하고 있었다. 이불보다 직급이 낮은 한양의 지부와 현령은 처지가 처지인 만큼 감히 입을 열지 못하고 있었다. 황륜 역시 이 사건에 지나치게 욕심을 부리는 이불에게 불만이 많은 듯 입을 꾹 다물고 있었다. 이불은 유왕씨가 친 당고 소리의 여운이 채 가시기도 전에 벌떡 일어나더니 다른 세 사람에게는 시선 한 번 주지 않고 큰소리로 "승당!"을 외쳤다. 그리고는 소맷자락을 떨치는 바람 소리와 함께 공문결재처를 나섰다. 황륜 등이 황급히 그 뒤를 따랐다. 그러자 곧 하늘과 땅을 흔들리게 할 만큼 큰 대포소리가 쿵, 쿵, 쿵하고 세 번 울렸다.

얼사아문의 아역들과 순무아문의 몇몇 막료들은 이미 필지筆紙를 준비한 듯 후당의 병풍 쪽에서 우르르 몰려나오기 시작했다. 이어 화곤을 든 수십 명의 아역들이 괴성 같은 위엄에 찬 고함소리를 질렀다. 그러자 걷잡을 수 없이 술렁대던 장내는 갑자기 물 뿌린 듯 조용해졌다.

"이 대인께서 승당하신다!"

아역들의 외침이 메아리가 돼 울려 퍼졌다. 이어서 문어귀에 무릎을 꿇고 있던 유왕씨가 손에 고소장을 든 채 깊숙이 머리를 숙이면서 중얼거렸다.

"비나이다. 비나이다. 이 순무께서 부디 이년의 한을 풀어주시기를 비나이다!"

이불이 관포官袍 자락이 스치는 소리를 내면서 공좌公座에 올랐다. 막료들은 숙정肅靜과 회피回避 팻말이 붙어있는 옆에 자리를 잡고 앉아 기록할 준비를 다 마친 듯했다. 그러나 공좌 옆 황륜의 자리는 비어 있었다. 또 한양 지부와 현령은 낮은 직급 때문인지 긴 의자에 둘이 나란히 앉아 있었다. 이불이 공좌에 올라서서 잠시 숨을 고르는가 싶더니 위엄 어린 눈빛으로 좌중을 둘러보면서 명령을 내렸다.

"황 대인과 한양 지부 유청劉靑, 한양 현령 수오壽吳 등에게 회심에 참석하라고 알리도록 하라. 그리고 유왕씨의 고소장을 가져오도록 하라!"

"예!"

아역이 우렁찬 대답과 함께 유왕씨에게로 다가가 고소장을 건네받았다. 그리고는 곧장 이불에게 건넸다. 그 사이 황륜을 비롯한 세 배심원은 각각 자리를 잡았다. 이불이 고소장을 대충 훑어보고 나더니 가벼운 기침소리와 함께 여자를 불렀다.

"유왕씨!"

"예, 민부民婦 유왕씨 대령하였습니다."

"고개를 들게!"

유왕씨는 이불의 명령에 가슴이 떨리는 듯 움찔했다. 그러더니 다소 겁에 질린 눈빛으로 한가운데 자리한 이불을 힐끗 쳐다봤다. 그러나 삼라전森羅殿과 같은 순무아문의 분위기에 짓눌린 듯 이내 머리를 도로 숙였다. 벌써부터 온몸에 기가 다 빠져나간 듯 자기 한 몸 버틸 힘도 없어보였다. 다시 이불이 조용히 입을 열었다.

"겁먹을 것 없네. 이 사건은 얼사아문에 계류된 지 오래된 인명 사건이야. 내가 직접 한양으로 내려가 비밀리에 조사를 한 다음 증거를 수집했네. 나는 이미 북경으로 발령이 난 몸이지만 이 사건을 명쾌하게 매듭짓지 않고서는 호북땅을 한 발지국도 떠나지 않을 거야. 이 점을 폐하게 상주해 윤허도 받은 상태야. 진실은 밝혀지게 돼 있으니 걱정하지 말게. 피고 정삼은 앞으로 나오라!"

이불의 말이 끝나자마자 두 아역이 서쪽 형방刑房에서 정삼을 데리고 들어왔다. 50세가 될까 말까 싶은 그는 머리에 착 달라붙은 6각형 전모氈帽를 쓰고 있었다. 또 고급스런 비단을 댄 양가죽 두루마기를 입고 있었다. 허리에 검은색 전대가 달린 허리띠를 두른 것이 꽤나 부유해 보였으나 윗입술이 조금 움푹하게 꺼져 내려간 것이 옷차림과는 반대로 어딘지 우스꽝스러웠다. 하지만 둥글넓적한 얼굴에 퍼진 이목구비는 나름 단정한 편이었다. 그는 피고임에도 기가 잔뜩 질려 있는 유왕씨와는 달리 당당한 태도였다.

정삼은 장화 소리를 크게 내면서 대당大堂에 들어서더니 두 손을 맞잡아 높이 들어 이불을 향해 읍을 했다. 이어 한쪽 무릎을 꿇어 격식을 갖추는 등의 예의도 잊지 않았다. 그리고는 옆에 엎드려 있는 유왕씨를 힐끗 쳐다보고는 좌중을 향해 다시 한 번 읍을 하고 일어섰다. 이불이 관직에 있을 때의 동작이 아직도 몸에 배어 있는 듯한 정삼을 물끄러미 바라보더니 탁! 하고 목탁木鐸을 힘껏 두드리면서 물었다.

"자네가 정삼인가?"

"예! 권생眷生(친인척 사이에서 연장자가 후배에 대해 부르는 자신을 낮춰 공손하게 이르는 말)이 정삼입니다!"

"자네는 관직에 있었던 적이 있는가? 어디에서 무슨 직에 있었는가?"

"저는 원래 강서성에서 염도鹽道로 있었습니다. 강희 육십 년 국채를 갚지 못해 직무를 박탈당했습니다. 그러다 옹정 삼 년에 빚을 다 갚고 다시 태안현에서 동지同知를 지냈습니다. 지금은 모친상을 당해 고향에 머물고 있는 중입니다."

"효자 났군!"

이불은 강서에서 염도로 있었다는 정삼의 말에 뭔가 머리에 떠오른 눈치였다. 그는 의혹어린 시선으로 비슷한 시기에 같은 성의 얼사 아문에 재직한 적이 있던 황륜을 힐끗 쳐다봤다. 거의 본능적인 반응이었다. 어쩐지 정삼의 사건에 황륜도 깊이 개입돼 있을 것 같았다. 잠시 생각에 잠겨 있던 이불이 냉소를 흘리면서 말했다.

"모친상을 당했으면 삼 년 동안 근신하면서 효를 다해야 마땅하지 않은가. 그런데 그 사이에 유부녀를 겁탈하는 짓을 저질러? 공맹孔孟의 도는 말할 것도 없고 국법國法과 황헌皇憲에도 저촉되는 짓을 저질렀다는 생각이 들지 않는가?"

"저는 결코 유왕씨를 겁탈하지 않았습니다."

정삼이 입을 비죽거리며 유왕씨를 힐끔 쳐다보고는 반박했다. 이어 변명조의 말을 장황하게 늘어놓기 시작했다.

"국채를 갚고 나니 돈이 필요했습니다. 그래서 소작료를 올리려 했습니다. 그런데 유왕씨 집안은 생떼를 썼습니다. 다른 소작농들은 군소리 없이 소작료를 올려주거나 그렇지 못할 경우 땅을 내놓았는데 말입니다. 이도 저도 아니었죠. 결국 참다못한 아랫것들이 달려가서 초가집 세 칸을 불질러버렸나 봅니다. 저는 나중에서야 그 사실을 알고 아랫것들에게 호되게 벌을 내렸습니다. 그런데 유왕씨는 제게 찾아와서는 옷을 홀렁홀렁 벗어 던졌습니다. 이어 축 처진 젖통이를 드러내고 흔들어대면서 저를 유혹하려고 했습니다. 저는 그 당시 역겨운 나머지 당장 쫓아내 버렸습니다. 미색이 나름 괜찮은 본처와 첩을 둘이나 두고 이 나이에 제가 뭐가 아쉬워 그 속셈이 불 보듯 뻔한 여자의 유혹에 넘어가겠습니까? 그 시아버지인가 하는 영감님도 그렇습니다. 한심하게도 자기 며느리의 말만 듣고는 팔월 십육일에 저의 집에 쳐들어왔습니다. 그리고 두어 마디 말을 하더니 뭔가를 꿀꺽꿀꺽 마셔대더군요. 저는 더워서 물을 마시는 줄 알았습니다. 그러나 나중에 보니 그게 극약이었지 뭡니까! 제가 당장 사람을 불러 응급조치를 취했으나 때는 이미 늦었습니다. 이 사건은 얼사아문의 황 대인이 증거를 확보해 깨끗이 판결을 내린 것입니다. 또다시 이렇게 문제가 될 줄은 정말 몰랐습니다. 순무 대인께서는 부디 진실을 확실히 밝히셔서 억울한 사람이 누명을 쓰지 않도록 현명한 판결을 부탁드립니다……."

정삼은 억울해 죽겠다는 듯 울먹이기까지 했다. 이불이 그런 그를 흘겨보더니 수오에게 물었다.

"사건을 가장 가까이에서 처리해온 한양 현령이 말해보게. 정삼이 그 당시에도 저런 식으로 말했던가?"

배심원석 맨 끝자리에 앉아 있던 한양 현령 수오는 자신의 이름이 불리자 잠깐 고민을 하지 않을 수 없었다. 원래 그는 호광 순무로 있던 양명시의 제자였다. 청백리의 제자답게 문제의 사건을 맡았을 때 별로 고민하지 않고 유왕씨의 손을 들어줬다. 그러나 안찰사인 황륜이 부임해오면서 상황은 정반대로 변해 버렸다. 그는 직속 상사인 황륜과의 마찰을 우려해 한 발 뒤로 물러날 수밖에 없었다. 그런데 이제 와서 이불이 자신을 꼭 집어서 다시 사건의 정황을 물어오니 그로서는 당황하지 않을 수 없었다. 얼굴에 불안한 기색이 역력히 드러나고 있었다. 그가 떨리는 어조로 말했다.

"그 당시 정삼은 자신의 집사인 정귀부程貴富를 대신 법정에 내보냈었습니다. 법정에는 소작료 감면을 요구하는 소작농들도 몇몇 있었습니다. 그런데 정귀부의 진술은 지금 정삼의 진술과는 일치하지가 않았습니다. 유왕씨의 시아버지와 두 아들이 약을 먹은 날은 팔월 십육 일이 아니라 십오 일이라고 했습니다. 그날 정씨 집안에서는 소작농들을 불러 음식을 대접하면서 소작료를 올려줄 것을 다시 한 번 요구했다고 합니다. 그러다 그 자리에서 의견충돌이 격화됐습니다. 급기야 유씨 일가 세 명이 극약을 먹었습니다. 때문에 그 자리에 있었던 사람들은 모두가 증인이라고 할 수 있습니다. 저는 증인이 많은 이상 증거가 확실하다고 판단해 유왕씨의 손을 들어주었던 것입니다."

수오의 말이 끝나기 무섭게 옆자리에 앉아 있던 한양 지부 유청이 동조하고 나섰다.

"수오 현령이 그 당시 보고 올린 내용은 방금 말한 그대로입니다. 그래서 저 역시 현령의 판결에 따랐습니다."

그러나 황륜은 달랐다. 눈을 부릅뜨면서 반박을 했다.

"유왕씨가 고소한 사람은 정삼이지 정귀부가 아니에요. 어찌 얼간이 같은 집사의 말을 듣고 그 주인의 죄를 묻는다는 말이오? 그 정귀부라는 자는 자기 주인에게 앙심을 품고 일부러 가짜 증언을 한 것이 틀림없어요."

정삼 역시 황륜의 지원에 힘을 입은 듯 덩달아 맞장구를 쳤다.

"황 대인의 현명하신 판단이 있었기에 망정이지 그렇지 않았다면 정귀부 그 개새끼한테 물려죽을 뻔했습니다."

이불이 갑자기 목탁으로 무섭게 책상을 내리쳤다. 황륜을 믿고 호가호위狐假虎威하려는 정삼도 노려봤다. 이어 호통을 쳤다.

"자네, 입 다물지 못해? 묻는 말에나 대답해!"

이불의 서슬에 좌중의 사람들은 뚝하고 입을 다물지 않으면 안 됐다. 다시 이불이 유왕씨에게 물었다.

"유왕씨, 자네가 말해보게. 대체 팔월 십오 일인가 아니면 십육 일인가?"

"그날을 제가 어떻게 잊을 수 있겠습니까? 분명히 팔월 십오 일이었습니다!"

"아니야. 팔월 십육 일이야. 다른 소작농들이 증명할 수 있다고."

정삼이 즉각 되받아쳤다. 이불이 이미 감을 잡은 듯 코웃음을 치면서 다시 물었다.

"증인이 돼 줄 사람이 있으면 나와 보지?"

이불의 말이 떨어지기 무섭게 문어귀에 몰려 있던 몇몇 행색이 초라한 소작농들이 한데 부딪치고 엎어지면서 들어왔다. 그러더니 앞을 다투어 떠들어댔다.

"우리 정 대인은 억울합니다. 팔월 십오 일에는 저희들도 다 같이 자리에 있었습니다. 그러나 유씨 집안 사람들이 약을 먹는 것은 보지 못했습니다."

이불이 유왕씨에게 고개를 홱 돌렸다. 이어 등골이 오싹해질 만큼 무서운 목소리로 준엄하게 물었다.

"어떻게 된 일인가?"

"청천靑天(포청천을 비유하는 말) 대인!"

유왕씨가 이불의 호령에 놀랐는지 얼굴이 잿빛이 됐다. 그리고는 엉금엉금 앞으로 기어 나왔다. 이어 그 몇몇 소작농들을 손가락으로 가리키면서 울먹였다.

"저 사람들은 자기들의 밥줄이 끊어질까 걱정을 하고 있습니다. 진실을 말할 리가 있겠습니까? 정삼이 죽으라면 죽는 시늉이라도 할 겁니다. 달이 휘영청 밝은 추석날 밤이었습니다. 다른 사람들은 둥근 달을 바라보며 명절을 즐겼으나 이년은 두 아들의 시체를 끌어안고 통곡하다 몇 번씩이나 기절을 했는지 모릅니다. 이 집 소작농이 아닌 다른 주민들에게 물어보십시오. 시아버지와 두 아들 제사를 지내야 할 그 날짜를 이년이 어떻게 잘못 기억할 수가 있겠습니까?"

유왕씨가 드디어 땅에 엎드려 오열을 터트리고 말았다. 동시에 땅을 치며 자신의 억울함을 마구 토로했다.

"불쌍한 아버님……, 내 아들아! 아이고…… 죽은 것만 해도 억울한데, 헉헉……."

오장육부가 터져 쏟아져내릴 것만 같은 처참한 유왕씨의 울음소리가 대당 가득 메아리쳤다. 듣는 사람들은 저마다 소름이 끼쳐 머리 끝이 쭈뼛 설 지경이었다. 그때 유왕씨의 마을 사람들 몇몇이 인파를 비집고 들어왔다. 그리고는 유씨 집안사람들이 죽은 날짜는 8월 15일이 틀림없다고 침을 튕겼다.

"그날 저녁 우리 마을 전체가 유왕씨 집안의 울음소리 때문에 명절도 제대로 못 쇠고 같이 눈물을 흘렸습니다. 그런데 난데없이 십육 일이라니, 그게 무슨 말입니까?"

"우리가 시체를 들어 옮겼는데 그 날짜를 모르겠습니까? 팔월 십오 일이 틀림없어요!"

이불이 그제야 크게 냉소를 터트리고는 정삼을 향해 물었다.

"정삼, 이제 더 이상 할 말 없겠지? 왜 틀린 날짜를 그렇게 고집을 하는가, 응?"

"혹시 제가 잘못 기억을 했는지도……."

"사람은 너무 똑똑해도 탈이야."

이불이 정삼의 말에 차갑게 냉소를 흘리면서 힐난조로 덧붙였다.

"팔월 십육 일로 날짜를 물고 늘어지면 이로운 점이 많으니까 그랬겠지. 사실 그날은 증인이 몇 사람밖에 되지 않아. 그것들을 구워삶으면 수작을 부리기가 쉬웠겠지. 안 됐군, 팔월 십오 일이 너무 기억하기 쉬운 날이라서 말이야. 정삼, 자네는 손으로 하늘을 가릴 수 있을 정도로 뛰어난 사람은 못 되는군!"

이불의 질타가 예사롭지 않자 정삼은 한겨울에 얼음물에 빠진 사람처럼 부르르 떨었다. 그러나 이내 정신을 차린 듯 이를 악물고 소리쳤다.

"팔월 십오 일이든 십육 일이든 그게 무슨 대수입니까? 어쨌든 자신들이 살기 싫어 죽지 않았습니까. 제가 억지로 약을 먹이지 않은 다음에야……."

그러자 이불이 소름 끼치는 표정으로 따지듯 물었다.

"그러면 자네는 유왕씨를 겁탈하지 않았다는 말인가?"

"예……."

정삼이 황륜을 힐끗 곁눈질하면서 고개를 떨어뜨렸다. 처음과는 다른 약한 모습이었다. 말투에서도 더 이상 오만함을 풍기지 않았다. 이불은 유왕씨를 힐끗 쓸어봤다. 그녀는 고개를 한껏 숙인 채 손가락으로 땅바닥을 후벼 파면서 입을 실룩거렸다.

"저……, 저 작자가……."

유왕씨는 옛일을 생각하자 다시금 분노가 치밀어 오르는지 말을 더듬었다. 문어귀에 몰려 있는 사람들을 의식한 듯 좀체 입을 열지 못했다. 얼굴이 붉으락푸르락해 있던 황륜이 그 모습을 보더니 탁자를 무섭게 내리치고는 바로 고함을 질렀다.

"네 이년! 여기가 어떤 자리인지 알아? 똑바로 말하지 못해? 또 무슨 거짓을 꾸미려고 뜸을 들이는 거야?"

이불이 지나치게 민감한 반응을 보이는 황륜을 힐끗 쳐다봤다. 웬만하면 가만히 있으라는 눈짓이었다. 그리고는 아역에게 즉각 지시를 내렸다.

"거짓 증언을 한 증인들을 끌어내 가둬. 또 문 앞에 있는 구경꾼들은 멀찍이 떨어지라고 하게."

가짜 증인들은 곧 아역들에 의해 거칠게 등을 떠밀려 나갔다. 그러나 구경꾼들은 정삼의 겁탈 여부에 귀를 곤두세우느라 좀처럼 물러갈 생각을 하지 않았다. 아니 더욱 문에 바짝 달려드는 것이 찰거머리가 따로 없었다. 그러자 막료 중 한 명이 궁여지책 끝에 사발에 듬뿍 담긴 먹을 붓에 찍어 사람들을 향해 뿌렸다. 아우성치며 몰려들던 사람들은 먹물세례를 뒤집어쓰고서야 차츰 떨어져 나갔다. 이불은 장내가 조용해지기를 기다렸다가 다시 유왕씨를 향해 말했다.

"여기는 신성한 공당公堂이네. 반드시 진실만을 말해야 해. 또 감추는 것이 있어서도 안 되네. 그래야만 자네를 위해 이 사건을 진실에 입각해 정확하게 판결할 수 있네. 설사 강간을 당했을지라도 그것이 간통이 아닌 이상 그렇게 수치심에 떨면서 살 것도 없어. 우리를 믿고 할 말이 있으면 주저하지 말고 해보게."

유왕씨가 이불의 말에 드디어 크게 결심한 듯 마른침을 꿀꺽 삼켰다. 얼굴에는 결연한 의지가 떠올랐다. 그녀가 드디어 입을 열었다.

"예. 저는 그날 그 집에서 바느질을 하러 오라고 해서 불려갔었습니다. 말로는 겨울옷을 준비해야 한다고 하더군요. 그때 시아버지께서는 소작료를 올리지 말아달라고 몇 번씩이나 간청을 하던 중이었습니다. 그러나 받아들여지지 않았죠. 그래서 이년은 바느질을 하러 간 김에 여러 마님들을 만나 사정 얘기라도 할 수 있지 않을까 해서 별로 주저하지 않고 따라나섰습니다. 그런데 방에 들어서니 바느질을 할 분위기가 아니었습니다. 저…… 저 작자가 들어오자마자 다짜고짜 이년의 옷을 잡아 찢고 눕히더군요. 결국 이년의 반항에도 불구하고 그 짓을 했습니다. 이년이 아무리 고함지르고 살려달라고 외쳤어도……, 끝내 아무도 들어오지 않았습니다. 엎치락뒤치락 하기를 얼마나 했는지 모릅니다. 또 너무나 시달려 기절할 것만 같았습니다. 그대로 죽을 것만 같더군요. 할 수 없이 이년은 저 작자의 허벅지를 힘껏 꼬집고 할퀴었습니다. 그러고 나서야 겨우 저 작자의 손에서 풀려날 수 있었습니다. 아직도 그 할퀸 자국이 저 작자의 다리에 남아 있는지는 모르겠습니다."

유왕씨가 말을 마치고는 수치심에 얼굴이 상기된 채 다시 얼굴을 떨어뜨렸다. 용기를 내서 가까스로 전후 사정을 털어놓았으나 여자는 여자인 모양이었다. 그녀의 말이 끝나기 무섭게 황륜이 말했다.

"잘 됐네. 할퀴고 꼬집었으니 상처가 남아 있는지 없는지를 보면 알겠지!"

황륜의 말에 유왕씨가 갑자기 고개를 번쩍 처들었다. 이어 창백한 얼굴을 파르르 떨더니 황륜을 노려보면서 큰소리로 외쳤다

"이봐요, 황 대인! 대체 정삼 저 작자한테서 뭘 얼마나 받아먹었습니까? 저 작자를 감싸고 들지 못해 안달인 것을 보면 정말 그런 것 같네요. 당신이 그러고도 글공부를 했다는 사람인가요? 삼 년 전에 할퀸 상처가 어떻게 지금까지 남아 있겠어요? 계속 그런 식으로 나

가다가는 내가 아주 다 까발려버릴 거예요. 내 몸을 탐하면서 뭐라고 그랬어? 이년의 억울함을 풀어주겠노라고 철석같이 약속할 때는 언제였어? 나를 한 번 자빠뜨리고 나니까 마음이 변했어요? 이제 와서 꿩 구워먹은 것처럼 엉뚱한 소리를 하게요."

유왕씨의 분노에 찬 외침에 좌중의 사람들은 경악하고 말았다. 모두들 약속이나 한 듯 그 자리에 굳어버리고 말았다. 순간 이불, 유청, 수오 등의 의혹에 찬 시선이 화살처럼 황륜에게 날아가 꽂혔다. 황륜 역시 깜짝 놀랐다. 정삼에게 겁탈당한 사실과 관련해서도 수치심에 고개를 못 들던 유왕씨에게 자신과 육체적인 거래를 한 사실까지 폭로할 수 있는 용기가 있을 줄은 꿈에도 몰랐던 것이다. 그의 얼굴은 금세 사색이 되었다. 그러나 그는 곧 정신을 수습하고 딱 잡아떼기로 마음먹었다.

"네, 이년! 이제는 미쳐서 아무나 닥치는 대로 물어뜯는 거야? 더러운 화냥년 같으니라고. 감히 누구를 잡아먹으려고 대드는 거야! 여봐라!"

"예!"

황륜이 이성을 잃고 버럭버럭 고함을 질러대자 얼사아문의 아역들이 우레 같은 소리로 대답을 했다.

"대곤大棍을 대령하라!"

"예!"

"잠깐!"

이불이 아역들의 대답이 끝나자마자 벌떡 일어서면서 그들의 행동을 저지했다. 그러나 곧 사태가 그런 식으로 급반전할 줄은 몰랐던 듯 잠시 생각에 잠겼다. 그러다 웃음을 머금은 채 말했다

"황 대인! 삼 년이나 끌어온 사건인데, 뭘 그리 서둘러요? 유왕씨,

죄 없는 사람을 모함하는 것은 엄청난 죄가 된다는 사실을 잘 알고 있겠지? 도대체 무슨 일이 있었는지 말해보게!"

유왕씨는 더 이상 겁나는 구석이 없는 듯했다. 이젠 갈 데까지 갔다는 듯 황륜을 매섭게 노려보면서 말했다.

"이년은 이미 두 번씩이나 몸이 더럽혀진 걸레보다 못한 년입니다. 다만 우리 집안 식구 세 명의 원수만 갚을 수 있다면 이년은 그 무슨 죗값이라도 달게 받을 각오가 되어 있습니다."

유왕씨가 황륜을 손가락질하면서 덧붙였다.

"그 당시 이당二堂(손님을 맞거나 소소한 일을 처리하는 곳. 대당의 부속 건물)에서 나를 비밀리에 심문하면서 뭐라고 그랬어요? 정삼이 돈을 아무리 많이 찔러 넣어줘도 양심과 의리를 저버리는 일은 없을 거라고 하지 않았어요? 이 바보 같은 년이 그런 거짓말에 감쪽같이 속아 넘어간 것을 생각하면 원통해 죽겠네요, 억울해 죽겠다고요!"

황륜이 더는 참을 수 없다는 듯 입에 거품을 물며 유왕씨를 매섭게 몰아붙였다.

"내가 네년을 겁탈했다는 증거라도 있어?"

"네놈 배꼽 왼쪽에 손바닥만 한 붉은 반점이 있어. 게다가 너의 그 '가운데 다리' 밑에는 동전만 한 검은 점이 있지. 그것보다 더 확실한 증거가 어디 있겠어? 총독 대인, 믿지 못하시겠다면 이 자리에서 바로 확인해보십시오. 만약 거짓이라면 이년이 조정의 관리를 모함한 죄를 톡톡히 받겠습니다."

유왕씨도 지지 않고 황륜을 노려보며 분노에 차 소리쳤다. 아예 반말까지 뱉어내고 있었다. 그러자 황륜은 갑자기 얼굴빛이 사색이 되어 덜덜 떨었다. 서슬 퍼렇게 호통 치던 조금 전까지와는 달리 한마디도 반박하지 못했다. 대당 안의 모든 사람들이 눈을 휘둥그렇게 뜨고 이불을 바라봤다.

이불이 음산한 표정을 지으면서 한 글자씩 힘을 줘가며 말했다.

"이것 봐요, 황 대인! 이제는 공이 그쪽으로 넘어갔어요. 어떻게든 사실 여부를 분명하게 밝혀야겠습니다. 황 대인, 뒷방으로 가서 나 좀 봅시다."

황륜이 이불의 말에 마치 바보처럼 초점을 잃은 두 눈을 깜박였다. 그리고는 마치 목각인형처럼 뻣뻣한 자세로 이불을 따라 나섰다. 이불은 뒷방으로 들어가자마자 황륜에게 물을 따라주면서 은근한 목소리로 설득을 했다.

"황 대인, 지금이라도 솔직히 말하면 많은 사람들 앞에서 극단적인 상황까지는 가지 않도록 내가 배려해 줄 수 있습니다. 나도 성질이 더러운 놈이에요. 내 인내심을 시험하려 들었다가는 크게 낭패를 본다는 걸 알아야 해요. 만일을 대비해 나도 나름대로 증인을 찾아 대기시켜 놓았는데 이제 보니 그럴 필요도 없었군요. 이쯤 하면 진상은 백일하에 드러났다고 볼 수 있으니까요. 공연히 요행을 바라지 말고 솔직히 자백하세요. 폐하께서 특별히 관심을 갖고 주목하시는 사건인 만큼 나도 깔끔하게 매듭을 지어야 해요. 그래야 북경에 가서 폐하께 아뢸 말씀이 있을 거 아니에요."

황륜은 머릿속이 어지러운지 어찌할 바를 모르고 있었다. 그러나 서서히 제정신이 드는 듯 악의에 찬 눈빛으로 이불을 노려봤다. 이어 머리를 두 다리 사이에 파묻었다.

"조금만 시간을 더 드릴까요?"

"……"

"좋은 말로 하니까 자백하기가 싫은 것인가요?"

"……"

이불이 급기야 버럭 고함을 질렀다.

"이 사람 이거 못 쓰겠구먼! 내 마지막 얼굴까지 봐야겠다는 말인가? 여봐라, 황 대인의 옷을 벗겨드려라!"

"예!"

몇몇 아역들이 이불의 명령이 떨어지기 무섭게 굶주린 호랑이처럼 황륜에게 달려들었다. 그러자 황륜이 필사적으로 저항하면서 괴성을 질렀다.

"나는 조정의 삼품 대원이야. 사내대장부는 굴욕을 당하느니 죽음을 받아들인다고 했다. 그런데 너희들이 어떻게 나한테 이럴 수 있어?"

이불이 황륜의 말을 듣더니 껄껄 웃음을 터트렸다.

"그대가 어떻게 '사내대장부'인가? 자네는 돼지야, 돼지! 내가 오늘 진정한 굴욕의 맛이 어떤 것인지를 보여주겠네."

이불은 말을 마치고는 바로 아역들에게 손짓을 했다. 아역들은 우르르 달려들어 황륜을 쓰러뜨려 바닥에 눕혔다. 황륜은 순식간에 실한 올 걸치지 않은 알몸이 되고 말았다. 그러자 아역들은 곧이어 보물찾기라도 하듯 황륜의 몸을 이리저리 살폈다. 과연 '그곳'에는 커다란 흑점이 있었다. 또 배꼽 왼편에는 주먹만 한 붉은 반점이 보였다.

이불은 마치 더러운 물건이라도 봤다는 듯 아무 말 없이 고개를 홱 돌리고 일어서서는 곧장 대당으로 걸음을 옮겼다. 소란스럽던 장내가 일순 물 뿌린 듯 조용해졌다. 이불은 공좌에 앉아 크게 심호흡을 한 다음 잠시 생각을 정리했다. 그리고는 큰소리로 물었다.

"황륜은 이미 자신의 죄상을 낱낱이 자백했다! 정삼, 이제는 자네 입으로 직접 어떻게 황륜과 결탁했는지 자백을 하게. 어서 말하지 못하겠는가?"

이불이 호통을 치며 힘껏 책상을 내리쳤다. 그러자 정삼은 허물어지듯 땅바닥에 주저앉고 말았다.

"자…… 자백하겠습니다. 저는 강서성에서 염도로 일할 때부터 황륜과 동료 사이로 알고 지냈습니다. 저는 이번 사건을 무마해주는 대가로 처음에 은 삼백 냥을 줬습니다. 그랬더니 받지 않더군요. 그래서 칠백 냥을 더 얹어줬습니다. 그렇게 해서 사건을 반전시킬 수 있었습니다……."

이불이 소리 없이 숨을 몰아쉬었다. 잠시 침묵하며 정삼을 노려보던 그가 이 사이로 밀어내듯 명령을 내렸다.

"끌어내!"

이불은 당장 붓을 날려 판결문을 작성하기 시작했다. 내용은 사건을 명명백백하게 밝히며 거침없고 시원시원했다.

정삼 사건은 그의 죄상이 백일하에 드러남으로써 그 진상이 드러났다. 정삼은 모친상을 당해 고향에 돌아와 있는 조정의 명관이나 권력을 남용해 갖은 횡포를 일삼아왔다. 급기야는 유왕씨를 겁탈하고 유씨 집안사람 셋을 죽음에 이르게 하는 극악무도한 사건의 장본인이다. 그는 또한 조정의 명관인 황륜과 결탁해 자신의 죄상을 덮어 감추려 한 파렴치한 인간으로 그 죄 역시 하늘에 사무친다. 즉각 참수형에 처해야 하나 형부에 보고를 올린 다음 처형하도록 한다. 황륜은 명색이 얼사를 책임진 관리임에도 재물을 탐내 흑백을 뒤바꿔버렸다. 게다가 부녀자를 협박해 정절을 빼앗았다. 그 죄를 물어 즉각 감금에 처한다. 사건의 경위와 판결 결과를 폐하께 상주해 어람御覽을 요청한 후에 엄벌에 처할 예정이다.

이불은 판결문을 다 쓴 다음 쭉 한번 훑어보고는 목청을 가다듬고 큰소리로 다시 읽었다. 그러자 밖에서 판결문에 귀를 기울이고 있던 수천 명이 환호작약하면서 만세를 외쳤다. 눈물과 콧물이 뒤범벅이 된 유왕씨 역시 목청이 찢어져라 외쳐댔다.

"청천 대인 만세! 청천 대인, 집안 만대까지 공후公侯가 나오도록 빌겠습니다……."

그 순간 후당에서 아역 한 명이 종종걸음으로 이불에게 다가갔다. 그러더니 낮은 목소리로 귀엣말을 했다.

"보친왕 전하와 양강 총독 이위 대인이 납시었습니다. 공문결재처에서 기다리고 계십니다."

이불은 뜻밖의 보고를 듣고도 무표정한 얼굴로 천천히 고개를 끄덕였다. 이어 구경꾼들이 물러가기를 기다리는가 싶더니 느릿느릿 입을 열었다.

"퇴당退堂!"

10장
검은 고양이와 노란 고양이

이불은 공당에서 나와 뒷방을 지나갔다. 가면서 보니 황륜이 아직도 멍하니 땅바닥에 엎어져서 넋을 놓고 있었다. 그 역시 이불의 판결문을 분명히 들었을 터였다. 아니나 다를까, 이불이 쌩하니 바람을 일으키며 지나가자 멍청하게 맥을 놓고 앉아 있던 그가 부랴부랴 무릎걸음으로 쫓아왔다. 그리고는 이불의 다리를 부여잡고는 애원을 했다.

"죽을죄를 지었습니다. 여기까지 오느라 십 년 동안 춥고 배고픈 시절을 참고 견뎠습니다. 한 번만 봐주십시오, 부탁입니다……."

이불이 잠시 멈춰 섰다. 그러나 고개도 돌리지 않고 내뱉듯 말했다.

"손바닥으로 하늘을 가릴 수 있을 줄 알고 그랬소? 그대의 잘못은 결코 작은 것이 아니오. 이 사건으로 말미암아 그대 자신은 말할 것도 없고 그대 가문의 조상들, 그리고 조정의 체통까지도 말이 아니게 됐소. 당금 폐하는 조정의 명성을 더럽힌 자에 대해서는 그가 누구든 절대 용서하지 않는 분이시오. 지금 보친왕마마를 배알하러 가는 길이니 길게 얘기할 시간이 없소. 그대는 일단 집으로 돌아가 문 닫아걸고 자성의 시간을 갖도록 하시오. 그리고 판결에 따르겠다는 내용의 글을 적어 올리시오. 폐하께 상주문을 올릴 때 첨부해 어람을 청할 거요. 지난 죄를 뼈저리게 뉘우치고 진심으로 개과천선하는 자세를 보인다면 혹여 살길이 주어질지도 모르오. 공명에 미련을 갖는 것은 사치일 테고. 이 세상에는 굴욕을 씻어줄 특별한 세제는 없소. 그저 시간이 흘러가서 점점 잊혀지고 퇴색되기를 기다리는 수밖에는 없을 거요."

황륜은 그저 울먹이면서 연신 고개만 끄덕일 뿐이었다. 이불은 그런 모습을 보자 순간 마음이 약해졌다. 그러나 더 이상 아무 말도 하지 않고 곧장 공문결재처로 향했다.

"들어오게, 우리 이 청천."

이불이 밖에서 이름과 직함을 말하자 안에서 호탕한 웃음소리가 들려왔다. 그가 주렴을 걷고 들어서니 화롯불 옆에서 불을 쬐고 있는 보친왕 홍력의 모습이 보였다. 이위는 집게로 숯을 뒤적이고 있었다. 방안 가득 고구마를 굽는 구수한 냄새가 가득했다.

"신 이불이 보친왕마마께 문안을 올립니다!"

이불이 한쪽 무릎을 꿇은 채 예를 갖춰 인사했다. 이어 몸을 일으켜 이위를 향해 농담을 했다.

"어이, 거지! 남의 집에 쳐들어와서는 훔친 고구마를 구워 전하께 아부하느라 정신이 없구먼!"

이불은 이위를 만나자마자 질펀한 욕설로 인사를 대신했다. 그만큼 둘 사이에는 허물이 없었다. 그런데 그는 말을 마치고 나서 홍력을 물끄러미 쳐다봤다. 홍력의 옷차림이 좀 이상했던 것이다. 홍력은 시골 노인들이나 입는 남색 솜저고리를 입고 나무꾼들이 신는 투박한 신발을 신고 있었다. 또 머리에는 육각형의 전모氈帽를 눌러 쓰고 허리에는 잘록하게 졸라 맨 검은 전대가 달려 있었다. 머리부터 발끝까지 영락없는 가난뱅이 시골 수재의 모습이었다. 올해 열여섯 살밖에 안 된 홍력이었지만 그는 언제나 실제 나이보다 성숙하고 노련해 보였다. 타고난 수려함과 단정한 이목구비는 여자로 착각할 정도였다. 그 속에서 우러나오는 고귀함은 지금 하고 있는 궁색한 옷차림과는 전혀 어울리지 않았다.

이위 역시 시골 어느 부잣집의 집사 같은 차림을 하고 있었다. 언제 보아도 진지함과는 거리가 멀어 보이는 골빈 모습이었다. 하지만 덜렁대는 태도와는 달리 건강이 좋지 않아서인지 안색이 누렇게 떠 있었다.

그런 이위의 등 뒤에는 20살 남짓한 서생 같은 젊은이가 서 있었다. 미간에서 영특한 기운이 뿜어 나오고 있었다. 사람들은 혹한 속에서 두꺼운 솜옷을 껴입고도 춥다고 발을 동동 구를 정도였으나 그 젊은이는 달랑 홑옷 하나만 입고 있을 뿐이었다. 그럼에도 창가에 서 있는 모습이 의연하기 이를 데 없었다.

이위가 젊은이에게서 계속 눈길을 떼지 못하는 이불을 보더니 미소를 지으며 말했다.

"우리 보친왕의 주복主僕은 걸어서 여기까지 왔다네. 이 젊은이가 행색은 남루해도 이곳에 있는 아역들이 모두 다 덤벼들어도 상대가 안 될 거야. 단목양용이라고 하지. 지금은 보친왕마마를 따라 남순 중이야."

이불이 단목양용을 향해 머리를 끄덕여보였다. 이어 무덤덤하게 말했다.

"지금 같은 태평성세에 무술을 익히는 것은 아무래도 붓을 휘두르는 것보다 못하지. 보아하니 글공부를 해야 할 사람 같은데! 친왕마마, 얼마 전 관보를 보니 마마께서 남경에 계신다는 소식이 실려 있었습니다. 그런데 이렇게 갑자기 무창으로 오실 줄은 몰랐습니다. 폐하의 용체는 편안하고 강건하십니까?"

"폐하께서는 옥체가 그리 편안하고 강건한 편은 아니나 걱정할 정도도 아니네. 안심해도 좋네."

홍력이 일어서면서 대답을 했다. 그리고는 다시 자리에 앉아 말했다.

"그렇지 않아도 이번 남순 중에 뛰어난 능력을 지닌 용한 의원이 없나 알아보고 있는 중이야. 어디라도 그런 사람이 있으면 자네도 폐하께 밀주하도록 하게. 아, 이제 보니 자네는 곧 이임해 북경으로 떠나야하는군."

이불이 웃음 띤 얼굴로 다시 입을 열었다.

"폐하께옵서는 피곤이 누적되셔서 몸이 편찮으신 것이 아닌가 생각됩니다. 신도 어디 명의가 없나 유심히 살펴보도록 하겠습니다. 그러나 뛰어난 능력을 가진 도사를 찾으려면 이위 어른의 사람 보는 눈이 더 확실하지 않을까 싶습니다. 강호에는 눈을 속이는 술수로 사기를 일삼는 협잡꾼들이 너무 많으니까요. 백번 조심해도 모자라지 않을 줄로 압니다. 이위, 자네가 아무 사람이나 추천했다가는 내가 당장 탄핵안을 올릴 것이니 그리 알라고!"

이위가 이불의 농담에 대수롭지 않은 듯 웃음 띤 얼굴로 말했다.

"자네가 나를 탄핵합네 하고 깝죽댄 것이 어디 한두 번인가? 그래봤자 개가 개를 물어뜯는 격이지 뭐. 지난번에도 내가 연극을 봤다고 탄핵안을 올렸는데 자네만 닭 쫓던 개 지붕 쳐다보는 격이 됐지 않은가! 나는 보다시피 멀쩡하고 말이야. 폐하께서는 오히려 '이위가 연극을 통해 역사 공부를 열심히 한다'고 하시면서 치하하셨다고. 무슨 일을 하든지 내가 마음을 제대로 쓰고 분수에 어긋나는 짓을 하지 않는 이상 이불 자네인들 나를 어떻게 하겠나?"

때는 2년 전이었다. 당시 옹정은 문무백관들이 연극 구경에 빠져 공무를 게을리 해서는 안 된다는 취지하에 연극 관람을 금하는 명령을 내린 바 있었다. 그럼에도 이위는 남경의 총독아문으로 배우들을 불러들여 여러 차례 연극 공연을 주재했다. 이불은 그런 이위의 행동을 한심하게 여기고는 급기야 '양봉음위'陽奉陰違(겉으로는 잘 따르는 척하면서 속으로는 반대로 생각함)라는 제목으로 밀주문을 올려 이위를 탄핵했다.

처음에 옹정은 크게 화를 내면서 "진실을 아뢰라"고 이위에게 명령을 내렸다. 그러나 이위는 당황하지 않았다. "폐하께서 누누이 역사 공부를 하라고 하시면서 엄지嚴旨를 내리셨습니다. 하지만 이놈이 아는 글자는 겨우 열 손가락으로 꼽을 정도입니다. 궁여지책으로 연극을 통해 공부를 하려고 했사옵니다"라면서 솔직하게 죄를 청하는 상주문을 올렸다. 놀랍게도 옹정의 주비 역시 상상 밖이었다. "자네가 주먹은 무쇠이나 무학無學의 어려움을 겪는 것은 짐이 잘 알고 있네. 연극이라도 보면서 역사 공부를 하고자 하는 마음이 정말 기특하네. 열심히 하게. 다만 연극 구경을 하느라 공사公事에 태만하게 임하는 일은 없어야겠네"라고 격려했던 것이다. 이렇게 해서 그는 이후로 지의에 따라 공공연하게 연극 구경을 할 수 있는 권리를 얻게 됐다.

이불 역시 그 사실을 떠올리고는 실소를 흘렸다.

"그래도 너무 방심하지는 말게. 내 눈에 거슬리는 날에는 다시 탄핵안을 올리지 말라는 법이 없으니까!"

"이불!"

보친왕 홍력이 두 사람의 가벼운 입씨름에 실소를 흘리면서 이불을 불렀다. 그는 아직 나이는 어렸다. 하지만 여섯 살 때부터 입궁해 강희 황제의 슬하에서 공부하는 특전을 얻어 고금의 학문을 두루 관통할 수 있었다. 그렇다고 무예도 뒤떨어지지 않았다. 실로 문무를 겸비한 인재 중의 인재였다. 강희에게 슬하에 수많은 황손이 있었음에도 불구하고, 가까이 곁에 두고 지켜보면서 배움을 일깨워준 황손은 홍력뿐이었다. 덕분에 그는 100여 명이나 되는 강희의 손자들 중에서 학문이 가장 뛰어난 황손이 될 수 있었다. 나아가 정신적인 계발이나 기질에서도 월등하게 뛰어난 면을 보였다. 일거수일투족마다 몸에 밴 용자봉손의 고귀함이 자연스럽게 묻어났다. 그럼에도 딱딱하고 숨 막히는 위엄보다는 부드럽고 편안한 멋을 더 많이 풍겼다. 그가 이불과 이위의 말싸움을 저지시킨 다음 웃으면서 덧붙였다.

"나는 하남성 신양부信陽府를 거쳐 직접 호광湖廣으로 내려왔네. 어떤 이들은 신양보다는 남양南陽 쪽이 길이 더 좋다고 하더군. 아마도 남양이 '천리 길에 푸르름이 끊이지 않는다'는 소리를 듣는 하남성의 얼굴이기 때문이 아닌가 싶네. 그러나 잘 사는 부촌을 봐서 뭘 하겠나! '얼굴'보다는 '등허리'가 보고 싶어 신양으로 돌아왔네. 오는 길에 내내 호광과 하남을 비교해 봤어. 아무래도 호광 쪽이 나은 것 같더군. 자네는 이제 곧 직예를 통치할 대원으로 승진해 떠날 거야. 떠나기에 앞서 내가 한마디만 해주고 싶어. 자네는 청렴하고 강직해. 직예 쪽에 가서도 충분히 잘 할 수 있을 것으로 믿네. 지금 폐하께서는 수백 년 동안 지속돼 온 퇴풍頹風을 차단하고 이치吏治를 쇄신하기 위해 총력을 기울이고 계셔. 자네들이 밑에서 뒷받침을 잘해줘야 하네. 손발이 맞아야 한다는 얘기야. 하남과 강남에서는 화모귀공, 탄정입무 정책을 시행하고 있어. 황무지도 개간한 탓에 왕년에 비해 세수도 배는 늘었다고 해. 좋은 방법이자 좋은 제도라는 사실이 증명됐어. 그러니 자네의 직예에서도 시행에 들어갔으면 하네. 지역 특성상 묘족과 요족이 잡거해 지나치게 민감한 반응이 우려되는 운남, 귀주와 비교해서는 안 되네. 양명시가 바람직한 조정의 시책임에도 응하지 않는 것은 나름대로 이런저런 요소를 고려하기 때문이라고 할 수 있어. 자네는 양명시의 그런 움직임에는 신경 쓸 필요가 전혀 없네. 자네는 폐하의 수족이고 똑똑한 사람이야. 내가 구태여 구구절절 말하지 않아도 잘할 것이라고 믿네."

이불은 홍력의 칭찬에 기분이 좋아진 듯 공손히 허리를 숙여 예를 표했다. 더불어 진지하게 말했다.

"친왕마마의 가르침을 명심하겠습니다. 자고로 '다스리는 사람은 있으나 다스리는 법法은 없다'有治人無治法(세상을 잘 다스리는 것은 사람에 달려 있는 것이지 법法에 달려 있는 것이 아니라는 말)고 했습니다. 친왕마마께서는 사적史籍을 숙독하신 분이시니 이를 누구보다 잘 아시리라 믿습니다. 법치法治와 인치人治를 놓고 비교해 보면 단연 인치가 우선이라고 할 수 있습니다. 이는 천고불변의 진리입니다. 따라서 폐하께서 탐관오리들을 혹독한 법과 준엄한 형벌로 다스리시는 이치정돈에 신은 충분히 공감합니다. 그 취지를 받들어 진력하겠습니다. 그러나 화모귀공이나 관신일체납량 같은 제도는 지역 간의 차이와 특성을 고려해야 합니다. 더불어 그때그때의 상황도 고려해야 합니다. 절대 천편일률적으로 밀고 나가서는 안 될 것 같습니다."

이불은 보친왕에게 그렇게 아뢴 다음 이위를 보면서 다시 입을 열었다.

"이위 같은 경우 남경에서 연화세煙花稅(기생들과 기방을 출입하는 남성들에게서 받는 세금)까지 광범위하게 받고 있습니다. 그렇게 해서 국고의 빈약함을 보충한다는 것은 비애를 느낄 일이 아닐 수 없습니다. 아무리 재정 확보에 기여한다고 해도 결코 널리 보급할 가치는 없다고 해야 하지 않을까요? 신은 이위하고 친분이 두터운 사이입니다. 그러나 공사公事에 있어서는 친소 관계를 고려하지 않습니다. 때문에 바람직하지 못한 소인小人의 작태에 대해서는 이처럼 혹독하게 비판을 하고는 하옵니다."

"검은 고양이든 노란 고양이든 쥐만 잘 잡으면 좋은 고양이 아닌가?"

이위가 자신의 방안에 대해 대놓고 소인의 작태라고 비난하는 이불의 말에 기분이 상한 듯 퉁명스럽게 말했다. 그러나 특유의 익살스런 웃음은 잃지 않고 있었다. 그가 다시 입을 열었다.

"내가 진회루 같은 곳에서 기생들의 주머니를 털었다고 비난을 한다는 얘기는 들어서 알고 있어. 그러는 자네는 청루靑樓의 세금을 받지 않는다는 말인가? 그건 뭐 묻은 개가 겨 묻은 개보고 비웃는 격이 아닌가! 우리는 그저 다소 인간적인 그쪽과는 달리 막무가내로 무식하게 받아 챙길 뿐이네. 자네 쪽이 청루의 세금으로 무엇을 하는지도 나는 어느 정도 알고 있어. 예컨대 아직 대기 발령 상태에 있는 가난한 관리들에게 보태준다더군. 그렇게 찔러 넣어 주는데 싫어할 사람이 어디 있겠어? 그러나 나는 똑같은 청루의 돈일지라도 그렇게는 쓰지 않아. 그 돈으로 서른 한 개의 의창義倉을 만들었지. 빈민들을 먹여 살리기 위해서였지. 개중에는 소문을 듣고 찾아온 자네 호광 지역의 빈민들도 많았어. 관리들에 인기가 높은 자네와 달리 나는 헐벗고 굶주리는 거지들에게 의지가 되고 믿음을 주는 사람이야.

가진 것이 돈과 시간뿐이라서 기방에나 들락거리는 것이 유일한 취미인 자들의 주머니를 털어 못 먹고 못 사는 사람들을 구제했다고. 설사 성인이라고 해도 나의 행동이 천리天理에 어긋난다고는 말씀하지 않으실 거야."

홍력이 둘 사이의 입씨름이 서서히 달아오르며 심각해지려고 하자 손사래를 치면서 끼어들었다.

"아, 그만. 그만! 그러다가 정말 얼굴 붉히게 생겼어. 자고로 제도의 제정과 변경에 있어서는 각자의 정견政見이 일치하지 않는 경우가 다반사야. 이불, 자네가 화모귀공에 대해 탐탁지 않게 생각한다면 나도 강요할 생각은 없네. 그러나 이는 조정에서 야심차게 추진하고자 하는 제일가는 주요 정책이야. 그런 만큼 이를 거부할 경우 자네는 직예 총독의 자리에 앉을 자격이 없게 돼. 그것은 폐하의 뜻이기도 해. 내가 자네에게 정신을 차리도록 보슬비를 뿌리고 있는 상황이니 잘 생각해보게."

순간 이불의 두 눈에 아주 잠깐 놀라는 빛이 스쳐 지나갔다. 마음이 살짝 흔들리는 것이 분명했다. 그는 관리가 된 이후 늘 조정이 채택한 정책의 추진에 발 벗고 나섰다. 그로 인해 백성들에게 인후하고 청렴한 인물로 칭송을 받았다. 호광 지역의 백성들이 마치 약속이나 한 듯 이구동성으로 '청천'靑天이라는 별명으로 그를 부른 것은 그런 이유 때문이라고 할 수 있었다. 실제로 매년 그가 이끌던 호광의 치적은 '탁이'卓異(남보다 뛰어남)의 영예를 안았다. 따라서 그로서는 자신의 명성이나 인망이 전문경을 훨씬 앞선다고 생각해왔다. 전문경과 이불은 환난지교로 대단히 막역한 사이였다. 그러나 이불은 전문경이 하남성에서 시행하는 여러 시책들에 대해 공감할 수가 없었다. 급기야 정견상의 충돌이 빈번해졌고, 이후 둘은 자연스럽게 멀어지게 됐다.

　그러나 그는 전문경이 '모범 총독'으로 옹정의 신임을 받을 때도 성총 면에서는 자신이 앞선다고 여전히 자부해왔다. 옹정이 자신에게 내린 주비 내용으로 미뤄보면 확실히 그렇다고 해도 좋았다. 그러나 보친왕의 몇 마디 말은 그게 아니라는 사실을 분명히 보여주고 있었다. 이불은 무엇보다 보친왕이 슬쩍 흘린 말을 통해 '화모귀공'과 '관신일체납량' 등 정책의 보급에 대한 옹정의 강한 의지를 읽을 수 있었다. 물론 보친왕은 직접 전문경을 거론하지는 않았다. 하지만 조정에서 전문경에게 보내는 신망이 자신을 넘어설지도 모른다는 생각이 그의 가슴 저 깊은 곳에서 솟구치고 있었다. 급기야 그가 더욱 커지는 질투를 어쩌지 못하겠다는 듯 단호한 어조로 입을 열었다.

　"친왕마마께서 저를 위해 이처럼 보슬비를 내려주시는 것에 대해 감사하게 생각합니다. 신을 향한 두터운 사랑이 진심으로 느껴집니다. 그러니 이참에 저도 친왕마마께 솔직히 아뢰고 싶은 말을 하겠습니다. 신은 지금껏 심혈을 기울여 온 호광에 대한 미련을 버릴 수가 없습니다. 이곳의 백성들 역시 신을 무척이나 따릅니다. 신이 그 어느 곳으로도 떠나지 않기를 염원하고 있습니다. 이번에 입경入京하게 되면 신은 폐하께 호광에 남게 해주십사 하고 주청을 올려볼 생각입니다. 신의 주청이 받아들여진다면 친왕마마께서는 신과 전문경 둘 중 누가 자기 울타리를 더 잘 가꿔나가는지 지켜봐주십시오! 신이 들으니 전문경의 아문에서는 세 가지 소리가 난다고 합니다. 주판알 퉁기는 소리와 곤장을 때리는 소리, 비명 소리 등이 바로 그것입니다. 신도 신의 아문에서 세 가지 소리가 나게 할 수 있습니다. 그것은 다른 것이 아닙니다. 바로 심금을 울리는 가야금 선율과 바둑 두는 소리, 의정議政에 핏대를 올리는 소리일 것입니다."

"듣고 보니 재미있네."

홍력이 통쾌하게 웃었다. 이어 이위를 한 번 쳐다보고는 다시 입을 열었다.

"자네의 호북성이 다른 성의 본보기로 손색이 없다는 사실에 대해서는 이위도 공감하더군. 이제는 계류 상태에 있는 긴요한 사건들도 없지 않은가. 그러니 자네도 서둘러 떠나도록 하게. 이렇게 봤으니 더이상 미련도 없을 것이고. 대신 우리 주복主僕에게 나룻배를 한 척 얻어주게. 강을 따라 동쪽으로 내려간 다음 남경으로 가볼까 하네. 직예의 향시鄕試가 코앞에 닥쳤으니 자네는 하루라도 빨리 북경으로 들어가도록 하게."

홍력은 말을 마치자마자 바로 자리에서 일어났다. 그러자 이위가 서둘러 내용을 고쳐 말했다.

"배 한 척으로는 안 되네. 적어도 세 척은 있어야 해. 또 수사水師 제독에게 병사들을 변장시켜 멀리서 보친왕마마를 호가護駕하라고 하게. 보친왕마마의 안전이 무엇보다 중요하니까 말이야."

이불은 홍력 일행을 떠나보낸 다음 후속 조치를 서둘렀다. 유왕씨 사건에 대한 전말과 판결 내용을 정리해 6백리 긴급서찰 편으로 북경에도 보냈다. 그가 곧 호북성을 떠날 거라는 소식은 이렇게 해서 순식간에 퍼져나갔다. 그러자 현지의 관리들은 그를 붙잡기 위해 몰래 만민산萬民傘(민간에서 청백리 등에 대한 청원을 할 때 사용하는 우산)을 동원하는 작전을 펼쳤다. 게다가 대표를 선출해 그가 호북에 남게 해달라는 청원을 조정에 올렸다. 무려 1만여 명이나 집결해 이불의 수레를 가로막을 것이라는 소문이 무성했다. 이임을 연기해줄 것을 간청할 것이라는 말도 널리 퍼져나갔다.

이불은 그런 움직임에는 아랑곳하지 않고 서둘러 업무를 호광 포정사인 낙덕洛德에게 인계했다. 직예의 향시가 코앞에 닥쳤으므로 일정이 촉박했다. 이어 헌패명憲牌命을 요청하여 무창武昌 지부인 은준암殷俊岩이 얼사아문을 대리하도록 했다. 그런 다음 배편이 아닌 육로를 선택해 북경행에 올랐다. 한강漢江(호북성을 흐르는 강)과 백하白河 등이 중원으로 흘러드는 일대가 역수逆水였기 때문에 취한 부득이한 조치였다.

이불은 청백리답게 요란한 행차를 싫어했다. 달랑 두 명의 하인만을 데리고 북경행에 나섰다. 단출한 일행은 그래서 행차 속도도 빨라서 얼마 후에는 하남성 낙양洛陽에 예상보다 일찍 도착할 수 있었다. 때는 정월 대보름 명절이 막 지난 뒤였다. 그는 손가락을 꼽아봤다. 보름이면 콧노래를 부르면서 여유 있게 북경에 도착할 수 있을 것 같았다. 그는 긴장이 풀린 듯 그곳에서 쉬어가기로 했다. 마침 하남부河南府 지부인 나진방羅鎭邦이 자신과는 회시 동기였으니 인사를 나눌 필요도 있었다.

나진방의 그에 대한 태도는 그야말로 극진했다. 친근함을 넘어서는 대접을 해주었다. 하기야 이불이 호광의 개부건아開府建牙 대신으로 특채된 유명한 인물인 데다 이제 직예 총독으로 승진 발령이 났으니 그럴 만도 했다. 나진방은 심지어 이불이 문사文士들을 가까이 한다는 사실까지도 잘 알고 있는 듯 환영 연회를 베푼 당일 저녁 왕종례王宗禮, 하수고賀守高, 양걸楊杰, 진봉오秦鳳梧 등 몇몇 신사紳士들을 불러 술자리를 함께 하도록 배려했다.

"낙양은 처음이네."

이불이 술이 서너 순배 돌아가자 만면에 붉은 빛을 띤 채 먼저 입을 열었다. 그리고는 자신의 눈에 비친 하남성에 대한 소회를 피력했다.

"낮에 쭉 돌아보니 가게들이 즐비하더군. 거리도 반듯하고 말이야. 우리 호북의 무창보다도 훨씬 여유 있어 보이더군. 무창은 수로, 육로가 아홉 개 성省으로 통하는 요충지이지. 하지만 낙양은 아홉 개의 왕조가 도읍을 정할 정도로 유서 깊은 고도古都가 아닌가. 게다가 이궐伊闕, 망산邙山이 한가운데 우뚝 솟아있는 것도 장관이지. 그야말로 천부天府가 따로 없는 곳이야! 나는 저녁 무렵에 공자孔子의 문례처問禮處를 찾았어. 그랬더니 비석은 그런 대로 쓸 만한데 아쉽게도 비정碑亭(비석을 보호하는 정자)이 낡아서 쓰러질 지경이더군. 나진방, 자네가 그러고도 책을 세 수레나 읽었다는 사람인가? 성인을 기리는 장소를 그렇게 방치해 놓고 여태껏 손도 보지 않고 뭘 했어?"

나진방은 50세 남짓한 사내였다. 나이답지 않게 체구가 우람했다. 그가 체구에 어울리게 네모난 대추처럼 붉은 얼굴에 웃음을 가득 띠우더니 이불에게 술을 따라주면서 말했다.

"자, 자, 총독 대인! 모처럼 만났으니 술이나 마시자고! 그대의 주량이 바다처럼 한이 없다는 것은 모르는 사람은 없으니, 어서 빨리 잔을 비우시게. 말이 났으니 말이지 어찌 공자의 문례비 뿐이겠어. 주공묘周公廟와 문묘文廟, 대성전大聖殿 등은 무너지기 일보직전이야. 속이 탈 지경이지. 그러나 손에 가진 것이 없으니 고칠 엄두를 못 내는 거라고. 하남은 다른 성에 비해 관리들에게 주는 양렴은養廉銀이 조금 많기는 해. 그러나 종삼품인 내가 일 년에 육천 냥을 받은들 뭐하겠나. 그걸로 손님 접대하고 식구들 밥 안 굶기고 죽어 묻힐 만한 곳이라도 찾으려고 해봐. 솔직히 마음만 있을 뿐 그런 곳에까지 신경을 쓸 여유가 없네. 화모花耗를 조정에 올려 바치지만 않았어도 묘비나 절 따위를 손보는 것쯤은 일도 아닐 텐데!"

나진방은 화모귀공 시책에 대한 불만을 은근히 내비쳤다. 이불은 그의 말이 그 정책을 주창한 전문경에 대한 불만이라는 것을 모르지 않았다. 하지만 전문경이 없는 곳에서 수군거리는 것은 싫었다. 그가 한참이나 생각에 잠긴 것 같더니 입을 열었다.

"됐어, 나는 그만 마실게. 기왕 말이 났으니 그에 대해서 의논이나 하자고. 고상한 일은 고상한 사람들이 해야 제격이지. 낙양은 낙양지귀洛陽紙貴(낙양의 종이가 귀하다는 의미. 그만큼 학문에 대한 열정이 크다는 의미)라는 말이 나올 정도로 문인들이 구름처럼 많은 곳이 아닌가. 그런 인물들이 조금씩 협조해 준다면 어렵지 않게 해결될 일 같은데?"

왕종례가 이불의 말에 돌아가면서 술을 따르다 말고 갑자기 한숨을 짓더니 무겁게 입을 열었다.

"총독 대인, 그건 다 호랑이 담배 피우던 시절 얘기예요. 지금 하남성에 문인이나 선비가 어디 있어요? 더도 덜도 말고 전문경 중승이 부리는 몇몇 막료들만 보더라도 그래요. 하나같이 몽둥이질이나 해대는 데 이골이 난 깡패 같은 것들뿐이죠. 어디 문인이나 선비 발뒤꿈치에라도 미치겠어요?"

왕종례는 진사 출신이었다. 게다가 도대道臺까지 지낸 경륜이 있었다. 견문이 넓은 데다 말도 구수하게 잘했다. 그는 이불과 전문경의 사이가 좋지 않다는 사실을 눈치 채기라도 한 듯 두 사람 사이를 이간질할 수 있는 말을 다시 입에 올렸다.

"지난번 전 중승이 전량錢糧을 전담하는 막료인 전도錢度라는 자를 보냈었죠. 그래서 우리는 오늘처럼 술자리를 마련해 대접했어요. 또 우리의 어려운 사정도 하소연했죠. 그랬더니 전도가 뭐라고 한 줄 아세요? '굶어죽을 지경이 되지 않은 이상 울상 짓지 말게. 당신들이 길바닥의 거지들보다 궁색한가? 소작농들보다 고달픈가?'라고 하면서

면박을 주더라고요. 그리고는 또 '전 중승은 조정을 위해 개혁의 마차를 이끌어가는 선구자야. 자신을 위해서는 추호의 이득도 바라지 않는 분이지. 우리 전 중승이 '모범 총독'이라는 것은 모르는 사람이 없겠지? 이불이 호북에서 절대 하남성을 따라하지 않겠노라고 악을 바락바락 쓰고 있지만 두고 보라고. 결국에는 코가 꿰어 따라오지 않고는 못 배길 테니!'라고 말하더라고요."

왕종례의 말이 끝나자 인상이 매섭고 피부가 새까만 데다 왜소하기까지 한 양걸이 절강성 사투리로 말했다.

"왕 형이 말한 그대로예요. 저도 그 당시 자리에 함께 있었거든요. 사실 나는 전문경과 같은 해에 효렴孝廉에 합격한 동기예요. 그럼에도 그 인정머리 없는 자가 언제 한 번 봐주는 일이 없어요. 그가 헌명憲命을 내리면 나는 무조건 따라야 해요. 심지어 물난리 때는 치수 공사에 동원된 인부들과 함께 일하기도 했죠. 바짓가랑이를 걷고 물속에 뛰어들어서는 모래주머니를 등에 지고 나르고……. 관리의 체면 따위는 땅바닥에 떨어진 지 이미 오래됐어요! 그래 참다못해 편지를 보냈죠. 그 옛날 서호西湖가에서 시 읊고 장기 두면서 꿈을 키워왔던 시절을 상기시킨 다음 글공부한 사람들의 체면을 조금 살려주십사 했더니……, 물속에 들어가 인부들과 씨름하는 것 때문에 체면이 깎인다고 생각한다면 은 열다섯 냥을 부쳐줄 테니 대타를 찾으라고 하더군요. 내참 기가 막혀서……! 아무튼 사람을 숨 막히게 만드는 데는 일가견이 있다니까요."

이불이 양걸을 유심히 바라보는가 싶더니 마침내 입을 열었다.

"그대는 혹시 호가 사유四維 아닌가? 우리 다 같이 같은 해에 효렴에 합격한 동기잖아. 왜 내가 자네를 진작에 알아보지 못했지?"

"예의염치禮義廉恥를 사유四維라고 하지."

양걸이 이불의 말에 다소 자조적인 표정을 지었다. 이어 천천히 말을 이었다.

"나는 벌써부터 알아봤어. 자네가 이제 높은 자리에 올랐기 때문에 감히 알은체를 못했을 뿐이지. 전문경한테 데여서 그렇기도 하고. 동기라고 봐달라고 했다가 본전도 못 찾고 나앉아 이러고 있지 않은가?"

이불이 웃으면서 그의 말을 받았다.

"자네는 그야말로 자라 보고 놀란 가슴 솥뚜껑 보고 놀라는 격이로군. 동기들끼리는 호형호제하는 것이 마땅해. 그런데 그게 무슨 소리야?"

좌중의 사람들은 이불과 양걸의 대화를 통해 비로소 둘이 동기라는 사실을 알게 됐다. 일제히 양걸에게 부러운 시선을 보냈다. 이불은 양걸이 전문경으로부터 받았다는 편지를 건네받았다. 양걸의 편지에 대한 답신인 모양이었다. 편지는 구구절절 내용이 길고도 길었다.

마일馬日(정월 초육일을 뜻함)에 보낸 편지를 받고 보니 사유 자네의 얼굴을 보는 것 같아 반가웠네. 그 옛날 서호에서 낭만을 즐기던 시절이 어제 같은데 벌써 격세지감을 느낄 때가 되었으니 세월의 흐름을 어쩔 수 없네그려. 나는 자네가 관신일체납량에 대해 이해를 못하는 것이 정말 아쉬워. 그것은 이 나라를 위해 바람직한 국책이야. 그러니 폐하의 성은에 보답하는 차원에서라도 나는 최선을 다할 거야. 또 언제가 될지 모르나 나 전문경은 초야로 돌아가더라도 관신일체납량의 원칙을 지켜 세금을 꼬박꼬박 잘 낼 거네. 물론 새로운 정책의 시행을 앞두고 진통을 겪는 것은 사실이야. 바람직한 시책이라 하더라도 시행착오를 겪지 말라는 법은 없으니까. 나 전문경도 사람이니 언젠가 내가 걸어온 길을 되돌아보면 유감은 있겠지. 그러나 전심전력을 다하고 나면 후회는 없을 거라고 믿네. 그 옛날의 우정을 돌이켜 은 열다섯 냥을 보내네. 인부들과 더불어 일하기가 힘이 들면 대신 일할 사람을 찾아 육체의 피곤을 풀기 바라네. 정월 인일人日(초이레)에 전문경 씀.

이불이 편지를 다 읽자마자 바로 푸우! 하고 참았던 웃음을 터트렸다. '마일'에 양걸이 보낸 편지를 읽고 전문경은 즉각 그 다음 날인 '인일'에 답장을 썼던 것이다. 은근히 양걸을 말에 빗대어 욕한 것이라고 생각할 수밖에 없었다. 그러나 이불은 자신과 전문경 사이의 불화를 부채질하려는 양걸의 속내를 모르지 않았던 만큼 그저 웃기만 했다. 양걸이 기대하듯이 전문경에 대한 험담에 맞장구를 치는 말 같은 것은 늘어놓지 않았다. 그래도 양걸이 포기하지 않고 뭔가 더 물으려 하자 이불이 선수를 쳤다. 관직 없이 그저 수재인 탓에 끝자리에 앉아 한 번도 대화에 끼어들지 못한 진봉오를 향해 입을 연 것이다.

"재주꾼이라는 얘기는 많이 들었네. 올해 시험에는 반드시 합격해 관가의 길을 걸어야지!"

"글쎄요. 고민 중입니다. 춥고 배고픈 십 년을 무슨 집념으로 버텨 왔겠습니까? 관직에 오르는 것이 목적이었죠. 그러나 지금은 솔직히 시험을 봐야 하나 말아야 하나 고민이 되네요."

진봉오가 이불의 예상과는 달리 나직하게 한숨을 토해냈다. 그러자 이불이 의아한 표정으로 물었다.

"아니, 관직에 오르는 게 목적이라면 시험을 봐야하는 것이 당연하지 않은가. 뭘 고민한다는 것인가?"

진봉오가 다시 한숨을 토한 다음 입을 열었다.

"저는 시험을 볼 때마다 스스로도 제 글에 만족해 혀를 내두를 정도였습니다. 그렇게 글을 썼는데도 채점하는 사람 눈에는 영 마음에 들지 않은 모양이었습니다. 벌써 몇 번째 낙방했는지 모릅니다. 정말로 제 글이 형편없어서 낙방하는 것이라면 마음이라도 편할 텐데 말입니다."

진봉오가 울상이 된 채 불만을 토로했다. 이어 다시 나지막이 덧붙였다.

"학정學政인 장 대인은 저의 실력을 높이 평가해 주시고 엄지를 내두르기도 합니다. 지난번에는 전 중승이 마지막으로 합격자 명단을 검토했습니다. 그런데 폐하께서는 진秦씨 성을 가진 사람을 싫어하신다면서 저에게 미역국을 배터지게 먹였습니다. 그리고는 다른 사람을 대신 합격시켰다는 것 아닙니까? 하기야 진송령秦松齡과 같은 석학도 성조 때 빛조차 보지 못하고 죽었죠. 조정의 태감들이 자신의 원래 성을 떠나 모두 진秦이나 조趙, 고高(진, 조, 고 등은 진나라를 망하게 한 조고를 의미. 게다가 조고는 큰일을 저지를 요주의 인물이라는 단어와 음이 같음. 옹정으로서는 나라를 망친다는 의미를 가진 진, 조, 고라는 성을 좋아하지 않을 수도 있었을 것) 등으로 바꿨다면 그럴 법도 하겠으나 아무리 생각해도 억울한 것은 어쩔 수 없네요. 저는 전 중승이 주시험관을 맡는다면 올해는 시험을 보지 않을 겁니다."

진봉오의 말이 끝나자마자 이불의 표정이 바로 굳어졌다. 전문경의 각박함을 익히 알고는 있었으나 관리를 선발함에 있어서도 그 정도일 줄은 몰랐던 모양이었다. 그가 발끝을 내려다보면서 한참 동안 생각하더니 비로소 냉소를 흘리면서 말했다.

"유묵림이 연갱요의 군중에서 참의도대參議道臺로 있을 때였지. 당시 〈초선차전〉草船借箭이라는 연극을 공연한 적이 있었어. 그때 연극을 구경하던 장군 중의 하나가 '공자孔子 다음에 다시 공명孔明이 나지 않았는가. 과연 선善에는 선으로 보답하는구나!'라고 했었네. 그러자 유묵림이 웃으면서 '진시황秦始皇 다음에 다시 진회秦檜가 나왔다. 위무제魏武帝 다음에는 위충현魏忠賢이라는 망나니가 나왔고. 아! 이 어찌 진씨 가문의 불행이 아닌가. 과연 악惡에는 악으로 보답하는구나!'라고 했다더군. 전문경도 그걸 그렇게 생각한 것인가. 정말 웃기는군! 전분田蚡(한漢나라 때의 대신)은 역사상 둘째가라면 서러워 할 아첨꾼이야. 그러면 전문경은 뭐가 되는 거야? 그 후손 아니냐고!"

좌중의 사람들이 이불의 말에 드디어 박수를 치고 발까지 굴러가면서 기쁨을 표했다. 이불이 그런 그들을 힐끗 보더니 단호하게 말했다.

"올해 하남성의 주시험관은 전문경이 아닐 거야. 그러니 걱정하지 말고 시험을 보게! 그동안 전문경 때문에 억눌렸던 재주를 마음껏 펼치라고. 그래서 보란 듯이 금방金榜의 첫머리에 이름을 올려보게. 다시 한 번 진씨라는 이유만으로 시험에서 탈락하게 되면 내가 팔을 걷어붙이고 나설 거야!"

그날 저녁 사람들은 그야말로 흥이 도도해졌다. 자정이 다 되어서야 술자리를 파하고 겨우 흩어졌다.

11장

이불과 전문경의 논쟁

이불李紱은 그날 저녁 나진방의 서재에서 잠을 자려고 했다. 그러나 평소에도 워낙 수면장애가 있는 데다 낯선 곳이어서 그런지 잠을 이루지 못했다. 술을 마신 데다 마음까지 무거워 더욱 그런 것 같았다. 엎치락뒤치락하다 겨우 잠이 든 것은 4경四更이 다 됐을 때였다. 그러나 얼마 지나지 않아 참을 수 없는 한기에 눈을 떴다. 아니나 다를까, 덮고 자던 이불이 저만치 나가 떨어져 있었다. 이글거리는 난롯불이 너무 더운 나머지 잠결에 이불을 걷어차버렸던 것이다.

창문 밖은 어느새 하얗게 밝아 있었다. 순간 그는 늦잠을 잤다고 생각하고 놀라서 벌떡 일어났다. 대충 세수를 한 다음 문을 열고 밖으로 나섰다. 그러자 기다렸다는 듯 찬바람이 눈발을 몰고 와서 얼굴을 때렸다. 그는 흠칫 떨면서 찬 기운을 고스란히 들이마셨다. 간밤에 눈이 내린 모양이었다. 그러자 그의 시중을 드느라 옆방에서 대기하고 있던 나진방의 두 하인이 인기척을 들었는지 달려 나와 아침 인사를 했다. 그가 웃으면서 말했다.

"깨워서 미안하네. 나를 따라 온 두 원숭이는 어디에 있는가?"

나이가 좀 더 들어 보이는 하인이 즉각 대답했다.

"옆방에서 정신없이 자고 있습니다. 둘 다 한창 잠이 많을 나이 아닙니까. 눈이 많이 내려 창밖이 훤해서 그렇지 아직은 이른 시간입니다. 조금 전에 저희 어르신께서 다녀가셨습니다. 날씨도 추우니 총독 대인께서 껴입으실 옷을 준비해 놓으라고 특별히 분부하셨습니다. 아침도 제때에 챙겨 올리라고 하셨고요. 밖에 나가시려면 가마를 준비하겠습니다."

이불이 말을 받았다.

"나는 설경을 감상하는 것을 무척 좋아하네. 가마 같은 것은 필요 없네. 여기에서 용문龍門의 이궐伊闕로 가려면 고작 오십 리 길밖에 안 될 텐데, 노새 한 마리만 있으면 우리 두 원숭이를 데리고 충분히 길을 떠날 수 있네. 나진방 어른은 공무에 바쁜 사람이야. 나와 동반할 필요가 없다고 하게. 하루 이틀 아는 사이도 아닌데 격식에 얽매일 것 없다고 전하게."

하인이 이불의 말에 황급히 대답했다.

"알겠습니다. 그러나 저희 어르신께서는 반드시 총독 대인을 모시고 다녀오시겠다고 하셨습니다. 그런데 밤에 전 중승께서 낙양으로 오셨다고 하셔서 날도 밝기 전에 역관으로 불려갔습니다. 전 중승과 함께 낙하洛河의 치수 현장을 둘러본 다음 늦어도 점심 전에는 돌아올 것이니 총독 대인께서 좀 기다려 주셨으면 좋겠다고 하셨습니다."

이불은 전문경이 낙양으로 왔다는 말에 속으로 화들짝 놀랐다. 그러나 겉으로는 아무런 내색을 하지 않은 채 미소를 머금었다.

"빨리 오는 것이 때맞춰 오는 것보다 못하다는 말이 있지. 뜻밖에 전문경을 만날 수 있게 되다니. 이런 횡재가 있나! 낙하를 둘러본다고 했지? 그러면 나도 오늘 용문행을 취소하고 그리로 가야 할 것 같네. 눈을 밟으며 매화꽃 찾는 즐거움은 그 무엇에도 비할 수 없지. 낙하의 치수 현장으로 갈 것이니 가마를 준비하게."

"가마는 저희 어르신께서 자주 이용하시는 것이 있기는 합니다. 그러나 저희 어르신의 뜻은 조금 다릅니다. 총독 대인이 낙양에 계신다는 소식을 접하면 전 중승께서 이쪽으로 찾아오실 거라고 하셨습니다."

하인이 잠시 머뭇거리더니 말했다. 이불도 잠시 생각을 가다듬은 다음 입을 열었다.

"그래도 내가 가는 것이 낫지. 가마를 대어 놓게."

지부의 아문은 그리 멀리 있지 않았다. 낙하에서 바로 지척에 있었다. 이불은 가마를 타고 한 시간 정도 갔다. 과연 저 멀리에 밀가루를 쏟아 부은 것 같은 잔뜩 메마른 모래사장이 보였다. 마치 거울 같은 낙하의 수면은 그 너머에서 꽁꽁 언 채 가슴을 훤히 드러내놓고 추위에 떨고 있는 듯했다. 지붕 위에서 푸드득거리며 날아서 땅으로 내려오는 닭의 깃털 같은 눈꽃이 얼음 수면 위에 무더기로 내려앉고 있었다. 이불이 얼마 후 길 동쪽에 자리한 피폐하기 이를 데 없는 절을 가리키면서 가마를 따라나선 하인에게 물었다.

"저 절은 제법 큰 절인 것 같군. 무슨 절인가?"

하인이 발밑이 미끄러운 듯 조심스럽게 걸으면서 말했다.

"주공묘입니다. 저렇게 방치된 지 꽤 오래 된 것 같습니다. 제가 어릴 때부터 저랬으니까요."

이불은 더 이상 입을 열지 않았다. 대신 멀리 보이는 제방 위로 눈길을 돌렸다. 커다란 관교 몇 대가 엎드려 있는 모습이 눈에 들어왔다. 또 언덕 위에는 몇 사람이 찬바람에 두루마기 자락을 휘날리면서 어딘가를 손가락으로 가리키고 있었다. 뭔가 얘기를 주고받는 듯했다. 나진방 일행이 틀림없을 터였다.

이불은 제방을 조금 앞두고 가마에서 내려 걸어갔다. 가까이 다가가 보니 과연 전문경이 몇몇 막료들과 하남성의 관리들을 데리고 낙하의 둑을 점검하고 있었다. 그들은 뒤에서 사람이 다가오는 줄도 모르고 자신들의 일에 열중하고 있었다. 이불은 굳이 서둘러 알은체하지 않고 사람들이 움직이는 대로 몇 발자국을 사이에 두고 다가갔다. 그러다 힐끗 전문경을 바라보니 지난번 북경에서 봤던 그 모습 그대로였다. 다만 머리카락이 그동안 거의 백발로 변한 것이 달라진 모습이었다. 또한 비쩍 말라버린 체구가 바람이 휘몰아치는 을씨년스러운 제방에서 날려갈 것처럼 허약해 보였다. 하지만 금계 보복을 입고 있는 모습은 권위가 있었다. 산호 정자 밑에 보이는 긴 머리채가 바람에 휘날리는 모습은 흰 뱀이 꿈틀대는 것 같기도 했다. 다만 턱밑의 수염에 얼음이 맺혀 있는 것이 옥에 티였다.

"진방!"

전문경이 미간을 지푸린 채 제방 안에 여기저기 널려 있는 네모난 돌을 가리키면서 나진방의 이름을 불렀다. 이어 힐난조로 다그쳤다.

"자네, 도대체 어떻게 된 일인가? 갈수록 일을 대충대충 하니 말일세. 지난번 우리 막료 전도가 왔다 갈 때만 해도 제법 높다랗게 돌이 쌓여 있었다고 했어. 그런데 지금은 왜 이것밖에 안 되나? 아무리 치수 공사가 없는 겨울이라고 하나 사람을 보내 지켰어야지. 백성들이 다 훔쳐가 돌담을 쌓는데 써버리지 않았는가 말이야! 돌멩이 하나하나도 전부 돈 주고 산 것이네. 자네 집 물건이었다면 저렇게 건

사했겠나?"

나진방이 잔뜩 화가 난 전문경을 따라 발걸음을 옮겨놓았다. 그리고는 연신 굽실거리면서 대답했다.

"백성들이 훔쳐간 것이 아닙니다. 지난달에 대성전의 월대月臺가 무너져 내렸다고 합니다. 명륜당과 동쪽 뜰의 담도 수리해야 한다면서 왕王 한림翰林이 찾아왔었습니다. 비용을 지원해달라고 하기에 우리는 그럴만한 여유가 없다고 했죠. 그러자 지금은 사용하지 않고 있는 저 돌이라도 우선 빌려달라고 했습니다. 성에서 장 학대學臺(교육을 책임진 담당관. 교육감에 해당)도 협조해 주라면서 공문을 보내왔더군요. 내년 봄에 치수 공사가 시작될 때 돌려받……."

"뭐? 내년 봄에 돌려받기로 하고 빌려줬다고?"

전문경이 표정 하나 찾아볼 수 없는 무뚝뚝한 얼굴로 나진방의 말을 자르며 매섭게 노려보았다. 이어 다시 따지듯 그를 몰아붙였다.

"복숭아꽃이 피는 삼월과 채소 꽃들이 피는 오월에 물이 급작스럽게 불어난다는 것은 삼척동자도 다 아는 일이 아닌가? 미리미리 준비해 둬야지. 만약 그때 가서 차질을 빚으면 어떻게 하려고 돌을 빌려준단 말인가?"

전문경의 호통에 나진방을 비롯한 사람들은 완전히 꿀 먹은 벙어리가 되고 말았다. 전문경은 그래도 심사가 무겁고 짜증스러운 듯 혼자서 저만치 걸어갔다가 되돌아오면서 부산스럽게 서성거렸다. 이어 미끄러운 제방 위쪽으로 올라가 돌로 둑을 두드려보기도 했다. 그런데 둑 속에서는 텅 빈 울림소리가 났다. 그러자 그가 말없이 내려와 손에 들고 있던 돌멩이를 저만치 힘껏 내던지면서 말했다.

"두드려보니 속이 텅 비었더군. 그러고도 제방을 쌓았다고 할 수 있는 거야? 응? 인부들의 노임과 재료를 빼돌린 일이 있는지 없는지 조사해봐야겠어!"

전문경이 목에 핏대를 세우더니 사람 키를 훌쩍 넘을 만한 제방 밖의 황량한 쑥대밭을 가리키면서 다시 침을 튕겼다.

"잡초가 무성한 저 땅도 최소한 십만 무는 될 거야. 폐하께서 누누이 황무지를 개간하라고 지의를 내리셨지 않은가! 그런데 다들 귀가 먹었는가? 송곳 가져다 뚫어줄까? 낙양에 놀고먹는 자들이 얼마나 많은데 아까운 저 땅을 저렇게 방치하는 건가? 낙하 상류에 수문을 만들어 물을 끌어들이면 여기는 가뭄과 홍수를 걱정할 필요가 없는 비옥한 전답으로 변할 거라고!"

전문경이 손바닥에 말라붙은 흙을 비벼 털어내고는 다시 차갑게 입을 열었다.

"진방, 자네 똑똑히 들어두게. 내년까지 이 황무지를 전부 개간하도록 해!"

나진방과 그의 부하들은 저마다 마른침만 삼키면서 주눅이 들었다. 번갯불에 콩 볶아 먹을 정도로 성격이 급하고 원리원칙주의자인 총독의 추상같은 훈계를 듣고 있으니 저절로 심장이 오그라드는 것 같았던 것이다. 그때 나진방이 쓸쓸한 웃음을 지어보이면서 입을 열었다.

"대인, 이 황무지는 각각 다 주인이 있습니다. 그렇지 않았다면 제가 벌써 개간을 했겠죠. 멀어서 잘 안 보여서 그렇지 가까이 내려가 보면 크고 작은 봉분들이 갈대숲 속에 여기저기 널려 있습니다. 많은 사람들이 조상들의 묘지로 쓰는 곳이라 감히 어떻게 할 수가 없었습니다."

"음!"

전문경이 대답은 하지 않고 황무지를 둘러보면서 신음을 토했다.

그리고는 도저히 믿기지 않는다는 듯 되물었다.

"주인이 있는 땅이라고?"

나진방은 그렇다고 대답했다. 전문경은 그제야 더 이상 말을 하지 못했다. 눈발은 더욱 거세지고 있었다. 게다가 거센 바람까지 겹쳐 점점 앞이 보이지 않을 정도가 되었다. 사람들은 저마다 광풍을 타고 화살촉같이 날아와 꽂히는 눈발에 얼굴이 얼얼했다. 이불은 아예 눈사람이 되어 가는 것 같았다. 그러나 마음은 그렇지 않았다. 전문경에게 호되게 혼이 나고 눈을 뒤집어 쓴 채 발끝으로 애꿎은 땅바닥만 후벼 파는 관리들을 보자 우습기도 했으나 다른 한편으로는 화가 솟구쳤던 것이다. 그가 더 이상 지켜볼 수가 없다고 생각한 듯 전문경의 등 뒤에서 말했다.

"문경, 자네는 과연 모범 총독답네! 눈보라 속에서도 몸을 아끼지 않고 열심히 하는 모습이 참 보기 좋네."

전문경은 어디선가 귀에 익은 목소리가 들려와 그곳으로 고개를 돌렸다. 곧 시무룩하게 웃으면서 자신을 향해 길게 읍을 하는 이불을 알아봤다. 그 역시 황급히 답례를 했다. 잔뜩 굳어져 있던 얼굴에 어느새 웃음이 번졌다.

"이불, 자네가 여기는 어쩐 일인가! 그렇지 않아도 조금 전에 진방 아우한테서 소식을 듣고 찾아가 보려던 참이었네."

이불과 전문경은 각각 한 마디씩 말을 마치고는 어깨를 나란히 한 채 걸었다. 이불은 자신이 호북을 떠나게 되었다는 이야기를 했다. 전문경이 꽤나 친절하게 호응을 하면서 물었다.

"듣자 하니 자네, 가족은 북경에 남겨둔 채 직예로 간다면서? 그것은 도대체 왜 그러는 건가?"

이불이 대수롭지 않은 듯 대답했다.

"귀찮아서 그러네. 일 년에 서너 번씩 북경에 들어갈 텐데 그때 보면 되지 꼭 가족을 모두 데리고 다녀야 할 이유가 없지 않은가? 지난번 우리 호북 의창에서 어떤 현관縣官이 부임지로 간 적이 있었네. 그런데 그 작자가 일곱 명의 마누라에 여덟 명의 첩도 모자라 사돈에 팔촌까지 요사스런 도깨비들을 육칠십 명도 넘게 끌고 갔어. 그걸 보니 정말 기가 막히더군. 그래서 자리에 앉기도 전에 내가 잘라버렸지. 사리사욕에 눈이 먼 자는 필요 없다고! 내가 보기에 강희 황제 때의 관리들은 뒤에서 처첩들이 뇌물을 많이 받아 챙겼어. 그 바람에 가랑비에 옷 젖듯이 자기도 모르게 탐관오리가 되었던 것 같아."

전문경이 이불의 말에 푸우! 하고 웃음을 터트렸다. 이어 비아냥거리는 어조로 말했다.

"직예와 북경은 지척이야. 그러면 자네는 북경에 있는 가족들을 전부 고향으로 되돌려 보내든지 무슨 수를 써야겠네?"

그래도 이불은 기분 나쁜 티를 내지 않고 대꾸했다.

"북경은 다르지. 육부구경六部九卿과 과도어사科道御使(육부구경 다음의 중급 기관이나 관리를 의미함)들이 눈을 부릅뜨고 감시하고 있잖아. 조정의 어연御輦(황제의 수레) 밑이라고. 아무리 콩가루 집안이라고 하더라도 조심하지 않을 수가 없지 않겠나. 그러나 내가 북경으로 가기 싫은 것은 그런 것이 두려워서가 아니야. 밖에서 구워먹든 지져먹든 내 마음대로 하다가 사방이 꽉 막히는 곳으로 가게 되니까 그런 것이지. 어쩐지 목을 옥죄는 느낌이 들 것 같아서라고!"

"음, 아무튼 재미있는 얘기군."

전문경은 솔직히 '그 요사스런 도깨비들을 육칠십 명씩이나 데리고 가는 것은 그 사람이 화모은을 독식했기 때문이지. 정부에서 일괄적으로 화모에 대한 관리에 들어가면 어느 누가 그 많은 식객들을 먹여 살릴 수 있겠어?'라고 말하고 싶었다. 그러나 잠시 생각한 끝에 입가에 맴돌던 말머리를 확 돌렸다.

"세상 모든 관리들이 다 자네 같으면 정말 좋으련만!"

이불이 웃음 띤 얼굴로 말했다.

"또 무슨 말이 하고 싶어서 그러나? '화모귀공'에 더해 '양렴은'인가 뭔가 하는 말을 하고 싶겠지. 하지만 오늘은 싸우지 말자고. 저 설경 좀 보게. 얼마나 황홀한가. 소항蘇杭(천하 절경인 소주와 항주)에 이 설경을 옮겨놓는다면 금상첨화로 매화꽃까지 더해진 격일 테니 얼마나 고울까?"

이불의 말이 끝나자 전문경이 제방 아래를 내려다봤다. 과연 낙하의 양안에는 이미 발목이 덮일 만큼의 눈이 쌓여 있었다. 산하 어디를 둘러보나 솜이불을 덮어놓은 듯 세상이 희디희었다. 전문경이 한참 후 입을 열었다.

"하남 속담에 '밀이 눈 이불을 세 겹 덮으면 어린애 엉덩이 같은 만두를 베고 잘 수 있다'라는 말이 있네. 상서로운 눈이 풍년을 불러온다는 뜻이지. 이 눈꽃들이 다 밀가루라면 좋겠어. 이런 날에는……."

전문경은 문득 뭔가 생각난 듯 잠시 말을 멈추고는 손짓으로 나진방을 불렀다. 이어 지시를 내렸다.

"나를 수행한 사람들 중에서 막료 전도만 남기고 나머지는 전부 돌아가라고 하게. 그리고 각 현에 명을 내려 이번 폭설로 집이 무너지거나 먹을거리가 떨어진 사람들은 없는지 조사해 보라고 하게. 만약에 있으면 지방 재정에서 지출해 도와주도록 하게. 동냥 다니는 이들은 이런 날씨를 저주할 테니 어디 안전한 절 같은 곳에 모아놓고 지낼 수 있도록 해주라고 하게. 다시 한 번 말하는데 굶어죽거나 얼어 죽는 사람이 있어서는 절대 안 되네. 또 만약 누군가가 벼룩의 간을 빼먹으려고 할 경우에는 내가 위액까지 토해내게 만들 테니 명심하라고 하게!"

"알겠습니다!"

나진방이 대답을 하고는 서둘러 관리들에게 가서 전문경의 뜻을 전달했다. 그들은 물러가라는 소리가 들리기만을 고대하고 있었는지 순식간에 도망치듯 흩어졌다. 곧이어 나진방이 체구가 왜소한 까무잡잡한 중년 남자를 데리고 왔다. 그러자 전문경이 웃으면서 말했다.

"전도라는 친구네. 우리 아문의 막료야. 이리 와서 이 총독께 인사를 올리게."

이불은 척 보기에 키는 작아도 딱 부러진 몸매에 반짝이는 눈동자가 어쩐지 예사롭지 않은 전도를 바라보았다. 순간 그는 왠지 알 수 없는 거부감을 느꼈다. 그러나 그런 내색은 전혀 하지 않은 채 전도의 팔을 잡으면서 말했다.

"이렇게 만난 것도 인연이네. 앞으로 잘 봐주시게!"

전도가 이불의 말에 너털웃음을 터트리면서 말했다.

"무슨 그런 말씀을 하십니까? 그 명성도 자자하신 이 총독께 제가 가르침을 받아야죠. 오늘 천진교天津橋 위에서 이렇게 바람과 눈을 맞으면서 만나게 되니 소생은 정말 영광입니다."

전도가 말을 마치고는 언덕 아래를 향해 손짓을 했다. 곧 몇몇 아역들이 달려왔다. 품에 한가득 도롱이를 안은 채였다. 모두 네 벌이었다. 전도가 말했다.

"이런 날씨에는 가죽옷을 입고 있어도 추운데 이런 걸 왜 가져왔느냐고 하실지 모르겠습니다. 그러나 눈은 몰라도 바람이라도 막으려고 부근에서 빌려오라고 했습니다. 눈 속에서 도롱이 입고 갓을 쓰고 있는 것도 나름 멋이 있지 않겠어요?"

전도의 장난기에 전문경과 이불은 둘 다 웃지 않을 수 없었다.

"천진교라고 이름은 들어봤는데, 바로 이 근처에 있나보지?"

이불이 몸에 묻은 눈을 털면서 물었다. 그리고는 도롱이를 걸쳤다. 도롱이는 보기에는 보잘것없어도 바람을 막는 효과는 뛰어났다. 그가 다시 나진방에게 물었다.

"천진교는 여기에서 얼마나 먼가?"

나진방이 손가락으로 낙하 맞은편을 가리켰다.

"저기 저쪽에 백양나무가 가득한 뒤편의 백사장에 있습니다. 보기에는 여느 평범한 다리와 별로 다를 바 없으나 문인묵객들이 봄가을로 이곳을 많이 찾다보니 상당히 유명해졌습니다. 평소에는 사람들이 많지 않습니다."

이불은 나진방의 설명을 듣고서야 비로소 그 명성도 드높은 천진교가 낙하를 가로지르는 다리가 아니라 백사장에 있는 명승지라는 사실을 알게 됐다. 호기심이 동한 그는 천진교 쪽을 바라보면서 잠시 생각에 잠겨 있는 전문경을 향해서 입을 열었다.

"자네는 또 밀가루 생각이나 하고 있는 모양이군. 자네처럼 관리 노릇 하다가는 지레 지쳐 죽겠어. 그러지 말고 우리 천진교에나 가보자고!"

전문경이 대답했다.

"낙양은 이번이 다섯 번째야. 치수 공사가 진행될 때가 아니면 황무지 개간 때문에 왔었지. 일이 우선이다 보니 명승지를 눈앞에 두고도 한 번 둘러볼 엄두조차 내지 못했네. 그래서인지 이 광대무변한 설경을 마주하고도 도무지 시흥詩興이 돋지 않는군."

네 사람은 어깨를 나란히 하고 천천히 눈길을 걷기 시작했다. 곧 모래밭을 지나 얼음이 언 낙하에 도착했다. 이불이 조심조심 걸으면서 말했다.

"이곳도 수심이 그렇게 얕지는 않을 걸? 어릴 때 살얼음을 딛고 지나가다가 물에 빠져 죽을 뻔한 이후로는 얼음 위를 지날 때마다 가슴이 콩닥거린다니까."

그러자 전도가 바로 걱정하지 말라는 반응을 보였다.

"괜찮아요. 보세요, 마차가 지나간 바퀴자국도 보이잖아요. 아침에 총독 대인께서 이궐을 유람하신다기에 제가 미리 사람을 보내 몇 번이고 시험을 해봤어요. 수심은 깊어요. 여름에 큰 유람선들도 무리 없이 통과하는 것을 보면 정말 그래요. 여기 오니 문득 작년에 이위 대인이 섬서성으로 가는 길에 들렀을 때가 생각나네요. 당시 이 대인은 술을 마시면서 시까지 읊어댔죠. 아마 높은 주루에서 바라보다 보니 황홀경 그 자체인 천수天水의 일색에 매료됐던 모양이에요. 떼 지어 날아오르는 갈매기들을 손짓하면서 천하의 무식쟁이인 이위 대인이 시흥이 북받쳤으니 말 다 했죠?"

"이위가 시를 읊었다고?"

이불이 눈을 휘둥그레 뜨고 반신반의하는 표정으로 물었다.

"도둑이나 잡으라면 신바람이 나서 달려갈 사람인데, 시는 무슨……?"

전문경도 이불과 다르지 않았다. 말도 안 된다는 듯 부정적으로 말했다. 전도가 이불과 전문경의 말에 무슨 생각이 들었는지 낄낄 웃으면서 말했다.

"하긴 오만상을 찌푸려가면서 두 팔을 벌린 채 연신 아! 아! 그 말만 절규하듯 외쳤죠. 그러다 하마터면 주루에서 떨어져 비명에 갈 뻔했어요. 아무튼 못 말리겠더라고요. 사람은 똑똑하고 영민한데 먹물하고는 통 궁합이 맞지 않는 게 흠이죠."

이불은 이위가 화제로 오르자 지난번에 자신이 그를 '불학무술'不學無術하다면서 탄핵안을 올린 사실을 떠올렸다. 하지만 없는 먹물을 애써 토해내다 하마터면 주루에서 떨어질 뻔했다는 이위는 그래도 전문경에 비하면 낫다고 할 수 있었다. 전문경은 자신도 글공부깨나 했으면서 책에 파묻혀 사는 문인들을 인간 이하의 취급을 하는 못된 버릇이 있었던 것이다. 그러나 이위는 그런 적이 거의 없었고, 심지어 문인들에 대해 공손하고 겸허하기까지 했다. 이불이 전문경에 대해서는 매사에 탐탁지 않아하고 은근히 분개하면서도 이위를 높이 평가하는 데는 그런 이유가 있었다.

일행은 이런저런 이야기를 나누며 계속 걸어갔다. 어느덧 천진교가 눈앞에 나타났다. 다리는 역시 소문대로였다. 길이는 대여섯 장, 높이는 두어 장 정도 되는 평범한 무지개다리에 지나지 않았으나 그 위의 정자가 아담하면서도 대단히 멋스러웠던 것이다. 네 사람은 눈을 밟으면서 천천히 다리 위로 올라서서는 먼 곳을 바라봤다. 그러나 정자에 앉아 있기에는 바람 끝이 너무 매서워 견딜 수가 없었다. 그들은 어쩔 수 없이 다리 아래로 내려갔다. 이불이 웃으면서 입을 열었다.

"여기는 다리가 막고 있어 바람도 불지 않는군. 게다가 눈도 없어 무척이나 따뜻하네. 다리 모양은 당나라 때의 풍격을 닮은 것 같군. 그러나 정자를 보면 또 명나라 때 만든 것 같기도 하고……. 그런데 왜 천진교라고 부르는 거지?"

이불이 고개를 갸웃거리자 나진방이 질문을 기다렸다는 듯 대답했다.

"이곳 낙양은 아홉 왕조의 고도古都잖아요. 당나라 때 수재들이 과거시험을 보러 올 때면 반드시 이 다리를 건너게 돼 있었죠. 청운의 꿈을 이루는 출발점이라고 해서 천진교라고 이름을 지었다고 하네요."

이불이 그제야 알겠다는 듯 머리를 끄덕였다. 그리고는 한숨을 지으면서 말했다.

"눈 깜빡할 새에 벌써 천백 년이 흘렀구나. 그때 그 다리는 여전하나 청운의 꿈에 부풀어 이 다리를 건너던 사람들은 다 어디로 갔는가? 그때의 수재들을 요즘은 거인이라고 하지. 지금 거인들은 그 어려운 팔고문八股文을 쓰지 않아도 되고 돈만 있으면 관리가 될 수 있으니 이 얼마나 편한 사람들인가!"

이불은 별생각 없이 돈으로 관직을 사는 풍조에 대해 한탄하는 말을 내뱉었다. 하지만 그 말은 듣는 전문경의 가슴을 후벼 파기에 부족함이 없었다. 그는 관리로 등용돼 승승장구하기 전에 세 번이나 과거시험을 본 적이 있었다. 하지만 합격하지 못했다. 결국 쓴 고배를 마시다 못해 납연관納捐官(돈을 주고 관직에 오른 관리)이 되고 말았다. 한마디로 천진교도 건너보지 못한 불쌍한 수재였던 것이다. 더구나 그 사실은 알 만한 사람들은 다 아는 공공연한 비밀이었다. 그랬으니 이불의 말을 들은 나진방과 전도는 가슴이 뜨끔할 수밖에 없었다. 곧바로 전문경의 눈치도 살폈다. 그러나 당사자인 전문경은 아무렇지 않은 척했다. 오히려 입가에 미소까지 지으면서 말했다.

"낙양에는 이하伊河와 낙하洛河, 전하瀍河, 간하澗河 등 총 네 개의 강이 있었지. 그 강들은 예전에는 모두 황하로 흘러들어갔어. 그러나 나중에 이하가 물길을 바꿔 낙하와 합쳐지게 되면서 비로소 낙하는 오늘날의 규모를 갖춘 강이 됐어. 그런데 이하와 낙하를 뚫어 하나로 합친 진강陳康이라는 사람은 관리가 아니야. 그 무슨 진사도 아니고 또 조정은 구경도 못해 봤지만 이하와 낙하를 하나로 만들어버렸지. 아마 천진교는 그 뒤로 유명무실하게 된 것 같아."

이불은 전문경의 말을 듣고서야 비로소 자신의 실언을 깨닫고 얼굴을 붉혔다. 그러나 전문경은 이제 이불의 말에는 별로 개의치 않는 듯했다. 그저 눈밭에서 뒷짐을 진 채 서서 북쪽에 있는 낙양의 모습을 오래도록 바라봤다. 이어 천천히 입을 열었다.

"나진방, 나는 내일 황하 북쪽 연안을 따라 쭉 내려가면서 제방을 둘러본 다음 개봉開封으로 돌아갈 것이네. 오늘은 작정을 하고 자네에게 화를 냈던 것은 아니니 이해하게. 자네는 일을 하려고 들면 잘할 사람이야. 내가 계속해서 잔소리하고 닦달해야 움직이는 것이 문제여서 그렇지. 낙양은 대대로 내로라하는 갑부들이 둥지를 튼 곳이야. 천석꾼, 만석꾼들도 우리 성에서는 가장 많고. 자네는 황하 치수에 필요한 경비를 그들로부터 충당할 생각을 해야 해. 혹시라도 나한테 손을 내밀 생각은 말라고. 하남성 국고에 있는 돈도 나 전문경의 것은 아니니까. 황하가 한창 말썽을 부릴 때는 하루에 얼마를 쏟아 부어야 하는지 자네는 상상도 못할 거야. 봄 가뭄이라도 들어 씨앗과 구제용 양곡을 준비해야 되면 또 어떻고? 가진 자들은 눈덩이처럼 불어나는 재산을 산처럼 쌓아두고 퍼먹기만 해도 주체를 못할 텐데. 그러나 조정에서 돈을 들여 홍수를 막아주고 구제 양곡을 풀어 사회 안정을 도모하지 않는다면 자기들이 어떻게 편안하게 먹고 살 수 있겠어? 아무리 날고 기는 재주가 있다고 해도 그렇지. 물론 그 사람들이 찔러도 피 한 방울 안 나오는 무쇠로 만든 수탉일 수도 있어. 그러면 우리는 강철로 만든 집게로 깃털을 뽑아내야 한다고! 우선 기 싸움에서 절대 지면 안 돼. 궁극적으로는 자신들에게 이로운 일을 하려는 것이라는 것도 단단히 주지시키게. 그럼에도 불구하고 전혀 협조하려 들지 않는다면 얘기는 달라지겠으나 일단 유화책을 한번 써보도록 하게."

전문경의 말은 그의 성격만큼 치밀하고 꼼꼼했다. 또한 멀리 내다보는 혜안도 있었다. 그러나 이불의 귀에는 그의 말이 한 마디도 들어오지 않았다. 오히려 반감만 더할 뿐이었다.

'조금 더 많이 가진 것이 무슨 죄야? 돈 좀 있어 보인다고 무작정 털을 뽑으려 든다면 그게 도둑질이나 약탈과 다를 게 뭐야? 아무리 나라의 재원 확충을 위한 것이라 해도 엄연히 준수해야 할 규칙과 제도가 있어. 그런데 어떻게 그렇게 막무가내로 할 수 있다는 말이야?'

그러나 이불의 그런 생각은 그의 가슴 속에서만 머물렀다. 전문경의 말이 옹정의 뜻을 대변하는 것이라는 사실을 모르지 않았던 탓이다. 그에게 할 말이 한 수레 가득 있다고 해도 북경에 가서 옹정을 배알하는 자리에서 쏟아놓는 것이 순리일 터였다.

이불은 당초 전문경이 낙양에서 며칠 머물 줄 알았다. 그래서 한가한 틈을 타 조용히 얘기를 나누려고 했었다. 그런데 당장 내일 떠난다고 하니 할 말을 어서 해야 한다는 생각에 마음이 다급해졌다. 그가 잠시 생각하더니 천천히 입을 열었다.

"여보게, 문경! 곧 떠난다고 하니 자네하고 조용히 하고픈 말이 있어. 시간 좀 내줬으면 하네."

이불은 전문경의 대답을 기다리지 않고 먼저 발걸음을 옮겼다. 곧 둘은 낙하를 따라 동쪽으로 천천히 거닐었다.

바람이 어느새 한결 수그러들고 있었다. 눈발도 잠잠해지는 것 같았다. 주위는 자박자박 눈 밟히는 소리가 크게 들릴 정도로 정적이 감돌았다. 한참 후 이불이 드디어 입을 열었다.

"여보게, 문경."

"말해보게."

"자네는 한 시대를 풍미한 명신名臣으로 남고픈 일념이 대단한 것 같아. 그러다 보니 스스로를 너무 혹사시키는군."

"자네는 반만 맞혔네. 명신으로 기록되고픈 마음도 있어. 그러나 성은에 보답해야겠다는 일념이 더 크네. 내 한 몸 다 바쳐 힘들게 일하지 않을 수 없지."

전문경이 소리 없이 한숨을 내쉬고는 말했다. 대단히 솔직한 말이었다. 이불 역시 그의 말에 동감한다는 듯 한숨을 토해냈다.

'이 친구는 미관말직에 있으면서 이십 년 동안 빛도 못 보던 경관京官이었어. 그러다 오늘날에는 이품 명관으로 출세했지. 그러기까지는 실로 엄청난 노력이 뒤따랐을 거야. 하지만 그후로는 승승장구하고 있어. 옹정 원년에는 섬서로 지의를 전달하러 갔다 오던 중 흠차의 관방을 동원해 '천하제일의 순무'라는 별칭으로 불리던 낙민도 쓰러 뜨렸어. 그 일로 국채 환수 작업의 새 장을 열었다고 할 수 있지. 그 이후 불과 삼사년 만에 총독 자리까지 껑충 뛰어올랐어. 그렇게 부단히 거듭나게 된 것은 폐하의 두터운 신임과 지지가 뒷받침됐기 때문이야. 그러니 저 친구가 성은에 보답하고자 온몸을 다 바쳐 충성하는 것은 당연할 수밖에 없지.'

이불이 한참 생각하더니 다시 천천히 입을 열었다.

"자네의 마음을 충분히 이해해. 하지만 목구멍에 가시가 하나 걸린 것처럼 찜찜한 느낌이 있는 것도 사실이야."

"무슨 뜻이야?"

이불이 대답했다.

"문인들에게 좀 잘해줬으면 하네. 또 토호들에게도 잘해주고. 나라의 원기를 좌우할 수 있는 사람들 아닌가!"

전문경이 이불의 말에 기분이 상한 듯 뚝 발걸음을 멈췄다. 이어 이불을 뚫어지게 바라봤다. 그의 눈빛에서는 더 이상의 온화함이라고는 찾아볼 수가 없었다. 전문경이 작심한 듯 다시 입을 열었다.

"그들이 나라의 원기를 좌우하는 세력이라는 말에는 나도 이의가 없어. 문제는 원기가 너무 왕성하다는 거야. 그로 인한 양성음쇠陽盛陰衰는 이 나라의 병이 아니라는 말인가? 기가 너무 강하면 꺾어버려야 하는 법이야. 내가 족집게로 그들의 털을 뽑으려 드는 것은 다른 이유 때문이 아니야. 그것이 온 천하에 이롭기 때문이지. 또 긴 안목에서 봤을 때 그들에게도 이로우면 이로웠지 나쁘지는 않아. 그저 눈앞의 이익에만 혈안이 돼 돌이킬 수 없는 잘못을 저질러서야 되겠나? 이곳 낙양은 명나라 때 복왕福王의 번지藩地였어. 낙양 전체가 주지육림에 빠져 허우적대는 한심한 왕의 천지라고 해도 과언이 아니었지. 그자는 굶어 죽어가는 사람도 철저히 외면했고 병사들의 사기 한번 북돋아줄 줄 몰랐어. 그렇게 수전노처럼 굴다 결국에는 이자성의 군대에게 가진 것을 모조리 빼앗겼지. 그의 것은 모조리 이자성의 군량미가 되고 만 것이지! 자네 언제 한번 복왕의 시를 읽어봐. 또 그가 남긴 그림도 감상해보라고. 그러면 알거야. 그 사람은 대단한 글재주와 그림 실력을 자랑하는 일류 문인이었다고!"

"나는 자네가 문인들을 배척한다는 말은 하지 않았네."

이불이 마음속에서 솟구치는 울화를 애써 가라앉히면서 말했다. 그리고는 논리적으로 전문경의 말을 조목조목 반박하기 시작했다.

"사대부들은 체면을 목숨보다 소중하게 여기는 사람들이야. 만약 자네와 내가 관직에서 물러난 뒤에 관부에 끌려나왔다고 생각해보자고. 그래서 치수 공사 현장에서 흙모래를 등에 지고 나를 뿐 아니라 바짓가랑이를 걷어붙인 채 흙탕물에서 뒹굴어야 한다면? 그러면 우리 체면이 뭐가 되겠나? 그렇다면 나라에서 사대부들을 우대한다는 말은 교언영색에 불과하지 않겠는가? 등주鄧州 배가영裵家營의 배효이裵曉易는 이 년 동안 지부를 지낸 청백리였어. 그런데 그가 죽자 남겨진 부인과 자식들은 어떻게 됐는가? 남편과 아버지를 잃은 슬픔이 가시기도 전에 다리 놓는 공사 현장에 끌려가 날품을 팔아야 했잖아. 명색이 고명부인誥命夫人에 봉해진 여자에게 꼭 그런 굴욕을 줬어야 했는가? 또 '관신일체납량' 제도가 시행되면 탐관오리들은 더욱 기승을 부리면서 검은 돈을 챙길 게 아닌가. 문경, 자네도 책을 몇 수레씩이나 읽었다는 사람이잖아. 어찌 문사들의 기를 그렇게 눌러버릴 수가 있는가?"

전문경은 맞은편에서 불어 닥치는 찬바람에 얼굴을 맡긴 채 이불의 말을 들었다. 이어 잠시 생각을 가다듬고는 입을 열었다.

"배효이의 부인이 자살한 사건은 나도 알고 있네. 폐하께서도 주비를 내리시어 남겨진 가족을 배려하라는 지시를 하셨네. 그러나 일을 하려면 어느 정도의 희생도 따르기 마련이야. 문사들에게는 관직에 오르기 전에 명명백백하게 일러둬야 할 것이 있다고 나는 생각하네. 한마디로 그들은 종묘사직을 위해 소와 말이 되어야 한다는 것이야. 수레를 끌기 위해 관직에 앉은 거라는 말이지. 권력을 남용해 사리사욕을 채우는 도구로 악용하라고 관리 자리를 준 것은 결코 아니야. 일선 관리로 수해 현장에 투입돼 모래주머니 몇 개 들어 날랐기로서니 그게 그렇게 억울할 일인가? 내 말은 그걸 못하겠으면 돈이라도 내라는 거지."

"자네가 올린 상주문을 읽어봤네. 기우 같은 것이 느껴지더라고."

"나도 자네 것을 읽었네. 너무 무사안일한 것 같았어. 지금 나를 잡아먹지 못해 안달이 난 작자들이 탄핵안을 수백 건이나 올렸다고 하더군. 하지만 나를 휘청거리게 만들 힘 있는 탄핵안은 거의 없었어."

전문경이 눈을 가늘게 뜬 채 대수롭지 않은 듯 내뱉었다. 이불도 지지 않고 대꾸했다.

"싹이 자라지 않는다고 잡아당기면 어떻게 되겠나?"

"악기가 이상한 소리를 내면 당연히 줄을 갈고 손을 봐야겠지."

이불과 전문경 두 사람은 서로에게 보이지 않는 돌멩이를 주고받았다. 그러다 서로를 외면한 채 거의 동시에 웃음을 터트렸다. 나진방이 면발치에 서서 그 모습을 보고는 웃음을 머금은 채 전도에게 말했다.

"다들 저 두 대인을 물과 불처럼 서로를 삼키려 든다고 하더니, 오늘은 의기투합이 잘 되시나 보네요."

나진방의 말에 전도가 고개를 내저었다.

"그건 저런 사람들을 몰라서 하는 소리예요. 운다고 해서 꼭 슬픈 것이 아니듯, 마찬가지로 웃는다고 해서 반드시 즐거워서 그러는 것도 아니거든요. 또 웬만한 일에는 본심을 전혀 드러내지 않죠."

나진방과 전도가 그렇게 자신들의 상관에 대해 이런저런 얘기를 나누고 있을 때였다. 결국에는 감정이 폭발한 이불과 전문경이 얼굴빛을 붉힌 채 씩씩대기 시작했다.

"이것 봐, 문경 대인! 나는 자네 하남성의 정무에 대해 감 놔라 배 놔라 하는 것이 아니네. 그저 친구 사이의 의리를 생각해서 그러는 거야. 잘 되라는 뜻에서 권유를 할 뿐이라고. 우리는 누가 뭐라고 해도 향시 동기 사이가 아닌가!"

이불이 애써 화를 누른 채 말했다. 그러자 전문경이 콧김을 크게 내뿜으면서 냉소를 흘렸다.

"툭하면 향시 동기 운운하면서 고자세로 나를 훈계하려 드는군. 집어치워! 내가 소금을 먹어도 자네보다 십 몇 년은 더 먹었을 거야. 자기 코가 석 자나 빠졌으면서도 뭐라고? 나 원 참! 매사에 신중하고 똑 부러지게 일을 잘 하는 자네는 왜 호북성 얼사에서 나랏돈을 꿀

껀 착복해버리는 사건이 일어날 때까지 속수무책이었다는 말인가? 자네가 보기에는 내가 죽을 쑤고 있는 것 같을지도 몰라. 그러나 우리 하남에는 그렇게 간 큰 탐관오리는 없네. 자네는 진사이니 앞으로는 진사 동기나 찾아다니게."

이불이 갑자기 흠칫 놀라며 서 있던 자리에서 비켜섰다. 가볍기는 했어도 얼음 갈라지는 소리가 들려 그를 불안하게 했던 것이다. 잠시후 그가 안도의 한숨을 몰아쉬면서 말했다.

"나는 자네하고 언성 높이면서 싸우자고 이러는 것이 아니야. 문사나 일선 관리들에 대한 사정의 강도가 너무 높은 것 같아서 그러는 거지. 자네가 자칫 낭패를 당하지 않을까 걱정을 하는 것뿐이라고. 관부는 문사와 토호들을 다스리게 돼 있어. 또 문사와 토호들은 백성들을 다스리게 돼 있고. 자네는 지금 관부의 귀와 눈이자 손발인 문사와 토호들을 못 살게 굴고 있다고. 이치를 쇄신하려면 마치 이 살얼음 위를 걷는 것과 같은 조심성과 경각심이 요구된다 이 말이야."

"여우처럼 의심은 많군."

"지금 뭐라고 했나?"

"자네가 여우처럼 의심이 많다고 했네. 여우가 살얼음 위를 지날 때면 두어 발자국 내디디고 얼음 소리에 귀를 기울이지. 그러다 조금이라도 이상한 소리가 나면 뒷걸음친다고 하지 않는가?"

전문경이 차갑게 대답했다. 이어 가볍게 발을 두어 번 구른 다음 덧붙였다.

"보다시피 꽁꽁 얼어붙었어. 걱정도 팔자군!"

순간 이불의 얼굴이 벌겋게 달아올랐다. 참고 참았던 화가 결국 폭발하는 순간이었다.

"사람 마음을 몰라줘도 유분수지, 이런 식으로 사람을 비웃어도 괜찮은 거야? 기회주의자 같으니라고! 자네는 말만 번드르르하게 하는 사람이야. 그리고 소인배야. 내가 자네를 가만히 놓아두나 보게. 즉각 탄핵안을 올릴 거야!"

"좋을 대로 하게."

전문경이 코웃음을 쳤다. 그러면서 가소롭다는 표정으로 이불을 힐끗 쳐다보고는 횡하니 자리를 떴다. 이불 역시 얼른 수면에서 멀찌감치 떨어져 걸어 나왔다.

나진방과 전도는 둘 사이에 이상한 분위기가 감도는 것을 느끼고 긴장했다. 조금 전까지만 해도 껄껄 웃으면서 친밀하게 대화를 나누던 이불과 전문경이 갑작스럽게 개가 닭 쳐다보는 듯한 모습으로 돌아왔으니 그럴 만도 했다. 두 사람은 힐끔힐끔 눈치를 보면서 이불과 전문경에게 각각 다가갔다. 얼마 후 나진방이 조심스레 물었다.

"무슨 일이라도 있으십니까?"

"내일 떠날 거야."

"이궐 구경을 가시겠다고 하지 않으셨습니까?"

"됐어, 더러워서 못 있겠어!"

전도 역시 전문경에게 은근히 물었다.

"안색이 좋아 보이지 않으시네요. 두 분 사이에 도대체 무슨 언쟁이 벌어지신 겁니까?"

"퉤! 위선자 같으니라고!"

전문경이 기다렸다는 듯 가래침을 내뱉었다.

12장
초능력 도사

　전문경은 끓어오르는 화를 주체할 수 없었는지 씩씩거리면서 역관으로 돌아왔다. 그리고는 마중 나와 있는 막료와 부하들에게는 눈길한 번 주지 않고 곧장 정당正堂으로 들어갔다. 이어 화롯불 옆에 털썩앉더니 진하게 탄 차를 연거푸 마셔댔다. 그 사이 옷을 갈아입고 들어온 전도가 그런 그의 모습을 보더니 웃으면서 말했다.

　"중승 대인, 무슨 일인지는 모르겠지만 화가 많이 나신 것 같습니다. 사람 사이의 사귐이라는 것이 다 그렇지 않습니까? 마음이 맞으면 간이라도 빼줄 것처럼 좋아서 야단이지만 조금이라도 맞지 않는면이 생기게 되면 안면몰수하고 돌아서게 되는 것이 아니겠습니까? 이 총독은 스쳐지나가는 나그네 같은 사람인데 그렇게 화를 내실 것이 뭐 있겠습니까?"

　"자네, 필묵을 준비해서 내가 부르는 대로 적게. 이불 그 자식을 내가 탄핵해버릴 거야. 나는 아직 마음이 가라앉지 않아서 붓을 잡을 수가 없네."

전문경이 바드득 이를 갈았다. 전도가 슬쩍 훑어보니 아닌 게 아니라 책상 위에 필묵이 준비돼 있었다. 그는 전문경의 지시에 따라 책상 쪽으로 다가가서 종이를 펴더니 바로 돌아섰다.

"중승 대인, 아직도 도롱이를 입고 계시네요? 마른 옷으로 갈아입으십시오. 탄핵을 하더라도 마음이 안정돼야 좋은 글이 나올 것이 아닙니까?"

전문경은 전도의 말에 그제야 자신이 계속 그 무겁고 차가운 도롱이를 입고 있다는 사실을 깨달았다. 그는 도롱이에 화풀이라도 하듯 거칠게 벗어던졌다. 전도는 그 사이 화롯불에 장작을 더 얹었다. 순간 불길이 확 치솟으면서 방 안이 훨씬 훈훈해지는 느낌이 들었다. 화롯불의 따뜻한 열기에 전문경의 마음도 한결 풀어진 듯 침착함을 되찾았다. 그는 손을 내밀어 화롯불을 쬐면서 깊이 한숨을 내쉬고 말했다.

"내가 보기에 이불은 겉으로만 청렴한 척하는 도학가道學家야. 속은 썩어 문드러져 있다고. 나는 차라리 소인배와 싸우는 게 낫지, 위선자들과는 상종하기도 싫어. 폐하께서 나를 모범 총독이라고 치하하시는 걸 보고 저자는 질투심에 불타 저러는 거야! 나를 탄핵하겠다고? 걷는 것이 빠른지, 말을 탄 내가 빠른지 두고 보자고!"

전도가 전문경의 말에 고개를 갸웃거렸다. 그로서는 둘 사이에 무슨 얘기가 오갔기에 전문경이 이토록 화를 내는 것인지 그 이유를 도무지 알 수가 없었다. 그가 전문경의 눈치를 보더니 몹시 궁금한 듯 물었다.

"섣불리 탄핵안을 올리는 것은 도리어 자기 발등을 찧는 격이 될 수도 있습니다. 제가 일단 들어나 봐야겠습니다. 이 총독이 도대체 무슨 말을 어떻게 했기에 중승께서 그렇게 화가 나셨는지요?"

"나를 배울 점이라고는 한 가지도 없는 천하의 무용지물이라고 비난했다고."

전문경이 씩씩거리면서 대답했다. 이어 이불의 말을 설명까지 덧붙여 입에 올렸다.

"그자가 대청의 열여덟 개 행성行省 중에서 선천적으로 환경이 열악한 광서廣西, 귀주貴州, 서장西藏을 빼고는 우리 하남성의 백성들이 가장 도탄에 빠져 허우적댄다고 그러는 거야. 하남은 찢어지게 가난한 나머지 도둑들도 원정을 떠난다고 한다나? 그리고 나는 인정머리 없는 혹리酷吏이자 파리똥만 한 이익에도 혈안이 돼 있는 사람이라고 했다고 해. 한마디로 춘추春秋의 대의大義도 모르는 인간이라는 거지. 그자는 이런 말을 밖에서 들었다고 해. 하지만 내가 봤을 때는 바로 자신의 속내를 드러낸 거야. 그래서 내가 그랬어. '하남성은 대규모 수리水利 작업에 전력투구하는 곳이다. 당연히 이런 일은 당장 큰 혜택을 볼 수 있는 것이 아니다. 그래서 백성들이 조금 힘이 드는 것은 사실이다'라고 말이야. 또 '한번 손을 보면 자손 대대로 혜택을 받을 수 있는 공사인 만큼 정신이 제대로 박힌 사람들 중에 반대하는 사람은 없다. 밖으로 뛰쳐나가 나쁜 짓을 일삼는 것들은 우리 하남의 혹독한 형벌과 준엄한 법이 두려워 상대적으로 신사적인 '군자'들의 관할 지역으로 흘러들었을 따름이다'라고도 했어. 그랬더니 또 관신 일체납량을 들먹이는 거야. 그런 것은 왜 만들어 가지고 긁어 부스럼을 만드느냐는 거지. 모난 돌이 정 맞으니까 나에게 작작 깝죽대라는 거지. 그래서 내가 '모범적인 일은 아무나 하는가? 모범이라는 소리를 들으려면 모가 나야 한다. 그러다 보면 때로는 정을 맞을 때도 있는 법이다'라고 되받아쳤지……."

전문경이 두 사람 사이에 오갔던 논쟁의 줄거리를 대충 들려주자 전도는 곰방대로 담배연기를 뻐끔뻐끔 들이마시면서 진지하게 귀를 기울였다. 이어 천천히 말했다.

"중승 대인, 외람된 말씀이지만 제가 봤을 때 그것은 두 분 사이의 사적인 감정에 근거한 언쟁입니다. 그런 만큼 서로 탄핵까지는 가지 않는 것이 바람직할 것 같습니다. 이불 대인이 조정과 정견이 맞지 않는 것은 세상천지가 다 아는 바입니다. 때문에 음모라고 말하기에는 적합하지 않습니다. 어제 관보를 보니 호북 쪽에서 만여 명이 집결해서는 이불 대인을 호광에 계속 있게 해달라고 청원하는 모임을 가졌다고 하더군요. 그 기세가 정말 대단했다고 합니다. 솔직히 이불 대인 역시 중승 대인과 마찬가지로 오래 전부터 폐하의 성총을 받아왔습니다. 폐하께서 친히 발탁하신 관리이기도 하고요. 그렇기 때문에 탄핵하기가 그렇게 쉽지는 않을 겁니다. 이제 이 대인은 북경으로 올라가게 됐습니다. 반면 중승 대인은 계속 하남에 계시게 됩니다. 폐하의 면전에서 말 한 마디를 하더라도 이불 대인이 더 유리하게 된 것이죠. 사람이란 아무래도 한쪽 편의 말을 자꾸 듣다보면 그쪽으로 마음이 기울어지게 되지 않습니까. 그러니 중승 대인께서 먼저 탄핵안을 올린다고 하더라도 과연 승산이 있겠습니까?"

전문경은 전도의 말을 귀 기울여 들었다. 과연 일리가 있는 말이었다. 절로 고개가 끄덕여졌다. 그로서는 다소 김이 빠질 수밖에 없었다. 탄핵을 하겠노라고 하늘이 낮다 하고 날뛰던 자신과는 달리 제멋대로 생긴 막료가 근육을 도려내고 뼈를 발라내듯 상황을 정리해 주니 할 말이 없었던 것이다. 한참을 생각하던 전문경은 그래도 다시금 화가 치밀어 오르는 듯 악에 받친 표정으로 입을 열었다.

"나는 그자의 가식을 용서할 수 없어. 그래서 그러는 거라고. 속은 밴댕이 소갈딱지 같으면서도 만물을 포용할 수 있다는 식의 아량을 가식적으로 보여주는 꼴이 역겹기 이를 데 없단 말이네."

전도가 바로 미소를 머금은 채 말을 받았다.

"그런 사람은 많습니다. 질투는 누구나 조금씩은 있게 마련입니다. 다만 표출하는 방법이 다릅니다. 우선 정해진 상대나 구체적인 사실에 질투를 느끼는 사람이 있죠. 그런가 하면 아무나 깔보는 식으로 안하무인으로 나타나는 경우도 있어요. 이 총독 같은 경우에는 성총면에서 자신이 앞선다고 은근히 자부심을 느끼고 있었던 것 같아요. 그런데 납연관 출신의 관리인 중승 대인이 정도正道 출신인 그를 누르고 모범 총독이 됐잖아요. 아마 그 사실에 속이 부글부글 끓어오르지 않았나 싶네요. 그 사람은 만사를 공맹孔孟의 도에 따르는 그런 사람인 것 같습니다. 탐욕도 없고 폭력도 싫은 그런 사람 말입니다. 그리고 자신이 걷는 길이 정도라는 사실을 증명해 보이려 노력하는 사람이기도 하죠. 한마디로 복고주의자의 전형이죠!"

"고리타분한 인간 같으니라고."

전문경이 생각에 잠긴 채 혼잣말처럼 내뱉었다. 그리고는 한참 후에 다시 말을 이었다.

"지금 북경에서는 기무旗務 정돈에 잔뜩 열을 올리고 있어. 아무래도 염친왕마마는 참된 신하가 되기를 거부하는 사람 같네. 기무를 정돈하려면 내무부만 꽉 틀어잡으면 만사대길이야. 그런데 왜 봉천에 있는 기주들을 불러들이는 거냐고! 도대체 그 저의가 뭐겠어? 그들 친왕은 정무에 개입하지 못해 손이 근질근질하던 사람들이야. 그런 차에 북경에 들어오면 무슨 짓을 하겠어? 누가 알겠냐고! 요즘 들어 내가 부쩍 민감해지고 머릿속이 복잡한 것은 바로 그 때문이라고 해야 할 거야. 그 사람들이 폐하의 정무 수행 능력을 부정하고 공격하려면 모범인 나를 과녁으로 삼을 것이 아닌가. 나를 쓰러뜨리면 나하고 상극인 이불은 맞는 말만 하고 옳은 행동만 했다는 것으로 비쳐질 것이 분명하지 않은가. 더구나 이불이 불난 틈에 도둑질하듯 나를 탄핵하는 날에는 폐하께서 그쪽 손을 들어주실지도 모르는 일이잖아!"

전도가 짙은 담배 연기를 토해내면서 웃는 얼굴로 천천히 입을 열었다.

"이렇게 말하면 여덟째마마한테 맞아죽을지 모르겠으나 그분은 지금 백일몽을 꾸고 있을 뿐입니다. 연갱요가 서녕 대첩을 이끌어낸 이후 민심은 더없이 안정되고 있습니다. 폐하의 지위는 반석처럼 굳게 뿌리를 내렸습니다. 국채도 거의 다 환수했고 몇몇 탐관오리들은 공개처형당했습니다. 더불어 이치의 쇄신도 급물살을 타고 있습니다. 원나라, 명나라 이후 아마 지금의 이치가 가장 좋지 않을까 싶습니다. 지금은 청나라 초기와는 분명히 다릅니다. 황제께서 정권政權을 비롯해 치권治權, 법권法權, 재권財權, 군권軍權을 모두 장악하고 있습니다. 그러므로 여덟째마마가 철모자왕들의 세력을 빌려 반란을 꿈꾼다는 것은 한낱 망상에 불과할 따름입니다. 더구나 이 총독이 얼마나 눈치가 빠른 사람입니까? 그런 흙탕물에 발을 담그려고 달려들겠습니까? 고작 해봐야 문사들을 책동해 탄핵 주장이나 올리겠죠. 중승 대인은 잠자코 지켜보시는 게 낫겠습니다. 먼저 탄핵안을 올렸다가 그쪽에서 아무런 반응이 없으면 오히려 중승 대인만 옹졸하고 품위 없는 사람으로 비치기 십상입니다. 그러니 일단 조용히 지켜만 보십시오. 당금의 폐하께서는 역대 황제들과는 다릅니다. 구석구석과 요소요소에 눈과 귀가 다 달려 있습니다. 세상에 모르는 것이 아무

것도 없을 겁니다."

전문경은 전도의 말에 답답하던 가슴이 뻥 뚫린 듯 홀가분하고도 흡족한 표정을 지었다. 이어 그를 향해 말했다.

"알겠네. 자네 말대로 하지. 내 생각에는 이 총독이 낙양에 오래 머물지는 않을 것 같네. 떠날 때 주인 노릇을 십분 활용해 주안상을 차려 잘 전송하도록 하게. 우는 아이 떡 하나 더 준다는 말도 있잖아. 짖는 개는 뒤를 돌아보지 않는다는 말도 있고."

두 사람이 도란도란 대화를 주고받고 있을 때였다. 나진방이 불쑥 안으로 들어왔다.

"중승 대인!"

나진방이 다소 난감한 표정을 지은 채 말했다. 이불이 낙양에서 그에게 불평불만을 많이 털어놓은 듯했다. 그가 입가를 실룩거리며 말을 이었다.

"이 총독께서는 내일 아침 일찍 떠나실 거라고 하시네요. 저로서는 두 분 사이에서 중립을 지키기가 여간 어려운 것이 아니라서……."

전문경이 나진방이 말하는 의도를 잠시 생각하더니 웃으면서 자리에서 일어났다. 이어 책상으로 다가가서는 붓을 들고 나진방을 향해 말했다.

"고래싸움에 새우등 터지는鯨戰蝦死 격으로, 자네가 가운데에서 고생이 많네. 내가 편지를 써줄 테니 가져다주게."

전문경은 말을 마치자마자 바로 붓을 놀리기 시작했다.

거래巨來(이불의 호) 아우 읽어보게! 천진교에서의 논쟁은 우리 둘의 정견이 일치하지 않아서 야기됐던 것이야. 곰곰이 생각해보니 공의公義 때문에 우리 사이의 우정을 저버리는 것은 굉장히 유감스러운 일일 것 같네. 섬주陝

州에서 날아온 소식에 의하면 삼문협三門峽의 제방이 내년 봄 홍수의 충격을 견딜 수 없을 것 같다고 해. 그래서 밤을 새워 그곳으로 달려가 봐야겠네! 출발 직전에 짬을 내 역관에서 자네하고 술잔을 기울이면서 유감을 털어냈으면 하네. 낙양은 아홉 왕조가 수도로 정할 정도로 경관이 수려한 곳이니 며칠 더 머물면서 구경도 하고 편히 쉬어가기를 바라네. 내 안의 깊은 마음은 말로 다 형언할 수가 없네. 우리가 군실君實(사마광의 호)과 개보介甫(왕안석의 호)-두 사람은 정견이 다름에도 불구하고 막역한 사이로 널리 회자되고 있음-의 우정을 가꿔갈 수 있기를 나는 바라네.

전문경이 먹이 채 마르지 않은 편지를 전도에게 넘겨줘 읽어보도록 했다. 그리고는 나진방에게 말했다.

"자네는 불안해할 것 없네. 나는 그리 속이 좁은 사람이 아니라네. 이 편지를 가져다줘. 만약 이 총독이 사정이 여의치 않아 못 오겠다고 하면 언제든 이 총독이 괜찮다고 할 때 내가 찾아가겠다고 전하게. 미시未時에는 출발해야 하니 이 총독이 떠나는 것을 못 보고 갈지도 모르겠네."

"당연히 오지 않겠죠."

전도가 편지를 읽고 나서 웃으면서 말했다. 내심 전문경의 임기응변에 탄복하는 것 같은 눈치였다. 그가 덧붙였다.

"내용은 좋네요. 중승 대인의 너그러운 아량이 행간에 실려 있으니 말이에요. 그러면서도 보는 사람의 기분까지 배려하신 것 같습니다. 그런데 오늘 저녁은 또 먼 길을 떠나셔야겠네요?"

나진방도 편지를 대충 훑어보고는 한마디 했다.

"중승 대인, 섬주로 먼저 떠나십시오. 저는 내일 이 총독을 배웅하고 나서 따라가도록 하겠습니다."

이불은 가벼운 마음으로 낙양에 들렀다가 전문경과의 충돌로 울화통이 터진 것이 못내 찜찜했다. 낙양에는 잠시도 더 머물고 싶지 않았다. 아나나 다를까, 그는 이튿날 이른 아침 두 명의 어린 하인을 데리고 노새에 몸을 싣고는 눈이 내리는 낙양을 뒤로 하고 북경을 향해 떠났다. 당초부터 가까운 길을 택한 것은 참으로 잘한 결정이었다. 혹한에 얼어붙은 황하를 가로질러 산 넘고 강을 건너 산서성 경내를 빠른 속도로 통과할 수 있었던 것이다. 얼마 후에는 드디어 자신의 관할지역이 된 직예 경내에 들어설 수 있었다.

그는 그제야 안도의 숨을 내쉬고는 조금씩 속도를 늦췄다. 그러면서 주변의 민풍民風을 둘러보고 현지 관리들의 민망民望도 알아봤다. 그럼에도 정월 보름이 지나고 사흘째 되는 날 저녁 무렵에는 북경 근교의 노구교盧構橋에 무사히 도착할 수 있었다.

그는 승진 발령을 받고 북경에 온 대신이었다. 때문에 북경에 식솔들이 있기는 했으나 황제를 배알하기 전에는 집으로 들어갈 수가 없었다. 그는 홀랑 벗겨진 나뭇가지 사이에 걸터앉아 갈 길이 급한 저녁노을을 바라보면서 천천히 노새에서 내렸다. 그러나 노하역에 도착하기도 전에 순천부아문에서 나온 아역들에게 제지를 당했다. 봉천에서 온 예친왕睿親王이 노하역관에 머물고 있기 때문이었다. 이불은 그 말을 듣고는 자신도 모르게 주변을 둘러봤다. 아나나 다를까, 깨끗하게 정돈된 길 양옆 담벼락을 따라 세 발자국마다 초소가 하나씩 늘어서 있고 병사들이 촘촘히 경비를 서고 있었다. 그들은 모두 내무부 병사들의 옷차림을 하고 있었다.

이불이 어디로 가야 할지 몰라 망연한 표정으로 주위를 두리번거리고 있을 때였다. 서쪽 골목에서 황사黃紗 등불을 손에 든 점원 한 명이 달려 나왔다. 등불에는 '채기노점'蔡記老店이라고 글씨가 큼직하게 적혀 있었다.

"어르신들, 뭘 망설이십니까? 저희 가게에 여장을 푸십시오. 자그마치 백년의 역사를 자랑하는 저희 가게는 요즘 마구간을 새로 지었습니다. 또 전문적으로 말을 씻기고 사료를 먹여주는 사람도 있습니다. 그 이름도 유명한 장 중당, 이 총독 모두 저희 가게에 머문 이후부터 운수가 대통했다고요. 보아하니 과거 시험 보러 가시는 것 같은데 이럴 때는 아무 데나 투숙했다가는 큰 낭패를 봅니다."

"이 총독이라니? 누구를 말하는가? 어느 이 총독?"

이불이 의아스러워서 물었다.

"그야 말할 것도 없이 호광 총독 이불 대인이죠! 이제는 직예 총독으로 승진발령이 났잖아요. 천자의 수레 아래에서 제일가는 신하이고 태자태보인 그분 말입니다. 얼마 전에도 일부러 여기서 하룻밤 묵어가셨지 뭡니까! 믿지 못하시겠다면 저희 가게 안에 그분이 그 옛날에 적어주신 글귀가 있으니 직접 확인해 보시죠."

점원은 뻔한 거짓말을 입에 침도 바르지 않고 주워 삼켰다. 이불은 고개를 젖히고 잠시 기억을 더듬어봤다. 순간 예전에 과거를 보러 가던 길에 풍대 어딘가에서 하룻밤을 묵었던 기억이 떠올랐다. 전문경과 동행을 했을 때였다. 당시 그는 객잔에 머물면서 주인의 성화에 몇 글자를 적어주기도 했었다. 당시에 그것은 으레 있는 일이기도 했다. 그는 모처럼 그때의 기억을 떠올리자 감개가 무량했다. 고개를 끄덕이면서 이 객잔에 머물러야겠다는 생각을 굳혔다.

객잔 점원은 기분 좋은 표정을 한 채 노새를 끌고 앞에서 엉덩이를 흔들면서 걸어갔다. 이불 일행은 그런 점원을 말없이 따라 갔다. 조금 걸어가자 과연 겉모습에서부터 오래된 흔적이 물씬 묻어나는 객잔이 모습을 드러냈다. 검은 판에 흰 글씨로 '채기노점'이라고 적힌 편액도 이불 일행의 눈길을 끌었다. 봉황이 날갯짓하듯 용이 승천을 하듯 꿈틀거리는 필체가 예사롭지 않았다. 이불은 구석에 숨은 듯 박혀 있는 낙관을 자세히 살펴봤다. 놀랍게도 그것은 강희 황제 때의 명재상이었던 고사기高士奇의 필체였다.

가게 안은 촛불이 군데군데 켜져 있고 밥을 먹는 손님들로 가득 차 있었다. 이불은 면 한 대접씩과 볶음요리 두 가지를 시켰다. 그리고는 자리에 앉아 주위를 둘러봤다. 손님들 대부분이 직예 향시에 응시하러 온 수재들인 것 같았다. 하나같이 술을 마시면서 예상 시험 문제에 대해 논의하고 있었다.

이불은 어린 두 하인과 함께 늦은 저녁을 배불리 먹고 나서는 그들에게 귀엣말로 지시를 했다.

"한 사람은 집에 가서 마님에게 내가 내일 폐하를 배알하고 집에 들어갈 거라고 전해. 또 한 사람은 장 중당께 다녀와. 먼저 군기처로 가서 등록해야 하는지, 아니면 패찰을 건네고 폐하를 배알한 후 군기처에 등록해야 하는지 스승님께 여쭤봐. 장 중당의 지시를 토씨 하나 빼놓지 말고 전해야 해."

이불은 두 하인이 물러가자 황주 반 근을 시켜 나머지 반찬을 안주 삼아 마시기 시작했다. 천천히 주변도 살피기 시작했다. 나이가 조금 들어 보이는 수재가 턱수염을 매만지면서 말했다.

"이 총독은 명문 출신이라서 그렇게 호락호락하지 않을 걸? 더구나 향시이기 때문에 영향력을 고려해서라도 난이도가 웬만하지는 않을 것 같아. 그 옛날 장정로가 주시험관으로 있을 때 부정을 저지른 일이 탄로나 시험을 다시 본 적이 있었잖아? 그때도 이불 대인이 주시험관을 맡았었어. 이불 대인은 절대 사람을 골탕 먹이는 그런 문제를 내지는 않을 거야!"

"그건 장담할 수 없어요. 무려 사만 글자나 되는 사서四書 속에서 몇 백 년 동안 시험문제가 나왔잖아요. 그 많은 세월 동안 우려먹었으니 이제는 웬만한 것은 다 출제했을 거예요. 그러니 남은 것은 머리 아프게 만드는 이상한 문제들뿐일 거라고요. 시험관들은 왜 하필 사서에만 집착하는지 몰라. 매일 그 나물에 그 밥인데. 그렇게 해서야 삼, 육, 구三六九 등수를 제대로 가려내기나 하겠어요?"

젊은 서생이 나이 많은 수재의 말이 끝나기 무섭게 불평을 늘어놓았다. 그러자 저 멀리 앉은 서생이 맞장구를 쳤다.

"그러게 말이에요! 이불 대인이 사천성 학정學政으로 있으면서 하나같이 기기묘묘한 문제만 출제해 가지고 사람을 얼마나 잡았는데요?"

이불이 자신이 이상한 사람으로 거론되자 곱지 않은 시선으로 서생을 힐끗 흘겨봤다. 이어 술잔을 들어 입안에 털어 넣고는 중얼거리듯 말했다.

"더운밥 먹고 식은 소리하고 자빠졌군!"

"뭐라고, 지금 식은 소리라고 했소? 당신이 뭔데 그자를 변호하고 나서는 거요?"

술이 거나하게 취한 서생이 비틀거리면서 이불에게 다가오더니 눈을 시뻘겋게 부릅뜨고 따졌다. 주먹까지 치켜드는 모습이 당장이라도 후려칠 듯했다. 사내의 험악한 표정에 더럭 겁을 집어먹은 이불이 몸을 옆으로 비켜 앉았다. 이어 웃는 얼굴로 말했다.

"당신 들으라고 한 소리는 아니오. 나 혼자 중얼거렸을 뿐이지."

서생이 취기가 몽롱한 두 눈으로 이불을 뚫어지게 쳐다봤다. 이어 갑자기 껄껄 웃었다.

"자그마치 네 번이야, 네 번!"

사내가 네 손가락을 쫙 편 채 흔들더니 신세타령을 늘어놓기 시작했다.

"십이 년 사이에 네 번이나 고사장을 들락거렸소. 나 장문괴蔣文魁, 불명예스러운 신기록을 세우게 생겼다는 말이오. 사람이 일생 동안 대체 몇 번의 십이 년을 살 수 있겠소?"

장문괴라고? 이불은 어쩐지 그 이름이 귀에 익었다. 천천히 기억을 더듬어보니 호부에서 우명당으로부터 들은 적이 있는 것 같았다. 그의 말에 따르면 장문괴는 대단한 학구파였다. 자유분방한 사람이기도 했다. 실제로 장문괴는 강희 59년의 향시에서 세 편의 뛰어난 문장을 써서 장원으로 내정돼 있었다. 그러나 맨 마지막에 백지를 제출하는 바람에 탈락하고 만 전례가 있었다. 시험관은 당연히 왜 그랬느냐고 물을 수밖에 없었는데 장문괴는 당시 "시흥詩興이 떠오르지 않아 대충 적을 바에는 아예 쓰지 않은 것이 낫다"라고 대답했다. 그후 장문괴는 '괴짜'로 유명해졌다.

장문괴가 당장에라도 이불에게 덤벼들 듯이 하더니 갑자기 비틀거리면서 문어귀로 다가갔다. 그 순간 젊은 도사 한 명이 문을 열고 들어서더니 장문괴의 앞을 가로막으면서 소리쳤다.

"아니, 이거 장 거사가 아닙니까? 지난번 통주에서는 내가 밥 한 끼 잘 얻어먹었었죠? 그후로 언제 한번 다시 만나고 싶었어요. 그때는 술이라곤 입에도 대지 않더니, 오늘 보니 아주 술꾼이로군요. 이번에는 장원은 떼어 놓은 당상일 테니 걱정하지 말아요. 그런데 가기는 어디를 가요? 자, 자, 자, 오늘은 내가 술 한잔 살 테니 이리 와 앉으세요."

방 안의 사람들은 갑작스런 도사의 등장에 어안이 벙벙한 것 같았다. 이불은 바로 옆자리에 앉은 나이깨나 먹은 수재에게 물었다.

"저 사람은 또 누구요?"

"말로는 용호산龍虎山의 장 진인眞人 수하에서 배운 뒤에 산에서 내려왔다고 하던데요……, 신통력이 대단한 것 같았어요. 이 날씨에 눈밭에서 수박이 나뒹굴게 만들더라니까요! 북경이 발칵 뒤집혔는데 여태 몰랐습니까?"

이불이 가소롭다는 듯 말했다.

"눈속임으로 요술이나 부리고 다니는 엉터리겠지. 나는 이 세상에 신선이 있다는 것을 애당초 믿지를 않는 사람이에요!"

"나도 그런 것을 믿지는 않습니다. 그건 사술邪術에 불과할 뿐이에요. 이 세상에 정말로 신선이 존재한다면 일찍이 성인聖人께서는 어찌해서 존이불론存而不論(그대로 놔두고 이러쿵저러쿵 논의하지 않음)이라고 하셨겠습니까?"

나이 든 수재가 이불의 말에 맞장구를 쳤다. 그때 점원이 들어오더니 술항아리를 가사방의 식탁에 올려놓았다. 이어 굽실거리면서 말했다.

"가 신선神仙, 저희 주인께서 신선께서는 기훈忌葷(고기나 기름진 음식을 멀리 함)한다고 하셨습니다. 솥을 깨끗이 닦고 나서 새로 야채 몇 가지를 볶아 올릴 테니 먼저 술부터 갖다드리라고 하시더군요. 돈은 안 받는다고 하셨어요."

"사람 좋아하는 주인 양반이로구먼. 마음에 쏙 드는군."

가사방이 전혀 주변을 의식하지 않고 점원을 향해 광대 짓을 해보이면서 말했다. 이어 다시 입을 열었다.

"성의는 고마워. 그러나 나는 절대로 공짜 술은 마시지 않는다네. 더구나 오늘은 내가 장 장원에게 술을 대접하는 자리야. 손님 득실거리게 만들어주십사 하는 주인장의 뜻은 알겠어. 내년쯤이면 방이 미어터지게 될 거라고 전하게."

가사방이 말을 마친 다음 조금 전 자신을 사술을 쓰는 사람이라고 비난한 나이 든 수재를 향해 말했다.

"나는 내 입으로 자신을 신선이라고 말해본 적은 단 한 번도 없습니다. 그대는 내가 사술을 쓴다고 했는데, 그게 왜 사술인지 말해줄 수 있겠습니까? 내가 보기에 그대는 그렇게 생겨가지고는 공명과는 인연이 없겠습니다. 기생집에서 여자 신발이나 훔치는 일이라면 누구보다 빠르겠죠. 나약한 과부의 재산이나 빼앗으라면 선수일 테고요!"

가사방이 당황한 기색이 역력한 수재를 똑바로 쳐다봤다. 그러자 욕을 먹은 나이 든 수재가 화를 참지 못하고 가사방을 향해 달려들었다.

"이…… 거지같은 놈! 함부로 생사람을 잡고 지랄이야. 어디 한번 혼 좀 나 봐라."

나이 든 수재가 흥분해서 덤비자 동행한 몇몇 수재들이 그를 붙잡고 만류했다. 그 때문에 나이 든 수재의 안주머니에서 뭔가가 툭! 하고 떨어졌다. 종이로 돌돌 감싼 그 물건은 다름 아닌 여자의 꽃신이었다.

순간 장내는 걷잡을 수 없이 끓어올랐다. 이불의 눈도 휘둥그레졌다.

"저런 의관衣冠을 뒤집어쓴 짐승 같으니라고! 우리 유림들의 얼굴에 똥칠을 하는구먼!"

수재들이 일제히 나이 든 수재에게 비난을 퍼부었다. 그는 쥐구멍이라도 찾는 듯 슬금슬금 뒷걸음을 치더니 순식간에 걸음아 날 살려라 하고 도망을 가고 말았다.

"감히 누구한테 까불어! 아직도 내가 우습게 보이는 분이 있으면 나와 봐요! 뒤에서 수군거리지 말고!"

가사방이 퉤! 하고 침을 뱉으며 말했다. 그리고는 만두 하나를 집어 한 손에 움켜쥐고는 한 덩어리가 된 만두를 손바닥으로 비볐다. 순식간에 하늘에서 밀가루가 쏟아져 내렸다. 좌중 사람들의 눈이 더욱 휘둥그레졌다. 그때 구석자리에서 젊은이 한 명이 일어나더니 가사방에게 물었다.

"과연 신선이 맞다면 어디 올해 향시의 시험 문제를 한번 맞춰 봐요. 맞으면 그때 가서 알아서 길 테니까!"

가사방이 얼굴 가득 웃음을 머금은 채 자신 있게 말했다.

"시험 문제가 어떻게 출제되는지 나는 당연히 알고 있죠. 그러나 법에 저촉되는 일은 할 수 없어요. 내기 보기에 그대는 마흔 살 전에는 공명 같은 것은 꿈도 꾸지 않는 것이 좋겠네요. 마흔 이후에도 큰 자리는 가망이 없고 남의 심부름이라면 바짓가랑이에 불이 나도록 실컷 할 거요."

이불은 미간을 찌푸린 채 기인奇人임이 분명한 가사방을 유심히 쳐다보며 자기가 주관하게 된 이번 향시를 떠올렸다. 주시험관인 자신도 아직 모르는 시험 문제를 알고 있다고 큰소리치는 모습이 예사롭지 않아 보였던 것이다. 나이 든 수재의 비밀을 가볍게 폭로해내는 것을 보면 어중이떠중이는 아닌 것 같았다. 그는 가사방을 좀 더 시험해 볼 요량으로 입을 열었다.

"가 신선, 내가 궁금해서 물어보는 것이니 불쾌해하지는 마시오. 방금 그 나이 든 선비가 꽃신을 숨긴 것 같은 경우는 두 사람이 미리 각본을 짜 맞췄을 가능성도 배제할 수는 없지 않겠소? 그런데 향시의 시험 문제는 예부에서 출제하는 데다 시험 전날 밀봉한 상태에서 정기廷寄로 각 성에 보내는 것이오. 그런데 그것을 그대가 알고 있다니, 도무지 믿어지지가 않소!"

"못 믿을 법도 하죠. 시험문제는 아직 주시험관도 모르는 것이니까요."

가사방이 술항아리에서 술 세 대접을 퍼서 장문괴와 이불에게 한 대접씩 나눠줬다. 그리고 나머지 한 대접은 자신의 앞에 놓으면서 덧붙였다.

"유가儒家에서는 존자尊者의 허물을 캐지 않는다고 했습니다. 그대는 위치가 위치니 만큼 내가 오늘 그 흉허물을 들추지는 않겠습니다. 이 항아리 안에 아직 술이 남아 있을 것 같습니까?"

"그렇소."

이불이 단호하게 대답하자 가사방이 웃음 띤 얼굴로 한 손으로 항아리를 받쳐 들었다. 이어 다른 손을 항아리 속에 깊숙이 집어넣더니 뭔가를 잡아당겼다. 순간 도자기 항아리가 마치 버선목처럼 뒤집히고 말았다.

사람들이 놀라 연신 숨을 들이마시는 모습을 보면서 가사방이 젓가락으로 탁자를 두드리며 다시 물었다.

"그래도 이 항아리 속에 술이 들어 있겠습니까?"

"아니!"

이불은 경악을 감출 수 없어 목소리마저 이상하게 변했다.

가사방이 말했다.

"이리 와서 술이 있나 없나 똑똑히 보고 말하세요."

이불이 다가가 항아리 안을 들여다봤다. 방금 전까지 홀랑 뒤집혀 물 한 방울 없던 항아리에 호박색의 황주黃酒가 찰랑찰랑 넘치게 들어있는 것이 아닌가! 이불이 코를 벌름거리게 만드는 향긋한 술향기에 취한 채 연신 고개를 저었다.

"정말 불가사의해. 불가사의 그 자체로군!"

가사방이 이불을 쳐다보면서 말했다.

"그대는 유생이니 두 말하면 잔소리일 겁니다. 유생들은 문도文道로 사람을 다스리는 것을 원칙으로 하고 있지 않습니까? 이 세상에는 만류백천萬流百川이 있으나 결국은 다 바다로 흘러가지 않습니까? 동중서董仲舒는 백가百家를 폐지하고 유학만을 숭상했습니다. 때문에 공자는 백왕들의 스승이 되지 않았습니까? 그러나 우주 속의 대도大道는 그 높이가 구천九天(하늘의 가장 높은 곳)을 찌릅니다. 깊이도 사해四海와 같습니다. 어찌 한 가지 학문만이 천태만상을 망라할 수 있겠습니까?"

"선생은 과연 도학道學이 높고 깊은 사람이오. 오늘 나는 실로 두 눈이 번쩍 뜨이도록 많이 배웠소."

이불은 연신 놀라움을 금치 못하고 가사방을 향해 엄지를 내둘렀다. 순간 그는 고질병을 치료할 수 있는 초능력 도사를 찾아보라던 옹정의 밀유密諭를 떠올렸다. 혹시 이것이 하늘이 내린 기연機緣은 아닐까? 이불이 그 생각을 하면서 입을 열어 뭔가 말하려 할 때였다. 북경에 보냈던 두 하인이 돌아왔다. 그가 웃으면서 가사방을 향해 말했다.

"혹시 신선께서는 백운관白雲觀에 머물고 계시오? 나는 목자불木子紱이라는 사람이오. 집은 사패루四牌樓에 있소. 나중에 실례를 무릅쓰고 한번 찾아뵐까 하오."

가사방이 얼굴에 이상야릇한 미소를 띤 채 대답했다.

"조심하십시오, 족하足下. 족하의 인당印堂에는 좋지 않은 기운이 들어 있어요. 놀라기는 할 테지만 큰 위험은 없는 작은 액운이니 크게 걱정은 하지 않아도 될 겁니다. 그러나 백 일 동안은 문 밖을 나서지 말고 덕을 쌓으십시오. 가능하면 성정도 순하게 하고 자애하면서 세상사에 왈가왈부하지 않는 것이 좋겠습니다. 그렇게 하지 않으면 화가 겹칠 겁니다. 장 거사, 오늘 내가 술을 산다고 해놓고는 안주도

다 식어버리게 만들었네요! 자, 자, 자, 한 잔 가득 부어 마시자고요. 이 중에 몸이 아픈 사람이 있으면 내일 백운관으로 찾아오도록 하세요. 지금은 우리끼리 술 좀 마시게 내버려 뒀으면 좋겠습니다. 그런데 공명에 대해서 묻고 싶은 사람은 아예 찾아오지 말았으면 합니다."

가사방은 성에 차지 않아 뭔가 갈구하는 눈빛을 보내는 사람들을 외면하고는 장문괴와 함께 권커니 잣거니 술을 마시기 시작했다. 이불은 말없이 두 하인을 앞세우고 안뜰로 들어갔다.

'백 일 동안 문 밖으로 나서지 말라고 한 주문은 도저히 지킬 수 없는 것이야. 그렇지 않으면 화가 겹친다는데, 도대체 무슨 화인 것일까? 나에 대한 폐하의 성총은 이위와 전문경에 비해 못하지 않아. 그건 세상 사람들이 다 아는 바야. 그 무슨 잘못을 저지른 것도 아니고. 오히려 만 명의 백성들이 내가 호광에 남아줄 것을 청원하는 집회를 열 정도가 아닌가. 명망이 타의 추종을 불허한다고 자부해도 괜찮아. 어디 그뿐이야? 나는 누구 아비의 무덤을 파헤치는 짓도 하지 않았어. 누구의 마누라를 겁탈해 원수진 것도 아니고……'

이불은 그런 생각이 들자 얼굴에 배시시 웃음을 띠울 수 있었다. 이어 "저런 사람들은 툭하면 깜짝 놀랄 말로 사람을 혹하게 만든다더니, 과연 그렇군!"하고 조용히 중얼거렸다. 이어 안도의 한숨을 내쉬며 하인에게 물었다.

"누가 장 중당을 만나고 왔는가?"

"제가 다녀왔습니다. 중당 대인께서는 대단히 바쁘신 것 같았습니다. 거실에서 차를 마시면서 차례를 기다리는 관리들이 많았습니다. 그럼에도 제가 뵙기를 청하자 금방 불러 주셨습니다."

하인 한 명이 허리를 숙이면서 아뢰었다. 하인은 장정옥이 자기를 먼저 불러주었다는 사실에 득의양양했다. 이어 그가 다시 입을 열었다.

"성친왕誠親王과 장친왕莊親王, 그리고 선박영에서 나온 것 같은 무관 몇 명, 내무부 관리 두 명이 있었습니다. 나머지는 누군지 알 수 없었습니다. 장 중당께서는 안색이 괜찮아 보였습니다. 우리 일행이 오면서 겪은 일에 대해 물으시고 나서 이렇게 말씀하셨습니다. '이불, 때마침 잘 왔네. 생각 같아서는 오늘저녁에 보고 싶으나 오느라 피곤할 테니 내일 상서방에서 잠깐 보는 것이 낫겠네'라고 말입니다. 그 밖의 다른 말씀은 없었습니다."

이불이 얼굴 가득 미소를 지으며 말했다.

"스승님께서는 환갑을 넘기신 분답지 않게 젊은이보다 더 정열적으로 일하셔. 그런 것을 보면 정말 존경스러워. 그렇다면 내가 지금 가서 뵈어도 되겠네? 가마를 대놓게. 지금 바로 스승님을 뵈러 갈 테니!"

13장

팔왕의정八王議政을 부추기는 염친왕

　길이 먼 데다 날까지 어두운 탓에 이불이 노하역에서 장정옥의 집으로 가는 데는 두 시간이 넘게 걸렸다. 장정옥의 집 사람들은 문지기에서부터 집사에 이르기까지 이불을 모르는 사람이 없었다. 그가 장정옥의 문인이었던 데다 자기 집처럼 종종 드나든 까닭이었다. 아니나 다를까, 둘째 집사가 반색을 하면서 마중을 나왔다.

　"역시 저희 장상께서는 신통력이 대단하신 분이신가 봅니다. 사전 연락도 없었는데 이 총독께서 반드시 이 밤에 찾아오실 거라고 하셨습니다. 그리고는 접견을 대기하고 있던 어르신들을 모두 돌려보내셨습니다. 이 총독께서 오시면 따로 아뢰느라 할 것 없이 곧바로 안으로 모시라고 지시하셨습니다."

　이불이 그 말에 밝게 웃으면서 집사에게 은전 한 냥을 손에 쥐어 줬다. 이어 그를 따라 곧장 서재로 향했다. 걸어가면서는 이것저것 자세히 묻기도 했다.

"장상께서는 지금도 사경四更이 되면 기침하시나? 건강은 어떠하신 가? 듣자니 매봉梅鳳 큰아드님은 산동성 제남濟南의 지부로 발령이 났다면서?"

이불의 물음에 둘째 집사가 나지막한 목소리로 일일이 대답했다.

"요즘 들어 장상께서는 더욱 바쁘십니다. 하루에 기껏해야 네 시간 밖에 주무시지 못하십니다. 그런데도 기력은 갈수록 좋아 보이십니다. 매봉 도련님은 원래 직예의 보정保定에 남아 가까이에서 장상을 보살펴 드리라는 폐하의 특지를 받았습니다. 그러나 장상께서 한사코 마다하셨습니다. 그 바람에 그리로 가고 말았습니다. 장상께서는 본인이 재상 자리에 있는 한 형제나 자식, 친척 모두 직예에서 관리 노릇을 할 생각은 아예 하지도 말라고 하셨습니다. 더구나 이제는 이 대인께서 직예 총독으로 오시게 됐으니 더욱더 입에 오르는 것을 피해야 하지 않겠……."

이불과 둘째 집사는 어느덧 서재로 통하는 복도 입구에까지 다다랐다. 둘째 집사가 발걸음을 멈추었다.

"안에서는 회의 중이십니다. 제 아버지가 안에 계셔서 저는 들어갈 수 없습니다. 대인께서 혼자 들어가십시오."

이불은 크게 숨을 들이마신 다음 옷차림을 단정히 하고 서재로 다가갔다. 문 앞에 이르니 안에서 장정옥의 목소리가 들려왔다.

"이불인가? 어서 들어오게. 안에 사람이 많으니 예는 올리지 말게. 창문 앞에 있는 의자에 앉게."

"예, 알겠습니다."

서재 안에는 성친왕 윤지允祉와 장친왕 윤록允祿 두 친왕이 정면의 손님 자리에 앉아 있었다. 둘 다 조복을 갖추어 입고 있었다. 금룡

무늬의 조관朝冠과 조주朝珠는 탁자 위에 놓여 있었다. 나머지 관리들 역시 저마다 한 치의 흐트러짐도 없는 관복 차림으로 정좌하고 있었다. 그 모습으로 봐서는 아마도 퇴청하자마자 집에도 가지 않고 곧바로 달려온 것 같았다. 그중 성친왕 윤지와 장친왕 윤록 바로 아래 자리에 앉은 붉은 정자를 단 일품 관리는 바로 풍대 대영의 제독인 덕릉아德隆阿였다. 또 다른 자리에 앉아 있는 이품 정자를 단 무관은 구문 제독인 도리침이었다. 나머지는 모두 내무부에서 나온 듯했다. 이불은 그중에서는 유홍도兪鴻圖라는 의전담당 당관 외에는 아는 사람이 없었다. 그는 창가에 자리를 잡고는 안면 있는 사람들과 눈인사를 건네면서 알은체를 했다.

"이불, 마침 잘 왔네. 총독인 자네가 합류하니 이제 북경의 각 무비武備 아문의 주관主官들은 다 모였다고 해도 좋을 것 같네. 우리는 오늘 오후에 대내에서 폐하를 배알했어. 이친왕은 병세가 더욱 악화돼 정무도 보지 못하고 있는 실정이네. 폐하께서 저녁에 찾아가 보실 거라고 하셨네. 음……, 오늘 저녁은 두 곳에서 동시에 회의를 열고 있는 셈이야. 염친왕부에서는 몇몇 기주들이 염친왕으로부터 기무 정돈에 관한 얘기를 듣고 있을 것이네. 우리도 나름대로 의논을 해보자고. 기무는 거의 칠십 년 동안 손을 대지 않았잖아. 그 때문에 기인들은 이제는 싸울 줄도 모르게 됐어. 그렇다고 생업에 종사하는 것도 아니잖아. 이대로 가다가는 다들 폐물이 되고 말 우려가 커. 이불, 자네는 지금 왔으니 말귀를 못 알아들을까 봐 내가 다시 말하는 거네. 우리가 이렇게 모인 것은 결코 북경으로 들어온 기주들을 괴롭히려는 것이 아니야. 그들을 도와 바람직한 방향을 제시해주기 위해 모인 것이라고."

장친왕 윤록이 이불이 자리 잡기를 기다렸다는 듯 서둘러 입을 열었다. 강희황제가 남긴 스물 몇 명의 아들들 중에서 항렬로 따지면 열여섯째가 되는 왕이었다. 그는 어릴 때 태자 윤잉에게 대들었다가 장황자에게 따귀를 얻어맞은 적이 있었다. 그로 인해 귀가 약간 어두워졌으나 신수는 훤하고 멋있었다. 성정이 충후忠厚하고 말이 없는 탓에 막후에서 외신들을 접견하는 일만 해왔다. 그 때문에 내무부의 왕대신王大臣을 겸하고 있었음에도 신하들 앞에 얼굴을 내미는 경우가 거의 없었다.

윤록은 뒤늦게 합류한 이불을 배려해 나름대로 설명을 했다고 볼 수 있었다. 그러나 이불은 여전히 무슨 영문인지를 알 수가 없어 그저 연신 "예, 예!"라고 대답만 할 뿐이었다. 그 모습을 본 성친왕 윤지가 윤록을 대신해 부연 설명을 하기 시작했다.

"기무를 정돈하는 것은 결코 쉬운 일이 아니라네. 조정에서는 기인들에 대한 지출을 줄이고 이제부터는 기인들 스스로가 알아서 먹고 살 수 있도록 대책을 마련하려는 것이지. 사실 북경에 있는 여러 왕부王府와 기영旗營들에만 해도 기인들이 몇 만 명은 넘어. 그들이 조정의 정책에 반발해서 들고 일어나면 상황은 상당히 심각해져. 염친왕은 아마도 그것을 우려해 기주들을 불러들인 것 같아. 그들이 염친왕부에서 세부적인 사안을 논의하고 있으면 우리는 그것을 뒷받침해줘야 해. 더불어 감독, 시행하는 기능도 갖춰야 하네. 장상이 여러분을 부른 것은 바로 이 때문이 아닌가 싶어."

이불은 당초 윤사가 기주들을 불러 모은 것에 대해 별로 대수롭지 않게 생각했다. 하지만 결코 그렇게 가볍게 생각하고 넘길 일이 아니었다는 것을 이제야 깨달을 수 있었다.

'염친왕은 몇 년째 기무를 정돈하라는 명을 받고도 어영부영하고 있었어. 먹고 살기 힘든 기인들에게 생계비를 마련해주기 위해 그랬던 것이겠지. 기무를 정돈하는데 뒷받침이 돼주자고 모였다고 하는 것도 그런 이유 때문이라고 봐야지. 그러나 사실은 봉천에서 온 철모 자왕들이 기인들을 종용해 난을 일으킬 것을 우려하고 있기 때문이라고 해야 해. 절대로 가볍게 넘길 일만은 아니야. 중대한 국정國政이라고. 아니 어쩌면 이십 년째 이어지고 있는 폐하와 염친왕과의 당쟁과도 직결돼 있을지도 몰라.'

이불의 그런 생각은 급기야 철모자왕들이 머물러 있다는 노하역의 삼엄한 경계와 살기등등한 병사들의 경비태세를 떠올리게 만들었다. 그는 등골이 서늘해지는 것을 느끼며 떨리는 목소리로 입을 열었다.

"두 분 친왕마마의 가르침을 신은 분명히 알겠습니다. 신은 한족이라서 기인들에 대한 정책에 밝지 못합니다. 그러니 두 분 친왕마마와 장상께서 시키시는 대로 열심히 뛰겠습니다."

"자네가 해야 할 일은 두 가지네. 하나는 이번에 치러질 예정인 순천부 향시에 자네가 주시험관을 맡는 것이네. 시험을 치르는 선비들 중에는 팔기인 자제들이 많아. 자네는 그들이 수재들을 선동해 일을 저지르지 않도록 해야 하네. 각별한 주의가 요구되는 것이지. 물론 북경의 안전은 도리침과 필력탑이 책임을 질 거야. 그러나 총독인 자네는 직예의 군무까지도 직접 챙겨야 하네. 직예의 몇몇 기영들의 동향에서도 눈을 떼서는 안 되고 행동거지가 수상쩍은 자들에 대해서는 수시로 보고하도록 하게. 지금 청범사淸梵寺에는 열셋째마마와 열일곱째마마도 있어. 자네는 하루걸러 한 번 꼴로 청범사로 가서 직예의 기영 정돈 상황을 보고해야 하네. 숨기거나 줄이는 일 없이 있는 그대로를 보고해야 하네. 이것이 자네가 맡아야 할 두 번째 임무네."

장정옥이 자신의 제자를 흡족한 표정으로 바라보면서 지시했다. 곧이어 윤지도 나섰다.

"형신이 이제야 감을 잡는 것 같군. 나하고 장친왕은 내정의 예의禮儀를 관장하고 있지 않은가. 지난번에 여덟째가 그러는데 선조 때는 황제와 기주들 사이에는 상하 좌석 구분은 있어도 군신君臣의 대례는 올리지 않았다고 하더군. 그러면서 계속해서 그렇게 하는 것이 어떻겠느냐고 하더라고. 내 생각에는 그게 그렇게 쉬울 것 같지 않네. 윤상도 세습 친왕이나 평소 폐하를 배알하는 자리에서는 언제나 삼궤구고三跪九叩의 대례를 올리지 않는가. 이에 대해 여덟째 등이 무슨 말이 더 없었는가, 윤록?"

윤록이 윤지의 질문에 침을 꿀꺽 삼키고는 대답했다.

"잘 기억이 나지 않네요. 그 당시 여덟째 형님이 폐하께 여쭤봤어요. 그랬더니 폐하께서는 웃으시면서 삼궤구고니 이궤육고니 하는 것이 중요한 것은 아니라고 하셨어요. 그것보다는 기무를 제대로 정돈해 조정의 지출을 줄여주고 기인들이 그 옛날 선조들의 용맹을 회복하는 것이 더 중요하다고 말씀을 하셨죠. 또 수시로 동원 가능한 병력으로 제자리를 찾고 생업에 종사해 열심히 사는 모습을 보는 것이 소망이라고도 하셨고요. 만약 그렇게만 된다면 폐하를 뵐 때도 그저 절만 해도 상관없다고 하셨어요."

장정옥이 다시 말을 받았다.

"저는 성조를 수행해 몇 번씩이나 봉천으로 동순東巡을 간 적이 있습니다. 그때마다 삼궤구고의 대례를 올리는 왕들이 있기는 했습니다. 그런가 하면 성명을 받고 대례를 면제받은 사람들도 없지 않았습니다. 승덕에서도 크게 다르지 않았습니다. 그러나 이번에는 군신 상견相見이 이뤄지는 장소가 북경입니다. 신하들이 오랜만에 폐하를 배알하는 자리입니다. 그런 만큼 반드시 삼궤구고의 대례를 올려야 마땅하겠습니다. 이것은 결코 작은 일이 아닙니다. 때와 장소에 맞춰 도리를 다하는 자세입니다."

그러자 윤록이 혀로 입술을 적시며 말했다.

"그러면 장상의 뜻대로 하지 뭐."

"이 일은 폐하께서 부르실 때 결정해도 늦지 않을 것 같네. 나는 청범사로 가봐야겠어. 열셋째의 상태가 더 안 좋아진 것 같아서 말이야. 여러분들은 계속해서 의견을 맞춰보도록 하게. 작은 것에 얽매이지 말고 폐하의 지의대로 기무를 정돈하는 것이 가장 중요한 일이라는 것을 염두에 두기 바라네."

윤지가 일어나면서 뜻이 애매모호한 말을 남기고는 자리를 떴다. 순간 장정옥의 얼굴에 우울한 표정이 묻어났다. 도리침이 입을 꾹 다물고 있는 그를 보면서 조심스럽게 말했다.

"장상, 걱정하지 마십시오. 별일은 없을 겁니다. 다들 철모자왕, 철모자왕 하고 듣기 좋게 불러주는데, 모자는 철모자를 쓰고 다니는지 모르겠으나 머리는 쇠로 만들어진 것이 아닙니다. 기인들은 조정에서 먹여 살리는 것이지 자기들 기주의 녹봉을 받고 사는 것이 아닙니다. 그들이 조정의 뜻에 순순히 따라 기무 정돈에 적극 협조한다면 만사대길할 것입니다. 하지만 그렇지 않고 그 무슨 망상을 품었다가는 폐하의 심기가 불편해질 것입니다. 그러면 저는 불과 네 시간 내에 그들을 전부 북경에서 쫓아낼 자신이 있습니다!"

장정옥이 손을 내저었다.

"그런 걸 굳이 자네가 말해야 알겠어? 나는 자네가 거기까지 생각을 했다는 것이 더 두렵네. 나는 어떻게 하면 순조롭게 정돈할 수 있을까를 고민할 뿐, 피를 불러올 일을 고민하는 것이 아니라고! 그런 것은 생각만 해도 끔찍하네. 어찌 보면 의외로 간단하게 해결될 것 같기도 하나 문제는 남 잘 되는 꼴을 못 보는 작자들이야. 그들이 염라대왕의 바람을 일으키고 귀신불을 지피고 다닐까봐 걱정인 것이지. 그렇지 않아도 이치 쇄신이다 뭐다 해서 온통 싱숭생숭한 형국이야. 지금은 정국의 안정이 무엇보다 중요하다고."

이불은 언제 봐도 침착하고 노련한 스승의 말을 통해 분명한 사실 하나를 읽을 수 있었다. 장정옥은 무슨 일이 있어도 윤사를 비롯한 여러 친왕들이 무사하기를 바란다는 것이었다. 그가 한참 후에야 입을 열었다.

"그렇지만 이런 일은 일방적으로 이뤄지는 것이 아니잖습니까? 손뼉도 마주 쳐야 소리가 난다고, 우리만 간절하게 원한다고 되는 일도 아니고……. 도리침 대인이 칼을 싹싹 갈고 있는 것은 비가 오기 전에 우산을 준비한다는 뜻이 아니겠어요?"

이불을 바라보는 도리침의 눈빛이 따뜻했다. 그가 왼쪽 뺨에 선명한 긴 칼자국을 손으로 매만지면서 웃는 얼굴로 말했다.

"이불 대인, 어쩌면 내 마음을 그렇게 잘 아십니까? 하지만 나는 아무래도 칼잡이 출신이라 누가 약 올리는 것은 못 참을 것 같습니다."

"그래도 쉽게 칼을 뽑아서는 안 되네."

윤록이 불안한 눈빛으로 장정옥을 잠깐 쳐다봤다. 이어 신중한 어조로 덧붙였다.

"칼을 잘못 뽑았다가는 후세에 영원히 기록될 참사惨史를 쓰게 될 거야. 반면 제대로 활용하면 그들의 야심을 단숨에 꺾어버리는 효과를 볼 수 있다네."

장정옥이 윤록의 말에 연신 머리를 끄덕였다. 윤록이 말재주는 뛰어나다고 할 수 없으나 주관만은 확고하다고 했던 옹정의 말이 과연 틀림없다고 생각했다.

"열여섯째마마의 말씀이 천만번 지당하다고 생각합니다."

윤록이 장정옥의 말을 들으면서 자리에서 일어선 다음 천천히 입을 열었다.

"아직 이른 시간이야. 장상과 이불, 도리침 자네들은 좀 더 이야기를 나누도록 하게. 나는 폐하께서 이번원으로 부르신다는 지의가 계셔서 가봐야겠어. 오늘 저녁은 왕부로 돌아가지 않고 이번원 공문결재처에 있을 테니 무슨 일이 있으면 그리로 찾아오도록 하게."

"살펴 가십시오!"

장정옥 등은 윤록을 문앞까지 배웅했다. 윤록은 유홍도와 서무관들을 데리고 나갔다. 그 순간 찬바람이 문틈을 비집고 들어와 휑뎅그렁한 서재에 불어 닥쳤다. 책상 위의 종잇장은 진저리를 치면서 부르르 떨었다. 촛불도 꺼질 듯 요란하게 흔들렸다. 갑자기 이름 모를 불안감이 이불의 몸을 휘감았다. 그는 자신도 모르게 소름이 끼치는 표정을 지었다. 그리고는 징소리와 북소리가 울리고 우박이 쏟아지듯, 조정에 뭔가 큰일이 일어날 것이라는 예고를 본능적으로 느꼈다. 장친왕이 왕부로 돌아가지 않고 이번원에 머물 정도라면 그것은 분명한 사실이라고 볼 수 있었다.

그러나 윤록은 염친왕 윤사를 먼저 보고 가야겠다는 생각에 곧바로 이번원으로 향하지 않았다. 서둘러 조양문 밖에 있는 염친왕부로 걸음을 옮겼다. 그는 염친왕부에 다다를 무렵 시계를 꺼내봤다. 술시戌時가 막 지나고 있었다. 그때 왕부의 우두머리 태감인 하주아가 몇몇 어린 태감들을 데리고 나와 문안인사를 올렸다. 이어 아첨어린 웃음을 잔뜩 지어보였다.

"여덟째, 아홉째 마마와 봉천에서 오신 친왕들께서 회의 중이십니다. 여덟째마마께서 장친왕마마께서도 오실 거라면서 소인에게 밖에서 대기하라고 말씀하셨습니다."

윤록이 안으로 걸어가면서 물었다.

"서화청에 계신가? 여덟째 형님도 참, 어련히 알아서 찾아가지 못할까봐! 괜히 이런 격식까지 차리시다니!"

하주아가 갑자기 한쪽으로 비켜서면서 길을 안내했다.

"서화청은 비좁다고 하셨습니다. 그래서 서재에 계십니다. 온돌을 새로 놓아 따뜻합니다."

윤록은 두 번째 문을 지났다. 곧 서재로 향하는 복도가 눈에 들어왔다. 그러자 하인들이 차례로 한마디씩 "장친왕 납시오!"라는 말을 외쳐댔다. 동시에 서재 앞의 커다란 초롱불 밑에 시립하고 있던 수십 명의 태감과 친왕들을 수행하고 온 수백 명의 근위병들이 일제히 무릎을 꿇었다. 그와 때를 같이해 희색이 만면한 윤사가 마중을 나왔다. 등 뒤에는 윤당의 모습도 보였다.

세 형제는 서로에게 예를 갖추면서 서재로 들어갔다. 서재 안은 하주아의 말대로 훈훈한 기운이 가득했다. 기둥이 다섯 개인 커다란 서재는 남쪽 복도를 향해 커다란 통유리를 끼워놓아서 시야가 탁 트이며 시원스러웠다. 양옆의 책꽂이에는 책과 서화 작품들이 빽빽하게 꽂혀 있었다. 또 북측 벽에는 당인唐寅의 〈추조야취도〉秋釣野趣圖가 걸려 있었다. 그뿐만이 아니었다. 동서 양측에는 병풍이 둘러쳐져 있고 그 앞으로 탁자와 나지막한 의자가 몇 개 놓여 있었다. 네 명의 세습 친왕들은 얼굴 가득 근엄한 표정을 한 채 그 앞에 똑바로 앉아 있었다. 저마다 눈부신 동주東珠와 조관朝冠, 색깔이 화려한 용포龍袍 차림을 하고 있었다.

"자, 여러분! 폐하의 성총을 한 몸에 받고 있는 장친왕이자 나의 열여섯째 아우요. 지금 이친왕은 건강이 좋지 않아 병상 신세를 지고 있는 실정이오. 또 의친왕毅親王 윤례允禮는 고북구에 병사들을 훈련시키기 위해 갔다가 아직 돌아오지 않았소. 때문에 안팎으로 우리 열여섯째가 고생이 많다오."

윤사가 윤록의 손을 잡고 네 명의 철모자왕에게로 데려갔다. 이어 왼쪽부터 차례로 친왕들을 소개하기 시작했다.

"예친왕 도라, 동친왕 영신, 과친왕 성낙, 간친왕 륵포탁……."

철모자왕들은 소개받는 대로 자리에서 일어나며 머리를 끄덕였다. 그것으로 예를 대신한다는 뜻인 듯했다.

윤록 역시 일일이 읍을 하면서 답례를 올렸다. 척 보기에는 냉담한 듯했으나 나름 겸손한 모습이었다.

"도라왕은 북경에 오시자마자 한 번 뵈었죠. 나머지 세 분도 강희 연간에 승덕에서 뵌 적이 있고요. 그때는 번저藩邸에 있는 황자 신분이라 반가운 속내를 마음대로 드러내지도 못했네요. 이번에 폐하를 배알하고 돌아가실 때는 저에게 성경盛京까지 바래다주라는 지의를 내리셨더라고요. 여기서는 제가 한턱낼 테니 봉천에 돌아가면 여러 친왕들께서 톡톡히 한턱내셔야 해요?"

윤록이 농담으로 일단 분위기를 부드럽게 했다. 이어 윤사와 함께 주빈 자리에 나란히 앉았다. 그리고는 서재를 둘러보면서 말했다.

"서재를 멋지게 꾸며놓으셨네요. 서화 작품도 셋째 형님의 송학당松鶴堂보다 운치가 있어 보이고요. 셋째 형님에게는 송판宋板 서적이 그다지 많지 않았어요. 아, 지난번에 제가 여덟째 형님한테서 〈초독도〉樵讀圖 그림을 선물로 받고 싶다고 했잖아요? 그런데 지금 보니 당백호唐伯虎의 이 〈난정집서〉蘭亭集序가 더 잘 그린 것 같네요. 이걸로 주세요. 여덟째 형님도 제가 가진 그림 중에 욕심내고 계신 것이 있고 하니 물물교환을 하는 것이 어떨까요?"

윤사는 말솜씨가 나날이 발전하는 윤록을 슬쩍 쳐다봤다. 이리로 오기 전 미리 연습이라도 한 것 같았다. 그는 속으로 윤록을 비웃으며 겉으로는 사람 좋은 웃음을 흘렸다.

"보는 눈이 있네? 이 〈난정집서〉는 셋째 형님이 직접 그려 선물로 주신 거네. 그런데 여기 거드름피우면서 떡하니 드러누워 있는 송판 서적들은 대부분이 가짜야. 이 〈추조야취도〉는 진품이지. 전에 조인曹寅의 집을 압수, 수색했을 때 수혁덕이 거둬들인 것이지. 그 사람이 나에게 충성한다고 보낸 것인데, 욕심이 나면 가져가. 형제간에 네것 내 것이 어디 있나."

윤록이 재빨리 머리를 끄덕였다.

"여덟째 형님이 저에게 보는 눈이 있다고 하시니 실로 과찬이네요. 전에 방포 선생께 진위를 식별하는 방법 몇 가지를 배운 것이 고작인 걸요."

윤록의 표정은 더 이상 딱딱하고 냉담해 보이지 않았다. 넷 중에서 가장 젊은 예친왕 도라는 과찬을 운운하면서 기분 좋아 떠드는 윤록을 안쓰럽게 바라보고 있었다. 윤사의 말속에 숨은 야유의 뜻을 전혀 알아차리지 못하는 것이 분명했다. 그때 윤사가 가볍게 기침을 하면서 분위기를 잡았다.

"입 근육을 풀었으니 이제 일 얘기나 합시다. 이제까지 쭉 얘기했던 것처럼……."

윤사가 윤록을 힐끔 쳐다보면서 다시 말을 이었다.

"폐하께서는 기무를 정돈하는 데 있어 반드시 뭔가 가시적인 성과가 있어야한다고 누누이 강조하셨습니다. 기인들의 신분과 체통을 손상시키지 않으면서 자력갱생을 이끌어 내라고도 하셨죠. 개국 초기에 기인들이 보여줬던 용감무쌍한 풍모를 온 천하에 과시하라는 얘기입니다. 물론 상삼기上三旗의 기주들은 성조 때부터 황제가 직접 관리하는 체제에 들어갔습니다. 그러나 하오기下五旗는 다릅니다. 여기 자리한 여러분들이 힘을 합쳐 정돈하고 관리해야 합니다. 나는 여러분들이 북경으로 오기 전에 보내온 각 기旗의 좌령佐領, 참령參領, 우록牛彔들의 명단을 봤어요. 나름대로 분류는 잘 돼 있는 것 같았습니다. 그러나 워낙 시간이 많이 흐른 탓에 그 사이 다른 기적旗籍으로 옮겨간 사람들이 많은 것 같습니다. 확실하게 주인을 찾아 그 밑으로 귀속시키려면 조금 시간이 걸릴 것 같네요. 내가 통계를 내본 바로는 북경에 있는 기인들 수는 총 삼만 칠천사백십일 명이었습니다. 그리고 북경 근교의 밀운密雲, 방산房山, 창평昌平, 순의順義, 회유懷柔, 연경延慶 일대에 기인들이 농사지을 수 있는 땅이 이백만 무 정도 있습니다. 이 숫자대로라면 나이의 많고 적고를 떠나 일인당 평균 사십 무씩은 배당될 것 같네요. 때문에 올해부터 오 년 동안은 종전대로 매달 전량錢糧을 배급할 수 있습니다. 그러나 이후부터는 해마다 이 할씩 삭감해 나갈 겁니다. 그렇게 십 년을 기한으로 기인들의 자력갱생을 이뤄내야겠습니다. 내가 폐하께 여쭤봤는데, 기인들이 진정으로 자립만 한다면 영원히 세금을 납부하지 않아도 될 것이라고 하셨습니다. 물론 노약자뿐인 집은 농사지을 형편이 되지 않으니 전처럼 나라에서 먹여 살릴 것이라고 하셨습니다. 사실 잘만 한다면 농사를 지어 얻는 수입이 조정에서 다달이 내주는 배급보다 훨씬 나을 겁니다. 그러니 기인들을 설득해 장기적인 안목을 갖도록 여러분들이 노력해줘야겠습니다. 집안사람끼리 문을 닫아걸고 솔직히 하는 말인데, 한족 백성들은 그야말로 뼈 빠지게 일하고도 남는 것이 거의 없습니다. 각종 세금에다 탐관오리들의 가렴주구와 약탈에 살 수가 없을 지경이라고요. 그뿐만이 아닙니다. 조정에서는 한족 관리들에게도 백성들처럼 세금을 내라고 하지 않았습니까? 우리 만주족들이 이런 특혜를 향유할 수 있는 것은 '만주족'의 핏줄을 가진 조상님들 덕분입니다."

윤사는 호탕한 성은聖恩에서부터 팔기인들의 영광스런 어제와 부끄러운 오늘의 모습에 대해서 고담준론을 펼쳐놓기 시작했다. 그렇게 해서 밥 한 끼를 먹을 정도의 시간이 흘렀다. 그러자 윤사도 슬슬 목이 아프고 입술이 마르는 것 같았다. 윤록은 그런 윤사의 말재주에 내내 감탄을 금치 못했다. 옹정과 뜻을 같이 하거나 섭정왕攝政王 자리에 만족하고 충성한다면 그의 능력은 윤상과 윤례 둘을 모두 합쳐도 따르지 못할 것이었다. 윤례는 꿀 먹은 벙어리처럼 자리만 지키고 있는 친왕들을 둘러보면서 말했다.

"저도 하고 싶은 말이 있었습니다. 그런데 염친왕께서 일목요연하게 말씀하시니 구태여 반복할 것은 없을 것 같네요. 좋은 북은 크게 두드릴 필요가 없다는 말이 있습니다. 그 말대로 하나를 말하면 열을 알아듣는 여러분들이니 폐하의 뜻을 충분히 알고 수행하시리라고 믿습니다. 하실 말씀이 있으시면 부담 없이 하세요. 제가 대신 폐하께 상주해 드릴 테니."

윤록의 말에도 네 명 친왕의 침묵은 한참 더 이어졌다. 그러다 드디어 간친왕 륵포탁이 쭈글쭈글한 양 볼이 쏘옥 들어가도록 곰방대를 빨았다. 뭔가를 말하고 싶은 듯했다. 아니나 다를까, 그가 빨아올린 연기에 기침을 크게 하더니 입을 열었다.

"기무를 정돈하는 것은 폐하의 영명하신 결단이라 달리 할 말이 없습니다."

네 명의 친왕 중에서 나이가 가장 많은 륵포탁은 70세의 고령임에도 젊은이 뺨치게 머리가 잘 돌아가는 것 같았다. 툭 내뱉는 말인데도 상당히 조리가 있었다. 그는 화살에 맞은 후유증으로 인해 쉼 없이 떨리는 왼손으로 백설이 무색한 턱수염을 만지면서 다시 말을 이어나갔다.

"우리 양람기鑲藍旗의 기인들도 갈수록 무용지물이 되는 것 같습니다. 북경뿐만 아니라 봉천 쪽에도 어림잡아 수천 명은 되는데, 놀고 먹으면서 빈둥대는 것이 일과입니다. 그러다 보니 이제는 말도 타지 못해 낑낑대기 일쑤입니다. 매달 배급을 받으면 그 즉시 먹고 마시며 즐기다 보니 열흘도 못 가서 다 탕진해버리고 맙니다. 그런 다음에는 도처에 손을 내밀죠. 거지가 따로 없는 실정입니다. 내가 한 달에 녹봉을 삼만 냥씩 받고 있는데 조금씩 쥐어주다 보면 만 냥은 그냥 날아갑니다. 당장 굶어죽는다고 아우성인데 안 줄 수도 없지 않습니까? 구렁이도 담을 넘는 재주는 있다는데, 이것들은 물렁물렁해서 어떻게 할 방도가 없습니다. 그 조상들이 우리 대청의 오늘을 위해 목숨 바쳐 싸운 것을 생각하면 매정하게 할 수도 없고! 그렇게 골치를 앓던 중에 기무를 정돈하라는 폐하의 지의를 받았으니 저는 무조건 쌍수를 들어 찬성했습니다."

룩포탁이 말을 마치고는 침착하게 곰방대에 다시 담배를 쑤셔 넣고 불을 피웠다. 이어 유유히 연기를 토해내면서 덧붙였다.

"그러나 지금은 성조 초기와는 달라요. 팔왕의정제도가 폐지된 지 이미 오래 됐습니다. 때문에 팔기 기주가 어느 친왕들인지도 잘 모르겠습니다. 양황기, 정황기, 정백기는 폐하께서 직접 통괄하시는 상삼기라 그렇다 칩시다. 하오기는 각 기마다 다섯 명의 참령, 스무 명의 좌령, 삼백 명의 우록이 있는데, 도대체 누가 어디에 속한 누구인지를 어떻게 알 수 있겠습니까? 기주들은 일단 자기 수하들이 누구인지부터 분명히 해둬야 합니다. 그렇게 해야 만에 하나 책임 소재도 확실히 할 수 있습니다. 그렇지 않고 기무를 정돈한다는 것은 한낱 공허

한 구호에 불과할 뿐이에요. 예를 들어 봅시다. 지금 우리 양람기 소속의 우록 한 명이 운귀 총독 채정 밑에서 부장副將으로 있습니다. 그런데 웃기게도 양람기의 직속 상사인 참령이 운귀에서는 그 부장의 수하로 있습니다. 조정의 제도와 팔기의 규칙이 이렇게 충돌하니 도대체 누가 누구를 관리한다는 겁니까? 내 입장에서는 상사를 부하로 부린 우록을 훈계해야 합니까? 아니면 조정의 직책에 맞추라고 해야합니까? 대체 어떻게 해야 관리를 제대로 하는 겁니까?”

륵포탁의 말이 끝나기도 전에 영신과 성낙이 이구동성으로 맞장구를 치며 자신들의 어려움을 호소하고 나섰다. 내내 침묵하고 있던 예친왕 도라도 드디어 입을 열었다.

“어떤 포의노包衣奴들은 봉강대리 자리에 오른 경우도 있습니다. 복건 장군인 방정명方正明이 대표적입니다. 원래 한군의 녹영 소속인 그는 지금은 봉강대리로 어마어마한 지위와 권력을 누리고 있으나 정작 그 본주本主인 우록 와격달瓦格達은 자기 포의노인 방정명의 병영에서 말단 초소의 대장으로 있지 않습니까? 그 때문에 두 사람은 얼굴을 마주하기도 어색하게 됐습니다. 방정명이 지난번에는 봉천에 왔다가 나한테 들러 하소연을 하더군요. 다른 곳으로 좀 옮겨달라고 말입니다. 그러나 실권 하나 없는 허수아비 친왕에게 무슨 권한이 있겠습니까? 그래서 방정명에게 은 수천 냥을 본주에게 줘서 고향으로 보내라고 했습니다. 그게 서로 편한 길입니다.”

윤사와 윤당은 무표정한 얼굴로 끝없이 이어지는 친왕들의 불평불만을 들었다. 그러나 속으로는 쾌재를 불렀다. 동친왕 영신을 제외한 나머지 셋은 둘과 가까운 사이도 아니었으니 더욱 그랬다. 세 친왕들이 불평불만을 계속 토로하는 데는 다 이유가 있었다. 요녕성 흑산黑山 일대에 모든 것이 집중돼 정돈하기가 쉬운 영신과 그들의 기영은 확실히 사정이 달랐기 때문이었다. 가만히 있는 것이 오히려 이상하다고 해야 했다.

윤사와 윤당은 사실 옹정이 기무를 정돈하라는 지의를 내린 이후부터 몇몇 기주들을 종용해 팔왕의정제도를 회복하기 위한 물밑작업에 안간힘을 써왔다. 일부 친왕들과는 서신을 주고받기도 했다. 놀라운 것은 소통에 쓰인 언어가 사람들이 거의 쓰지 않는 영어英語였다는 사실이었다. 실제로 윤사와 윤당, 동친왕 등은 비밀이 탄로 날 것을 우려해 거금을 들여 영국 선교사를 초빙, 영어 공부를 하기까지 했다. 한마디로 윤사와 윤당, 동친왕 등은 결정적인 순간을 위해 은인자중하면서 빈틈없는 준비를 했다고 할 수 있었다. 그런 마당에 윤사와 윤당은 자신들이 원하는 대로 세 친왕이 불만을 쏟아내자 표정 관리를 하느라 애를 써야 할 정도였다. 동시에 자신과는 무관하다는 듯이 듣는 둥 마는 둥 하는 윤록을 곱지 않은 시선으로 흘겨봤다. 윤당은 속으로 윤록에게 이를 갈며 한편으로는 친왕들의 가슴속에 피어오른 반란의 불씨에 열심히 부채질을 했다.

"여러 친왕들께서 말씀하신 것 중에는 나나 여덟째 형님이 이미 들어서 알고 있는 내용도 있으나 그렇지 못한 사실도 있습니다. 그러면 여러분 생각에는 도대체 어떻게 하는 것이 바람직할 것 같습니까?"

윤당이 말을 마치고는 시선을 영신에게로 슬그머니 흘렸다. 영신이 신호를 받자마자 자신만만하게 말했다.

"제가 보기에는 기무旗務와 정무政務를 동시에 정돈해야 합니다. 폐하께서 전체적인 지휘를 하시고 상삼기와 하오기 모두를 책임지는 방법도 고려해 볼 수 있겠습니다. 그렇게 하지 않는다면 폐하께서는 잠시 상삼기를 여덟째, 아홉째, 열여섯째 마마께 넘기시는 것도 좋을 듯합니다. 한마디로 완전히 구분해서 관리하는 것이 바람직하다는 것이죠."

윤사가 흡족한 미소를 지은 채 윤록을 향해 물었다.

"아우, 자네 생각은 어떤가?"

윤록이 얼떨결에 공을 떠안은 듯 한참 고민하는 표정을 지었다. 그러더니 고개를 강하게 가로저었다.

"이런 큰일은 폐하께 보고를 올려야 합니다. 폐하께서는 이치 쇄신에 전력투구하시느라 기무까지 신경 쓰실 여유가 없지 않겠습니까? 우리들이 상삼기를 맡는다 하더라도 군기처나 상서방의 최종 결재가 있어야 할 것 같네요."

"군기처는 무슨 얼어 죽을 군기처야?"

영신이 갑자기 팔을 걷어붙이더니 인상을 험악하게 구긴 채 거친 욕설부터 퍼부었다. 이어 더욱 기를 쓰고 날뛰었다.

"군기처 그것들은 총 들고 전쟁터에 나가기를 하나, 든든한 배경이 되어주기를 하나! 나포장단중의 인마가 많아봤자 팔만밖에 더 됐어요? 그럼에도 연갱요는 이십삼만 명의 병력에 팔백만 냥의 은을 쏟아 붓고도 정작 반란의 원흉은 놓쳐버렸잖아요. 그래 놓고도 무슨 승전고를 울렸다고 하는 건가요? 폐하께서 한화漢化가 되어 가시는 것인지 아니면 우리 팔기병들이 얼간이나 바보 천치들인지 정말로 모르겠습니다. 그 당시 출병 때 나는 우리 흑산의 삼만 기병에게 백만 냥만 주면 충분히 승산이 있다고 폐하께 상주했습니다. 만약 승전고를 울리지 못할 경우에는 내 머리를 떼어 요강으로 삼으라고까지 말했었죠. 그런데 폐하께서는 '그 정신이 가상하도다'라는 몇 글자만 보내주시고는 보기 좋게 퇴짜를 놓았습니다!"

세 친왕은 무례하기 짝이 없는 영신의 말에 즉각 호응하고 나섰다.

"그러게 말입니다!"

록포탁이 다시 말을 받았다.

"폐하께서는 한족들에 대해 너무 지나친 관용을 베푸는 것이 문제예요. 연갱요가 개선해서 북경에 들어올 때의 그 어마어마한 환영 행사를 떠올려 보라고요. 문무백관들이 십 리에 걸쳐 늘어선 채 맞이했잖아요. 나도 선친을 따라 복건성 백운령白雲嶺 일대로 남정南征한 적이 있어요. 그때 적을 이십만 명이나 무찔렀지만 돌아올 때는 개 한 마리 보이지 않았죠."

"솔직히 한족들 중에 쓸 만한 것들이 몇이나 되겠어? 주배공이 명장이라고 할 수 있을지 몰라요. 그러나 그것도 도해 장군의 도움이 없었더라면 빈껍데기에 불과하죠!"

과친왕 성낙이 이죽거리면서 말했다. 동친왕 영신 역시 분위기에 고무된 듯 다시 입을 열었다.

"그놈의 주배공은 입 밖에 꺼내지도 마세요. 재수 없어요. 그자가 기인들을 북경에 집결시키자는 제안만 하지 않았어도 우리 팔기병의 진영이 이토록 쑥대밭이 되지는 않았을 거라고요. 선친께서 그러시는데, 그자는 늘그막에 기어다닐 정도가 돼서도 여자라면 사족을 못 썼다고 하더라고요. 결국 어떤 여자 하나 때문에 상사병에 걸려 죽었잖아요."

대화의 분위기가 후끈 달아오르자 윤사가 때맞춰 장작을 더 얹어 불꽃을 피워 올렸다. 윤사는 역시 노련한 그답게 잠시 분위기를 정리하려는 듯 끼어들었다

"여러분, 그건 선제 때의 일이니 더 이상 논하지 마십시다."

윤사의 말에 영신이 때를 놓치지 않고 숨겨뒀던 핵심 단어를 끄집어냈다.

"선제께서 그 당시 팔왕의정제도를 폐지하지 않았더라면 귀족 혈통

을 지닌 우리 팔기병은 오늘날 이 지경까지는 되지 않았을 겁니다."

성낙 역시 말꼬리를 길게 끌더니 느릿느릿 입을 열었다.

"그래도 황제가 최종 결재권을 가지고 팔왕이 의정을 함으로써 아귀가 딱딱 맞춰 돌아가던 그 시절이 좋았죠."

"여러분, 지나친 성급함은 금물입니다."

윤록이 느닷없이 튀어나온 '팔왕의정'이라는 말에 왕벌에 쏘인 듯 흠칫 놀라면서 제재를 가했다.

"우리는 다른 생각은 하지 말고 다만 지금의 형세에 맞춰야 합니다. 또 폐하의 지의에 따라 기무를 정돈하는 것만이 시급한 일입니다. 폐하께서 한족들 편을 든다고 불평인 것 같은데, 사실 선제께서 우리 만주족 자제들에게 그렇게 못해준 것은 없다고 생각합니다. 지금의 폐하도 크게 다를 바 없고요. 이런 불만들은 기무 정돈이 어느 정도 궤도에 들어선 다음에 폐하께 상주하도록 하는 것이 좋겠네요. 팔왕의정제도의 회복 여부에 대해 논의하는 것은 우리가 관여할 수 있는 범위를 넘어서는 것이라고 생각하지 않으시나요?"

영신은 갑자기 분위기를 깨뜨리고 나서는 윤록을 곱지 않은 시선으로 흘겨봤다. 이어 마른 웃음을 흘리면서 말했다.

"팔왕의정제도가 전제되지 않으면 우리 기주들은 할 수 있는 일이 없다니까요? 도대체 무슨 수로 기무를 정돈한다는 거요? 그건 그렇고, 우리들은 먼 길을 고생고생해가며 찾아왔는데 폐하께서는 어찌해서 아직 우리를 부르지 않으시는 겁니까? 열여섯째마마, 저희들이 성궁聖躬을 뵙고 싶어 한다고 폐하께 전해주십시오."

이번에는 예친왕 도라가 말을 받았다.

"나는 사실 불만을 하소연하려고 폐하를 배알하고자 하는 여러분들과는 입장이 많이 다릅니다. 나는 억울하게 돌아가신 선친의 누명을 벗겨주시고 나의 세직世職까지 회복해주신 폐하께 오체투지한 채 대례를 올리기 위해 배알하려고 하는 것입니다. 폐하의 훈시를 듣고 자 하는 것이죠. 열여섯째마마께서는 부디 나의 뜻을 폐하께 상주해 주셨으면 합니다."

예친왕 도라는 말을 마치기 무섭게 편지인 듯한 봉투 하나를 윤록 에게 건넸다. 윤사는 자신도 모르게 순간적으로 역겹다는 표정을 감 추지 못했다. 북경에서 여러 번 만난 적이 있는 젊은 외성外姓(도라는 다이곤多爾滾(도르곤)의 양자임. 촌수가 멀어서 외성이라고 할 수 있음) 친왕인 그가 '팔왕의정'에 대한 얘기가 나오자 갑자기 태도를 바꿔 막판에 꼬리를 감추는 것이 가소로웠던 것이다. 곧 윤사가 비아냥거 리는 말투로 입을 열었다.

"장래가 촉망되는 우리 예친왕께서 단칼에 환부를 도려낼 수 있는 그 무슨 묘책을 폐하께 올리시는 것 같은데, 은근히 기대가 되네요!"

윤사가 야유 섞인 말을 계속하려고 할 때였다. 갑자기 주렴 걷히 는 소리와 함께 셋째 황자 홍시가 차가운 입김을 내뿜으면서 안으 로 들어섰다.

"지의가 계십니다."

홍시가 인사도 하지 않고 말했다. 윤사, 윤당, 윤록과 친왕들은 지 의가 있다는 말에 황급히 일어나 무릎을 꿇었다. 홍시가 침착하게 말을 이었다.

"윤사, 윤당 그리고 봉천에서 온 여러 친왕들은 내일 서화문에서 패 찰을 건네고 뵙기를 청하라!"

"만세!"

좌중의 사람들은 크게 만세를 외치면서 머리를 조아렸다. 그러자 홍시가 웃음을 머금은 채 윤록을 향해 말했다.

"열여섯째 숙부, 폐하께서 저에게 열여섯째 숙부를 만나 뵈라고 지시하셨습니다. 의논을 다 했으면 저와 함께 먼저 가시는 것이 어떻겠습니까?"

홍시가 말을 마치고는 고개를 돌려 윤사를 향해 의미심장하게 한마디 덧붙였다.

"여덟째 숙부, 먼저 가보겠습니다. 그리고 폐하께서는 요즘 들어 고열 때문에 고생하고 계십니다. 그래서 봉천에서 오신 여러 친왕들을 접견하지 못했습니다. 폐하께서는 여러분을 대단히 만나고 싶어 하십니다."

홍시는 말을 마치자마자 바로 윤록과 함께 물러갔다.

"셋째 황자가 나이에 비해 노련해 보이는군."

홍시의 뒷모습을 보면서 륵포탁이 말했다.

"용자봉손이 아닙니까! 하지만 아직 우리 보친왕의 풍채를 못 봐서 하는 소리인 것 같군요!"

영신이 륵포탁의 말에 웃으면서 말했다.

14장
명문거족의 치욕

　윤록과 홍시는 커다란 가마에 나란히 앉았다. 그리고는 바로 제화문齊化門 근처에 자리 잡은 홍시의 저택, 즉 셋째 패륵부로 향했다. 옹정이 자신을 "만나 보라"고 했다기에 윤록은 당연히 홍시가 먼저 입을 열기를 기다렸다. 그러나 홍시는 척 보기에도 심사가 무거워 보였다. 가마 안에 매달린 자그마한 홍등의 어둑한 불빛 아래에서 멍하니 생각에 잠긴 채 아무 말도 하지 않았다.

　윤록은 유리창 너머로 창밖을 내다 봤다. 주위가 먹물을 뿌려놓은 것처럼 어두웠다. 아직 2월이라 그런지 매서운 바람도 틈새를 비집고 들어왔다. 그는 자신도 모르게 몸을 움츠렸다. 얼마 후 가마가 다섯째 패륵부를 지나고 있었다. 웬일인지 그곳에는 등불이 대낮처럼 환하게 밝혀져 있었다. 수십여 명의 하인들도 분주히 드나들면서 빗자루와 걸레를 든 채 청소를 하느라 여념이 없어 보였다. 윤록이 고개를 갸웃거리면서 말했다.

"달밤에 체조하는 것도 아니고 다섯째가 왜 저러지? 북으로 떠났다고 하지 않았나?"

홍시가 준수한 얼굴에 웃음을 띠었다. 그리고는 심드렁한 표정으로 창밖을 힐끗 내다보고는 입을 열었다.

"북경 근교의 밀운까지 갔다가 돌아왔다고 합니다. 폐하께는 폐병 때문에 각혈이 심해 돌아왔노라고 주장을 올렸던데, 오늘 저녁때쯤 가보니 안색이 멀쩡하기에 한소리 해주고 왔습니다."

홍시가 말을 마치고는 깊은 한숨을 내쉬었다.

"젊디젊은 것이 왜 저렇게 게으름을 피우지? 정말 못났어!"

윤록이 도무지 이해가 안 된다는 듯 고개를 절레절레 저었다. 홍시 역시 한심하다는 듯 실소를 터트렸다.

"누가 아니래요? 그래도 제가 듣기 싫은 소리를 두어 마디 했더니 뭐라고 대꾸하는지 아십니까? 능력과 재주를 논할라치면 몇몇 삼촌과 큰아버지를 능가할 사람이 어디 있겠느냐고 그러더군요. 그런데 그분들이 재주 있고 머리 좋아 얻은 것이 뭐냐고 하더군요. 만나면 거짓으로 웃고 뒤돌아서면 서로 칼을 간다는 둥 하면서 말이에요."

"돼먹지 못하게 어디서 그런 허튼소리를 하는 거야? 선대先代는 선대 나름대로 다 그럴만한 이유가 있어. 뭣도 잘 모르는 주제에 엉뚱한 소리는 왜 하는 거야?"

윤록이 마치 홍주가 눈앞에 있기라도 한 듯 꾸짖는 어조로 말을 하면서 눈꺼풀을 재빨리 올렸다 내렸다. 그리고는 옹정에게는 사실상 큰아들인 셋째 패륵 홍시의 표정을 훔쳐봤다. 얼마 후 그는 홍시가 그런 말을 꺼내는 의도를 파악하느라 머리를 부지런히 굴리면서 입을 열었다.

"폐하께서는 슬하에 아들이 자네들 셋밖에 없어. 요즘 들어 부쩍 건강도 여의치 않으신데, 자네들이 폐하를 생각해드려야 하지 않겠는가? 폐하의 주변에서 누가 자네들만큼 살갑게 할 수 있겠나?"

홍시가 미간을 찌푸려가면서 대답했다.

"그러게요! 열여섯째 숙부께서도 소문을 들으셨는지 모르겠으나 밖에서는 폐하께서 교인제라는 여자를 들인 이후부터 정력이 부쩍 떨어졌다고 합니다. 더 심한 말도 있습니다만 낯이 뜨거워 도저히 입에 담을 수가 없습니다. 주변에서도 교인제 이 불여우 같은 년이 얼마나 재수 없는 년인지 모른다고 합니다. 낙민 사건에 불씨를 지핀 장본인이죠. 열넷째 숙부한테 들러붙어서는 간, 쓸개 다 빼 먹었죠. 이제는 궁으로 굴러 들어와 폐하에게까지⋯⋯, 꼬리를 친다는 것 아닙니까? 아바마마가 열여섯째 숙부의 말은 잘 들을 것이니 어떻게 좀 말려주세요. 재수 없는 물건은 곁에 두는 것이 아니라고 말이에요."

윤록은 한숨을 길게 내쉬었다. 간간이 그런 소문을 듣기는 했었다. 그가 생각하기에도 그랬다. 교인제라는 여자는 가는 곳마다 문제를 일으키고 가까이하는 사람을 다치게 하는 찜찜한 존재인 것 같았던 것이다. 그러나 그가 알고 있기로 옹정은 그저 때때로 교인제에게 관심을 기울일 뿐이었다. 아직 잠자리 시중을 들게 하지는 않은 것이 분명했다. 따라서 "색을 멀리 하라"라는 간언은 도저히 올릴 수가 없다는 것이 그의 생각이었다. 그가 잠시 생각을 하고는 입을 열었다.

"혹시 다섯째 홍주가 일에 의욕이 없는 것처럼 게으름을 부리는 것도 그 때문인가?"

윤록의 질문이 떨어지기 무섭게 홍시가 칠흑 같은 어둠을 주시했다. 그의 눈빛이 무척이나 날카로웠다. 곧이어 홍시가 천천히 대답을 했다.

"꼭 그런 것은 아닙니다. 홍주는 밀운에서 가사방이라는 기인을 만났다고 합니다. 그런데 그자가 북으로 가면 올해는 피를 보는 재앙을 면치 못할 것이라고 단언했다고 합니다. 또 북경으로 돌아가더라도 일 년 동안은 머리카락도 보이지 말고 꽁꽁 숨어 있어야 한다고도 했답니다. 그래야 앞으로 닥칠 재앙을 피해 갈 수 있을 거라고 했다는 군요. 지금 저렇게 밤중에 대청소를 하는 것도 그 가사방인가 뭔가 하는 기인의 요언을 듣고 저러는 것 같습니다. 일 년 동안 두문불출하기로 단단히 작심한 듯해요. 들리는 얘기로는 후원에 높은 누각 하나를 짓는다고 합니다. 바깥바람이 쐬고 싶을 때마다 누각에라도 올라가 마음을 달랠 수 있도록 말입니다. 제가 듣기에는 한낱 미친 소리에 불과하더라고요. 그러나 다섯째는 정색을 하고 말하는데 정말 한심스러웠습니다."

윤록은 최근 들어 가사방이라는 이름 석 자를 귀에 딱지가 앉을 정도로 들어온 터였다. 왕부의 몇몇 태감들이 몰래 데려오지 못해 안달을 하는 것을 본 적도 많았다. 윤록 역시 호기심이 동하지 않은 것은 아니었다. 그러나 옛일을 생각하면 그럴 수는 없는 일이었다. 당시 장 황자는 요술을 부려 태자 윤잉을 해치려고 했다. 또 셋째 황자는 장덕명이라는 도사를 왕부로 불러들여 관상을 봐달라고 했다. 여덟째 역시 도사들로부터 정신이 황홀할 정도로 미사여구를 듣다보니 자기도 모르게 야망을 가질 수밖에 없는 상황이었다. 그러나 그들 셋은 결국 모두 낙마했다. 코가 깨지고 피멍이 드는 엄청난 후폭풍을 피해 갈 수 없었다. 윤록으로서는 배짱 좋게 가사방을 부를 처지가 아니었다. 그런데 이제 와서 또다시 홍시에게서 가사방이라는 기인 얘기를 듣게 된 것이다. 윤록이 고개를 갸웃거리면서 물었다.

"듣자 하니 자네도 그 사람을 만나봤다던데, 정말 그럴싸하던가?"

홍시가 바로 냉소를 터트렸다.

"만나지는 않았습니다. 유혹은 많았으나 제가 그래도 명색이 금지옥엽의 용자봉손이 아닙니까? 어찌 그런 잡것들과 왕래할 수 있겠습니까?"

윤록은 홍시가 불 보듯 뻔한 거짓말을 한다는 것을 알았지만 더 이상 캐묻지 않았다. 그 사이 가마는 천천히 내려앉았다. 태감 한 명이 수오리 같은 목소리로 아뢰었다.

"셋째 패륵부에 도착했습니다. 이제 그만 내리십시오, 두 분 마마!"

윤록과 홍시는 가마에서 내려 왕부로 들어갔다. 홍시가 윤록을 서재로 안내하면서 하인에게 지시를 내렸다.

"따끈한 인삼탕 두 그릇을 대령하도록 하라."

하인이 황급히 대답하고는 굽실거리면서 아뢰었다.

"패륵마마, 이친왕부의 둘째 세자와 전명세錢名世 대인이 와 계십니다."

홍시가 의외라는 듯 윤록을 향해 고개를 돌리고는 말했다.

"열여섯째 숙부, 무슨 일인지 모르지만 먼저 잠깐 만나보고 보내버리죠? 그런 다음 편히 얘기를 나누는 것이 낫겠습니다."

홍시는 옹정이 북경에 없을 때면 대부분의 정무를 도맡아 처리해온 황자였다. 윤록으로서는 자신을 만나보라는 옹정의 지의를 받았다는 만큼 홍시의 뜻에 따르는 수밖에 없었다. 그가 머리를 끄덕였다. 이어 홍시를 따라 정방正房 옆에 있는 작은 서재로 향했다. 과연 이친왕 윤상의 둘째 아들인 홍효弘曉가 책상 앞에 앉아 책을 뒤적이면서 기다리고 있었다. 그 옆에는 50세 전후의 남자가 얼굴 가득 비굴할 정도로 조심스러운 웃음을 지어보이면서 뭔가 말하고 있었다. 윤록은 한 눈에 그 남자가 한림원의 시독侍讀으로 있는 전명세라는 것을 알 수 있었다.

서재에는 그밖에도 두 명의 중년 사내가 더 있었다. 앉은키나 생김새가 많이 닮은 두 사내는 남색 비단을 댄 양가죽 장포를 입고 있었다. 짙은 팔자수염이 인상적이었다. 그러나 점잖아 보이는 인상과는 달리 둘은 뭔가 불안한 기색이 역력했다. 두 손을 무릎에 얹은 채 엉덩이를 달싹이면서 홍효의 맞은편에 앉아 있었다.

네 사람은 윤록, 홍시가 들어서자 황급히 자리에서 일어나 예를 갖춰 인사를 올렸다.

"두 분 마마께 문후 올립니다!"

"됐네."

홍시가 시원스럽게 손사래를 쳤다. 이어 윤록에게 자리를 내준 다음 홍효를 향해 말했다.

"우리 형제끼리는 매일 얼굴 보는 사이가 아닌가. 앞으로는 무릎까지 꿇을 필요 없네. 열여섯째 숙부에게만 예를 갖춰 문안을 올리면 되겠어."

"예, 알겠습니다."

홍효가 황급히 상체를 숙이면서 대답했다. 이어 웃음 띤 얼굴로 윤록을 향해 말했다.

"열여섯째 숙부, 제가 소개해 올리겠습니다. 이 사람은 강희 사십이년의 탐화인 전명세라는 사람이고요, 이들은 쌍둥이 형제인데 둘 다 과거에 급제한 재주꾼들입니다. 한 명은 진방언陳邦彦, 다른 한 명은 진방직陳邦直이라고 합니다. 자는 소견所見과 소문所聞입니다."

올해 갓 스물인 홍효는 맑은 피부에 얼굴이 갸름했다. 머리는 약간 뾰족한 편이였으나 허리까지 내려오는 길고 굵은 머리채가 그런 약점을 보완해주고 있었다. 첫 눈에도 말이 빠르고 동작도 민첩할 것 같은 날렵한 느낌이 들었다. 원래 그는 화로和老 군왕郡王 슬하의 일곱째 아들이었다. 그러나 기구하게도 어린 나이에 윤상의 양자로 들어가게 됐다. 윤상이 복진福晉(정실부인)을 들이지 않았기에 옹정이 우겨서 그렇게 하도록 한 것이었다. 때문에 양아버지 윤상을 따라 그 역시 부침을 거듭했다. 어린 나이에 견뎌내기 쉽지 않은 숱한 파란도 이겨내야 했다. 거의 십 년 동안에 걸친 윤상의 연금 생활도 함께 겪었다. 그런데 윤상은 그때 두 시첩에게서 아들 둘을 얻었다. 그래서인지 나중에 옹정은 홍효에게 고작 이등백작의 칭호만 내렸을 뿐이었다. 그로서는 닭 쫓던 개 지붕 쳐다보는 격에다 꿔다 놓은 보릿자루 신세가 됐다고 해도 좋았다. 당연히 마음이 심란할 수밖에 없었다.

그는 그래서 철이 들면서부터 홍시를 곧잘 찾아오고는 했다. 창춘원에서 보친왕 홍력을 도와 정무를 처리하곤 했던 홍시는 조정에 홍효를 적극적으로 추천했다. 윤상의 체면을 봐서 내무부에 이름이라도 걸어두게 하자고 했던 것이다. 이후 홍시와 홍효의 사이는 더욱 가까워지게 됐다.

홍시는 하인이 차를 가져오자 일일이 주변에 권했다. 그리고는 홍효에게 말을 건넸다.

"홍효, 그렇지 않아도 바빠 죽을 지경인데 자네까지 찾아와 애를 먹이나? 급한 일이 아니면 내일 한가할 때 오지 그랬어. 따끈한 물에 발을 담그고 얘기 나누면 좀 좋아?"

"또 왜 그러세요? 마음이 하늘보다 더 넓으신 분 아닙니까? 괜히 쩨쩨하게 그러지 마세요!"

홍효가 두 손에 찻잔을 받쳐 들고 격의 없는 웃음을 지으면서 말했다. 이어 본론을 꺼냈다.

"이 사람들은 요즘 속이 말이 아니라고 합니다. 완전히 팔팔 끓는 기름솥 같다고 하는군요. 평소 전명세 이 양반과의 정분을 봐서라도 강 건너 불 보듯 할 수도 없고 말이에요. 형님에게는 깨알 같은 일도 이 사람들에게는 태산같이 무거운 일입니다. 그렇지 않겠습니까?"

홍시가 무슨 영문인지를 몰라 하는 윤록의 망연한 표정을 보면서 나름대로 설명을 했다.

"전명세 이 사람은 전에 연갱요를 위한 시를 쓴 적이 있었거든요. 그게 문제가 됐나 봐요. 폐하께서도 알고 계신다니 좀 불안하겠어요?"

윤록은 그제야 문득 떠오르는 기억이 있었다. 그것은 연갱요가 자살을 강요당하기 전후에 있었던 일이었다. 당시 왕경기는 연갱요와 결탁했다. 그리고는 채회새 등까지 끌어들여 준화에 있는 열넷째 윤제를 서녕으로 납치하려고 했다. 역모를 도모하려고 했던 것이다. 음모가 백일하에 드러나고 역모에 가담한 사람들이 붙잡혀 들어가며 분위기가 뒤숭숭하던 그 당시, 서녕 군중에서는 놀랍게도 전명세와 쌍둥이 형제 진방언, 진방직이 연갱요에게 써서 보낸 시가 발견됐다. 그들은 그 시에서 연갱요를 '요천순지堯天舜地가 봉한 명장'이라고 칭송했다. 진씨 쌍둥이 형제 같은 경우는 '하늘같은 제덕帝德을 한 몸에 받는 호걸'이라는 아부도 아끼지 않았다. 다행히 두 형제는 그 와중에도 그나마 '제덕'이라는 말이라도 운운하기는 했다. 하지만 전명세는 성총聖寵에 대해서는 전혀 언급하지 않았다. 오로지 연갱요에 대해서만 온갖 화려한 언어를 있는 대로 다 동원해 칭송하는 데 몰두했다. 한마디로 하늘이 낮다하고 연갱요를 치켜세운 것이다. 그는 동시에 열넷째 윤제의 공로에 대해서도 은근히 강조하는 것을 잊지 않았다.

전명세와 진씨 형제의 연갱요에 대한 아부는 건수 올리기에 급급

했던 이부와 형부의 몇몇 '마왕'들에 의해 즉각 옹정에게 전달됐다. 심기가 몹시 불편해 있던 옹정은 당연히 가만히 있지 않았다. 건강이 낙관할 수 없는 상태인 데다 밖에서 공공연히 나도는 엉뚱한 소문에도 시달리고 있었으니 그럴 만도 했다. 급기야 이를 갈면서 "비열하고 파렴치한 놈들이다"라는 비어批語를 내렸다. 얼마 후 그 어비御批는 바로 부의部議에 전달되었고 여러 부 필사돼 왕공대신들에게도 보내졌다.

전명세와 진씨 형제 세 사람은 옹정이 이미 어비를 내렸다는 홍시의 말을 듣고는 졸지에 사색이 돼 어쩔 줄을 몰라 했다. 하나같이 엉거주춤 일어나서는 홍시에게 간절하게 구원을 청하는 눈빛을 보냈다. 전명세는 얼굴에 경련을 일으켰고 진씨 형제는 다리를 덜덜 떨었다. 그러나 홍시는 아무 말도 하지 않고 무겁게 한숨만 토해냈다. 그 한숨 소리와 함께 세 사람의 가슴도 무너져 내렸다.

"이 일은 원래 넷째 홍력이 더 잘 알지. 운송헌의 정무를 주재하면서 폐하께 여러 번 불려 갔으니까. 넷째가 폐하를 알현하고 와서 그러더군. 부의에서 자네들을 대역죄로 처리하려고 한다고. 대청률에 따르면 대역죄는 무조건 능지처참에 처해지게 돼 있지."

홍시가 드디어 느릿느릿 입을 열었다. 그러면서 연민에 가득 찬 표정으로 입술을 빨았다. 그리고는 고양이 앞에 잡혀온 쥐처럼 바들바들 떨고 있는 세 사람을 보면서 손바닥을 비벼댔다. 이어 천천히 덧붙였다.

"홍력은 몇몇 글쟁이들이 잠깐 착각해 저지른 잘못을 대역죄로까지 몰아붙이는 것은 지나치다고 생각하는 것 같아. 그래서 폐하께 주청을 올리지도 않은 채 스스로 결정해 부의를 기각시켜버렸어. 이후 다시 고쳐 내려진 형벌이 참수형이었어. 보친왕은 그래도 무겁다면서 교수형으로 하자고 폐하께 주청을 올렸지. 그때 열여섯째 숙부와 장상 등도 자리를 같이 했었어. 홍력은 차라리 잘 됐다고 생각한 듯 요즘 들어 북경에 괴소문이 난무하고 있으니 자네들을 되도록 가볍게 처벌하자고 진언을 했다는 거야. 괴이한 소문을 만들어내는 소인배들의 입을 막으려면 그렇게 해야 한다고 생각한 것 같아."

윤록이 홍시의 말이 끝나자 고개를 끄덕였다.

"하지만 그날 폐하께서는 결정을 내리시지 않았어. 폐하께서는 '괴소문이라고 해봤자 짐이 각박하고 인정머리 없다는 식이겠지. 그런 소리는 이제 너무 많이 들어서 만성이 돼버렸네. 그리고 요언을 잠재우려면 군부君父를 우습게 아는 것들의 목을 치는 것이 제격이지' 하고 말씀하셨어. 그래서 나와 형신도 폐하를 계속 만류했고, 그런 다음에야 비로소 '시간을 갖고 생각해보자'라는 폐하의 말씀을 끌어낼 수 있었지."

홍시가 윤록의 말이 끝남과 동시에 전명세를 향해 말했다.

"자네는 저 두 친구보다 죄를 지은 차원이 다르다는 것을 알아야 하네. 말 한 마디로 천 냥 빚을 갚는다고 하지 않나! 말이 얼마나 무서운지 몰라서 그랬는가? 어쩌면 폐하의 성덕을 칭송하는 말은 단 한 글자도 쓰지 않을 수가 있나. 연갱요와 함께 저 세상으로 가지 않은 것을 다행으로 생각하라고! 바지에 오줌은 싸지 않았는가? 그러기에 뒷감당도 못할 그런 짓은 왜 저질러가지고 그러는 거야? 셋 다 목숨은 건졌으니 그만 떨게. 직무를 박탈당하고 고향으로 돌아가 더이상 관직과는 인연을 맺지 못할 거야. 그래도 죽는 것보다는 훨씬 낫지 않은가?"

전명세와 진씨 형제 세 사람은 목숨을 살려준다는 홍시의 말에 비로소 얼굴에 핏기가 조금이나마 돌아왔다. 곧이어 이마가 깨지도록 연신 머리를 조아렸다.

"실로 성은이 망극하옵니다. 폐하께서 목숨을 살려주신 은혜는 잊지 않고 가슴에 새기겠습니다. 죽어서도 두고두고 갚겠사옵니다. 더불어 여러 친왕, 패륵 마마께서 베풀어주신 은혜에 대해서도 깊이깊이 감사를 드리옵니다."

홍시가 곧 소매 속에서 주비朱批가 달린 주의奏議를 홍효에게 건네줬다. 그리고는 전명세 등 세 사람을 향해 말했다.

"죽을죄는 면했다고 하나 살아 있다는 것이 죽느니보다 못할 수도 있어. 그 말이 실감이 날 정도로 괴로운 날들이 이어질지도 모르네. 그러니 다들 그만 일어나게!"

홍효는 홍시가 건네준 주의를 받아서 자세히 살펴봤다. 주의는 형부에서 여러 차례에 걸쳐 고심해 쓴 흔적이 역력했다. 그 옆의 '경공'敬空(황제가 쓸 수 있도록 남기는 여백)이라고 쓰인 주비의 난欄에는 역시 옹정이 마구 날려 쓴 초서체의 글씨가 보였다. 아니나 다를까, 내용은 마치 칼을 휘두르는 것처럼 섬뜩했다.

부의의 결정은 부당하다. 대역죄라고 하면서 어찌 전명세를 교수형으로 대충 처리해버릴 수 있다는 말인가? 전명세는 실로 문인들 중의 망나니라고 하지 않을 수 없다. 명교죄인名教罪人(도덕적으로 용서받지 못할 대역죄인)의 우두머리라고 해도 좋다. 짐은 옹친왕 시절부터 이자의 바람직하지 못한 소행을 익히 들어왔다. 선제의 어비에 따르면 이자는 사사롭게 《명사》明史를 고쳐 쓴 적이 있다. 또 다른 사람의 글을 자신의 것인 양 짜깁기해서 도용했다가 고사기에게 발각된 바도 있다. 후안무치한 망나니가 아닌가! 그럼에도 짐은 문인도 인간이라는 생각을 버리지 않았다. 순간적인 탐욕으로 실수를 저지를 수도 있다고 이해하려 했다. 그래서 한림원에 들여

보내 거듭나기를 바라마지 않았다. 짐이 이처럼 선제의 뜻까지 어겨가면서 기회를 줬거늘 고작 한다는 짓이 간악한 졸장부와 놀아나는 것이라는 말인가? 이게 정말 웬 말인가? 짐은 이렇게 몰지각한 자의 목을 쳐 짐의 칼을 더럽히고 싶지는 않다. 그러나 앞으로 백성들과 신하들이 전철을 밟지 않도록 만들어야 한다고 생각한다. 그런 뜻에서 짐은 전명세에게 '명교죄인'이라는 편액을 하사하려고 한다. 또 진방언, 진방직 두 형제는 남을 따라 짖는 개에 불과하다. 파직시키고 고향으로 돌아가게 하라!

홍효가 주의를 한번 훑어보고 나더니 전명세에게 조용히 넘겨주면서 말했다.

"다행히 목숨은 건졌네. 지금 같아서는 날아갈 것 같은 기분이겠지. 그러나 '명교죄인'이라는 네 글자가 얼마나 무서운 것인지에 대해서는 곧 느낄 수 있을 거네. 대장부는 굴욕을 당하느니 차라리 죽는 것이 낫다고 했네. 자네에 대한 폐하의 분노가 어느 정도인 줄 알겠는가? 명교죄인의 무게에 깔려 납작하게 뭉개지지 말고 잘 버텨낼 수 있기를 바라네!"

좌중의 사람들은 일단 전명세가 목숨은 건졌다는 사실에 안도했다. 하지만 그가 남은 평생 동안 지지리도 무거운 멍에를 쓰고 살아야 한다는 사실에는 동정심을 느끼지 않을 수 없었다. 윤록 역시 그랬다.

'저 사람은 내로라하는 강남 명문가의 아들이야. 두 번씩이나 탐화가 돼 온 천하를 떠들썩하게 했던 뛰어난 인재야. 그런 사람이 자손 대대로 집의 정문에 명교죄인이라는 팻말을 달고 살아가야 하다니. 차라리 칼을 맞고 형장의 이슬로 사라지는 것이 더 나을지 몰라.'

윤록이 그렇게 생각하고 있을 때 어비가 그의 손에까지 넘어왔다. 그는 본능적으로 어비를 받다가 깜짝 놀랐다. 양 옆의 빈 공간이 눅

녹하게 젖어 있었던 것이다. 그는 마음이 아팠다. 급기야 살아났다는 안도감을 느낄 새도 없이 다시 구겨진 한 장의 종이 뭉치처럼 한쪽에서 고개를 푹 숙이고 있는 전명세를 바라보면서 위로의 말을 건넸다.

"너무 낙심하지 말게. 이럴 때일수록 근신을 해야지. 여기저기서 손짓한다고 해서 아무 데나 따라가 입을 함부로 놀려서는 안 되네. 그렇게 하면 더 큰 화를 자초하는 수가 있네. 폐하께서는 여러 가지로 심기가 최악인 상태이니 자네는 일단 묵묵히 참고 견디는 것이 중요하네."

"망극하옵니다. 열…… 여섯째마마……."

전명세가 무기력하고 핏기 하나 없는 입술로 간신히 윤록의 진심 어린 위로에 감사의 말을 전했다. 그리고는 달빛 비친 창호지를 방불케 하는 창백한 얼굴을 들고 윤록을 바라보고는 쉬고 갈라진 목소리로 말을 이었다.

"저는 명교죄인이 틀림없습니다. 이십 년 동안 관가에서 부침을 거듭해오면서 폐하의 성은에 보답하기는커녕 똥파리 같은 더러운 영혼으로 주군을 욕되게 했습니다. 몸은 당쟁의 쇠사슬에서 벗어나지 못했습니다. 발은 또 어땠나요? 성인이 걸었던 덕德과 의義의 길을 디뎌본 적이 없습니다. 어찌 명교죄인이 아니라 할 수 있겠습니까."

전명세가 자신을 질책하는 비판의 말을 하다 말고 갑자기 손으로 얼굴을 슬쩍 가렸다. 그러나 감추려던 그의 눈물은 무게를 이기지 못하고 툭 떨어져 내렸다. 그는 다시 입을 열어 마지막 말을 끝까지 마치려고 했다.

"……자손들에게 너무나도 미안해서 죽고 싶습니다. 우리 가문은 오 대에 걸쳐 일곱 명의 진사를 배출한 명문망족名門望族입니다. 백 년 동안이나 그 명맥을 이어왔습니다…… 자손들 중에서 누군가 크게 떨쳐 일어나 가문의 영광을 되찾아 올 수만 있다면 저는 지금 당장 죽어도 여한이 없겠습니다……."

전명세가 북받치는 감정을 주체하지 못하는가 싶더니 마침내 엉엉 통곡을 하기 시작했다. 좌중의 사람들은 가슴을 파고드는 그 처절한 울음소리에 그만 하나같이 숙연해지고 말았다.

홍시가 손수건을 꺼내 눈가에 촉촉이 젖은 눈물을 닦더니 홍효에게 당부했다.

"자네들이 많이 위로해주게. 이럴 때일수록 말조심을 시켜야 하니. 내가 보기에 폐하께서는 연갱요에 대한 처절한 배신감을 떨쳐버리지 못했기 때문에 더 민감한 반응을 보이신 것 같아."

홍시가 말을 마치고는 전명세에게 다가갔다. 이어 땅이 꺼져라 한숨을 지으면서 말했다.

"목이 터져라 울어버리게. 그러면 속이 좀 편안해질 거네. 건강을 해치지 않도록 조심하고. 기억하게, 굴욕을 씻게 해줄 수 있는 약은 단 하나뿐이네. 바로 세월이지! 진심으로 회개하고 뉘우친다면 해 뜰 날도 있을 거네. 열여섯째 숙부, 우리는 서쪽 서재로 갑시다."

윤록과 홍시는 무거운 분위기로 숨이 막히는 방 안에서 도망치듯 나와 버렸다.

"열여섯째 숙부, 전명세를 그렇게 처리한 것에 대해 어떻게 생각하세요?"

홍시가 서쪽 서재로 건너와서는 따끈한 인삼탕을 한 그릇 마시면서 윤록을 향해 물었다. 인삼탕이 정신을 한결 맑아지게 해주었다. 윤록이 천천히 음미하듯 인삼탕을 마시면서 대답했다.

"글쎄, 평소에 하고 다니는 짓거리를 봐서는 품행이 단정하다고 볼 수는 없는 사람이지. 솔직히 연갱요가 한창 기염을 토하고 다닐 때 우리들 중 어느 누가 그자를 부러워하지 않았겠나? 은근히 그 사람과 가까워졌으면 하고 바라지 않은 사람이 있었냐고! 그런 생각이 없었다면 그건 위선자라고 해야지. 하지만 그런 식으로 처벌하는 것은 아무래도 너무한 것 같아. 물론 붓을 함부로 놀린 것은 당연히 잘못이지. 문인의 자질을 의심받을 수 있는 소지는 충분해. 나 혼자서는 도무지 말에 힘이 실리지 않을 것 같아서 내일 이친왕 윤상 형님을 만나 같이 폐하께 진언할까 하네. 장담할 수는 없지만 노력은 해보는 거지."

홍시가 윤록의 말에 처연한 표정을 지으며 말했다.

"열여섯째 숙부는 정말 너무 순수하십니다. 폐하께서 전명세 등을 향해 팔을 걷어붙이고자 하는 속내를 진짜 몰라서 그러시는 겁니까?"

"……"

"전명세가 폐하를 노엽게 만든 진짜 이유는 그까짓 시 따위에 있는 것이 아닙니다."

홍시가 잔잔한 미소를 지어내더니 책갈피 속에서 종이 한 장을 꺼냈다. 이어 윤록에게 건넸다. 윤록은 그것이 왕경기가 범행 일체를 자백한 것이라는 사실을 종이를 얼핏 보고도 알 것 같았다.

강희 육십일 년 겨울, 신은 강남으로 진군해 갔던 길에 전명세를 만난 적이 있습니다. 그때 강남의 따뜻한 기후에 대한 얘기가 잠깐 오갔습니다. 그러던 중 전명세가 겨울의 강남 기후로서는 아주 드물게 얼마 전 구름 한 점 없는 푸른 하늘에 천지를 뒤흔드는 번개와 우렛소리가 진동했다고 했습니다. 그 일이 있은 바로 다음 날 성조께서 붕어하셨다고 했습니다. 이어 윤진 넷째 황자마마께서 즉위했다는 소식을 접했다고 하면서 그 역시 괴이한 날씨만큼이나 엄청나게 기이한 징조가 아닐 수 없다고 했습니다. 그 말에 저는 범상치 않은 것은 곧 요사스런 징조이니 결코 이 나라가 상서로울 조짐은 아닌 것 같다고 했습니다. 전명세 역시 공감을 표했습니다.

홍시가 윤록이 잠시 읽기를 멈추자 바로 말했다

"그건 왕경기의 뻔한 거짓말이었습니다. 모함이었죠. 그 사실이 얼마 전에 밝혀지기도 했습니다. 그렇다고 열여섯째 숙부께서는 측은지심을 너무 발동시키지 마십시오. 폐하를 알현한 자리에서 지나치게 전명세를 변호했다가는 오히려 욕을 보실 수 있습니다. 괜히 폐하의 미움을 사는 일을 할 것은 없지 않겠습니까?"

윤록이 홍시의 말에 한참 생각을 하더니 한숨을 내쉬었다.

"전명세는 저대로 썩히기에는 너무나도 아까운 인재이네. 유감스럽기는 하나 그것이 진짜 불덩어리라면 굳이 두 팔 벌려 받아 안을 필요는 없겠지. 그래, 폐하께서는 자네에게 나를 만나 무엇을 상의하라고 하시던가?"

창밖은 칠흑 같았다. 처마 끝을 스치는 바람소리가 먹구름을 몰고 올 것 같았다. 홍시가 윤록의 물음에 한참 동안 생각에 잠겨있더니 무겁게 입을 열었다.

"폐하께서는 저에게 열여섯째 숙부께 여쭤보라고 하셨습니다. 여덟째 숙부 등이 도대체 어떤 얘기를 했는지에 대해서 말입니다. 내일 그분들을 접견하기에 앞서 대충이라도 알고 싶으신가 봅니다. 그리고 여덟째 숙부께서 여러 차례 기주들을 불러놓고 회의를 했다고 하는데, 어찌해서 열여섯째 숙부께서는 자리에 함께 하지 않으셨는지 물으셨습니다. 내일 열여섯째 숙부께서는 폐하를 배알하러 가실 겁니까?"

홍시의 말에 윤록이 빙그레 웃었다.

"나는 또 무슨 얘기라고! 폐하께서는 내일 아침 일찍 이 사람에게 패찰을 건네라고 지시하셨어. 그래 놓고는 그 사이를 못 참으시고 이렇게 자네를 보내서 물어 오시는군."

윤록은 곧 염친왕부에서 친왕들과 주고받은 내용을 생각나는 대로 상세하게 들려줬다. 그리고는 몇 마디를 덧붙였다.

"처음부터 끝까지 들어보면 팔왕의정제도를 회복하자는 것이 그분들의 공통된 주장이었네. 전에는 뒤에서나 수군거렸을 법한 얘기이나 오늘 저녁은 터놓고 논의하더군. 그런데 회의를 한다기보다는 사전 밀모가 아닌가 하는 의혹도 지울 수 없었네. 예친왕은 처음부터 끝날 때까지 거의 말이 없었으나 마지막에 주장奏章인지 서신인지 모를 그 무엇을 나에게 주더군."

윤록이 말을 마치기 무섭게 주머니에서 예친왕이 전해준 봉투를 홍시에게 건네줬다.

"자네가 오늘 저녁에 폐하를 알현할 것 같으면 이걸 전해 올리게!"

홍시가 봉투를 받아 대충 책상 위에 내려놓았다. 그리고는 눈을 가늘게 뜬 채 서재 입구에 있는 자명종을 응시했다. 이어 마치 스스로에게 용기를 북돋아주듯 숨을 길게 들이마시면서 말했다.

"여덟째 숙부께서 속에 다른 꿍꿍이가 없다면 폐하의 면전에서 당당하게 팔왕의정제도에 대한 소견을 밝힐 수도 있을 텐데요? 지금 가장 중요한 것은 절대 황권이 다른 곳으로 넘어가게 해서는 안 된다는 거예요!"

"뭐라고? 방금 한 말은 폐하의 말씀인가 아니면 자네의 생각인가?"

윤록이 깜짝 놀라면서 따지듯 물었다. 그런 다음 갑자기 뛰어든 낯선 불청객을 노려보는 눈빛으로 홍시를 응시했다. 등불 밑에서 얼굴

윤곽이 더욱 또렷해진 홍시가 껄껄 웃으면서 대답했다.

"왜 그렇게 사람을 삼켜버릴 듯 무섭게 구세요? 걱정하지 마세요. 폐하의 말씀이세요. 어제와 그제 두 번 배알한 자리에서 이런 뜻을 내비치셨어요."

그러나 윤록은 그런 심상치 않은 말을 옹정이 꺼냈으리라고는 믿지 않았다. 곧이어 자신의 생각을 솔직하게 털어놓았다.

"이봐 홍시, 이 열여섯째 숙부가 까마귀 한 마리라도 없애겠다고 작정하면 산 전체의 나무를 모조리 베어내는 한이 있더라도 씨를 말려버리는 독종이라는 것을 모르지 않겠지? 이십 년 동안 이어진 선제 당시의 당쟁 때도 그 어느 누구도 나를 감히 흙탕물로 끌어들이지 못했어. 폐하는 애매모호하게 뜻을 내비칠 그런 분이 아니야. 폐하의 말씀을 가감없이 그대로 다시 한 번 말해보게!"

홍시가 냉소를 흘리면서 대답했다.

"친삼촌 면전에서 그대로 말하지 못할 것이 뭐가 있겠어요? 처음에 폐하께서는 '윤사가 사리에 밝고 인간 됨됨이가 썩 괜찮은 것은 짐이 잘 알지. 하지만 애석하게도 낚싯대가 휠 정도로 큰 못의 물고기는 못 되네. 팔왕의정제도도 나쁜 것은 아니잖은가? 태종, 태조 때 우리 만주족들의 전성시대를 받쳐준 의정제도인데!'라고 말씀하셨어요. 그래서 제가 그 말씀에 놀란 표정을 지었더니 폐하께서는 웃으시면서 이렇게 말씀하셨습니다. '다른 일은 다 좋은 쪽으로 상의할 수 있어. 그러나 황권만은 절대 남의 손으로 넘어가서는 안 되네. 몇 사람이 함께 분담하는 것 정도는 짐도 받아들일 용의가 있네'라고 말입니다."

윤록의 의혹에 찬 날카로운 시선이 홍시에게 날아가 박혔다. 마치 홍시의 의중을 낱낱이 해부하겠다는 생각인 듯했다. 그러나 경계 어린 적의 같은 것은 보이지 않았다. 홍시가 잠시 신중하게 생각하더니 다시 말을 이었다.

"오늘 오후에도 창춘원으로 가서 아바마마를 배알했습니다. 청범사에서 막 돌아오셔서 대단히 피곤해 보였습니다. 폐하께서는 이렇게 말씀하시더군요. '짐의 즉위 초에 장정옥이 짐과 성조를 비교했을 때였어. 짐은 성조에 비해 세 가지 못 미치는 부분이 있다고 했네. 성조는 어려서 즉위했기에 재위 기간이 길었어. 때문에 짐은 성조만큼은 기대할 수 없다고 했어. 그럼에도 짐은 그 당시 아무리 짧아도 이십 년은 자신 있다고 했어. 그런데 이제 와 보니 그것마저도 여의치가 않은 것 같아. 몸이 통 말을 들어줘야 말이지. 더구나 자네 열셋째 숙부도 일에 치여서 저 모양이 됐잖아. 장정옥과 마제 역시 다 늙어버렸네. 열일곱째도 그럭저럭 괜찮지만 큰 기둥감은 못 돼. 열여섯째는 수성守成에는 성공할 수 있는 중간 정도의 재주는 있어. 하지만 홀로 창업을 하기에는 능력이 미치지 못하는 치명적인 단점을 안고 있네. 자네가 열여섯째 숙부를 찾아 짐의 뜻을 전해도 좋아. 또 그들 기주들은 자체적인 힘으로는 짐에게 대적할 생각조차 못 할 거야. 문제는 그들의 뒤를 떠받치고 있는 세력이지. 그런데 그들이 짐과는 형제간이라는 사실이 너무 슬퍼. 그래도 황권만 다른 곳으로 넘어가지 않는다면 짐은 어느 선까지는 수용할 수 있을 것 같네'라고요. 열여섯째 숙부, 제가 아무리 간이 크다고 해도 어찌 감히 이런 말을 함부로 지어낼 수가 있겠습니까?"

윤록은 숨을 길게 들이마셨다. 홍시의 세 치 혓바닥에 붙은 거짓말에 완전히 마음이 흔들린 것이다. 그는 홍시의 말에 완전히 마음이 넘어갔다. 황제와 기주들이 서로 조금씩 물러서는 것이 최선이 아니라고 할 수도 없을 것 같았다. 만약 그렇게만 되면 자신이 조정의 중심으로 들어가 기주들을 마음대로 조종할 수 있을 테고……. 그는 '

내무'를 관리합네 하면서도 아무런 실권이 없는 지금보다는 훨씬 나을 것이라는 생각을 했다.

"지의가 그렇다면 내가 무슨 말을 더 하겠나? 내일 폐하를 배알한 자리에서 내가 말을 꺼내지 않더라도 자기들끼리 먼저 입을 열 것이 아닌가. 솔직히 나는 내일을 여간 경계하고 있는 것이 아니야. 벌써 선박영에 지시해서 내일 북경 전체에 계엄령을 내리라고 했네. 조금이라도 이상한 움직임이 있을 때는 일단 잡아넣고 보라고 했어. 그런데 폐하께서 그런 의사를 비치셨다니 괜한 호들갑을 떤 것 같구면."

윤록은 그제야 홀가분한 표정으로 길게 숨을 내쉬었다. 그러자 홍시가 예친왕이 전해 올리라고 했다던 상주문을 손에 들고 말했다.

"열여섯째 숙부께서 제 말을 못 믿으시고 의심할 줄 알고 있었어요. 그러나 이렇게 살기등등할 줄은 몰랐어요. 마치 제가 모반이라도 도모하고 있는 것처럼 말이에요. 그런데 예친왕은 내일이면 폐하를 배알할 텐데 무슨 상주문을 따로 올리고 그러는 겁니까?"

홍시가 고개를 갸웃거린 채 거친 손동작으로 봉투의 밀봉된 부분을 쭉 소리가 나도록 찢었다. 이어 내용물을 꺼냈다.

"하나는 인사를 올리는 상주문이네요. 다른 하나는 공물貢物 명세서인 것 같고요."

윤록 또한 홍시가 건넨 내용물을 살펴봤다. 과연 홍시의 말대로 인사말은 한 줄뿐이었다. 그러나 공물 이름은 깨알같이 한쪽 면을 다채우고 있었다.

송어 살 튀김 열 항아리, 새끼 밴 독수리와 매 각 9마리, 멧돼지 2년생 두마리와 1년생 한 마리, 노루꼬리 40접시, 노루꼬리 고기 50점, 노루 가슴살 50점, 노루 갈비 50점, 말린 노루 등살 100점, 꿩 70마리, 좁쌀 한 말,

닭 50마리, 잉어 300마리, 암멧돼지 2마리, 숫멧돼지 2마리, 배 8상자, 미나리 두 단, 마늘쫑 두 단, 배나무총대 30자루, 스라소니 가죽 2000장, 여우가죽 200장, 호랑이와 곰 가죽 각 20장, 바다표범과 족제비 및 꽃사슴 가죽 각 30장, 쌀, 좁쌀, 수수, 옥수수 가루 각 600근, 달걀 300근, 호두, 잣, 살구씨 각 200근, 흰 벌꿀, 생벌꿀 각 200근, 산포도 600근, 배와 복숭아 각 200근, 고사리, 미나리, 취나물, 버섯 각 200근……

　윤록이 공물의 내용을 쭉 훑어보고 나더니 피식 웃으면서 말했다.
　"적기는 깨알같이 적었어도 값나가는 물건은 몇 개 없군. 공물을 올리는 것도 가격보다는 마음이지. 신경은 꽤나 쓴 것 같군. 땅에서 나는 모든 생물을 공물로 올림으로써 지존에 대한 예를 표하는 것도 의미 있는 일이기는 하지. 예친왕은 폐하께 자신의 속내를 드러내 보였다고 할 수 있네. 사실 그들 친왕들이 도를 넘지만 않는다면 의정을 하게 한들 뭐가 문제될 것이 있겠나?"
　윤록은 별로 대수롭지 않다는 표정을 지었다. 그러나 홍시는 달랐다. 대뜸 얼굴 가득 경계하는 기색이 역력했다. 물론 윤록의 생각이 완전히 틀린 것은 아니었다. 무엇보다 예친왕은 수중에 실권이 없었다. 팔기 중 그 어느 기도 휘하에 두고 있지 않았다. 그러나 그 양아버지인 다이곤은 만만한 사람이 아니었다. 어린 순치 황제를 보좌해 황위에 오르게 한 공로가 사해四海를 덮고도 남음이 있었다. 그 영향을 고려한다면 당연히 홍시의 영향력보다 앞선다고 해도 크게 틀리지 않을 터였다. 홍시는 순간 예친왕 도라가 옹정에게 보이는 충성심의 저의가 의심스럽다는 생각을 하지 않을 수 없었다. 염친왕의 세력을 빌려 군기처와 상서방의 권력을 탈취한 다음 나아가 홍력을 제거하는 것이 그의 뜻이고 보면 그럴 만도 했다.

'혹시 이게 여덟째 숙부의 음모는 아닐까? 그 양반의 생각은 너무 깊어 그 밑바닥을 가늠할 수가 없어.'

홍시가 순간적으로 그런 생각을 하고는 메마른 웃음을 흘리면서 말했다.

"지당한 말씀입니다, 열여섯째 숙부! 그러나 숙부께서 분명히 염두에 두셔야 할 것이 있습니다. 그것은 바로 폐하께서 아직 팔왕의정제도의 복원에 대해서는 이렇다 할 결정을 내리지 못한 상태에 있다는 겁니다. 때문에 우리 숙질叔姪에게 무릎을 맞대고 앉아 밀의密議를 해보라는 것이 아니겠어요? 일단 내일 그분들의 움직임을 보고 다음 행보를 결정합시다."

홍시가 의미심장한 미소를 지었다. 이참에 자신을 더욱 눈에 띄는 위치에 끌어올려 어부지리를 챙기자는 계산이 그리 허무맹랑한 것 같지만은 않다고 생각하는 모양이었다.

〈10권에 계속〉